BAD BLOOD

シリコンバレー
最大の捏造スキャンダル
全真相

ジョン・キャリールー
訳　関美和　櫻井祐子

集英社

目次

モリー、セバスチャン、ジャック、フランチェスカへ

著者まえがき

本書はセラノスの元社員六十数人を含む１５０人以上の関係者への数百件におよぶ聞き取り調査をもとに構成されている。本文に登場する人物のほとんどが実名だが、なかにはセラノスからの報復を恐れ、または司法省が現在進めている犯罪捜査に巻き込まれることを懸念し、あるいはプライバシーを守ることを望んで、身元を明かさないでほしいと求める人たちもいた。その場合には、事実をできる限り完全かつ詳細に伝えるために、仮名を用いることにした。だがそれ以外のすべては、人物についてもその経験についても、事実であり、真実だけを書き記した。

本文中のメールや資料からの引用はすべて原文から一語一句そのまま取っている。登場人物の会話として記した言葉は、会話の当事者の記憶をもとに再現した。また本書には、証言録取書*などの訴訟記録を引用した章もある。その場合には、出典の詳細を巻末の原註に記載した。

本書執筆にあたり、セラノスの物語の主要人物全員と連絡を取り、彼らについて書かれたすべてのことについて見解を述べる機会を提供した。エリザベス・ホームズはみずからの権利として、著者の取材要請を拒否し、本書に協力しないことを選択した。

＊証言録取：裁判の前に法廷外で行われる証拠開示手続きの一つ。当事者や第三者を証人として召喚し、宣誓させたうえで尋問を行い、その内容を速記やビデオなどで記録する。

プロローグ

２００６年11月17日

ティム・ケンプはチームに朗報を伝えようとしていた。

ＩＢＭの元幹部のケンプは、革新的な血液検査装置を開発したスタートアップ、セラノスの生命情報科学部門を指揮している。セラノスはたった今、製薬会社向けの初めての大掛かりな実演をやり遂げたところだ。セラノスの22歳の創業者、エリザベス・ホームズがスイスに飛んで、ヨーロッパの巨大製薬会社ノバルティスの経営幹部にセラノスの装置の性能を見せつけたのだ。

「エリザベスから今朝電話があった[1]」。ケンプはチームの15人に宛てたメールに書いている。「感謝を伝え、『完璧だった！』と喜んでいた。とくに君たちにお礼を言い、よろしく伝えてほしいとのことだ。それから、ノバルティスが感心して、提案書を出してほしいと言ってきたそうだ。プロジェクトへの資金提供を検討してくれるらしい。みんなの苦労が実ったぞ！」

これはセラノスにとって重要な転機だった。エリザベス・ホームズがスタンフォード大学の学生寮で思いついた大それたアイデアから始まった、創業わずか3年のスタートアップが、巨大多国籍企業に「ぜひ使ってみたい」と思わせる、本物の製品を開発するところまで前進したのだ。

実演成功の一報は、役員室の並ぶ2階にも伝わった。

役員の一人に、最高財務責任者（CFO）のヘンリー・モズリーがいた。セラノスに加わったのは、今から8カ月前の2006年3月。鮮やかな緑色の目をした、おおらかな性格で着る服など無頓着なモズリーは、古くからシリコンバレーで活躍してきたベテランだ。ワシントンDCで育ち、ユタ大学でMBAを取得後、1970年代末にカリフォルニアにやってきて以来、一度もここを離れたことはない。シリコンバレーの草分け的存在である、半導体メーカーのインテルで働き始め、4社もの技術系企業で財務部門の責任者を歴任し、うち2社を上場させた。セラノスのような会社の財務を統括するのはお手のものだ。

モズリーをセラノスに惹《ひ》きつけたのは、エリザベスの周りに集まる才能と経験に富む人材だった。エリザベス自身は若いが、周りを取り巻くのは豪華キャストだ。取締役会会長を務めるのはドナルド（ドン）・L・ルーカス。ソフトウェア起業家で億万長者のラリー・エリソンを育て上げ、1980年代半ばにオラクル・コーポレーションを上場へと導いた、高名なベンチャーキャピタリストだ。ルーカスとエリソンは、セラノスに出資もしていた。

取締役会には華々しい名声を誇るスターがもう一人いた。スタンフォード大学の花形教授で工学部の副学部長チャニング・ロバートソンだ。1990年代末にタバコの中毒性に関する専門家証言を行ってタバコ産業に責任を認めさせ、65億ドルという巨額の和解金をミネソタ州政府へ支払わせたことでも知られる。[2] ロバートソンがエリザベスの才能にべた惚れしていることを、モズリーは彼の会話の端々から感じ取っていた。

セラノスの経営陣も強者《つわもの》ぞろいだった。ケンプはIBMに30年間在籍した実績があり、最高営業責任者のダイアン・パークスは製薬会社とバイオテクノロジー企業で25年間の経験を積んでいる。製品担当上級副社長のジョン・ハワードは、パナソニックの半導体子会社を統括した経験を持つ。小さなスタートアップにこれほど力量のある幹部が勢揃いするのは、そうそうあることではない。

とはいえ、モズリーがセラノスに心を決めた理由は、取締役会や経営陣の顔ぶれだけではなかった。セラノスが狙う市場は巨大だった。世界中の製薬会社は毎年何百億ドルもの大金を投じて、新薬の有効性と安全性を確かめるための臨床試験を行っている。セラノスが製薬会社にとってなくてはならない存在になり、この支出のほんの一部でも獲得することに成功すれば、大儲けできるのは間違いない。

モズリーはエリザベスに頼まれて、投資家に見せるための業績見通しを作成していた。最初に弾き出した数字にエリザベスがいい顔をしなかったので上方修正した。修正後の数字にはやや無理がある気もしたが、万事が順調にいけば手が届かないわけではなかった。だいいち、スタートアップを相手にするベンチャーキャピタリストは、創業者が予測を水増ししがちなことは百も承知だ。それも駆け引きのうちなのだ。ベンチャーキャピタル（VC）業界にはこれを表す「ホッケースティック予測」という用語まである。収益が数年間底ばいで推移していても、いきなり魔法のように右肩上がりの急成長が始まるという楽観的な予測だ。

そんなモズリーにも一つだけ、完璧に理解しているとは言いがたいことがあった。セラノスの技術が実際にどういう仕組みで動いているのかだ。会社に見込み投資家がやって来ると、モズリーはセラノスの共同創業者シュナーク・ロイのところに案内する。シュナークは化学工学の博士で、エリザベスとはスタンフォード大学のロバートソン研究室でともに学んだ仲だ。

シュナークはまず自分の指先を針で刺して数滴の血液を絞り出し、それをクレジットカードを厚くしたような白いプラスチック製カートリッジに移す。そのカートリッジを、「リーダー（読み取り器）」と呼ばれるトースターサイズの細長い箱に挿入する。すると読み取り器は、カートリッジから抽出したデータ信号を無線でサーバーに転送し、データが解析され結果が送り返されてくる。ざっと言えばそんな仕組みだった。

シュナークは投資家に実演を見せるとき、いつも血液が読み取り器内を流れる映像をコンピュータの画面に映し出した。どういう物理的、化学的な仕組みでそうなるのかはモズリーにはわからない。だがそれは彼の役目ではない。モズリーは財務担当だ。何らかの結果が出さえすればそれでよかった。そして結果は必ず出た。

数日後、スイスから戻ったエリザベスは、弾けるような笑顔をふりまきながら社内を歩き回った。よほど出張がうまくいったんだなとモズリーは思った。といっても、そんな様子が珍しかったわけではない。エリザベスはいつでも前向きだった。起業家によくいる、底なしの楽天家なのだ。社員宛てのメールでセラノスの使命を語るとき、「エクストラオーディナリー（並外れた）」の「エクストラ（外れた）」の部分を斜体にして、ハイフンでつないで強調するのが好きだった。ちょっと大げさだが、心から使命を信じているように見えたし、それに自分の信念を「布教」するのがシリコンバレーで成功するスタートアップ創業者というものだと、モズリーは経験から知っていた。皮肉屋には世界を変えることなどできない。

だが、どうも気になることがあった。出張に同行した数人の社員は、エリザベスほど喜んでいるように見えなかった。むしろがっくり落ち込んでいる感じだったのだ。

誰かの子犬が轢《ひ》かれでもしたのかい、とモズリーは面白半分に心の中でつぶやいた。

モズリーは、60人の社員のほとんどが働く下の階に降りて行き、仕切りで区切られた半個室《キュービクル》を回ってシュナークを探した。もしも自分が知らされていない問題があったとしても、シュナークなら知っているはずだ。

シュナークは最初、何も知らないと言い張った。だが何かを隠していると見てモズリーがぐいぐい追及すると、少しずつ警戒を弱めて、とうとう白状した。「セラノス1・0」とエリザベスが名付けた血液検査装置は、うまく動いてくれないときがあるというのだ。まあ言ってみれば、ばくちみたいなものだ、と彼は言う。何とか結果を引き出せることもあるが、結果が出ないこともあってね。

モズリーにとっては寝耳に水だった。セラノスの検査器は信頼できると信じ切っていた。だが、投資家が見に来るときは、いつもうまく行っているようじゃないか？　そうたたみかけた。

いや、いつもきちんと動いているように見えるのにはわけがある、とシュナークは答えた。コンピュータ画面に映し出される、血液がカートリッジ内を流れて小さな容器に溜まっていく映像は本物だ。だが結果が得られるかどうかは誰にもわからない。だからうまくいったときの結果を前もって録画しておいて、それを毎回実演の最後に見せているんだ。

モズリーは開いた口がふさがらなかった。検査結果はその時その場でカートリッジの血液を使って出しているとばかり思っていた。もちろん、これまで案内してきた投資家たちもそう思わされていた。たった今聞いたことは、まるでペテンだ。投資家に売り込むときに前向きで高い志を掲げるのはかまわない。だが越えてはいけない一線というものがある。モズリーの見るところ、これはその一線を完全に踏み越えていた。

するとノバルティスとの間で何が起こったんだ？

誰もはっきりと答えてはくれなかったが、おそらく似たようなごまかしが行われたのだろうと踏んだ。その読みは当たっていた。エリザベスがスイスに持ち込んだ2台の読み取り器のうち、1台が現地で不具合を起こし、同行した社員は夜通しかけて直そうとした。そして翌朝の実演では問題などないふりをして、ティム・ケンプのチームがカリフォルニアから送信した偽の結果を使ったのだ。


その日の午後、モズリーはエリザベスと週例の打ち合わせがあった。彼女の部屋に入ったとたん、カリスマ性を改めて感じずにはいられなかった。エリザベスには、年齢よりもずっと大人びた存在感があった。あの大きな青い瞳で瞬きもせずにじっと見つめられると、まるで自分が世界の中心にいるような気持ちになる。ほとんど催眠術と言ってもいい。その声にもうっとりさせる効果があった。あり得ないほど低音の、バリトンボイスなのだ。

まずは自然な流れに任せて打ち合わせを行い、懸念を伝えるのはそのあとにしようと、モズリーは決めた。セラノスはモズリーの指揮のもとで第3ラウンドの資金調達を終えたところだった。誰がどう見ても会心の成功だ[3)]。最初の二度のラウンドで調達した1500万ドルに加え、今回は3200万ドルもの大金を投資家から集めることができた。なんと言っても目を引くのが、1億6500万ドルという、セラノスの新たな評価額だ。創業3年のスタートアップでこれほどの価値を誇る会社はまずない。

この高い企業価値の大きな源泉となっていたのが、セラノスが提携先の製薬会社と結んだとさかんにふれ回っていた契約だ。あるスライド資料には5社との6件の契約がずらりと列挙され、今後18カ月間でそれぞれが1億2000万ドルから3億ドルもの収益を生み出すという見通しが記されていた。[4]そのほかに現在交渉中の契約として、もう15件。これらが実現すれば、収益はいずれ15億ドルにも達すると書かれていた。

ここに名前のある製薬会社は、セラノスの血液検査装置を使って新薬への患者の反応をモニタリングする。臨床試験の期間中、カートリッジと読み取り器が患者の自宅に置かれ、患者が1日数回指先を針で刺して採血するたびに、血液検査の結果が読み取り器から製薬会社に送信される。検査結果に薬の副作用が表れていれば、製薬会社は臨床試験の終了を待たずに、すぐさま投薬量を減らすことができる。これによって、製薬会社の研究費が最大で30パーセントも削減される。少なくとも、スライド資料にはそう謳《うた》われていた。

だがモズリーはその朝シュナークの告白を聞いてから、こうした宣伝文句のすべてに違和感を募らせていた。だいいちセラノスに来てからの8カ月間で、製薬会社との契約書を一度も見たことがなかった。契約書はどうなったと訊ねるたび、「法務審査中」だとはぐらかされてきた。しかしそれより重く心にのしかかっているることがあった。これまでモズリーが水増しされた収益予測を承認してきたのは、セラノスの装置が確実に機能するという大前提があったからこそだ。

たとえ懸念を持っていたとしても、エリザベスはそんなそぶりは微塵《みじん》も見せなかった。自然体で明るいリーダーそのものだ。セラノスの新たな評価額がさらに大きな自信を彼女に与えていた。投資家が増えていることだし、新しい取締役を迎えることになりそうよ、とモズリーに笑顔を投げかけた。

モズリーは頃合いが来たと見て、スイス出張の話を切り出した。何か問題があったようだという噂が社内に流れているが、実際どうなんだと問いただした。エリザベスは軽く受け流した。たしかに問題はあったけれど、すぐに解決できる。

だがさっき発覚した事実を考え合わせると、モズリーにはとてもそうは思えなかった。思い切って、投資家向けの実演についてシュナークから聞いたことをぶつけた。もしも実演が真っ当なものでないのなら、やめたほうがいい。「投資家を騙《だま》してきたんだ。そんなことを続けるわけにはいかないよ」

そのとたん、エリザベスの表情がガラリと変わった。さっきまでのほがらかな態度は消え失せ、敵意がむき出しになった。まるでスイッチが切り替わったような豹変ぶりだ。モズリーに冷たい一《いち》瞥《べつ》をくれた。

「ヘンリー、あなたはチームプレーヤーじゃないわね」。そして氷のような口調で言い渡した。「今すぐ出て行ってちょうだい」

今聞いた言葉の意味は間違えようがなかった。エリザベスは、ただオフィスから出て行けと言ったのではない。会社をこの場で即刻辞めるよう命じたのだ。モズリーはたった今、解雇されたのだった。

第1章　意義ある人生

エリザベス・アン・ホームズは、起業家として成功するのだと、幼い頃から心に決めていた。7歳のときタイムマシンの設計に取りかかり、難かしげな図面でノートを埋め尽くした。[1]

9歳か10歳頃、親戚の集まりで、お決まりの質問をされた。「大きくなったら何になりたい？」

エリザベスは平然と答えた。「大金持ちになるの」

「大統領のほうがよくない？」。その親戚は訊ねた。

「ううん、大統領は私と結婚するのよ。大金持ちになってるから」

子どものたわ言などではなかった。この場面を目撃した親戚によれば、エリザベスはこれ以上ないほどの覚悟と決意を込めてはっきり答えたという。

エリザベスの野心は、両親によって育まれた。由緒ある家系の出であるクリスチャン（クリス）とノエルのホームズ夫妻は、娘に大きな期待をかけていた。

父方の祖先には、ハンガリーの移民から裸一貫でフライシュマン・イースト・カンパニーを築き上げた、チャールズ・ルイ・フライシュマンがいる。[2] 事業は大成功し、フライシュマン一族は20世紀に入る頃には全米屈指の大富豪になっていた。

チャールズの娘ベティ・フライシュマンは、父親の主治医をしていたデンマーク人のクリスチャン・ホームズ博士と結婚した。この人物がエリザベスの高祖父、つまり祖父の祖父になる。政財界に人脈を持つ裕福な妻の一族の後ろ楯を得て、ホームズ博士はシンシナティ総合病院とシンシナティ大学医学部を創設した。[3] つまり、エリザベスは起業家の遺伝子だけでなく、医学者の遺伝子も受け継いでいるわけだ。[4] 実際、スタンフォード大学近くのサンドヒルロードに集まるベンチャーキャピタル（VC）には、しっかりそう宣伝されていた。

エリザベスの母ノエル自身も名門の生まれだ。ノエルの父はウエストポイントの陸軍士官学校出身で、1970年代初めに国防総省の高官として米軍の徴兵制から完全志願制への移行を計画し実行した傑物だ。[5] 遠い祖先には、ナポレオンの野戦将軍として名をなしたダヴー元帥もいる。

だが両家の歴史のなかで最も輝きを放ち、人々の興味を大いにかき立てたのは、父方の一族の栄光と没落だった。父クリス・ホームズは、遠い祖先の途方もない成功だけでなく、このところの一族の失敗のことも娘に教えるのを忘れなかった。クリスの父と祖父は華やかだが愚かしい人生を送り、結婚と離婚をくり返しては酒に溺れた。一族の莫大な富を湯水のように使い果たした二人を、クリスはけっして許そうとしなかった。

「偉大な先代の物語を聞かされて育ったんです」。エリザベスはのちにニューヨーカー誌のインタビューで語っている。[6]「それに、意義ある目的に人生を捧げることをやめた人たちの物語も。そんな生き方を選ぶとどうなるのか、人生の内容や質にどういう影響がおよぶのかといったことを、いつも聞かされました」

父親が国務省や国際開発庁などの政府機関に勤めていた関係で、エリザベスは幼少期をワシントンDCで過ごした。母親もエリザベスと弟のクリスチャンを育てるためにキャリアを中断するまで、連邦議会の補佐官として働いていた。

毎年夏になると、ノエルは子どもたちを連れてフロリダ州ボカラトンに向かった。エリザベスの叔父叔母であるディーツ夫妻が所有する、美しい景色を望む高級マンションに滞在するためだ。夫妻にはデイヴィッドという息子がいて、エリザベスより3歳半下、クリスチャンより1歳半下だった。

いとこの3人は、床に敷いたマットレスで眠り、朝になると海岸に駆け出していった。午後は暇つぶしにモノポリーをして遊んだ。エリザベスは自分が勝っているときは、つまりほぼいつも、最後までやると言ってきかず、デイヴィッドとクリスチャンが破産するまで家やホテルを建てまくった。たまに負けてしまうと怒って部屋を出て行き、マンションの玄関の網戸を突破して飛び出したことも一度や二度ではない。子どもの頃からとんでもなく負けず嫌いだった。

高校時代のエリザベスはクラスの人気者ではなかった。この頃一家は、石油・ガスの複合企業テネコに職を得た父親についてヒューストンに移っていた。ホームズ家の子どもたちはヒューストン一の名門私立、セントジョンズ高校に通った。大きな青い目のやせっぽちの少女は、周囲になじもうとして髪を脱色し、摂食障害に苦しんだ。

高校2年生になるとがぜん学業に目覚め、夜遅くまで猛勉強して優等生になった。「寝る間も惜しんで努力する」という、エリザベスの生涯にわたる行動パターンが生まれたのはこのときだ。学業で頭角を現すうちに友だちも増え、ヒューストンの高名な整形外科医の息子とつき合った。新世紀の始まりをタイムズスクエアで祝うために、二人でニューヨークにも旅行した。

大学進学が近づくと、スタンフォード大学に照準を定めた。科学とコンピュータに興味があり、起業家をめざす優秀な生徒としては当然すぎる選択だ。鉄道王リーランド・スタンフォードが19世紀末に創設した小さな農業大学は、いまやシリコンバレーと切っても切れない関係にあった。折しもインターネットブームの真っただ中で、ヤフーなどのインターネット界の花形企業が、スタンフォード大学のキャンパスで立ち上がっていた。数年後には、博士課程で学ぶ二人の学生が興したグーグルという小さなスタートアップが注目を集め始める。

スタンフォード大学には入学前からなじみがあった。１９８０年代末から１９９０年代初めまでの数年間を、一家は大学にほど近いウッドサイドで暮らしていた。この頃エリザベスは隣家に住むジェシー・ドレイパーという女の子と仲よくなった。ジェシーの父ティム・ドレイパーは、祖父の代から続くＶＣの経営者で、その後まもなくシリコンバレーでスタートアップ投資家として名を馳せることになる人物だ。

スタンフォード大学とのつながりは、もう一つあった。中国語だ。仕事でしょっちゅう中国を訪れていた父親が、子どもたちに北京語を習わせたいと考え、ノエルと相談して、毎週土曜日の朝ヒューストンの家に家庭教師を招いた。エリザベスはめきめき力をつけ、高校生のときスタンフォードの北京語講座に入れてもらった。[7]大学生しか参加できない講座だったが、エリザベスは講座の責任者に直接掛け合って語学力を認められ、特別に参加を許された。最初の5週間は大学のパロアルトキャンパスで授業を受け、続く4週間は北京での研修に参加した。

２００2年春、エリザベスはスタンフォード大学に大統領奨学生として入学を許可される。これは全米の最も優秀な高校生に授けられる賞で、副賞の３０００ドルの奨学金は知的好奇心を追求するために使うことができた。

意義ある人生を送りなさいと、父は娘にことあるごとに教えた。[8] クリス・ホームズは公務員時代に数々の人道的支援活動を指揮した。マリエル難民事件と呼ばれる、キューバとハイチから10万人以上の難民を受け入れた１９８０年の出来事もその一つだ。戦争によって荒廃した国々で災害救助活動を行うクリスの写真が、家のあちこちに飾られていた。そうした写真から、エリザベスはおのずと教訓を受け取った。[9] 本当の意味で世界に足跡を残すには、ただ大金持ちになるだけでなく、人のためになるような大きな使命を追求しなくてはならない。その両方を実現できる展望が、バイオテクノロジーにあると彼女は考えた。そこでこの業界に進みやすい、化学工学を学ぼうと決めた。

スタンフォード大学化学工学科の顔といえば、チャニング・ロバートソンだ。カリスマ性があり、ハンサムで茶目っ気のあるロバートソンは、１９７０年からスタンフォードで教鞭を執っている。学生たちの心をつかむ特別な能力の持ち主だ。工学部の教授陣の中ではダントツにおしゃれで、灰色がかった長めの金髪に革ジャンのいでたちは、59歳という実年齢より10歳は若く見えた。

エリザベスはロバートソンの教える化学工学概論の講義と薬物送達制御装置の演習にさっそく申し込んだ。それから教授に会いに行き、研究室で手伝いをさせてくださいと直接頼み込んだ。ロバートソンはわかったと言って、洗濯用洗剤に最適な酵素を探す研究を進めていた博士課程の学生の手伝いをさせた。

研究室に長時間こもる合間には、社交生活も楽しんだ。学内のパーティーに顔を出し、2年生のJT・バトソンという男子学生とつき合った。バトソンはジョージア州の小さな町の出身で、エリザベスの都会的で世慣れたところに惹かれたが、警戒心が強いとも感じていた。「あけっぴろげなタイプじゃなかったな」。当時を振り返って語っている。「胸の内を見せようとしなかった」

1年生の冬休みにヒューストンの実家に帰省し、両親とインディアナポリスから来ていたディーツ一家とクリスマスを祝った。大学に通い始めてからまだ数カ月というのに、エリザベスは早くも中退を視野に入れていた。クリスマスの晩餐の席で、父が娘に紙飛行機を飛ばした。翼には「PhD」の文字が書かれている。

その場にいた親戚によると、エリザベスはきっぱり答えたという。「ううんパパ、博士号なんて興味ない。お金儲けがしたいの」

翌年の春、エリザベスはバトソンの寮室を訪ね、もうあなたとは会えない、これから起業に全力投球しなくちゃならないから、と告げた。一度もフラれたことのないモテ男のバトソンはショックで呆然としたが、この一風変わった理由のおかげで、袖にされた痛みが和らいだという。

実際に中退したのはその年の秋、シンガポール遺伝子研究所で夏期インターンシップを終えてからのことだ。当時まだ未知の感染症だったSARS（重症急性呼吸器症候群）に年初から見舞われていたアジアで、注射針を刺したり鼻の奥を綿棒で拭ったりする、旧来のローテクな方法で採取された患者の検体を検査しながらひと夏を過ごした。このときの経験が、もっといいやり方があるはずだという確信につながった[10]。

インターンを終えヒューストンの実家に戻ったエリザベスは、1日1、2時間の仮眠を取り、母親が部屋に運んでくれる食事を食べながら、５日間不眠不休でパソコンに向かった。[11] インターンシップとロバートソンの講義で学んだ最新技術を参照しながら、腕に貼るだけで病状の診断と治療が同時にできるシール式検査法（アームパッチ）の特許出願書類を書き上げた。

２年生の初めに大学に戻るとき、テキサスからカリフォルニアまで母親が車で送ってくれたおかげで睡眠不足を取り戻した。キャンパスに戻ったその足で研究室に向かい、ロバートソンと、研究室で手伝わせてもらっていた博士課程の学生シュナーク・ロイに、出願した特許を見せた。

ロバートソンはのちの法廷証言で、エリザベスの独創的な発想に感銘を受けたと述べている。[12]「科学と工学、技術の断片を、私が考えもしなかった方法で巧みにつなぎ合わせていました」。アイデアの実現にかける、熱意と意気込みにも目を見張った。「これまで何千人という学生と話をしてきましたが、あんな学生は初めてでした。だから、世の中に出て夢を追い求めなさいと、背中を押したんです」

シュナークはもっと慎重だった。きらびやかなシリコンバレーから遠く離れたシカゴで、インド系移民の両親に育てられた彼は、ごく現実的で堅実なタイプだと自負していた。エリザベスの思いつきにはどうも無理があるように思えた。だがロバートソンの熱の入れように押され、またスタートアップを立ち上げるという考えにも舞い上がって、参加を決めた。

エリザベスが会社設立の事務手続きを進める間、シュナークは学位取得に必要な最後の学期を修了した。２００４年５月に社員第１号としてエリザベスの会社に参加し、株式を与えられて少数株主になった。一方ロバートソンは、顧問として取締役会に加わった。

エリザベスとシュナークは最初バーリンゲームの手狭なオフィスに居を構え、数カ月後に広い場所を見つけて引っ越した。新しいオフィスがあったのは、とても華やかとは言いがたい地域だ。住所だけは一応メンロパークだが、実際にはイーストパロアルトの外れの、発砲事件が絶えない寂れた工業地帯だった。ある朝エリザベスは、髪にガラスの破片をつけて出勤した。何者かに車を銃撃され、運転席の窓が粉々に砕けたのだ。あと数センチずれていたら、頭が吹き飛んでいたかもしれなかった。

会社は「リアルタイム・キュアーズ」の名称で法人化した。初期の社員の給与小切手には、残念なタイプミスのせいで「リアルタイム・カーシズ（呪い）」と印刷されていた。その後「セラピー（治療）」と「ダイアグノシス（診断）」をかけ合わせた造語、「セラノス（Theranos）」に社名変更した。

必要な資金を調達するために、エリザベスは家族の人脈を総動員した。[13]幼なじみで元隣人のジェシー・ドレイパーの父、ティム・ドレイパーを説得して、100万ドルもの出資を取りつけた。著名な投資家であるドレイパーの後ろ楯は、エリザベスへのお墨付きにつながった。[14]ティムの祖父は1950年代末にシリコンバレー初のVCを設立した人物で、ティム自身が立ち上げた会社のDFJも、オンラインメールサービス会社ホットメールなどの創業間もないアーリーステージ企業への投資から莫大な利益を上げていた。

多額の資金を得るためにエリザベスが頼ったもう一つの家族の人脈が、父親の長年の友人で現役時代は企業再生請負人として鳴らした、ヴィクター・パーミエリだ。1970年代末にクリス・ホームズが働いていたカーター政権下の国務省で、パーミエリは難民問題担当大使を務めていた。

ドレイパーとパーミエリをとりこにしたのは、エリザベスのほとばしり出るような熱意と、ナノ／マイクロテクノロジーの原理を診断分野に応用するという、斬新なビジョンだった。セラノスの26ページにわたる投資家向け勧誘資料には、微細な針を使って皮膚から無痛で採血する粘着シールの説明がある。[15] このシール、通称「セラパッチ」には、血液を分析して薬剤の送達量を「制御操作」するための、マイクロチップを用いた検知装置が搭載される予定だった。またこのシールで分析結果を患者の担当医に無線で送信できることにもなっていた。シールのさまざまな機能が部分別に色分けされた図もあった。

とはいえ、投資家の全員が全員、売り込みに乗ったわけではなかった。２００４年7月のある朝、エリザベスはヘルスケア技術への投資に特化したVCのメドベンチャー・アソシエイツと面会した。[16] 会議用テーブルをはさんで5人のパートナー弁護士の向かいに座り、セラノスのテクノロジーが人類の未来を変えるだろうと、華々しい言葉を使って熱弁をふるった。だがマイクロチップ方式の詳細や、アバキスという会社が開発し販売していた装置との違いについて具体的な説明を求められると、エリザベスはみるみるうろたえ、ピリピリした空気が漂い始めた。結局、パートナー弁護士の突っ込んだ技術的な質問に答えることができず、1時間ほどで席を立って、ムッとした様子で出ていった。

19歳の大学中退生を門前払いしたVCは、メドベンチャー・アソシエイツだけではなかった。[17] それでもエリザベスは、２００4年末までに総額６００万ドル近くもの資金をさまざまな投資家から集めることに成功した。ドレイパーとパーミエリのほか、高齢のベンチャーキャピタリストのジョン・ブライアン、それにヒューストンのMDアンダーソンがんセンター理事で、不動産・プライベートエクイティ投資家のスティーヴン・L・ファインバーグ。[18] スタンフォード大学の同級生で、数十億ドル規模のハイテク機器販売代理店を運営する台湾の一族の御曹司、マイケル・チャンからも投資を取りつけた。親戚では母ノエル・ホームズの姉のエリザベス・ディーツなど数人が儲け話に乗った。

資金が流れ込んでくるうちに、シュナークははっきり悟った。エリザベスの望むすべてのことを小さなシールで行うのは、SFみたいな話だ。火星有人飛行と同じで、理屈では可能でも、実現させるのは並大抵のことじゃない。シール方式で何とかうまく行かせようと、診断機能だけに絞り込んだが、それでさえ困難を極めた。

最終的に、シール方式は完全にあきらめ、代わりに糖尿病患者向けの携帯型血糖値測定器に似た機器を開発することにした。エリザベスは血糖値測定器のような小型で簡単に持ち運べる機器を望んでいた。だが血糖だけでなく、血液中のさまざまな物質を測定することを想定していたため、機器がより複雑になり、大きさもかさばるのは避けられそうになかった。

妥協策として編み出したのが、マイクロ流体力学と生化学とを融合させた、カートリッジとリーダー（読み取り器）からなる装置だ。患者は針で指先を刺して微量の血液検体を採り、厚めのクレジットカードのようなカートリッジに入れる。それを読み取り器と呼ばれる少し大きな容器に差し込むと、読み取り器に組み込まれたポンプの力で、血液がカートリッジ内の微細な流路に押し出され、タンパク質の一種である抗体でコーティングされた小さな容器の中に流れ込む。流路に取り付けられたフィルターによって、血液中の固形成分である赤血球と白血球の細胞が分離され、血漿《けっしょう》だけが通過する。血漿は抗体に触れると化学反応を起こしてシグナルを発生し、リーダーがそれを

「読み取って」結果に翻訳する。そういう仕組みである。

血液検査を頻繁に行えるように、カートリッジと読み取り器を患者の家庭に置くのが、エリザベスの夢だった。読み取り器に搭載された携帯アンテナから中央サーバーを経由して、検査結果が患者の担当医のコンピュータに送られる。担当医はそれを見て投与量をすばやく調整できるので、患者が採血センターや次の診察で血液検査を受けるまで待つ必要がなくなるというわけだ。

セラノスに入社してから18カ月後の2005年末頃には、シュナークは前進の手応えを感じていた。「セラノス1・0」と名づけられた試作機《プロトタイプ》が完成し、社員は二十数名に増えていた。それに迅速な収益化が期待できるビジネスモデルがあった。製薬会社に血液検査技術の使用権を与えて、臨床試験中に薬剤の副作用を検出できるようにするという計画だ。

この小さなベンチャー企業は注目を集め始めてもいた。[19] クリスマスの日、エリザベスは全社員宛てに「楽しい楽しい休暇を」という件名のメールを送った。みんな元気でねと呼びかけ、IT雑誌レッドヘリングに掲載された自分のインタビュー記事へのリンクを貼った。「シリコンバレーで一番アツいスタートアップに乾杯!!!」とメールは結ばれていた。[20]

第2章　糊付けロボット

エドモンド・クーは２００６年初めにエリザベス・ホームズと面接して、彼女が描き出すビジョンにたちまち魅せられた。

セラノスの血液モニタリング技術によって、個々の患者に合わせて薬をきめ細かく調整できる世界がやって来る、とエリザベスは語った。たとえばセレブレックスという薬がある。この消炎鎮痛剤は心臓発作や脳卒中のリスクを高める懸念があり、製造元のファイザーが自主回収を検討していると言われている。だがセラノスの装置があれば、薬の副作用をとり除き、関節炎に苦しむ数百万人の患者がこの薬を飲み続けながら、疼痛《とうつう》を和らげることができると説明した。そしてアメリカでは年間推定10万人が薬の副作用で亡くなるというデータを挙げ、セラノスはそうした死者をなくすことができると言い切った。文字通り、人命を救えるんです。

エドモンド、通称エドは、向かいに座って瞬きもせずに見つめてくる若い女性に引き込まれるのを感じた。なんて立派な使命だろうと、胸を打たれた。

エドはシリコンバレーで問題解決人の異名を取る、物静かなエンジニアだ。技術系スタートアップで複雑な技術的問題が持ち上がると、きまってエドが助っ人に呼ばれ、たいてい解決策を見つけるのだった。香港に生まれ、10代前半に家族とカナダに移住した彼は、英語を第二言語として学んだ中国語ネイティブにありがちなように、いつも現在形で話した。

エドは少し前にセラノスの取締役から連絡を受け、セラノスのエンジニアリング部門を指揮しないかと誘われた。もしも引き受ければ、「セラノス１・０」の試作機を商業化可能な実用レベルの製品に仕上げる任を負うことになる。エリザベスの口説き文句に落とされ、エドは入社を決めた。

工学の難題にかけては百戦錬磨のエドにも、セラノスの問題が手強いことはすぐわかった。そもそも彼の専門は医療機器ではなく、電子機器だ。そのうえ引き継いだ試作機はまともに動作しない。これではおもちゃの模型とそう変わらない。この模型を、機能する機器にまで仕上げなくてはならない。

開発をことさら困難にしていたのが、「ごく少量の血液しか使わない」という、エリザベスたってのこだわりだった。エリザベスの注射針恐怖症は母親譲りで、ノエル・ホームズは注射器を見ただけで気絶した。セラノスの技術は、指先からのたった一滴の血液で機能しなくてはならないと、エリザベスは言い張った。このこだわりは相当なもので、あるときの会社説明会でも一騒動あった。しずく型の血液に見たてた発泡スチロールにセラノスのロゴを入れて企業ブースに飾っていたところ、エリザベスがかんかんに怒り出したのだ。しずく型の発砲スチロールは血の一滴一滴を表していたのだが、エリザベスの描いている微量の血液を伝えるには大きすぎてお話にもならなかった。

小型化へのこだわりは、カートリッジにまでおよんだ。エリザベスが手のひらに収まる大きさでなければダメだと言うせいで、エドの仕事はいっそう複雑になった。数カ月かけてチームと再設計に取り組んだが、同じ血液検体から同じ検査結果を確実に再現できる状態にはついぞこぎ着けられなかった。

ほんの微量の血液しか使用できないせいで、検体の量をかさ増しするために生理食塩水で希釈しなければならなかった。その結果、本来ならごく単純な化学的作業が無駄に複雑になった。

さらに厄介なことに、カートリッジを流れる液体は、血液と生理食塩水だけではなかった。血液が小さな容器に到達したときに反応を起こすための試薬が必要だった。試薬はカートリッジの別の槽に収まっている。

それぞれの液体が厳密に決められた順序でカートリッジ内を流れる必要があったため、カートリッジには正確なタイミングで開閉する弁がとりつけられていた。エドたちは弁の設計と開閉のタイミング、各種の液体がカートリッジ内で押し出される速度をあれこれと調整した。

もう一つ、液体が漏出して互いを汚染するのをどうやって防ぐかという難題があった。エドたちはカートリッジの微細な流路の形状や長さ、方向を変えて、汚染を最小限にとどめようと奮闘した。食品着色料を使ったテストをいやというほどくり返し、どの色がどこを通って、どこで汚染が発生するかを調べ尽くした。

複雑でつながり合ったシステムが、狭い空間に押し込められていた。部下のエンジニアが言う、「輪ゴムでできた網」というたとえがぴったりだ。どれか1本の輪ゴムを引っ張ると、別の何本かがつられて引っ張られてしまう。

カートリッジの製造原価は1個当たり200ドルを超え、しかも一度しか使用できなかった。それを週に数百個も使ってテストしていた。気の早いエリザベスは出荷開始を見越して200万ドルもする自動包装装置をすでに購入していたが、そんな日ははるか先まで来ないように思われた。第

1ラウンドの資金調達で集めた600万ドルはとっくに底をつき、セラノスは資金を補充するために第2ラウンドで900万ドルを追加調達していた。[1)]

化学的な仕組みを開発するのは、生化学者のグループだ。このグループとエドのグループの協力体制は、最適と言うにはほど遠かった。どちらもエリザベスの直属だが、グループ間の情報交換は奨励されなかった。エリザベスは情報を分断して、装置開発の全体像を自分にしか把握できないようにしていた。

そのため、問題が発生したときに、エドの担当するマイクロ流体力学のせいで生じているのか、無関係な化学の問題なのかがわからなかった。だが検査に使える血液の量が増えれば、成功の見込みが格段に高まるということだけはわかっていた。それでもエリザベスはけっして聞き入れようとはしなかった。

ある晩エドが遅くまで残業していると、エリザベスが仕事場にやってきた。今の進捗状況にはとても満足できない、1日24時間・週7日体制にして開発を早めてちょうだい、というのだ。とんでもないと思った。チームメンバーは今でもめいっぱい働いている。

社員離職率がただでさえ高いこと、しかも職位や職務を問わずあらゆる社員が辞めていくことに、エドは気づいていた。経営幹部でさえ長続きしないようだった。CFOのヘンリー・モズリーはある日突然いなくなった。横領が発覚したという噂だが、真相は定かではない。ほかの人の場合もそうだったが、モズリーの退任に関して何の発表も説明もなかったからだ。そのことが社内に疑心暗鬼を生んでいた。同僚がある日突然いなくなり、その理由は誰にもわからないのだ。

エドはエリザベスの提案を跳ね返した。24時間体制では、たとえシフトを導入してもエンジニアが燃え尽きてしまう。

「そんなのかまわないわ。人なんか入れ替えればいいんだから」。エリザベスはそう言ってのけた。

「大事なのは会社だけよ」

たぶん、自分ではそんなに無神経なことを言っているつもりはないのだろう、とエドは思った。だが目標の実現に夢中になるあまり、自分の決定が周りにおよぼす影響にまで気が回らないようだ。

エリザベスの机に、セラノスを取り上げた最近の報道記事から切り抜いた言葉が貼ってあるのをエドは知っていた。[2] 取締役会に名を連ねるスタンフォード大学教授のチャニング・ロバートソンの言葉だ。

「第二のビル・ゲイツかスティーヴ・ジョブズの瞳をのぞき込んでいることに、私は気づき始めたのです」

これはまた高いハードルを課したものだ、とエドはあきれた。とは言え、そのハードルを越えられる誰かが現実にいるとしたら、それはエリザベスなのかもしれない。これほど意欲にあふれ、がむしゃらな人を、エドは見たことがなかった。1日4時間しか眠らず、カフェインを摂るためにチョコレートで包んだコーヒー豆を始終つまんでいる。睡眠をちゃんと取って健康的な生活を送らなければダメだよ、と言ってみたが、どこ吹く風だった。

エリザベスは頑固だが、彼女が話を聞く相手が一人いるのをエドは知っていた。サニーという謎の男性だ。エリザベスがしょっちゅう彼の話をしていたから、どういう人なのかはわかっていた。サニーはパキスタン系インド人で、エリザベスより年上で、二人は恋人同士だ。なんでも1990

年代末に共同創業したネット関連会社を売却して、ひと財産築いたらしい。

サニーは会社に姿を見せることはなかったが、エリザベスにとっては大きな存在のようだった。2006年末にパロアルトのレストランで行われた会社のクリスマスパーティーで、エリザベスは酔っ払って帰れなくなり、サニーに電話して迎えに来てもらった。二人が会社のすぐそばのマンションで同棲しているのをエドが知ったのはこのときだ。

エリザベスに助言を与えていた年上の男性は、サニーのほかにもいた。エリザベスは毎週日曜日にパロアルト北部の超高級住宅街アサートンのドン・ルーカスの邸宅でブランチをしていた。ルーカスを通じて知り会ったラリー・エリソンも影響力を持っていた。ルーカスとエリソンはともに、シリコンバレー用語で「シリーズB」ラウンドと呼ばれる、第2ラウンドの資金調達でセラノスに投資していた。[3] エリソンは時々赤いポルシェを飛ばして投資先の様子を見に来た。エリザベスが「ラリーがこう言うのよ」と話を始めるのも珍しくなかった。

250億ドルの純資産を持つエリソンは、たしかに世界有数の大富豪かもしれないが、だからといってお手本にしていい人物とは限らない。彼がオラクルを立ち上げた頃にそのデータベースソフトウェアの機能を誇大宣伝し、不具合だらけのプロダクトを出荷していたのは有名な話だ。[4] そしてそれは医療機器では許されてはならないことだった。

セラノスの経営方針のどこまでがエリザベス自身の考えで、どれだけがエリソンやルーカス、サニーの受け売りなのかはわからなかったが、エドにもわかっていることがあった。エンジニアリング部門を24時間体制にする案をエドが拒んだのをエリザベスがよく思わなかったことだ。その瞬間から、二人の関係は冷ややかになった。

しばらくして、エンジニアが新規に採用されていることを知った。だがエドのチームには入らず、別のチームが編成された。ライバル集団だ。エリザベスはエドのチームと新しいチームを対抗させ、生き残りゲームのまねごとをしようとしていることに、エドはやっと気づいたのだった。

だがくよくよ考えている暇はなかった。ほかに対処すべき急務があった。エリザベスはファイザーを口説き落として、テネシーでの試験的計画でセラノスの装置を試してもらう話を取りつけていた。セラノス1・0が被験者である患者の自宅に設置され、患者はそれを使って毎日血液検査をする。検査結果はセラノスのカリフォルニア本社に無線送信され、そこで分析されてから、ファイザーに送り返される。つまり、試験が始まるまでに、何とかしてすべての問題を解決しなくてはならないということだ。エリザベスは試験に参加する患者と医師に装置の使い方を教えるために、はやばやとテネシー出張の予定を入れていた。

2007年8月上旬、エドはエリザベスに同行してテネシー州ナッシュビルに向かった。サニーが会社にポルシェで迎えに来て、空港まで送ってくれた。エドがサニーと顔を合わせたのはこのときが初めてだったが、二人の年齢差を感じずにいられなかった。サニーはおそらく40代前半で、エリザベスより20歳は上に見えた。二人の関係には、どこかあっさりと割り切ったところがあった。空港で別れるときも、サニーは「じゃあ」や「楽しんできて」とは言わず、「しっかり稼いでこいよ！」と檄《げき》を飛ばした。

いざテネシーに到着してみると、持ってきたカートリッジと読み取り器がうまく動かず、エドはホテルのベッドの上で装置を解体し組み立て直すのに一晩費やす羽目になった。それでも何とか朝までには動くようになり、近くのがんクリニックで二人の患者と五、六人の医師や看護師から血液検体を採ることができた。

患者はとても具合が悪そうに見えた。余命わずかながん患者だということだった。腫瘍の増殖を抑えるための薬を投与されていて、うまくいけば数ヵ月の延命になるかもしれないという。

カリフォルニアに戻ると、エリザベスは出張が成功したと高らかに宣言し、いつものように明るいメールを社員に送った。[5)]

「ほんとに最高だった」。彼女は書いている。「患者さんはうちの技術をすぐに受け入れてくれた。会ったとたん、恐れと望み、そして痛みがひしひしと伝わってきた」

セラノス社員は勝利をお祝いすべきだと、エリザベスは書き添えていた。

エドはとてもそんな晴れがましい気持ちにはなれなかった。セラノス1・0を生身の患者の試験に使うのは、あまりにも性急すぎる気がした。被験者が末期がん患者だと知った今はなおさらだった。

金曜日の夜になると、エドは憂さ晴らしにシュナークとビールを引っかけに行った。行き先はパロアルトの騒がしいスポーツバー、オールドプロだ。化学部門の責任者ゲイリー・フレンゼルもしょっちゅう合流した。ゲイリーはテキサス出身の昔気質《かたぎ》の男で、ロデオ乗り時代の武勇伝を語るのが好きだった。骨折のしすぎでロデオを断念し、化学者のキャリアを歩むことにしたという変わり種だ。ゴシップやジョークをこよなく愛し、それを聞いたシュナークは甲高い大きな声でくっくっと笑う。それがまた、聞いたこともないようなへんてこな笑い声なのだ。3人はこうした飲み会でうち解け、親しくなった。

そんなある日、ゲイリーがオールドプロにぱったり来なくなった。エドとシュナークは不思議に思ったが、まもなくその理由を知ることになる。

2007年8月末、ミーティングを行うので上階に集合せよとのメールが全社員宛てに送信された。セラノスはこの頃70人を超える大所帯になっていた。全員が仕事の手を止めて、2階のエリザベスの部屋の前に集まった。

重苦しい空気が漂っていた。エリザベスの表情は曇り、怒っているように見えた。その隣に立つ隙のない着こなしの男性は、マイケル・エスキヴェル、数カ月前にシリコンバレー第一級の法律事務所ウィルソン・ソンシーニ・グッドリッチ&ロザーティから法務顧問としてセラノスに派遣された、弁舌巧みな弁護士だ。

主な説明はエスキヴェルが行った。セラノスはマイケル・オコンネル、クリス・トッド、ジョン・ハワードの3人の元社員を、知的財産の窃盗で訴えるという。ハワードはセラノスの研究開発全般の統括者で、エドは採用面接で会っていた。トッドはエドの前任者で、セラノス1・0の設計を指揮していた。オコンネルは前年の夏に辞めるまで1・0のカートリッジを開発していた社員だ。

これ以降は誰もこの3人とは一切接触するな、すべてのメールと文書を保全しろと、エスキヴェルは申し渡した。ウィルソン・ソンシーニの協力のもとで、証拠収集のための徹底調査をエスキヴェルが行うという。そして次に放ったひと言で、その場に衝撃が走った。

「われわれはこの件で、FBIに協力を要請している」

ゲイリー・フレンゼルはこの展開に震え上がったんだろうと、エドとシュナークは察した。ゲイリーはエドの前任者のクリス・トッドと仲がよかった。セラノスに入社する前に2社で5年間トッドと働いていたし、トッドが２００６年７月にセラノスを辞めてからもしょっちゅう連絡を取り合い、電話やメールでやりとりしていた。エリザベスとエスキヴェルはそれをかぎつけ、ゲイリーに警告したに違いない。彼はびっくりして逃げ出したのだろう。

シュナークもトッドのことをよく知っていたから、頭の中で断片的な情報をつなぎ合わせて、何が起こったのかを推測することができた。

スタンフォード大学の元博士研究員でナノテクノロジーを専門とするオコンネルは、セラノスの装置の障害になっていたマイクロ流体力学の問題を解決できたと確信し、トッドを誘って起業した。この会社をアヴィッドノスティクスという。オコンネルはハワードにも声をかけたが、彼は支援と助言を与えるだけで、参加はしなかった。アヴィッドノスティクスはセラノスにとてもよく似た会社だが、獣医向けに検査器を売り出そうとしていた点が違った。人間用より、動物用の血液検査器のほうが規制当局の承認を得やすいと判断してのことだ。

数社のＶＣに売り込みをかけたが失敗に終わり、しびれを切らしたオコンネルは、よりによってエリザベスにメールを送り、技術のライセンスを受けないかと訊ねた。

それがとんでもない大失敗だった。

エリザベスはつねに、ときには病的なまでに、企業秘密が漏れるのを恐れていた。社員だけでなく、セラノスの社内に立ち入る人や取引先にまで、守秘義務契約への署名を求めた。社内でさえ情報の流れを厳しく管理した。

オコンネルがしでかしたことを知って、その最悪の疑念が確信に変わった。エリザベスはただちに訴訟準備を開始した。２００７年８月27日、セラノスはカリフォルニア州上級裁判所に14ページにわたる訴状を提出し、３人の元社員に対する一時差し止め命令と、「被告が原告の企業秘密を利用または公開しないよう図るため」の特別補助裁判官の任命、そしてセラノスに対する５種類の損害賠償を請求した。[6]

その後の数週間、数ヵ月というもの、社内は息が詰まるような雰囲気だった。文書保全に関するメールが社員の受信箱に頻繁に届き、セラノスには戒厳令が敷かれた。ＩＴ部門の責任者でコンピュータ技術者のマット・ビッセルが導入したセキュリティ機能のせいで、誰もが常時監視されているように感じた。職場のコンピュータにＵＳＢドライブを挿せばただちにビッセルに通知が行く。それをしただけでとがめられ、解雇された社員もいた。

この騒動をよそに、エンジニアリング部門ではチーム間の競争が激化していた。エドたちと競合する新グループを率いていたのは、トニー・ニュージェントという、無愛想で生真面目なアイルランド人だ。コンピュータ周辺機器メーカーのロジテックに11年間在籍したのち、セラノスが開発中の機器よりも簡易な分析器を製造するコレステックという会社に勤務していた。持ち運び可能な分析器のコレステックＬＤＸは、指先からの微量採血で３種類のコレステロールと血糖値を測定できた。

トニーは、一足先にセラノスに入社していたコレステック創業者のゲイリー・ヒューイットによって、最初はコンサルタントとしてセラノスに迎えられた。だがヒューイットがたった５カ月で解雇されたため、その後任として研究開発担当副社長を引き継ぐことになったのだ。

前任者のヒューイットはセラノスに着任したとき、微量の血液では正確な測定が行えないため、マイクロ流体力学は血液診断に応用できないと考えていた。だがそれに代わる方法を考案する間もなく去ってしまい、その仕事はいまやトニーの双肩にかかっていた。

セラノスがもたらせる価値の一つは、これまで人間が担ってきた検査室での血液検査の手順を自動化することにあると、トニーは考えた。自動化にはロボットが必要だが、一からつくっている暇はない。そこでニュージャージーのフィズナーという会社から、3000ドルする糊付けロボットを取り寄せた。このロボットが、セラノスの新しい装置の核となっていく。

フィズナー製のロボットはごく簡単な機械だった。門型の架台に左右・前後・上下の3方向に動く機械式アームが取りつけられただけ。トニーはピペットと呼ばれる、少量の液体の移動や計量に使う細長い透明の管をロボットアームにくくりつけ、臨床検査技師が検査室で行う動作を再現するようプログラミングした。

最近雇われたばかりのデイヴ・ネルソンというエンジニアの助けを借りて、最終的にトニーは糊付けロボットの小型版を完成させた。このロボットはデスクトップコンピュータの本体よりもやや幅広で高さが低いアルミ製の箱に収められ、セラノス1・0から借りた電子部品やソフトウェアなどのパーツを加えられて、新しい読み取り器に生まれ変わった。

新しいカートリッジは、数本のプラスチック製の毛細管と2本のピペットチップ（ピペットの先端部）を搭載したトレーだった。以前のマイクロ流体カートリッジと同じ、使い捨て式だ。管のうちの1本に血液検体を入れ、読み取り器の跳ね上げ式の扉を開けてカートリッジを挿入すると、続いて読み取り器のロボットアームが臨床検査技師の手順を再現する。

アームはまず2本のピペットチップのうちの1本をつかみ、それを使って管の中の血液を吸引して、カートリッジのほかの管に入った希釈剤と混合する。次にアームはもう1本のピペットチップをつかんで、希釈剤で薄められた血液を吸引する。この2本目のピペットチップにコーティングされた抗体に標的の分子が吸着して、微細な「サンドイッチ」をつくる。

最後の手順として、アームはカートリッジの別の管から試薬を吸引する。試薬が「サンドイッチ」に触れると、化学反応により光のシグナルが放出され、読み取り器内の光電子増倍管と呼ばれる機器が、このシグナルを電流に変換する。

血液中の分子の濃度、つまり検査で測定しようとしている値は、電流の強さから推定される。電流の強さは、この光の強度に比例する。

この血液検査技術は、化学発光免疫アッセイと呼ばれる（研究用語でいう「アッセイ」は、「血液検査」と同義で使われる）。これ自体は新しい技術ではなく、1980年代初めにカーディフ大学の教授によって開発されていた。[7] だがトニーはこの技術を、トースターほどのセラノス1・0よりは大きいが、患者の家庭に設置するというエリザベスの構想を実現できるほどには小さい装置の内部で自動化することに成功した。それに、この装置はわずか50マイクロリットルの微量の血液で検査を行うことができた。エリザベスが当初こだわっていた10マイクロリットルよりは多いが、それでも「たった一滴」に相当する量に変わりはない。

開発に着手してから4カ月後の2007年9月、トニーは実用レベルの試作機をとうとう完成させた。エド・クーがオフィスの別の場所でいまだに苦心して開発していた装置に比べれば、ずっと確実に動く検査器だ。

何と名づけるつもりだい、とトニーはエリザベスに聞いた。

「失敗を重ねた末に誕生したから、エジソンって呼ぼう」

それまで社内で「糊付けロボット」と陰口をたたかれていた検査器が、突如として未来を切り拓く新しい手段になった。しかもアメリカ最大の発明家にちなんだ、立派な名前までつけられて。

マイクロ流体装置を放棄してエジソンに乗り換えるという決定は皮肉だった。セラノスは、マイクロ流体装置を支える知的財産権の保護を求める訴訟を起こしたばかりだったのだから。そしてこの決定は、エド・クーには残念な知らせとなった。

11月に入ったばかりのある朝、エドと部下のエンジニアは一人ずつ会議室に呼ばれた。エドが会議室に入ると、トニーと人事部長のタラ・レンシオーニ、弁護士のマイケル・エスキヴェルに解雇を言い渡された。会社は新しい方向に進むことになり、君が取り組んできたことは用なしになる。退職手当を得るためには、新しい守秘義務契約と誹謗中傷禁止契約に署名する必要があると告げられた。レンシオーニとエスキヴェルの立ち会いのもとで仕事場から私物を回収すると、建物の外へ連れ出された。

1時間ほどしてトニーがふと窓の外に目をやると、エドが上着を腕にかけた姿のまま呆然と立ち尽くしているのが見えた。その朝車で来なかったので、帰宅する足がなかったのだ。まだウーバーがなかった時代のことだ。トニーはエドの友人のシュナークを探しに行き、家まで車で送ってやれよと勧めた。

その2週間後、今度はシュナークがエドのあとを追って、だがエドよりは有利な条件で辞職した。エジソンは実質的には糊付けロボットの改造版でしかなく、エリザベスが熱心に掲げた崇高な理想からすれば大きな後退だった。それに社員の出入りが激しく、訴訟騒ぎが絶えない環境にも心が休まらなかった。３年半ほど経った今がいい潮時だ、とシュナークは思った。エリザベスには大学に戻りたいと伝え、二人は別々の道を歩むことにした。エリザベスは職場で送別会を開いてくれた。

セラノスの装置は、もはやエリザベスが思い描いていたような、常識破りの未来的な技術ではなくなったのかもしれない。それでもエリザベスは、会社の行く末を信じて疑わなかった。それどころかエジソンに大喜びして、完成したとたん人に見せると言って外に持ち出すようになった。２台つくってから報告するんだったなと、トニーはデイヴに苦笑した。

ともあれ、トニーはあまりにも性急にことを進めようとするエリザベスの姿勢に違和感を覚えた。感電防止程度の基本的な安全性評価は行ったが、行った検証といえばそれくらいのものだ。どんなラベルを貼るべきかさえわからなかった。弁護士に聞いてもらちがあかず、自分で食品医薬品局（ＦＤＡ）の規定を調べて、「研究専用」のラベルを貼るのが妥当なところだろうと判断した。

これは完成品ではないし、間違っても完成品だと誰かに思わせてもいけない。そうトニーは自分に言い聞かせた。

第3章　アップルへの羨望

シリコンバレーの真っただ中で事業を築こうとする若手起業家は、スティーヴ・ジョブズの影かとうてい逃れられない。アップル創業者は2007年当時、すでにiMacとiPod、それにiTunesミュージックストアの大成功によって、瀕死のコンピュータ会社をよみがえらせ、テクノロジー業界だけでなくアメリカ社会全体で不動の伝説を築き上げていた。そして2007年1月、サンフランシスコで開催されたマックワールド・カンファレンスで、ジョブズは自身の最新かつ最大の天才的アイデアとなる、iPhoneを発表し、旋風を巻き起こしたのだ。[1]

エリザベスがジョブズとアップルを崇拝しているのは、一緒にいればすぐにわかった。セラノスの血液検査システムを「医療版iPod」と呼び、セラノスの検査器がアップルの人気製品のように、いつかアメリカのすべての家庭に置かれる日が来ると予言した。

この年の夏には、アップルを称賛するだけでは飽き足らなくなり、社員までセラノスに引き抜いた。その筆頭がiPhoneのデザインを手がけたプロダクトデザイナー、アナ・アリオラである。[2]

アナが初めてエリザベスに会ったのはパロアルトのクーパカフェという、エリザベス行きつけのコーヒーとサンドイッチを出すおしゃれな店だ。エリザベスは自己紹介し、アジア旅行の話などしてから、セラノスの血液検査を利用して個人の「疾病マップ」のようなものをつくりたいという構想を語った。これがあれば、数理モデルで血液データを解析し、腫瘍の成長を予測することによって、がんなどの病気の仕組みを逆行分析して解明できるようになるというのだ。

医療に疎《うと》いアナには感動的で画期的な話に聞こえたし、エリザベスは才気あふれる人に思えた。だがセラノスに加われば、アップル株の持分1万5000株を置いていくことになる。話を決める前に妻のコリーヌの意見を聞こうと、彼女を交えてもう一度パロアルトで会うことにした。エリザベスはコリーヌの心も動かし、アナの迷いはすっかり吹き飛んだ。

アナは最高デザイン責任者としてセラノスに加わった。主にエジソンの全体的な外観と印象をまとめ上げるのが仕事だ。エジソンにはiPhoneに似たソフトウェアのタッチパネルと、洗練された筐体《きょうたい》がほしいとエリザベスは考えていた。筐体は初代iMacのように、2色が斜めに切り替わるデザインがいい。ただし初代iMacのように透明では困る。エジソンのロボットアームやその他の内臓部品を隠す必要があるからだ。

エリザベスは筐体のデザインを、シリコンバレーでアップルのジョニー・アイヴに次ぐ名声を誇るスイス生まれの工業デザイナー、イヴ・ベアールに外注していた。ベアールはエレガントな白黒のデザインを考案したが、実際の制作は困難を極めた。トニー・ニュージェントとデイヴ・ネルソンは鋳型づくりに膨大な時間を費やして、難しいデザインを実現させようと手を尽くした。

完成するまでのつなぎとしてつくった仮の筐体ではロボットアームのうるさい動作音を消すことはできなかったが、少なくともエリザベスが実演のために検査器を外に持ち出す際に見苦しくないものにはなったと、アナは満足した。

エリザベス自身にもイメチェンが必要だと、アナは痛感していた。そのなりはイケてないにもほどがあった。幅広のグレーのパンツスーツにダサいセーターの着こなしは、むさ苦しい会計士のようだ。お仲間のチャニング・ロバートソンやドン・ルーカスは、あなたをスティーヴ・ジョブズに重ね合わせているのだから、それなりの格好をしなくては、と諭した。エリザベスはその助言をしっかり心に刻んだ。それからは、黒いタートルネックに黒いパンツが彼女の定番の仕事着になった。

アナのチームには、まもなくジャスティン・マクスウェルとマイク・バウアリーが加わった。二人はエジソンのソフトウェアや患者の目に触れるその他の部分、たとえばカートリッジの包装などのデザインに取り組んだ。アナとジャスティンはアップルで一緒に仕事をしていた仲で、マイクのことは同じ職場にいた彼の恋人を通じて知っていた。

アップルからの転職組がエリザベスとセラノスの風変わりな点に気づくのに、時間はかからなかった。アナは朝7時半に出勤して、デザインの進捗状況をエリザベスと話し合うのに備えていた。毎朝駐車場に車を乗り入れるたび、黒塗りのインフィニティSUVの中でヒップホップを爆音で鳴らし、まだらの金髪を激しく揺らすエリザベスの姿が見えた。

またある日ジャスティンが進捗報告のためにエリザベスの部屋に行くと、彼女は見せたいものがあると興奮気味に手招きして、デスクに置かれた20センチほどの金属製のペーパーウェイトを指さしてきた。見ると、そこには「絶対に失敗しないとわかっていたら何をする?」の言葉が刻まれている。正面に来るように置かれていたことから、エリザベスがそのクサい言葉にシビレていたのは間違いなかった。

理想に燃えるボスがいるのは悪いことではないが、セラノスではうんざりさせられることもあった。その一つが、ＩＴ責任者マット・ビッセルや助手のネイサン・ローツとの毎日の小競り合いだ。ビッセルとローツが、社内の情報が分断されるように社内ネットワークを設定していたせいで、社員間や部門間の連携が阻まれていた。同僚とショートメールも送り合えないし、チャットの接続も部門別に断絶されていた。専有情報と企業秘密の保護のためと説明されたが、生産性を著しく下げる結果になっていた。

この状況に苛立ったジャスティンは、ある日深夜までかかってアナ宛ての長いメールで不満をぶちまけた。

「セラノスは事業の目的を見失ってしまったようだ。そもそも何のために起業したんだ？　ただ『大勢を一ヵ所に集めて違法行為をさせないように見張る』ためなのか、それとも『最高の人材で最速にすばらしいことをなし遂げる』ためなのか？」。そう吐き出している。[3]

ジャスティンとマイクは、ビッセルやローツが二人の身辺を嗅ぎ回り、エリザベスに報告しているに違いないと確信した。ＩＴチームは二人がコンピュータでどんなプログラムを実行しているのかをいつも知りたがり、ときには妙になれなれしく話しかけてきて、不穏な動きを探ろうとしているのが見え見えだった。偵察隊はＩＴチームだけではなかった。エリザベスの事務アシスタントはフェイスブックで社員と友達になり、投稿の内容をエリザベスに逐一報告していた。

また全社員の出退社時刻を記録して、誰が何時間働いているかをエリザベスに伝えるアシスタントもいた。長時間労働を促すために職場では毎晩夕食が提供されていたが、出前が届くのが夜の8時か8時半なので、社員が退社するのは早くて10時だった。

ただでさえ異様な雰囲気がさらに異様になるのは、四半期ごとのセラノス取締役会の開催日だ。

社員は忙しそうに振る舞うように指示され、取締役が社内を歩いていてもけっして目を合わせないようにと言い渡された。エリザベスは大きなガラス張りの会議室に取締役を迎え入れるなり、さっとブラインドを下ろした。まるで潜入捜査中のＣＩＡエージェントの秘密報告会だ。

ある晩、アナはジャスティンとエンジニアのアーロン・ムーアを車に乗せて、サンフランシスコに帰った。アーロンはマサチューセッツ工科大学（ＭＩＴ）の博士課程でマイクロ流体力学を研究していたとき、業界紙の小さな求人広告を見て応募し、２００６年９月に大学院を中退してセラノスで働き始めた。アナとジャスティンが加わった時点で、１年ほど働いていたことになる。大学はスタンフォード、大学院はＭＩＴに行った秀才だが、偉ぶったところは微塵もなかった。ぼさぼさの髪に３日剃っていない無精髭、それにイヤリングという、ポートランド出身らしいヒッピーの風貌だ。おまけに話もおもしろいとあって、アップルからの転職組が親しみを持てる数少ない存在だった。

アナとジャスティン、アーロンは３人ともサンフランシスコ住まいで、車か電車で通勤していた。その晩アナのプリウスで帰る途中、アーロンは新しい同僚たちに不満を漏らした。君たちは気づいていないかもしれないが、セラノスではいつも誰かがクビになっている。アナとジャスティンが気づかないはずがなかった。折しもエド・クーの解雇劇が起こったばかりで、エド以下20人の社員が仕事を失っていたのだ。あまりにも急なことだったので、エドは職場にたくさん仕事道具を残していった。ジャスティンはゴミ箱からエグザクト製の精密ナイフのセットを掘り出して、ちゃっかり自分のものにしていた。

テネシーのがん患者の試験のことも心に引っかかっていてね、とアーロンは言う。マイクロ流体装置はきちんと動く状態にはまだほど遠いし、ましてや生きた患者に使う状態にはまったくない。それなのに、エリザベスは試験を強行したぞ。トニーの開発した新しい機器に乗り換えたのはよかったが、チームはまだ性能をしっかり把握しているようには思えない。エンジニアリング部門と化学部門は情報交換していない。それぞれが担当部分のテストをくり返すだけで、装置全体のテストは誰一人やっていないんだ。

アナは話を聞きながら、不安の高まりを抑えられなかった。患者に使用する以上、血液検査技術は完成されているとばかり思っていた。なのにアーロンは、まだまだ開発途上だという。テネシーでの試験対象が余命わずかながん患者だということは、アナも知っていた。重病患者が不完全な医療機器の実験台にされると考えただけで胸が痛んだ。

アナとアーロンが知っていれば、懸念がいくらか和らいだかもしれないことが一つあった。セラノスががん患者の血液検査で得た結果は、患者の治療方針の判断材料にはされないという事実だ。検査結果は、ファイザーがセラノスの技術の有効性を確認する目的にだけ利用される。だがエリザベスが試験の条件を説明しようとしなかったため、ほとんどの社員はこのことを知らなかった。

翌朝、アナはセラノスを紹介してくれた人にさっそく連絡を取った。アップルの元同僚でセラノス取締役の、アヴィ・テヴァニアンだ。数カ月前にアナの意向を探り、エリザベスとの面談をお膳立てしてくれたのは彼だった。アナはロスアルトスのピーツコーヒーでアヴィに会い、アーロン・ムーアから聞いたことを耳に入れた。セラノスがテネシーでの試験で倫理の一線を踏み越えるのが心配だと訴えた。アヴィは熱心に聞き入り、実は自分もこの会社には疑問を抱いていてね、と言って、おもむろに語り始めた。

アヴィはスティーヴ・ジョブズの最も古くからの親友の一人だった。[4] ジョブズがアップルを追放されたあと、1980年代半ばに立ち上げたソフトウェア会社ネクストでともに働いた盟友だ。ジョブズは1997年にアップルに復帰すると、アヴィをソフトウェア開発の責任者に据えた。怒濤のような10年間を経て、アヴィはアップルを辞めた。使い道に困るほどの大金を得ていたし、妻と二人の子どもと過ごす時間がほしかった。引退から数ヵ月経った頃、セラノスの新しい取締役を探していたヘッドハンターから連絡があった。

アヴィが初めてエリザベスに会ったのもアナと同じ、クーパカフェだった。アヴィの目に、エリザベスは情熱を持って信念を追い求める、聡明な若い女性に映った。まさに起業家に求められる資質だ。アヴィがアップルで得た経営の知恵を披露すると、エリザベスは目を輝かせて聞いた。ジョブズとの長いつき合いは、彼女にとって羨望の的のようだった。エリザベスと会ったことで、アヴィはセラノス取締役会に加わる決心を固め、2006年末のセラノスの資金調達では150万ドル相当の株式を購入した。

出席した最初の二度の取締役会は何事もなく過ぎたが、三度目になるとアヴィはあるパターンに気づき始める。製薬会社との間で交渉中だという契約に基づくバラ色の収益予測をエリザベスが発表するが、その収益はいつになっても実現しないのだ。アヴィが取締役になった直後にCFOのヘンリー・モズリーが解雇されたことにも首をかしげた。出席した直近の取締役会では製薬会社との契約について突っ込んだ質問をしてみたが、法務審査に時間がかかっていると返された。契約書を見せてくれと食い下がると、エリザベスは手元に写しがないから見せられないと断った。

装置の公開もくり返し延期され、しかも解決すべき問題の説明は二転三転した。血液検査の仕組みについて知ったかぶりをするつもりはなかった。アヴィの専門はソフトウェアだ。それでも、もしセラノスの装置が、これまでさんざん聞かされてきたように最後の「微調整」の段階にあるのなら、なぜ四半期ごとにまったく違う技術的問題が新たな障害として浮上するのか？　商業展開を間近に控えた装置にはとても思えなかった。

２００７年10月末、アヴィは取締役会の報酬委員会に出席した。取締役会会長のドン・ルーカスは、エリザベスが節税目的で財団の設立を計画していると告げた。財団への特別な株式譲渡を承認するよう、委員会に求めているという。ドンのエリザベスへの溺愛ぶりにはアヴィも気づいていた。まるで目に入れても痛くない孫娘のようにエリザベスを扱った。ドンは70歳代後半の、白髪につば広帽を好んでかぶる恰幅《かっぷく》のよい紳士で、ベンチャー投資を会員制クラブのように考えている、古い世代のベンチャーキャピタリストだった。ラリー・エリソンを著名な起業家に育て上げたドンが、エリザベスのなかに次のスターを見出した気になっているのは明らかだった。

だが、エリザベスの望み通りにさせるのは企業統治上問題だ、とアヴィは考えた。財団をエリザベスが支配する以上、財団に譲渡する新株の議決権も彼女が支配することになり、会社全体におけるエリザベスの支配比率が高まる。創業者に権限が集中するのはほかの株主の利益にならないと判断して、アヴィは反対票を投じた。

２週間後、ドンから会えないかという電話があった。アヴィはサンドヒルロードのドンのオフィスに車を走らせた。ドンは開口一番、エリザベスがとても腹を立てていると言った。最近の取締役会でのアヴィのふるまいを不愉快に感じ、取締役にふさわしいとはもう思えなくなったのだという。辞職してくれるかと、ドンはずばり聞いてきた。アヴィは気色ばんだ。それは心外だ、自分はただ取締役としての責務を果たしているだけで、質問をするのも務めのうちじゃないか、と返した。それはそうだとドンは認めた。君は立派な仕事をしている。しばらく考えさせてほしいと言って、アヴィはその場を辞した。

パロアルトの自宅に戻ると、アヴィは取締役としてここ1年間に得たすべての資料と、株式購入前に受け取った投資資料を見直すことにした。そして読み返すうちに、経営陣を含む会社の何もかもが、この1年のうちにすっかり変わってしまったことを思い知ったのだ。ドンにこれを見せなくては、とアヴィは決心した。

その間、アナ・アリオラは不安で落ち着かない日々を過ごしていた。アナはもともと興奮しやすいたちで、いつも早口で話し、慌ただしくかけずり回っていた。ふだんは仕事に全力を投入し、すばらしい成果を挙げていた。だがときにその熱意がストレスや不安、そして騒動を招くこともあった。

カフェで会ったあともアヴィと連絡を取り合っていたアナは、エリザベスが彼を取締役から外したがっていることを知った。二人の対立のきっかけはわからないが、不穏な展開なのは間違いなかった。

アナ自身とエリザベスとの関係も悪化していた。エリザベスは「ノー」と言われるのをことさら嫌ったが、アナはエリザベスの要求を理不尽だと感じたとき、何度かノーを突きつけた。エリザベスの秘密主義にもうんざりだった。この小さなベンチャー企業にとって、たしかにデザイナーはエンジニアや化学者ほど重要な存在ではないかもしれないが、それでもきちんと仕事をしようと思ったら、装置開発の情報の輪の中にいる必要がある。だがエリザベスは必要最低限の情報しか与えてくれなかった。

そんなある日の早朝の打ち合わせで、アナはアーロン・ムーアに聞いたセラノスの装置の問題を、エリザベスにぶつけた。もしも技術的な不具合をまだ解決できていないのなら、テネシーでの試験をいったん中断して、まずは問題解決に集中したほうがよくないだろうか？　装置がきちんと動くようになれば、試験はいつでも再開できるのだから。

エリザベスは提案をはねつけた。ファイザーなどの大手製薬会社は、どこもうちの血液検査装置をほしがっている、セラノスがすごい会社になるのは間違いない、とまくし立てた。不満があるのなら、ここが本当にあなたのいるべき場所なのか、よく考えたほうがいい。

「考えてみて、どうしたいか決まったら教えてちょうだい」。そう言い放った。

アナはデスクに戻り、数時間悶々《もんもん》と考えた。テネシーでの試験を強行することが正しいとは、どうしても思えなかった。エリザベスがアヴィに取締役を辞めさせたがっていることも気にかかっていた。アナはアヴィを信頼し、友人と慕っていた。二人が対立しているのなら、自分はアヴィの側につこう。

正午には心は決まっていた。簡潔な退職願を書き、エリザベス宛ての1通と、人事部宛ての1通の計2通をプリントアウトした。エリザベスはもうオフィスを出ていたので、ドアの下に滑り込ませ、ビルを出る途中、手短なメールでその場所を知らせた。[5]

30分後にエリザベスから携帯に電話してほしいと返信が来た。[6] アナは折り返さなかった。セラノスにもう用はなかった。

ドン・ルーカスはメールを使わない。長年の間にいやというほど訴訟を見てきたうえ、1990年代初めのオラクルを狙い撃ちにした集団訴訟の波に揉まれたこともあって、裁判の証拠に使われかねない電子書類の痕跡を残すことを嫌がった。したがって、アヴィが発見したことをドンに伝えるには、直接会って話すしかなかった。ドンの二人のアシスタントに連絡して、もう一度会う約束を入れた。

約束の日、セラノス取締役として得たすべての資料のコピーを携えて、アヴィはドンのオフィスを訪ねた。資料は全部で数百枚にもなった。ここに書いてあることを考え合わせると、いくつもの矛盾が浮かび上がってくる、とアヴィは説明した。取締役会は大きな問題に直面している。セラノスを立て直すことは可能かもしれないが、エリザベスの運営方法では無理だ。何らかの「大人」の監督を導入しなくては、と説いた。

「いや、君が辞めるべきだろう」。ドンはぴしゃりと言い、すぐに続けた。「その紙束は何のつもりかね」

アヴィはあきれて言葉も出なかった。ドンは詳しい話を聞く気すらなさそうだ。この老人が唯一気にしているのは、アヴィがこの問題を取締役会全体に提起するつもりかどうかということだけ。事の成り行きをしばらく考えた末、アヴィは身を引くことにした。アップルを辞めるときにも一悶着あった。騒動はもうたくさんだ。

「わかった、辞任する。この書類は置いていくよ」。そう答えた。

立ち上がって出ていこうとすると、ドンはほかにも話し合わなくてはならないことがあると言って引き留めた。セラノスの社員第1号で、事実上の共同創業者のシュナーク・ロイが会社を辞めることになり、創業者株式のほとんどをエリザベスに売り戻すつもりだという。エリザベスが彼の持株を手に入れるためには、会社が株式を買い取る権利を放棄することを、取締役会で決議する必要があった。アヴィにはよい考えにはとうてい思えなかったが、自分は辞めるのだから取締役会で採決してもらってかまわないと伝えた。

「もう一つあるんだ、アヴィ」。ドンはたたみかける。「君自身の株式買取権を放棄してもらいたい」

アヴィは頭にき始めていた。このオヤジはいったいどれだけ要求したら気がすむんだ？　必要な書類はセラノスの法務顧問マイケル・エスキヴェルから送ってくれ、と答えた。検討するとは言ったが、約束はしなかった。

書類が届くと、アヴィはじっくり読んで結論を出した。会社がシュナークの株式を買い取る権利を放棄した場合、自分を含む株主は当然の権利として、その株式の一部を買い取ることができる。もう一つ気づいたことがある。エリザベスはシュナークとの間で、セラノス側に異様なまでに有利な取り決めを結んでいた[7]。シュナークは持株の113万株を、わずか56万5000ドルで手放すつもりだった。1株当たりに直すと50セントとなり、アヴィやほかの投資家が1年以上前の直近の資金調達ラウンドで支払った価格から、じつに82パーセント引きの計算になる。アヴィの購入した株式は、会社の資産や収益に対する優先権が付与された優先株式だが、シュナークの株式は普通株式なので、多少割安なのは当然としても、これほどの値引きは前例がない。

アヴィは買取権を行使することに決め、自分の持株比率に相当する株式をシュナークから購入する意向をエスキヴェルに伝えた。要求がすんなり受け入れられるはずもなかった。二人の間で緊迫したメールのやりとりが続き、とうとうクリスマス休暇に突入した。

クリスマスイブの午後11時17分、エスキヴェルからメールが来た。[8)]「不誠実」な行動を取ったとしてアヴィを非難し、取締役の忠実義務違反とセラノスに対する公的非難で訴えることを真剣に検討していると警告していた。

アヴィは驚愕した。そんなことは何もしていないし、シリコンバレーで長く働いてきたが訴えると脅されたことは一度もなかった。シリコンバレー中どこでも、アヴィは「いい奴」で通っていた。愛すべきテディベアだ、敵など一人もいない。いったい何だっていうんだ？　ほかの取締役に連絡を取ろうとしたが、誰も電話に出てくれなかった。

途方に暮れたアヴィは、弁護士の友人に相談した。アップルで築いた富のおかげで、セラノスの純資産を超える個人資産を持っていたから、高額な訴訟の可能性に怖じ気づいたわけではない。だが一部始終を聞いた友人が投げかけた質問が、状況を客観的にとらえ直すきっかけを与えてくれた。「君が今この会社について知っているすべてを考え合わせても、まだ持分を増やしたいと思うのかい？」

そう考えると、答えは断然ノーだった。それに今はクリスマス、施しと喜びの季節だ。この件にはケリをつけ、セラノスのことはもう忘れるとしよう。だがその前に訣別状をしたため、署名を迫られていた権利放棄書をつけてドンのアシスタントにメールした。

セラノスが権利放棄の署名を迫るために用いた容赦のない手口は、自分がドンに訴えていた、会社の運営方法に関する「最悪の懸念のいくつか」を裏づけた、と綴った。[9] エスキヴェルを責めるつもりはない、弁護士が上からの指示で動いているのはわかっている、と書き添えた。訣別状はこう結ばれている。

ここで起きたことを、取締役全員に周知させていただきたい。会社側の意向に無条件に従わなければ、会社／エリザベスから報復を受ける恐れがあることを、取締役は知っておくべきだ。

……

敬具

アヴィ・テヴァニアン

第4章　さらばスラム街

２００８年初め、セラノスはパロアルトのヒルビューアベニューに建つ新しいビルに引っ越した。ニューヨークで言えば、荒廃したサウスブロンクスからマンハッタンのど真ん中に移転したようなものだ。

見かけがものを言うシリコンバレーで、セラノスは3年もの間、いわゆる「線路のあちら側」にいた。この場合の「線路」とは国道１０１号線、別名ベイショア・フリーウェイを指している。全米有数の富裕地区パロアルトと、かつてアメリカの殺人首都というありがたくない称号を得ていた貧困地区イーストパロアルトとを隔てる道だ。

旧オフィスは、この4車線の高速道路のイーストパロアルト側にあり、隣が機械工場、向かいが屋根工事業者という立地だった。金持ちのベンチャーキャピタリストにとっては、訪れているのを人に見られたくない界隈だ。うってかわって新しい所在地は、スタンフォード大学のキャンパスの真隣で、ＨＰ（ヒューレット・パッカード）の豪華な本社ビルからは目と鼻の先だった。この高額物件は、セラノスが一流企業の仲間入りをしようとしていることを世に知らしめていた。

ドン・ルーカスは移転に大喜びだった。トニー・ニュージェントとの会話で、旧所在地への軽蔑を隠そうともしなかった。「やっとエリザベスをスラム街から連れ出せてうれしいよ」

だが移転の実務作業を任された者にとっては、うれしいどころではなかった。その仕事は、IT部門の責任者を務めるマット・ビッセルにめぐってきた。マットはエリザベスが最も厚い信頼を寄せていた側近の一人だ。２００５年に社員第17号として入社して以来、地道に職務をこなしてきた。会社のITインフラの責任を担うほか、セキュリティ関連の業務も担当した。マイケル・オコンネルとの訴訟のために、コンピュータの法的証拠を解析し保全したのも彼だった。

ここ数カ月間、マットは移転準備にかなりの時間をとられていた。そして２００８年1月31日木曜日、とうとう準備が完了したかに思われた。翌朝一番に引越業者が来て、すべてを搬出する手筈が整った。

ところがその日の午後4時に、マットはマイケル・エスキヴェルとゲイリー・フレンゼルに会議室に引っ張り込まれた。エリザベスがスイスから電話会議に参加していた。ヘンリー・モズリーの退任を招いた、あのノバルティスでの偽の結果を使った実演から14カ月を経て、二度目の実演のために出張していたのだ。なんでも、その日の午前零時までに退去しなければ2月分の賃貸料を徴収されることを、たった今知ったのだという。そんなことさせるもんですか、とエリザベスは息巻いた。

引越業者に電話して今すぐ来てもらうようにとマットは命じられた。来てくれるとはとても思えなかったが、とりあえずやってみると答え、会議室を出て電話をかけた。だが業者の配車係に苦笑される始末だった。申し訳ありませんが、会社の移転の直前の予定変更はお受けできないんですよ。

エリザベスはひるまなかった。前に利用したことのある、別の引越業者に電話して乗り換えればいい、最初の業者と違って労働組合化されていない業者なら融通が利くはずだというのだ。だがマットが二つ目の業者に電話して事情を説明すると、その計画はあきらめたほうが身のためだと諭された。組合化された引越業者は、すべて犯罪組織が仕切っている。土壇場で業者を変えれば、暴力沙汰になりかねないのだと。

このゾッとするような答えを聞いてもなお、エリザベスはあきらめようとしなかった。マットとゲイリーはほかの障害を挙げて、全力で説得にかかった。ゲイリーは血液検体の貯蔵の問題を持ち出した。百歩譲って今日中に引越部隊が来たとしても、新しい住所に荷物を搬入するのは明日になる。その間どうやって血液を適温に保つんだ？　冷蔵トラックに入れて、一晩中駐車場で動かしとけばいいでしょ、とエリザベスはこともなげに答えた。

嵐のような数時間を経て、マットはやっとのことでエリザベスを説き伏せることができた。たとえ何らかの方法で午後11時59分までに退去できたとしても、まだ実地確認《ウォークスルー》が残っている。セラノスは曲がりなりにもバイオテクノロジー企業である以上、有害物質の処理に関して問題がないことを、州当局者の立ち会いのもとで示すことを義務づけられている。実地確認の日程を組むだけで何週間もかかるし、それが完了するまではどのみち新しい借り主は入居できないのだ。

結局、移転は当初の予定通り翌日に行われた。だがこの出来事で、マットはついに我慢の限界に達した。エリザベスを崇拝する気持ちはまだ心のどこかに残っていた。あんなに賢い人はまずいないし、きっと人の心を動かし、鼓舞するリーダーになれるだろう。エリザベスならエスキモーにだってアイスクリームを売れると、よく冗談を言ったものだ。だがその一方では、いつも彼女に振り回され、混乱が絶えない日々に辟易してもいた。

マットの中で、あることがとくに耐えがたくなっていた。エリザベスは社員に「絶対忠誠」を要求し、それが得られないと、手のひらを返したように冷たくなった。マットがセラノスにいた2年半の間に彼女が解雇した社員は、マイクロ流体方式の断念に伴いエド・クーと同時期に職を失った約20人を除いても、ゆうに30人を超えた。

エリザベスが誰かをクビにするたび、マットは退職手続きを手伝い、ときにはただ退職者の社内ネットワークへの接続を切って建物の外に連れ出す以上のことを求められた。交渉でセラノス側に有利になる証拠を収集するために、退職者の身辺調査を命じられることもあった。

手伝うんじゃなかったと、マットが深く悔やんでいたのが、元ＣＦＯヘンリー・モズリーの件だ。モズリーがクビになったあと、彼の業務用ノートパソコンのファイルデータを保全のために中央サーバーに転送していたとき、不適切な性的コンテンツを偶然見つけた。それを知ったとたん、エリザベスはそのコンテンツが雇用契約を解除した理由だったと言い張り、モズリーがストックオプションを行使できなくしたのだ。

モズリーは辞めるまでマットの上司だった人で、マットの見るところセラノスの資金調達の立役者でもあった。むろん、会社から支給されたパソコンでポルノを見ていたモズリーも悪いが、かといってそれが脅しのネタになるほどの重罪には思えなかった。だいいち、そのポルノは解雇されたあとで見つかったのだから、それを解雇の理由だと主張するのは筋違いにもほどがある。

ジョン・ハワードの扱われ方も、マットの心に重くのしかかっていた。マイケル・オコンネルとの訴訟のために収集した証拠をしらみつぶしに調べたが、ハワードが不正を行ったという証拠は何一つ見つからなかった。それにハワードはオコンネルに新会社に誘われたが、断っている。なのにエリザベスはあれこれ理由をこじつけて、ハワードまで訴えると言って譲らなかった。ハワードは、スタンフォード大学を中退したエリザベスに最初に手を差し伸べた恩人の一人で、セラノスの草創期にはサラトガの自宅の地下室を実験に使わせてくれたというのにだ（その後オコンネルが特許の譲渡に同意すると、セラノスは3人の元社員に対する訴訟を取り下げた）。

自分のITコンサルティング会社を立ち上げるのが、マットの長年の夢だった。ここを辞めて夢を叶えるなら、今しかないと決意した。そう伝えると、エリザベスは信じられないといった様子でまじまじと見つめてきた。医療に革命を起こし、世界を変えようとしているこの会社での仕事を、そんなことのために手放すなんてとても理解できないというのだ。昇給と昇進で引き留められたが、マットは固辞した。

セラノスでの最後の2週間に、ほかの大勢の社員に起こったことが、今度はマットの身にも降りかかった。エリザベスはもう口をきいてもくれず、目を合わせようともしなかった。そしてIT部門のマットの同僚エド・ルイースに、マットのファイルやメールの収集・解析を行ってくれたらマットの肩書きをあげると持ちかけた。だがマットと親しいエドは申し出を断った。いずれにせよ、見つかって困るようなものは何もなかった。マットは清廉潔白だった。ヘンリー・モズリーとは違い、ストックオプションを持ち続け、行使することができた。２００8年2月、マットはセラノスを去って自分の会社を立ち上げ、エド・ルイースが数カ月後に加わった。

新しいパロアルトのオフィスは立派ではあったが、エド・クーらの解雇後50人にまで縮小していた小さなスタートアップにはあまりにも広すぎた。メインフロアは縦長の空間で、エリザベスたっての希望で、社員の席は片側に寄せられ、もう片側はがらんとした空きスペースになっていた。アーロン・ムーアは同僚数人を誘って、ここで一、二度室内サッカーをしたことがある。アーロンはアナ・アリオラが突然辞めてから、ジャスティン・マクスウェルとマイク・バウアリーと親しくなっていた。アナは3人のうちの誰にも、辞めるつもりだとは言わなかった。ただある日憤然と出て行ったきり、二度と戻って来なかった。これに一番動揺したのはジャスティンだ。アップルを辞めてセラノスに来るよう彼を説得したのは、ほかでもないアナだった。それでもジャスティンは前向きな姿勢を崩さず、パロアルトの一等地に引っ越すからには何かしらうまく行っていることがあるはずだと、自分に言い聞かせた。

移転後しばらくしてアーロンとマイクは、トニー・ニュージェントとデイヴ・ネルソンがつくった2台のエジソン試作機を使って、簡単な「人間工学《ヒューマンファクター》」調査をやろうと決めた。これはエンジニア用語で、ユーザーに機器を実際に使ってもらい、その様子を観察することをいう。ユーザーが実際にどのように指先採血を行い、血液をカートリッジに入れるために必要なそれ以降の手順をどう進めるのかを知りたかった。アーロン自身も社内で検査をくり返し、指先の感覚がまひしていた。

トニーの許可を得て、二人はエジソンをアーロンのマツダ車のトランクに積み込み、サンフランシスコまで運んだ。試作機を持って市内の友人たちのスタートアップをめぐる計画だ。最初にサンフランシスコ・ミッション地区のアーロンのマンションに寄って、下準備を行った。試作機を居間のコーヒーテーブルに並べて必要なものが全部揃っていることを確かめた。カートリッジ、採血用のランセット針、それに血液をカートリッジに入れるための、小型注射器のような「輸送ペン」。

何をやったかを記録するために、アーロンはデジタルカメラでどんどん写真を撮っていった。イヴ・ベアール設計の筐体はまだ完成していなかったため、試作機は粗削りに見えた。仮の筐体は灰色のアルミ板をネジ止めしたもので、前面のカートリッジ挿入口の扉は、猫の出入り口のような跳ね上げ式だ。猫扉の上には、簡単な操作パネルが斜め上向きに取りつけられている。内部からは、ロボットアームのガーッというるさい音が聞こえる。アームがカートリッジにぶつかり、先端のピペットチップがぽっきり折れることもあった。全体として見れば、中学2年生の自由研究といった印象だ。

アーロンとマイクは、友人のオフィスに到着するたび、クスクス笑いとコーヒーの歓迎を受けた。みんな話のわかる連中で、二人の小さな実験に快くつき合ってくれた。ちなみにこの日立ち寄ったスタートアップの一つに、この数週間後に8億5000万ドルでAOLに買収されたソーシャルメディアサイトのビーボがあった。

調査を重ねるにつれ、はっきりしてきたことがある。「指先を一刺し」するだけではすまないのだ。採取した血液をカートリッジに移すのは、手順の中でもとくに厄介な部分だった。指先をアルコールで消毒して、ランセット針を刺して血を出し、そこに輸送ペンをあてがって吸い取り、輸送ペンのピストン部分を押してカートリッジに放出する。一発で成功する人はほんの数人で、友人たちに何度も針を刺してもらわなくてはならなかった。そこら中に血が飛び散り修羅場のようだった。

こうした苦労を見るにつけ、アーロンのかねてからの懸念は確信に変わった。セラノスは検査手順のこの部分を軽く考えすぎている。55歳の患者が自宅採血のコツをすぐにつかめる、などという考えは甘すぎた。そして、この部分が正しく行われない限り、検査装置の残りの部分がどんなにうまく動いても、正しい結果はけっして得られないのだ。オフィスに戻ると、さっそくトニーとエリザベスに調査結果を伝えたが、二人がたいして気にとめていないのは明らかだった。

アーロンは不満と幻滅を感じ始めていた。最初はエリザベスの理想に共鳴したし、セラノスでの仕事にやりがいも感じた。だが2年近く経った今、彼はもう燃え尽きかけていた。何より、最近上司になったトニーとまったくそりが合わなかった。トニーの下から抜け出したい一心で、エンジニアリングから営業部門への異動願を出したほどだ。エリザベスのスイス出張に同行できることを期待して、土曜日にスーツを探して店を回ったこともある。出張には行けなかったが、エリザベスは異動願を検討してくれているようだった。

サンフランシスコでの調査の数日後、自宅でビールを飲みながら撮影した写真を取り込んでいるとき、アーロンはちょっとしたいたずらを思いついた。2台のエジソン試作機をコーヒーテーブルに並べた写真をフォトショップで加工して、オンライン売買掲示板クレイグスリストのパロディ広告をつくったのだ。これに「セラノスエジソン1・0〝読み取り器〟――動作ほぼ確認済み――1万ドル、応交渉」の見出しをつけて、見出しと写真の間にはこんな宣伝文句を入れた。


早い者勝ち！　セラノスの簡易迅速診断装置〝エジソン〟のレアな2台セットです。「医療版iPod」とも称されるエジソンは、免疫化学を応用した半可動式装置で、人間や動物の指先から採った全血検体を使って、多種類のタンパク質検査ができます。……

先日敗血症の疑いがあり、装置一式を購入しましたが、タンパク質Cの濃度が1ミリリットル当たり4マイクログラムの正常値に戻ったため、不要になりました。発売前の血液分析器を出血価格で提供します！

２台セットで１万ドル、バラで各６０００ドル、応交渉。または類似の発症前診断装置（ロシュ、ベクトン・コールター［原文ママ］、アバキス、バイオサイト社製等）との交換も応相談。付属品は使い捨てカートリッジ、ペリカン社特製持ち運び用ケース、ＡＣアダプター、ＥＵ出力アダプター、採血用具一式、蛭《ひる》等。

翌日、アーロンはパロディ広告を印刷して職場に持っていった。机に置いておくと、ジャスティンとマイクが見つけて大ウケした。マイクはもっと大勢に見てもらおうと、男性用トイレの壁に貼り出した。

すると、社内は上を下への大騒ぎになった。誰かが広告をはがしてエリザベスのところに持っていき、本物の広告だとすっかり思い込んだエリザベスが、上級管理職と弁護士の緊急会議を招集したのだ。エリザベスは、会社に対する本格的なスパイ行為だと宣言し、ただちに犯人捜しを行うよう命じた。

アーロンは観念して、事態が手に負えなくなる前に名乗り出ることにした。おずおずと自分から、トニーに告白した。たわいもない冗談のつもりで、みんながおもしろがると思ってやったのだと。トニーはわかってくれたようだった。彼自身、ロジテックにいた頃はいろんないたずらの片棒を担いだものだ。だがトニーは釘を刺すのを忘れなかった。エリザベスはかんかんだったぞ。

その日遅くにエリザベスはアーロンをオフィスに呼び出して、刺すような冷たい視線で見つめた。あなたを見損なったわ、と言い放った。この悪ふざけは全然笑えないし、みんなもそう思っている。あんなに苦労して装置をつくった人たちに失礼だと思わないの？　営業部門への異動はなかったことにしてちょうだい。あなたみたいな人を顧客の前に出せるはずがないでしょう。会社の代表として失格よ。エリザベスを完全に怒らせてしまったという事実を噛みしめながら、アーロンはすごすごと席に戻った。

だが営業部門への異動はどのみち得策ではなかったかもしれない。アーロンは知らなかったのだが、営業周りでも厄介な問題が持ち上がろうとしていた。トッド・サーディーという新しい幹部がセラノスに加わり、それまでエリザベス自身が担っていた営業とマーケティングを担当することになった。

トッドは百戦錬磨の営業責任者だ。セラノスに来る前は、ドイツの企業向けソフトウェア大手のSAPをはじめ、多くの大企業の要職を歴任していた。健康的でハンサム、趣味のよいスーツに身を包み、毎日BMWの高級車で出勤した。昼休みには車に積んだ炭素繊維製のロードバイクで、近くの丘を走った。サイクリング好きのアーロンは、トッドとお近づきになろうとして何度か同行したことがある。もちろん、例の悪ふざけがエリザベスの逆鱗《げきりん》に触れる前の話だ。

トッドの営業部門の部下のうち二人は、大手製薬会社の本社が集まる東海岸で働いていた。その一人、スーザン・ディジャイモは、ニュージャージーの自宅を拠点にして2年ほど前からセラノスの仕事をしていた。製薬会社への売り込みにもたびたび同行し、エリザベスが安請け合いをするのをいつもハラハラしながら聞いていた。お宅の検査装置をうちのニーズに合わせて調整してもらえるのかと相手先の幹部に聞かれると、「もちろんです」と、エリザベスはこともなげに答えるのだった。

トッドは着任早々、製薬会社との契約から見込まれる収益について、スーザンを質問攻めにした。スーザンは詳細な収益予測をスプレッドシートにまとめていて、その数字は契約1件につき数千万ドルと巨額だった。それからスーザンは打ち明けた。私の知る限り、数字は大幅に水増しされています、と。

一番の問題は、血液検査装置がきちんと動くことを各提携先に証明できるまでは、大きな収益が実現するなどあり得ないということだ。装置の精度を確認するために、すべての契約には「検証段階」と呼ばれる当初の試用期間が設けられていた。イギリスの製薬会社アストラゼネカなどは、検証段階の費用として最大10万ドルまでしか支払おうとしなかった。そしてこの段階で満足のいく結果が得られなければ、どの製薬会社も提携を打ち切ることができた。

例の2007年のテネシーでの試験は、ファイザーとの契約の検証段階に相当した。その目的は、ファイザーが開発中の新薬に対するがん患者の反応を調べる上でセラノスの装置が役に立つかどうかを確かめることにあった。[1]セラノスは、腫瘍が増大するときに体内で過剰に生み出される3種類のタンパク質の血中濃度を測定する。もしも患者のタンパク質濃度と治験薬との相関性を確認できなければ、ファイザーは提携関係を終了し、エリザベスが契約をもとに弾き出した収益予測は絵に描いた餅になってしまう。

またスーザンは、検証データを一度も見たことがないとトッドに伝えた。おまけにエリザベスと出先で実演を行うとき、セラノスの装置はしょっちゅう誤作動を起こした。その典型例が、つい先日のノバルティスでの実演だ。ティム・ケンプが捏造《ねつぞう》した結果をカリフォルニアからスイスに送信した、あの2006年末の実演のあとも、エリザベスはノバルティスへの売り込みを粘り強く続け、ついに2008年1月に同社の本社で二度目の実演を行う話を取りつけた。

実演の前夜、スーザンとエリザベスはチューリッヒのホテルで2時間もの間指先を刺し続けた。[2] 検査の結果がつねに同じになることを確かめようとしたが、結局できずじまいだった。翌朝バーゼルのノバルティス本社を訪れると、事態はさらに悪化した。部屋に集まったスイス人の幹部一同がじっと見守る目の前で、持ち込んだエジソンの読み取り器が3台ともエラーを起こしたのだ。スーザンは凍りついたが、エリザベスはいっこうに動じず、ささいな技術障害ですね、と言ってすませた。

スーザンやパロアルトの部下たちから集めた情報をもとに、トッドは確信した。セラノス取締役会は、会社の財務と装置開発の現状について誤った認識を持たされている、と。彼は信頼していた法務顧問のマイケル・エスキヴェルに疑念を打ち明けた。

この頃、エスキヴェル自身も疑いを持ち始めていたことがわかっている。昼休みに同僚と一緒に、新しいオフィスからスタンフォードディッシュの丘までランニングで往復しながら、セラノスと製薬会社の提携関係にはどうも釈然としない点があると、ぽつりと漏らした。それ以上は言おうとしなかったが、何か気になることがあるようだと同僚は察した。

2008年3月、トッドとマイケルは取締役のトム・ブロディーンに接触し、エリザベスが取締役会でふれ回っている収益予測には現実的な裏づけが何もないと訴えた。数字は大幅に水増しされていて、装置が完成もしていない現状では、とても実現できるものではない。

ブロディーンは大手コンサルティング会社と技術系企業のトップを歴任してきた、60代半ばの経験豊かなビジネスマンだ。だがセラノスの取締役会に加わってからまだ間がなく、2007年秋にドン・ルーカスに請われて就任したばかりだった。自分は取締役になって日が浅いので、その話は取締役会会長のルーカスに直接持っていったほうがいいと、トッドとマイケルを促した。

アヴィ・テヴァニアンから同様の懸念を打ち明けられたのがほんの数カ月前とあって、ルーカスはこのときばかりは事態を重く受けとめた。ある意味、そうせざるを得なかった。トッドはセラノスの主要投資家のベンチャーキャピタリスト、B・J・キャシンの娘婿だった。キャシンとルーカスは長年の友人で、二人とも同じ2006年初めのシリーズBラウンドでセラノスに投資していた。

ルーカスはサンドヒルロードの自分のオフィスで、ただちに緊急取締役会を開いた。出席者はルーカスとブロディーン、チャニング・ロバートソン、それにアーリーステージ投資専門のATAベンチャーズの創業者ピーター・トーマス。協議が行われる間、エリザベスは部屋の外で待たされた。

協議の結果、4人は合意に達した。エリザベスをCEOの任から解く。彼女はこの仕事にはまだ若く、経験が足りないことがわかった。正式な後任が決まるまでの間、トム・ブロディーンが暫定CEOを務める――。発覚した事実を問いただし、決定を伝えるために、彼らはエリザベスを部屋に呼び入れた。

ところが、それから信じがたいことが起こった。

その後の2時間で、エリザベスは4人を説得し、翻意させたのだ。自分の運営方法に問題があったことを認め、改めると誓った。今後はもっと率直になって、しっかり対応していく。二度とこんなことが起こらないよう努めたい。

ブロディーンはもともと引退から復帰して知識も経験もない分野でスタートアップを経営することには、正直気乗りがしていなかった。だからここでは中立的な姿勢を取って、エリザベスが改悛の念と魅惑とを絶妙に織り交ぜながら、ほかの3人の取締役の信頼を取り戻していく様子を傍観していた。なんと見事な手並みだろう、と感心した。彼女よりずっと年長で、経験を積み、駆け引きに長《た》けたCEOでさえ、これほど鮮やかに状況を覆すことはできまい。彼は古いことわざを思い出した。「王を討つならば、息の根まで止めるべし」。トッド・サーディーとマイケル・エスキヴェルは王を、いや女王を討った。しかし彼女は生き延びたのである。

女王はただちに反乱を鎮めにかかった。まずサーディーを、数週間後にエスキヴェルを解雇した。アーロン・ムーアとマイク・バウアリー、ジャスティン・マクスウェルにとって、この新たな追放劇は駄目押しになった。事情はわからないが、セラノスが二人の優秀な社員を失ったのは間違いない。トッドとマイケルは、ただ彼らとうまが合ういい人たちというだけではなかった。優秀でまっとうな仕事仲間だった。マイク・バウアリーに言わせれば、「筋のよい」人たちだった。

ジャスティンはセラノスにいっそう幻滅した。社員離職率は、ほかの会社で経験したことがないほど高かった。それに、曲がったことがまかり通る社風にもつくづく嫌気が差していた。

一番たちが悪いのは、ソフトウェア部門の責任者ティム・ケンプだ。ティムはイエスマンで、エリザベスに対しては、できないことをできないとは絶対に言わなかった。あるとき、ティムはエリザベスにおもねって、エジソン用ソフトのユーザーインターフェースを書くには、JavaScriptよりFlashを使った方が速いと言って、ジャスティンの意見を全否定した。翌朝、ティムのデスクにFlashの入門書が置かれていたのを、ジャスティンは見逃さなかった。

ティムの二枚舌が露呈しても、エリザベスは責めたりしなかった。彼の忠誠心を高く買い、けっしてノーと言わないことを、前向きな姿勢の表れと評価した。ティムが凡庸で最悪の上司だと多くの社員に思われていることなど、ほとんど意に介さなかった。

ジャスティンはエリザベスとの間でも、わだかまりを感じた出来事があった。ある晩エリザベスとのメールのやりとりのなかで、ソフトウェアのコードを書くために必要な情報をもらえないかと訊ねた。エリザベスからは、明日の朝職場に戻ったら探してみるわという、もう帰宅したことを匂わせる返信が来た。だがジャスティンはほんの数分後に、廊下の向こうのトニー・ニュージェントの部屋で、彼女と鉢合わせしたのだ。ジャスティンは怒って部屋を出ていった。

しばらくするとエリザベスがやってきて、あなたが怒るのも無理はないと謝った。そうは言いながらも、捨てゼリフを吐いた。「あんな風に出ていったら次は許さない」

エリザベスはとても若く、経営者としてまだ未熟なのだから仕方がないと、ジャスティンは自分に言い聞かせようとした。そのメールのやりとりで、『あなたの職場のイヤな奴』と『罵詈雑言を超えて：職場での率直な話し合い（未邦訳）』の2冊のビジネス書をエリザベスに勧め、アマゾン・ドットコムへのリンクまで貼りつけた。[3]

ジャスティンは2日後に辞めた。退職を告げるメールにはこんなことが書かれている。[4]

幸運を祈ります、そしてどうかあの2冊の本を読み、『ザ・オフィス』のドラマを観て、あなたに反論する人たちのことを信じてほしいのです。……嘘をつくことはおぞましい習慣ですが、ここでは普段の会話でも嘘が当たり前のように飛び交っています。この会社の病んだ文化は、肥満よりも何よりも先に解決すべき問題です。……あなたのことは悪く思っていません。僕がやっていたことを信じ、セラノスで成功できるよう期待してくれたことはありがたく思っています。でも、こんなひどいやり方で辞めなくてはならないのは、あなたのせいのような気がします。ここには退職者面接を正式に記録するまともな人事部さえ存在しないのですから。

エリザベスは憤慨してジャスティンを自室に呼び出した。こんな非難は不当だと責め、「尊厳をもって」辞めてちょうだいと噛みついた。ジャスティンは円滑に引き継ぎをするために、進めていた仕事の詳しい説明を同僚にメールするようにという要求には応じた。だがいざ書き始めると、仕事の状態についてのうらみつらみを盛り込まずにはいられなくなり、エリザベスにとどめの叱責を受けたのだった。

アーロン・ムーアとマイク・バウアリーはその後数カ月間セラノスにとどまったが、心はすでにそこになかった。新しいオフィスで二人が気に入っていたのは、正面玄関の上に張り出した大きなテラスで、マイクは自前のデッキチェアとハンモックを置いていた。アーロンとマイクはここに逃げ込んでは、午後の心地よい日差しが顔を温めるのを感じながら、長いコーヒー休憩をとったものだ。

誰かがエリザベスに歯止めをかけなくては、とアーロンは思った。まだまともに動きもしない装置の性急な商業展開をどうしてもやめさせる必要がある。しかし彼女に忠告できる立場にあったティム、ゲイリー、トニーの3人の上級管理職は、誰一人エリザベスに進言しようとはしなかった。エリザベスに何かと重圧をかけられていたトニーは、アーロンに文句を言われ続けるのにいい加減うんざりし、ある日とうとう彼に退職を迫った。「お山の大将になれる場所を探すんだな」

アーロン自身、辞める潮時だということに異論はなかった。意外にも、エリザベスはアーロンを引き留めようとした。例の悪ふざけ事件にもかかわらず、彼を高く評価していたのだ。だが心はもう決まっていた。アーロンは２００８年６月に退職し、マイク・バウアリーが12月に続いた。いまやアップル組は一人残らず去り、動乱期は終わりを告げようとしていた。エリザベスは取締役会によるクーデター未遂を生き延び、その手に実権をしっかり取り戻した。残った社員は、穏やかで静かな日々が来るのを待ちわびた。しかし、その望みは早々に打ち砕かれることになる。

第5章　子ども時代の隣人

　エリザベスがセラノスの仕事に忙殺されている間、家族ぐるみの古い知り合いが遠くから虎視《こし》眈々《たんたん》とその動向に関心を寄せていた。彼の名はリチャード・フューズ。超がつくほどの目立ちたがり屋で多彩な経歴を持つ、起業家であり医療機器の発明家だ。

　ホームズ家とフューズ家は20年来のつき合いだった。もとは1980年代に隣人同士として知り合った。両家は当時ワシントンDCのフォクソールクレセントと呼ばれる、ポトマック川沿いの森に囲まれた豪邸の立ち並ぶ緑豊かな界隈に住んでいた。

　エリザベスの母ノエルとリチャードの妻ロレインは、年の近い子を持つ専業主婦同士、たちまち親しくなった。[1]ロレインの息子は近隣の私立小学校、聖パトリック聖公会学校でエリザベスと同級だった。

　ノエルとロレインはお互いの家を出入りする仲になった。[2]二人とも中華料理に目がなく、子どもが学校に行っている間、しょっちゅうランチに出かけた。エリザベスと弟は、フューズ家の子どもたちの誕生日会に呼ばれ、フューズ家のプールで遊んだ。リチャードの留守中にフューズの家が停電になり、ロレインが二人の子どもたちのジャスティンとジェシカを連れて、ホームズ家に一晩泊まったこともある。[3]

夫たちはそれほど親しい関係になかった。クリス・ホームズが役人のささやかな月給でやりくりしていたのに対し、リチャード・フューズは成功した実業家で、何かにつけてそれを見せびらかした。フューズは医師免許を持ち、数年前に医療研修用の映像を制作する会社を500万ドル超で売却して、ポルシェとフェラーリを乗り回していた。医療機器の発明家でもあり、特許をライセンス化して使用料で荒稼ぎしていた。両家で動物園に出かけたとき、ジャスティン・フューズはエリザベスの弟のクリスチャンに「うちのパパが、お前んちのパパはろくでなしだってさ」と言われたのを記憶している。あとで母親に言いつけたが、やっかみよと受け流された。

実際、お金はホームズ家の泣きどころだった。クリスの祖父クリスチャン・ホームズ2世は、相続したフライシュマンの富をハワイの島での放蕩三昧で食い潰し、[4]クリスの父クリスチャン3世は、残った財産を石油事業の失敗で使い果たした。[5]

だが、たとえクリス・ホームズの胸にどんな鬱憤《うっぷん》がくすぶっていたとしても、ノエル・ホームズとロレイン・フューズの友情は妨げられはしなかった。ホームズ家がまずカリフォルニアへ、次にテキサスへ引っ越してからも、二人は連絡を取り続けた。[6]ホームズ家がしばらくの間ワシントンDCに戻ってきたときには、ノエルの40歳の誕生日のお祝いにと言って、フューズ家がホームズ家を高級レストランに招待した。[7]クリスが妻のためにパーティーを開かなかった埋め合わせに、ロレインが誕生日会を企画してくれたのだ。

ロレインはノエルに会うために何度かテキサスを訪れた。[8]二人はニューヨークにも旅して、買い物や観光を楽しんだ。初めてのときは子連れで行き、パークアベニューのリージェンシーホテルに宿泊した。このとき撮った写真には、水色のサマードレスを着て髪にピンクのカチューシャをつけたエリザベスが、ホテルの前で母親とロレインと腕を組む姿が写っている。その後の旅行では子どもたちを家に残し、フューズ家がセントラルパーク・ウエストのトランプ・インターナショナル・ホテル＆タワーに購入した部屋に二人で滞在した。[9]

２００１年、クリス・ホームズはキャリアで挫折を経験する。この頃クリスはテネコを辞めて、ヒューストン最大の企業エンロンに勤めていた。不正会計が発覚し、この年の12月にエンロンが破綻すると、クリスはほかの数千人の社員と同じように職を失った。しばらくして、クリスは就職や事業の助言を請うために、リチャード・フューズのもとを訪ねた。当時フューズは最初の結婚による息子の一人と一緒に、自身の発明をもとに新会社を興していた。その発明とは、口内で溶けて通常の錠剤よりも素早く血流に入り吸収される、薄いたんざく状の薬剤だ。フューズと息子のジョーは、バージニア州グレートフォールズの広いオフィスで会社を運営していた。

クリス・ホームズがやつれて浮かぬ顔をして入ってきたのを、ジョー・フューズは覚えている。コンサルティングに挑戦したいんだと、自分に言い聞かせるようにつぶやき、何としてもノエルと一緒にワシントンに戻りたがっていた。[10] リチャード・フューズはワシントン近郊マクレーンの高級住宅地に新居を購入したばかりだった。それまでロレインと住んでいた向かいの家をまだ売りに出さずに放ってあるから無償で貸そうと、クリスに申し出た。クリスは礼らしき言葉をもごもごロにしたが、申し出を受けようとはしなかった。

クリスとノエルのホームズ夫妻がワシントンに戻ったのはその４年後、クリスが世界自然保護基金（ＷＷＦ）に職を得たときのことだ。[11] 新居が見つかるまでの間、夫妻はグレートフォールズの友人宅に間借りしていた。[12] 家探しをする間もノエルはロレインに電話で状況を逐一報告した。

そんなある日のランチで、エリザベスの近況が話題に上った。[13] ノエルは誇らしげだった。娘が手首につける血液分析器を発明して、会社をつくって商業化をめざしているのよ、と鼻高々に話した。実際には、セラノスはエリザベスが当初構想したシール方式をあきらめて、すでに別のアイデアに乗り換えていた。だがノエルのランチでの打ち明け話をきっかけに、怒濤のように押し寄せた大騒動の渦中にあっては、この抜け落ちた情報はたいした意味を持たなかったのである。

ロレインは帰宅すると、ノエルから聞いた話をそのまま夫に伝えた。[14] 同じ医療機器発明家として、きっと興味を持つだろうと思ったのだ。彼女がおそらく予想もしなかったのは、夫の反応だ。

リチャード・フューズは自己顕示欲とプライドの塊《かたまり》だった。長年の友人にして元隣人の娘が、自分の専門分野で会社を興しながら、自分には何の助力も求めず、何の相談もなかったという事実に激しい怒りを覚えた。何年もあとに書いたメールで、フューズはこのときの気持ちを吐き出している。[15]「ホームズ家がわれわれのもてなし（ニューヨークのマンション、夕食等々）を喜んで受けながらも、私の助言を求めなかったことが、とくに腹立たしく思われた。要するにこういうことだった。『あなたのワインはいただくが、あなたがそのワインを買う金を稼いだ専門分野での助言はいらないよ』、と」

フューズは昔から軽く扱われることを侮辱と受け取り、根に持つたちだった。自分をないがしろにした相手にはどこまでもしつこく復讐しようとした。その執念深さが如実に表れた一件が、病院向け医療資材メーカー、バクスター・インターナショナルのCEOヴァーノン・ラウクスとの長年にわたる確執である。

1970年代から1980年代初めにかけて、フューズは自分の興した医療研修用の映像制作会社メドコムの最大の市場となった中東を頻繁に訪れていた。帰路ではたいていパリかロンドンに1泊し、そこからブリティッシュ・エアウェイズとエールフランスが共同運航していた超音速旅客機コンコルドに乗ってニューヨークに戻るのだった。1982年にそうした出張でパリに立ち寄った際、オテル・プラザアテネでラウクスに出会った。当時バクスターは中東進出をもくろんでいた。ラウクスは夕食の席でメドコムを5300万ドルで買収する話を持ちかけ、フューズはこれを受け入れた。

バクスターの傘下に入った新会社に、フューズは代表として3年間とどまる約束だった。ところが買収完了直後に、ラウクスによってあっさり解任されてしまう。フューズはすかさずバクスターを不当解雇で訴えた。ラウクスに、イスラエルと取引のある企業を対象とする「アラブボイコット」のリストからバクスターを外してもらうために、サウジアラビアの企業に220万ドルの賄賂を支払うよう指示され、それを拒否したために解雇されたと申し立てたのだ。[16)]

1986年、バクスターがフューズに80万ドルを支払うことで双方が合意し、和解が成立した。[17)]しかし、話はそこで終わらない。フューズが和解合意書に署名するためにイリノイ州ディアフィールドのバクスター本社を訪れた際、ラウクスは握手を拒否してフューズを激怒させ、戦いへの道に引き戻したのだ。

バクスターが1989年にアラブボイコットのリストから除外されると、フューズはついに復讐の糸口をつかんだ。彼は数年前にワシントン・ポスト紙で見たCIAエージェントの募集広告に応募して採用され、当時二重生活を送っていた。

フューズはCIAのための工作として、中東全域に幽霊会社を設立して、CIA職員を雇っていた。職員は大使館員以外の隠れ蓑《みの》を得て、現地の諜報機関の詮索を受けずに活動することができた。そうした幽霊会社の一つに、シリアの国営石油会社に石油掘削装置を供給する会社があった。フューズはシリアにとくに強いパイプを持っていた。

バクスターはおそらく、アラブ諸国をうまく言いくるめて好意を取り戻したに違いないとフューズは考え、シリアでの人脈を利用してそれを立証しようと決めた。女性スパイを雇ってダマスカスにあるアラブ連盟のボイコット事務局に送り込み、そこに保管されていた覚書をまんまと手に入れた。[18]この覚書によって、バクスターが最近行ったイスラエル工場売却の詳細な記録をボイコット事務局に提供して、イスラエルへの新規投資や新しい技術の売却を行わない約束をしていたことが、白日の下にさらされた。かくして、バクスターが1977年反ボイコット法に違反したことが立証されたのである。アメリカ企業はこの法律のもとで、外国のボイコットに協力することや、ボイコット事務局に情報を提供することを禁じられている。

この衝撃的な覚書の写しを、バクスターの取締役会とウォール・ストリート・ジャーナル紙に送りつけると、同紙は一面記事で取り上げた。[19]それでも、フューズは攻撃の手を緩めようとしなかった。続いてこの覚書の裏づけになるような、バクスターの法務顧問からシリア軍の将軍宛ての書簡を手に入れて再びリークした。[20]

この暴露を受けて、ついに司法省が調査に乗り出した。1993年3月、バクスターは反ボイコット法違反の重罪を認め、660万ドルの民事制裁金と罰金の支払いを余儀なくされた。[21] そのうえ連邦政府との新規取引から4カ月間排除され、シリアとサウジアラビアで事業を行うことを2年間禁止された。また信用失墜により、大手病院グループとの5000万ドル相当の契約をふいにした。[22]

ふつうの人なら、これで恨みが十分晴らされたと思うだろう。だがフューズはさにあらず。ラウクスが不祥事を経てもなおバクスターのCEOの座に居座り続けていることに歯嚙みした。フューズは宿敵にとどめの屈辱を加えることにした。

ラウクスはイェール大学出身で、大学の管理機関イェール・コーポレーションの理事と、寄付金調達活動の委員長を務めていた。その年の5月にコネチカット州ニューヘイブンで行われるイェール大学の卒業式に、例年通り理事として出席することになっていた。

フューズは前年にこの大学を卒業した息子のジョーを通じて、大学のイスラエル友好同盟会長を務めるベン・ゴードンという学生に連絡を取った。卒業式で二人は「ラウクスはイェールの敵」の看板とチラシを使って、抗議運動を展開した。きわめつけは、フューズが雇ったプロペラ機がキャンパス上空を飛びながら掲げた、「ラウクス辞めろ」の横断幕だ。[23]

3カ月後、ラウクスはイェール大学の理事を辞任した。[24]

そうは言っても、フューズのラウクスへの復讐と、セラノスに対する行動を同列に見るのは、短絡的に過ぎる。

フューズはホームズ一家を恩知らずだと感じ、憤慨してはいたものの、利に敏《さと》い男でもあった。

なにしろ他社が将来的に必要とするであろう発明の特許を取得することで、財をなしてきたのだ。彼のドル箱の発明の一つが、わたあめ製造機を改造してつくった、錠剤を速溶解性のカプセル剤に変える機械だった。1990年代初めに娘を連れて行った、ペンシルベニア州のとある収穫祭で思いついたアイデアだ。この技術を活用するために興した会社を、のちにカナダの製薬会社に1億5400万ドルで売却し、個人では3000万ドルを得ている。[25)]

妻のロレインからノエルの打ち明け話を聞いたフューズは、7つの寝室があるだだっ広い邸宅でコンピュータに向かい、さっそく「セラノス」をグーグル検索してみた。この家は空間があり余っていたので、吹き抜けの高天井と大きな石造りの暖炉のある居間をフューズは書斎に使っていた。飼い主が仕事をする間、愛犬のジャックラッセルテリアは暖炉の前に寝そべるのが好きだった。

セラノスのウェブサイトにはすぐにたどり着いた。トップページに、セラノスが開発中のマイクロ流体装置に関する簡単な説明が書かれていた。「お知らせ」のタブの下に、エリザベスのインタビューへのリンクを見つけてクリックした。2005年5月にNPRラジオで放送された、「バイオテク・ネイション」という番組だ。その中でエリザベスはセラノスの血液検査装置をより詳しく説明し、将来的な用途を語っていた。[26)]在宅で薬の副作用をモニタリングするために使うというのだ。

庭の池の鯉をぼんやり眺めながら、フューズはNPRのインタビューを何度も聞き返し、結論づけた。エリザベスの構想にはいいところがある。だがその一方で、経験を積んだ医師の目で、その構想に自分が利用できそうな潜在的弱点があることも見抜いていた。患者がセラノスの装置を使って自宅で血液検査を行い、服用薬への反応のモニタリングを受けるためには、検査結果に異常があった場合に担当医に警報を発信する仕組みが装置に内蔵されていなくてはならない。

この欠落した部分の特許を取得することに、フューズは商機を見出した。この特許を取れば、セラノスからであれ、ほかの何者かからであれ、大金をせしめることができる。この手の特許は、独占的ライセンスであれば400万ドルもの利益をもたらし得ることに、医療発明の特許に関わる35年の経験からピンときた[27]。

2005年9月23日金曜日午後7時30分、フューズは長年の顧問弁理士である、アントネッリ・テリー・スタウト&クラウス法律事務所のアラン・スキャヴェリ宛てにメールを送った。件名は、「血液分析——正常値からの逸脱（個別化）」だ[28]。

アルへ。ジョーと私は、次の特許を申請したいと考えている。血糖値や電解質濃度、血小板活性化因子、ヘマトクリット値などのさまざ［ま］な血液指標の測定法は、よく知られ［た］技術である。私たちが考案した改良点は、コンピュータまたは類似機器によるプログラミングが可能で、個々の患者の「正常値」を保存できる、メモリチップなどの記憶装置を内蔵することだ。つまり、患者の検査結果と正常値との間に有意差が生じた場合、機器使用者または医療専門家は、検査を再度行うようにという通知を受け取る。そして再検査でも有意差が解消されなければ、一般的な既存の技術を利用した機器を使って、医師、医療機関、製薬会社等、またはこれらのすべてに連絡が送られる。

もしこの件を取り扱えるようなら、来週教えてください。よろしく頼む。

RCF

スキャヴェリは別件で忙しく、数カ月返信しなかった。フューズは２００６年１月11日にもう１通メールを送り、やっとスキャヴェリの注意を引くことができた。[29] このメールでは、原案を修正する意向を伝えた。新しい通知方式は、患者の服用薬の添付文書に記される「バーコードまたは無線タグラベル」を使用することになった。血液検査器のコンピュータチップがバーコードを読み取って、検査器にプログラムを組み込む。これで、患者の血液が薬の副作用を示した場合に、患者の担当医宛てに自動的に警報が送信されるようになる。

フューズとスキャヴェリはメールをやりとりして構想を詰め、最終的に14ページにわたる特許出願書類にまとめて、２００６年４月24日にアメリカ特許庁に提出した。[30] 出願された特許は、画期的な新技術の発明を表明するものではなかった。むしろ無線データ転送、コンピュータチップ、バーコードといった既存技術を組み合わせて、他社製の在宅血液検査器に搭載できる医師警報装置に仕立て上げたものだ。それに、どの企業の製品を標的にしているかを隠そうともしていなかった。[31] ４つ目の段落にはセラノスが名指しで挙げられ、セラノスのウェブサイトからの引用もある。

特許出願は出願日から18カ月経たないと公開されないため、最初のうちはエリザベスも両親も、フューズが何をしでかしたかを知らずにいた。ロレイン・フューズとノエル・ホームズはその後も頻繁に会っていた。ホームズ夫妻は海軍天文台近くのウィスコンシンアベニューに購入した新しいマンションに落ち着いていた。[32] ロレインはマクレーンから車で何度か会いに行き、ジョギングスーツ姿のノエルと界隈を散策した。[33]

そんなある日のこと、ノエルはフューズ邸にランチに招かれた。石造りの広いパティオでの食事にリチャードが加わり、いつしか話題はエリザベスへと移った。その頃エリザベスはフェイスブックのマーク・ザッカーバーグなどの若手起業家と並んで、ビジネス誌インクに取り上げられたばかりだった。[34]マスコミの注目を集め始めた娘を、ノエルはとても誇らしく思っていた。

マクレーンの高級食材店でロレインが調達してきた料理をみんなでつついていると、フューズが突然、愛嬌を振りまくときの甘ったるい、歌うような声でノエルにささやいた。私ならエリザベスのお役に立てるかもしれない、セラノスのような小さな企業は大企業の餌食にされやすいんだ、と言うのだ。[35]特許を出願したことは明かさなかったが、その言葉だけでホームズ家を警戒させるに十分だったようだ。このとき以来、両夫妻の関係はぎくしゃくし始めた。

フューズ夫妻とホームズ夫妻は、2006年の終わり頃にも二度夕食をともにしている。一度はクリスとノエルの新居にほど近い、スシコという日本料理店で会った。[36]クリスはその夜、食が進まないようだった。[37]エリザベスに会いにパロアルトに行ったとき、最近受けた手術の合併症を起こしてスタンフォード大学病院に駆け込む羽目になった。さいわい、エリザベスの恋人のサニーがVIP用個室に入院できるよう手を回し、費用まで持ってくれたという。

話題はセラノスへと移った。この年の初めにセラノスは第2ラウンドの資金調達を完了していた。クリスによれば、シリコンバレー有数の投資家を呼び込むことができた。ホッとしたよ、とクリスは言い添えた。ノエルと私はエリザベスのスタンフォード大学の学費として貯めた3万ドルを、セラノスにつぎ込んだのだからね。

その後、よくわからない理由から、会食の雰囲気はとげとげしくなったようだ。リチャードとクリスはもともとそりが合わなかったし、もしかするとリチャードが何かクリスの気に障ることを言ったのかもしれない。理由が何であれ、ロレインによれば、クリス・ホームズは彼女が身につけていたシャネルのネックレスをけなしたうえ、勘定をすませてウィスコンシンアベニューに出たとき、遠回しに脅すようなことまで言ってきたという。[38]フューズの前の結婚による別の息子ジョン・フューズが勤務するのは、自分の親友の会社だとほのめかしたのだ。ジョンが弁護士として働いていたマクダーモット・ウィル＆エメリーは、現にクリス・ホームズの一番の親友のチャック・ワークがシニアパートナーを務める法律事務所だった。

この日を境に、ノエルとロレインの友情はほころび始めた。そもそも二人は不思議な組み合わせだった。ロレインは粗野なニューヨーク訛りからわかるように、クイーンズの労働者階級の出だった。一方ノエルは絵に描いたような、洗練されたワシントンの特権階級出身の女性だ。アメリカ欧州軍司令部勤務になった父について、若い頃パリに暮らしたこともある。

その後の数カ月間にも、ノエルとロレインは何度かお茶をした。だがリチャード・フューズが何かをたくらんでいることに薄々勘づいたクリス・ホームズが、絶対に同席すると言って聞かず、そのせいで会話はぎこちなく気まずいものになった。ジョージタウンのカフェで落ち合ったときも、ピリピリムードが漂った。[39]ロレインの亡くなったばかりの兄とその飼い猫の話になると、クリスは残された猫の扱いに悩むロレインにカチンと来たようだった。さっさと始末するんだなと言って、猫をつかんで袋に放り込む真似をし、「猫なんかどうだっていい」と吐き捨てるようにつぶやいた。

ワシントンに戻ってから、ノエルはロレイン行きつけの美容院に通い、ロレインと同じクラウディアという美容師に担当してもらっていた。ある日クラウディアがロレインの髪を切りながら、ノエルさんと何かあったんですかと訊いてきた。[40]どうやらノエルはクラウディアを相手に愚痴をこぼしていたようだ。ロレインは恥ずかしくなってしまい、その話はしたくないと言って話題を変えた。

ロレイン・フューズとノエル・ホームズは、最後にもう一度だけ会っている。[41] 2007年のクリスマスの頃、ロレインはホームズ夫妻の家にケーキを届けた。ちょうどエリザベスが休暇で帰省していたが、両親とフューズ夫妻の不仲を知っていると見えて、ほとんどしゃべらず、ロレインを横目でちらちら見るだけだった。

フューズが出願した特許は、それから1週間ほど経った2008年1月3日にとうとう公開され、アメリカ特許庁のオンラインデータベースで検索すれば誰でも閲覧できるようになった。だがセラノスがその存在を知ったのはさらに5カ月後、化学部門責任者のゲイリー・フレンゼルが偶然見つけて、エリザベスに知らせたときのことだ。[42] その頃にはホームズ夫妻とフューズ夫妻はもう口をきく間柄になく、フューズは妻との会話でこの特許のことを「セラノス潰し《キラー》」と呼んでいた。

この年の夏、クリス・ホームズは旧友のチャック・ワークを訪ねて、ホワイトハウスの2ブロック東にあるマクダーモット・ウィル&エメリーのワシントンDC事務所に足を運んだ。クリスとチャックのつき合いは長く、出会いは1971年にチャックがクリスを陸軍予備役の会合に車で連れていったときにまでさかのぼる。チャックのほうが5歳年上だが、共通点が多いことがすぐにわかった。二人ともカリフォルニア出身で、高校と大学まで同じ、カリフォルニア州クレアモントのウェッブ・スクールと、コネチカット州ミドルタウンのウェズリアン大学を卒業していた。

長いつき合いの間に、チャックは何度となくクリスに救いの手を差し伸べた。エンロンが破綻したときは、クリスが職探しをする間、事務所の顧客用オフィスを使わせた。エリザベスの弟のクリスチャンが、クリスに言わせれば映写機を使った悪ふざけでヒューストンのセントジョンズ高校を放校になったときは、自身が理事を務めていたウェッブ・スクールに入れてやった。エリザベスがスタンフォード大学中退後初めて特許を出願したときも、その種の仕事を専門とするマクダーモットの同僚を紹介してやった。

２００８年のこの夏の日にクリス・ホームズがチャックを訪問した目的も、まさにそこにあった。クリスはうろたえていた。聞けばリチャード・フューズとかいう輩《やから》が、エリザベスのアイデアを盗んで特許を取ってしまったのだという。そしてフューズにはジョンという息子がいて、マクダーモットで働いているのだと、あてつけがましい感じで言ってきた。チャックはジョン・フューズのことはなんとなく知っていた。同じ訴訟を担当した際に、事務所で一、二度会ったことがあった。また、マクダーモットが以前セラノスの特許業務を何年か担当していたことも知っていた。もとはと言えば、セラノスにマクダーモットを紹介したのもチャックだ。だがそれ以外の話は寝耳に水だった。リチャード・フューズが何者なのか、クリスがどの特許のことを言っているのか見当もつかなかったが、旧友の顔を立てて、ひとまずエリザベスに会うことにした。

エリザベスは数週間後の２００８年9月22日にやって来て、チャックと弁護士のケン・ケイジと面会した。[43] マクダーモットがワシントンＤＣの13番通りにそびえるロバート・Ａ・Ｍ・スターン設計の石炭石造りの建物に移転した当時、チャックは事務所の代表弁護士を務めていたので、8階の一番広くて一番眺めのよい角部屋をもらっていた。エリザベスは血液検査器を載せた台車を転がして入ってきて、大きな出窓のそばに斜めに向かい合うように置かれた2脚の小型ソファの一つに腰を下ろした。機器が実際に動くところは見せようとしなかったが、チャックは一目見てたいしたものだと思った。大きくてつやつやした白黒の立方体で、ｉＰｈｏｎｅのスクリーンに似せたデジタル式タッチパネルがついていた。

エリザベスはずばり本題に入った。[44] リチャード・フューズとの訴訟で、マクダーモットがセラノスを代表してくれるのかどうかを知りたい。これに対しケンは、もしお望みなら、特許抵触審査の請求を検討してもいいと答えた。これは、同じ発明に関する特許出願が複数の出願者によってなされた場合に、どちらが先に発案したかを特許商標庁が裁定する制度をいう。審査の勝者の出願が、たとえあとで提出されたものだとしても優先される。ケンはこの種の案件を専門に扱っていた。

だがチャックは二の足を踏んだ。考えさせてくれないか、同僚と話し合う必要があるから、と答えた。フューズの息子が事務所のパートナーを務めているために、事がややこしくなっているのだと説明した。ジョン・フューズの名前が出たとき、エリザベスは瞬きもしなかった。その名前こそ、彼女が待ち構えていたチャンスだった。マクダーモットに保管されたセラノスのファイルの極秘情報をジョンが入手して、父親に漏洩したとは考えられませんか、と切り出した。

あり得ない話だな、とチャックは思った。それは解雇と弁護士資格剝奪にも値する行為だ。それにジョンは特許訴訟弁護士だ。マクダーモット内で特許出願書類の作成や出願手続きを担当する、特許審査チームの所属ではない。彼にはセラノスのファイルを入手すべき理由も根拠もなかった。だいいち、ジョンは事務所のパートナーだ。みずからキャリアを閉ざすようなことをするだろうか? まるで筋が通らない話だった。おまけにセラノスは2年前の2006年に、すべての特許関連業務をシリコンバレーの法律事務所ウィルソン・ソンシーニに移していた。クリスが電話をかけてきて、ラリー・エリソンの指示でその事務所を使うことになったとすまなそうに言ったのを、チャックはよく覚えていた。マクダーモットは承諾し、すべてのファイルを移管した。マクダーモットの弁護士が利用できるような情報は何も残っていなかった。

エリザベスが帰ると、チャックは事務所の特許審査チームと特許訴訟チームの責任者を呼んで意見を聞いた。後者がジョン・フューズの上司である。二人の進言はこうだった。セラノスはリチャード・フューズに対し、抵触審査に勝てるだけの言い分があるかもしれないが、ジョン・フューズは事務所の優秀なパートナーだし、だいいち事務所がパートナーの親と争うのは外聞が悪い、と。

チャックはエリザベスの要請を断ることに決め、数週間後に電話をかけて決定を伝えた。[45] この件に関してはもう何も聞くことはあるまいと、チャックもマクダーモットの面々もそう思っていた。

第6章　サニー

チェルシー・バーケットは燃え尽き寸前だった。２００９年晩夏のこと、彼女はパロアルトのスタートアップで働きづめで、大企業なら5つの職務に相当するほどの激務を一人でこなしていた。激務が嫌だったのではない。スタンフォード大卒の25歳なら誰でもそうだが、「努力」の二文字はチェルシーのDNAに刻み込まれていた。ただ、少しでもやりがいが感じられる仕事がしたかったのに、今の職場ではそれは望めそうになかった。このとき勤めていた会社は、金融プロフェッショナルのための求職サイト、ドゥースタンだった。

チェルシーはスタンフォード大学時代のエリザベスの親友の一人だ。新入生の二人はキャンパスの東端に建つ巨大な複合学生寮のウィルバーホールで部屋が隣同士になり、たちまち意気投合した。初めて会ったとき、エリザベスは「テキサスに手を出すな！」と書かれた赤白青のTシャツを着てニコニコ笑っていた。なんてかわいくて賢くて楽しい人だろう、と思った。

チェルシーとエリザベスは、二人とも社交好きで外交的で、同じ青い瞳をしていた。二人ともそれなりにお酒やパーティーを楽しみ、寮のいい部屋を割り当ててもらう魂胆で女子学生友愛会に入会した。だが、チェルシーがまだ自分探し中のふつうのティーンエイジャーだったのに対し、エリザベスは自分が何になりたいのか、何をしたいのかを、すでにはっきりわきまえているように見えた。2年生の初めに自分で書き上げた特許を持って、意気揚々とキャンパスに戻ってきたエリザベスに、チェルシーはただもう圧倒された。

エリザベスがセラノスを立ち上げるために大学を中退してからの5年間にも、二人は連絡を取り合っていた。頻繁に顔を合わせはしなかったが、折に触れてメッセージを送り合った。そうしたやりとりの一つでチェルシーが仕事の愚痴をこぼすと、こんな返事が返ってきた。「ねえ、うちで働いてみない？」

チェルシーはヒルビューアベニューのオフィスにさっそく会いに行った。エリザベスがセラノスで働くようチェルシーを口説き落とすのに時間はかからなかった。エリザベスが熱っぽく語る、セラノスのテクノロジーが命を救う未来は、投資銀行家の職探しを手伝うよりはるかにおもしろそうで、崇高に思えた。それにエリザベスの説得力ときたら！　あの目でじっと見つめて話されると、この人を信じたい、あとについていきたい、という気持ちにさせられるのだ。

チェルシーの担当はすぐ決まった。製薬会社から契約を獲得するためにセラノスが行っていた検証試験を統括する、顧客ソリューション部門の配属になり、最初の仕事としてジョンソン・エンド・ジョンソンのバイオ子会社、セントコアとの検証試験の運営を任された。

数日後、新しい職場に出勤したチェルシーは、エリザベスが雇った友人が自分だけでないのを知った。ちょうど1週間前に、ラメシュ・″サニー″・バルワニが、経営幹部としてセラノスに加わっていた。サニーとは一、二度会ったことがあるが、よくは知らなかった。知っていたのは、サニーがエリザベスの恋人で、二人がパロアルトのマンションで同棲しているということだけ。サニーが入社したとは一言も聞いていなかったのに、気がついたら彼と働くことになっていた。それとも、彼の下で働くのだろうか？　サニーとエリザベスのどちらが上司になるのかもわからなかった。「執行副会長」というサニーの肩書きは、高尚で漠然としていた。だが職務が何であれ、サニーはただちに自分の存在を主張し始めた。着任したとたん、会社のあらゆる側面に首を突っ込み、あらゆる場所に出没するようになった。

サニーは強烈な、それもとんでもない個性の持ち主だった。身長わずか165センチほどの小太りだが、小柄な体格を埋め合わせるかのように、攻撃的で高圧的な管理スタイルをとった。太い眉に細い目、への字に曲げた口に角張った顎は、不穏な雰囲気を漂わせていた。社員に横柄で高飛車な態度を取り、大声で命令し罵倒した。

チェルシーは見るなり嫌いになってしまった。サニーはチェルシーにだけは、エリザベスの友人という手前、努めて感じよくふるまおうとしていたのにである。20歳ほども年上で、最低限の品位や礼儀すら持ち合わせていないこの男のいったいどこにエリザベスは惹かれたんだろうと、理解に苦しんだ。サニーといるとろくなことにならないと、直感的に悟ったが、エリザベスはなぜか彼を心から信頼しきっているようだった。

サニーがエリザベスの人生に関わり始めたのは、大学に入学する前年の夏[1]である。エリザベスが高校3年時に参加した、スタンフォード大学の北京語の夏期講座で二人は出会った。エリザベスは夏の間ずっと周りとなじめず、北京での研修中にはいじめを受けていた。[2]そこへ、大学生に交じってただ一人社会人として参加していたサニーが割って入り、エリザベスをかばってくれた。これが、ロレイン・フューズがノエルから聞いた二人のなれそめだ。

ムンバイで生まれ育ったサニーは1986年、大学進学のためにアメリカに渡った。[3] 卒業後はロータスとマイクロソフトでソフトウェアエンジニアとして10年間働いた。1999年に、イスラエル人起業家のリロン・ペトルーシュカがカリフォルニア州サンタクララで立ち上げたスタートアップ、コマースビッド・ドットコムに参加する。ペトルーシュカは、企業が業者同士を競わせ、スケールメリットを活かして安価に資材を調達できるように、リアルタイムでオークションを実施するためのソフトウェアプログラムを開発中だった。

サニーがコマースビッド・ドットコムに加わった当時は、ちょうどドットコムバブルが最高潮に達した時期で、ペトルーシュカの会社が参入していた「B2B（企業間）電子商取引」と呼ばれるニッチ分野が著しい成長を遂げていた。アナリストは企業間取引のうちの6兆ドルが、いずれインターネット経由で行われるようになると、鼻息荒く予測した。[4]

この分野の最大手企業コマースワンは上場したばかりで、取引初日に株価は一時発行価格の3倍にまで急騰し、年間では10倍以上に上昇した。[5] サニーがコマースビッド・ドットコムの社長兼最高技術責任者に就任したわずか数カ月後の1999年11月、コマースワンはこのスタートアップを2億3200万ドル相当の現金と株式で買収する。[6] ソフトウェアをお試ししている顧客がたった3社しかなく、収益などほとんどない企業にとっては、破格の買値だ。[7] 同社のナンバー2だったサニーは、この売却によって4000万ドルもの大金を懐に入れた。まさに千載一遇のタイミングだった。5カ月後にドットコムバブルが弾け、株式市場の大暴落が始まった。コマースワンは最終的に破産を申請した。[8]

だがサニーはツイていたなどとはこれぽっちも思わなかった。天性の実業家を自負し、コマースワンからの棚ぼた利益は自分の才能の証だと信じ切っていた。この数年後に彼と出会ったエリザベスがそれを疑うはずもなかった。感受性豊かな18歳の少女は、自分のめざす「成功したリッチな起業家」の姿をサニーの中に見た。かくしてサニーはエリザベスの指南役となり、シリコンバレーでのビジネスの手ほどきをするようになったのだ。

エリザベスがいつサニーと恋愛関係になったかははっきりしないが、スタンフォード大学を中退してまもなくのことだったようだ。二人が中国で出会った2002年夏の時点で、サニーは日本人アーティストのケイコ・フジモトと結婚してサンフランシスコに住んでいた。[9] その後、彼が2004年10月にパロアルトのチャニングアベニューに購入したマンションの譲渡証書には、「独身男性」と記載されている。[10] またほかの公的記録から、エリザベスが2005年7月にそのマンションに居を移したことがわかっている。[11]

サニーはコマースビッドでの濡れ手で粟をつかんだ仕事のあとは、稼いだ金で贅沢をしながらエリザベスに陰で助言を与えることを除けば、これといったことをせずに10年ほど過ごした。2001年1月まで副社長としてコマースビッドに残り、それからカリフォルニア大学バークレー校のビジネススクールに通った。[12] スタンフォード大学でコンピュータサイエンスの講座も受講した。

セラノスに参加した2009年9月の時点で、サニーの法的記録には少なくとも一つの危険信号が灯っていた。コマースビッドの売却益への課税を逃れるために、サニーは会計事務所のBDOシードマンを雇い、その指示で租税回避スキームに投資した。このスキームによって4100万ドルの人為的損失を生じさせ、コマースビッドの売却益を相殺した。[13] サニーは2004年に内国歳入庁

（ＩＲＳ）に摘発され、数百万ドルの追徴課税の支払いを命じられた。すると一転、彼はＢＤＯを相手どって訴訟を起こし、税務に疎いことにつけ込まれ、欺かれたと申し立てた。[14] 訴訟は２００８年に和解したが、その条件は明らかにされていない。

税金のトラブルはさておき、サニーはいつでも富を誇り、羽振りのよさを愛車で見せびらかした。黒のランボルギーニ・ガヤルドと黒のポルシェ９１１を乗り回し、どちらにも特注のナンバープレートをつけていた。ポルシェのプレートは、カール・マルクスの『ダス・キャピタル（資本論）』をもじった「ＤＡＺＫＰＴＬ」。ランボルギーニのほうは、ユリウス・カエサルがゼラの戦いでの迅速な決定的勝利を元老院に伝えた言葉、「ヴェニ、ヴィディ、ヴィチ（来た、見た、勝った）」をもじった「ＶＤＩＶＩＣＩ」だ。

サニーは身なりでも成金ぶりを見せつけようとしたが、趣味がよいとはいえなかった。膨らんだ袖の白いブランドシャツと、霜降り加工のジーンズに、グッチの青いローファーを合わせた。シャツはいつも第３ボタンまで開けて、もじゃもじゃの胸毛と首元の細いゴールドチェーンをちらつかせ、どんなときもきついコロンの香りをプンプンまき散らしていた。派手な車に乗ったその姿は、職場に向かう人というより、ナイトクラブに繰り出そうとする人にしか見えなかった。

サニーの専門はソフトウェアで、セラノスではこの分野で役に立ってくれるはずだと思われていた。だが初めの頃に顔を出した社内会議で、サニーはコードを１００万行も書いたと豪語して失笑を買っている。彼が以前勤めていたマイクロソフトでは、ソフトウェアエンジニアのチームがウィンドウズＯＳのコードを年に１０００行のペースで書いていた。たとえサニーがウィンドウズ開発者の20倍仕事が速かったとしても、それだけのコードを書くには50年かかる計算になる。

社員には威張りちらし、見下すような態度を取っていたサニーも、妙におとなしくなるときがあった。ドン・ルーカスが月に一、二度エリザベスに会いに来ると、サニーは忽然《こつぜん》と姿を消すのだった。誰かが職場のプリンターで見つけたエリザベスからルーカス宛てのメモで、サニーの技能と経歴が絶賛されていたところを見ると、エリザベスは彼を雇ったことを別に隠していたわけではない。だがチェルシーと席が向かい合わせのデイヴ・ネルソンなどが怪しんでいたのは、サニーがこれほど幅広い責任を任されていることを、エリザベスが取締役会にきちんと伝えていないのではないかということだ。ネルソンはトニー・ニュージェントと一緒にエジソンの最初の試作機を開発したエンジニアだ。

また、エリザベスがサニーとの関係を取締役会にどう説明しているのかという、さらに微妙な問題もあった。トニーはサニーが入社するとエリザベスから聞いたとき、二人はまだつき合っているのかとずばり問いただした。二人の関係は終わった、これからは純粋に仕事だけの関係になる、が彼女の答えだった。だがそうでなかったことがおいおい判明する。

2009年秋、チェルシーはセントコアとの検証試験を行うために、ベルギーのアントワープに向かった。MIT出身の生物工学博士で頭脳明晰な若手化学者のダニエル・ヤングが同行した。ダニエルはセラノスの血液検査装置に「予測モデリング」という新たな機能を加えるために、6カ月前に採用された人材だ。この頃エリザベスは、製薬会社の幹部に売り込みを図る際に、セラノスは患者の治療薬への反応を予測できますと吹聴していた。患者の検査結果は、セラノスが独自開発したコンピュータプログラムに取り込まれる。取り込まれる結果が増えるにつれ、投薬中の患者の血液指標の変化を予測するプログラムの精度はますます向上すると説明した。

　最先端のように聞こえるが、一つ問題があった。有効な予測を行うためには、そもそもの血液検査に信頼性がなくてはならない。そしてチェルシーはベルギーに到着後まもなく、その信頼性に疑問を持つようになる。セラノスの装置で患者の血液中の「アレルゲン特異的IgE（免疫グロブリンE）」というバイオマーカーを測定すれば、ぜんそく薬への患者の反応を確かめやすくなるという触れ込みだった。だがチェルシーから見ると、あまりに不具合が多すぎた。機械の故障はしょっちゅうだった。カートリッジを読み取り器にきちんと挿入できないこともあったし、読み取り器内の何かが誤作動することもあった。動作不良を起こしていなくても、何らかの検査結果を引き出すのに四苦八苦した。

　サニーはいつも無線接続のせいにした。たしかに、接続が原因のときもあった。検査結果を得るには、0と1の数字からなる電子データを大西洋の向こう側とやりとりしなくてはならない。血液検査が完了すると、ここベルギーにある読み取り器の携帯アンテナが、光のシグナルから変換された電圧のデータをパロアルトのサーバーに送信する。サーバーはデータを分析してから、最終結果をベルギーの携帯電話に送り返してくる。携帯接続が不安定だとデータ転送は失敗する。

　だが支障になりそうなものは無線接続だけではなかった。血液検査ではほとんどの場合、血液中の物質の濃度を下げるために一定の希釈が必要で、そのせいで検査に支障が生じることがある。エジソンで行っていた、化学発光免疫アッセイという検査法の場合、その光のシグナルの放出に干渉しうる光吸収色素やその他の成分の影響を取り除くために血液を希釈する必要があった。おまけにエリザベスが少量の検体にこだわったせいで、希釈率は通常より高くなる。読み取りに十分な量の液体を得るためには、血液検体の量を大幅に増やさなくてはならない。それをするには、血液をさらに薄めるしかなかった。そしてその結果、光のシグナルはますます弱くなり、正確な測定が困難になった。簡単に言えば、ある程度の希釈は必要だが、希釈のしすぎはダメなのだ。

エジソンは環境温度にもとても敏感で、正常に機能させるには摂氏34度ちょうどで動かす必要があった。血液検査を行うあいだその温度を維持するために、読み取り器には11ボルトのヒーターが2基搭載されていた。だがヨーロッパの一部の病院などの寒冷な環境下では、小型ヒーターでは読み取り器を十分温かく保てないことに、デイヴ・ネルソンは気づいていた。

サニーは、こうした問題を認識も理解もしていなかった。医療はおろか、実験化学の素養もなく、科学者の説明を聞く忍耐力さえ持ち合わせていない。だから安易に携帯接続のせいにした。チェルシーは、科学の知識にかけてはサニーと似たようなものだったが、化学部門の責任者ゲイリー・フレンゼルと親しくしていたので、原因が接続の問題にとどまらないことを会話の端々から察していた。

チェルシーが当時知らなかったことがある。それは、提携していた製薬会社のうちの1社が、すでにセラノスから手を引いていたことだ。その年の初めにファイザーが、テネシーでの検証試験の結果に失望したという理由で、提携関係の解消を通告してきた。エリザベスは26ページにわたる報告書をファイザーに送り、15カ月におよんだ検証試験を何とかよく見せようとあらゆる手を尽くしたが、いかんせんあからさまな矛盾が多すぎた。[15] 検証試験は患者の血中タンパク質濃度の低下と抗がん剤の投与量との間に明確な関連性を示すことができなかった。セラノスの報告書は、チェルシーが今まさにベルギーで目の当たりにしていた、機械の故障や無線転送の失敗といったトラブルの存在を認めていた。後者については、「生い茂った木々の葉、金属屋根、電波状況の悪い遠隔地」を原因に挙げている。

テネシーの患者からセラノスのパロアルト本社に、温度の問題のせいで読み取り器が起動しないという苦情が寄せられた。報告書によれば、セラノスは「解決策として」、読み取り器を「エアコンや気流の起こりやすい場所から遠ざける」よう患者に求めた。患者の一人は機器をRV車に積んでいて、もう一人は「非常に暑い部屋」に設置していたため、極端な温度差のせいで「読み取り器が所定の温度を維持できなくなった」と、報告書は弁明している。

この報告書がチェルシーの目に触れることはなかった。ファイザーの試験の存在さえ知らされていなかったのだ。

3週間のアントワープ滞在を終えてパロアルトに戻ったチェルシーは、エリザベスとサニーの関心が、すでにヨーロッパから別の地域に移っているのを知る。メキシコだ。その年の春から豚インフルエンザの猛威に見舞われていたメキシコは、エジソンを披露する絶好の場になると、エリザベスは考えた。

エリザベスにこの考えを吹き込んだのは、セラノスの最高科学責任者のセス・マイケルソンだ。セスはNASAのフライトシミュレータ研究所に勤務したこともある数学の天才で、バイオ数学という、生物学に数理モデルを適用して生物学的現象の解明をめざす分野を専門としていた。セラノスの予測モデリングの取り組みを指揮する立場にあり、ダニエル・ヤングの上司にあたった。セスは1985年のマイケル・J・フォックス主演映画『バック・トゥ・ザ・フューチャー』に出てくる〝ドク〟ことブラウン博士を思わせる風貌をしていた。ドクのようなボサボサの白髪でこそないが、もじゃもじゃの灰色の顎ひげのせいで、ドクに劣らずイカれた科学者に見えた。50代後半というのに若者言葉の「野郎《デュード》」を連発し、科学の概念を語らせるとがぜん、いきいきとした。

セスはエリザベスにSEIRと呼ばれる感染症数理モデルについて教えた。セスの考えでは、これを応用すれば、豚インフルエンザが次にどこに広まるかを予測できる。そしてこのモデルを実現するためには、新規感染者の血液検査を行い、その結果を入力する必要があった。つまり、エジソンの読み取り器とカートリッジをメキシコに搬入するということだ。エリザベスはエジソンを軽トラックの荷台に積んで、感染の最前線であるメキシコの村々に運ぼうと思い立った。

スペイン語に堪能なチェルシーは、サニーとメキシコに行く任務に抜擢された。ふつう、外国で実験的な医療機器の使用許可を得るのは並大抵のことではないが、エリザベスはスタンフォード大学の裕福なメキシコ人学生の家族の人脈を利用することができた。この学生のおかげで、メキシコの公的医療制度を運営するメキシコ社会保険公社（IMSS）の高官への口利きを得て、メキシコシティ市内の病院宛てに24台のエジソンを発送することを許可されたのだ。広大な敷地に建つメキシコ総合病院は、市内有数の犯罪多発地域コロニア・ドクトーレスにあり、チェルシーとサニーは病院に勝手に行き来しないようにと注意を受けた。毎朝車で施設の構内まで送ってもらい、一日の終わりにまたそこから車に乗って帰った。

それから数週間、チェルシーは病院内の狭苦しい小部屋に缶詰になった。一方の壁際に設置された棚にはエジソンの読み取り器が積まれ、別の壁に沿って血液検体の入った冷蔵庫が並ぶ、殺風景な部屋だ。血液は病院で治療中の感染患者から採ったものだった。チェルシーは来る日も来る日も血液検体を温めてカートリッジに入れ、カートリッジを読み取り器に挿入し、ウイルス感染の陽性反応が出るのを確かめてすごした。

このときも作業は順調に進まなかった。読み取り器のエラーメッセージが点滅したり、本来陽性のはずなのに陰性の結果がパロアルトから返送されてきたりした。そしてサニーは相変わらず無線接続のせいにした。

チェルシーは苛立ちとみじめさを募らせていた。こんなところで私はいったい何をしているんだろう、と思った。ゲイリー・フレンゼルやセラノスのほかの科学者から、H1N1型豚インフルエンザの診断は鼻の奥を綿棒でぬぐって採った液で行うのが一番確実で、血液での診断は精度に問題があると聞いていた。出張前にエリザベスにそう指摘すると、軽くいなされた。「あの人たちの話を真に受けちゃダメよ。文句しか言わないんだから」

チェルシーとサニーは作業の進捗を報告するために、メキシコ保健省内でIMSSの高官と何度か会合を持った。サニーはスペイン語をひと言も解さず、チェルシーが会話を一手に引き受けた。会合が長引くにつれ、サニーは不機嫌と不安が入り交じったような表情を浮かべた。たぶん、セラノスの装置が機能していないことを、チェルシーがメキシコ側に漏らすのではと心配していたのだろう。やきもきするサニーを見るのは気味がいいわ、とチェルシーはほくそ笑んだ。

その頃パロアルトの職場では、エリザベスがメキシコ政府を相手に400台のエジソンの読み取り器の販売を談判しているという噂が流れていた。取引が成立すれば、セラノスに待望の現金が流入する。最初の二度の資金調達で得た1500万ドルはとうの昔に使い果たし、ヘンリー・モズリーが主導した2006年末のシリーズCラウンドで集めた3200万ドルもすでに底を突いていた。

セラノスはサニーが個人保証した借入によって、かろうじて破綻を免れていた。

サニーは豚インフルエンザの検査拠点を増やすべく、タイにも足を運んでいた。この伝染病はアジアにも拡大し、とくにタイは数万人の感染者と200人以上の死亡者を出す甚大な被害に見舞われていた。だがメキシコの場合とは異なり、セラノスがタイでの活動に現地当局の許可を得ているかどうかは怪しいものだった。社員の間では、サニーの人脈はワケありで、賄賂を払って感染患者の血液検体を入手していると噂されていた。顧客ソリューション部門でチェルシーの同僚だったステファン・ヒリッツが、サニーとのタイ出張から帰った直後の2010年1月に会社を辞めたことで、噂は本当だったんだとみんなが信じた。

その頃メキシコから戻っていたチェルシーは、噂を聞いて震え上がった。アメリカには海外腐敗行為防止法という、外国での贈賄行為を禁止する法律があることを知っていたのだ。違反すれば、懲役刑にも値する重罪だ。

考えてみれば、セラノスにはチェルシーがなじめない点がたくさんあった。その最たるものが、サニーだった。サニーが威圧的に振る舞うせいで、現場が萎縮していた。セラノスでは解雇はもともと日常茶飯事だったが、2009年末から2010年初にかけて解雇の鉈《なた》を振るっていたのはサニーだった。チェルシーは新しい言い回しまで学んだ。「誰々を消す」というものだ。誰かがクビになると、ふつうなら「姿を消す」のように使われる自動詞が、こういう使われ方をした。「サニーがあいつを消したぜ」と、1970年代のブルックリンで暗躍したマフィアの殺人のように語られていた。

サニーのことをとくに恐れていたのが、科学者たちだ。彼に立ち向かった数少ない科学者の一人に、セス・マイケルソンがいた。クリスマスの数日前、セスはチームのためにお揃いのポロシャツをつくった。セラノスのロゴと同じ緑色の地に、「セラノス・バイオ数学」の文字を入れた。チームの一体感を高めるための粋な計らいのつもりで、セスが自腹を切った。

ところがサニーはポロシャツを見て激怒した。自分に何の断りもなかったことに腹を立て、セス一人がチームに贈り物をすれば、ほかの管理職の立場がなくなるとケチをつけた。セスは以前スイスの製薬大手ロシュで、70人もの人員と年間2500万ドルもの予算を切り盛りしていた。その彼に経営の講釈を垂れるなんぞ、100年早かった。セスは食ってかかり、怒鳴り合いの喧嘩になった。

それからというもの、サニーはセスを目の敵《かたき》にして何かと嫌がらせをしたので、セスは別の仕事を探すことにした。数カ月後、レッドウッドシティのゲノミック・ヘルスに職を得ると、退職願を手にエリザベスの部屋に行った。その場に居合わせたサニーが開封して読み、セスの顔に投げつけた。

「こんなもの受け取れるか！」。サニーはわめいた。

セスは顔色一つ変えずに怒鳴り返した。「ご存じないようだから言っておこう。1863年、リンカーン大統領は奴隷を解放した」

サニーはセスを建物の外につまみ出した。数学書や科学文献、デスクの上の妻の写真をセスが取り返したのは、数週間後のことだ。新しい弁護士のジョディ・サットンと警備員の助けを借りて、サニーのいない平日の夜に荷物を運び出した。

ある金曜日の夕方、サニーはトニー・ニュージェントとも揉めた。サニーがトニーの部下の若いエンジニアに直接命令を与え、強烈な圧力をかけ続けたせいで、その部下はストレスで参ってしまった。トニーはサニーに抗議し、二人の口論は一気に過熱した。カッとなったサニーは、自分はみんなのためにこれほど会社に尽くしているんだから、もっと感謝されていいはずだと声を張り上げた。

「俺は一族七代養えるほどの金を稼いだんだ、わざわざこんなところにいなくてもいいんだぞ!」

そうトニーに向かって怒鳴った。

トニーはアイルランド訛りで吠え返した。「俺ぁ文無しだが、こんなところにいる義理なんぞねぇわ!」

その場を鎮めるために、エリザベスが割って入らなくてはならなかった。これでトニーはクビになり、月曜日には新しい上司が来るのかと、デイヴ・ネルソンは観念した。だがトニーはどうにかこうにか生き延びた。

チェルシーはサニーのことをエリザベスに相談しようとしたが、取り合ってもらえなかった。二人は揺るぎない絆で結ばれているようだった。エリザベスの部屋とサニーの部屋はガラス張りの会議室で隔てられていたが、エリザベスが部屋から出てくると、いつでもサニーが自室から飛び出してきて、どこへでもついていった。奥のトイレにまで一緒に行くことも多く、二人でコカインでもやっているんじゃないのかとあきれられていた。

働き始めて半年経った2010年2月、チェルシーはセラノスへの情熱をすっかり失い、もう辞めようと考えていた。とにかくサニーが嫌で仕方なかった。それにメキシコとタイの計画も、豚インフルエンザの沈静化で勢いを失いつつあるようだった。セラノスは落ち着きのない子どものように、生煮えの計画の間をふらふらとさまよっていた。おまけにチェルシーは、ロサンゼルスに住む恋人に会うために毎週末サンフランシスコとロスを飛行機で往復し、移動が体に堪えていた。

これからどうしようかと思案しているとき、決心を早める出来事が起こった。ある日、エリザベスにメキシコで便宜を図ってくれたスタンフォード大学の学生が、父親を連れてセラノスを訪れた。チェルシーは席を外していて訪問に立ち会わなかったのだが、戻ってくると職場はその話でもちきりだった。学生の父親は自分ががんではないかとおびえていたらしい。それを聞いたエリザベスとサニーは、ぜひセラノスの血液検査を受けてください、がんのバイオマーカーを調べましょう、と説得したというのだ。チェルシーと同じくその場に居合わせなかったトニー・ニュージェントは、その日遅くになってゲイリー・フレンゼルから話を聞いた。

「いやはや、驚いたね」。ゲイリーは困惑した声で言った。「今度は医者のふりとはな」

チェルシーは愕然とした。ベルギーでの検証試験や、メキシコとタイでの実験は、研究以外の目的には使用されず、患者の治療方針に影響をおよぼすことはなかった。だがセラノスの血液検査を命にかかわる判断材料にするよう勧めるのは、まったく次元の違う話だ。なんて無謀で無責任なんだろうと、怒りに震えた。

その直後に、さらに不安を高めるようなことがあった。サニーとエリザベスが、医師が血液検査を指示する際に使用する臨床検査室宛て指示書を社内に回覧して、消費者向け検査に大きなチャンスがあると興奮気味に語り始めたのだ。

もうたくさん、とチェルシーは思った。この件は、越えてはいけない一線を踏み越える。

チェルシーはエリザベスに辞意を伝えたが、本心は胸の内にしまい込んだ。代わりに、毎週末の往復が負担になっていて、ロサンゼルスに引っ越そうと思っているという、いずれにしても嘘ではない理由を告げた。引き継ぎ期間中はとどまるつもりだったが、エリザベスとサニーはそれを望まなかった。辞めるなら、今この場で辞めてちょうだい、そして職場を出るとき3人の部下に何も言わないように、と釘を刺された。チェルシーは反発した。真夜中の泥棒のようにこそこそ逃げ出すような真似はしたくなかった。だがサニーとエリザベスは譲らなかった。けっして話をしてはいけない、と。

チェルシーはビルを出て、パロアルトの日差しを浴びながら、複雑な思いに浸っていた。何より、大きな肩の荷をおろしてほっとした気分だった。でも自分のチームにさよならも言えず、辞める理由も言えないのは心苦しかった。チームにはロスへの引っ越しという、表向きの理由を伝えるつもりだったが、サニーとエリザベスはチェルシーを信用しなかった。二人はチェルシーの離職理由を自分たちに都合のいい筋書きにしたかったのだ。

チェルシーはエリザベスのことも案じていた。エリザベスは起業家としての成功をひたむきに追い求めるうちに、自分の周りに幻想を築き、現実から切り離されてしまった。そして、その幻想の中に入ることを許された唯一の人物は、とんでもない悪影響をおよぼしていた。なぜそれがわからないのだろう？

第7章　ドクターJ

暦が2009年から2010年に変わってからも、アメリカは深刻な景気低迷から抜け出せずにいた。世界恐慌以来の未曾有の大不況が進行するなか、全米では2年間で900万人近くが仕事を失い、もう数百万人が差し押さえに見舞われた。だがサンフランシスコ南方に広がる約3900平方キロメートルの地域、シリコンバレーでは、起業家精神《アニマルスピリット》が再び燃え上がろうとしていた。

サンドヒルロードに新しくオープンした高級ホテルのローズウッドは、一泊1000ドルという料金にもかかわらずつねに満室だった。外国産のヤシの木とスタンフォード大学のキャンパスにほど近い立地により、たちまちベンチャーキャピタリストやスタートアップ創業者を集め、市外から参じる投資家の常宿になった。レストランやプールサイドのバーには、商談を進めたり存在をアピールしたりする人たちがたむろし、石畳の駐車場にはベントレーやマセラティ、マクラーレンなどの高級スポーツカーがずらりと並んだ。

全米が壊滅的な金融危機の傷を癒やしている間も、ここではいくつかの要因に支えられて、新たなテクノロジーブームが湧き上がり始めていた。要因の一つは、フェイスブックの爆発的成功だ。2010年6月にフェイスブックの評価額は230億ドルに達し[1]、わずか半年後に500億ドルに跳ね上がった。[2] バレー中の起業家が次のマーク・ザッカーバーグをめざし、VCはこぞって次の「巨万の富」行きロケット船の乗車券を探した。ツイッターが登場し、2009年末に10億ドル超えの評価がつくと、興奮はいやがうえにも高まった。[3]

一方、携帯データ通信が高速化しデータ処理能力が向上するなか、iPhoneとグーグルのアンドロイドOS搭載のスマートフォンが競い合いながら普及し、モバイルコンピューティングへの転換が加速していた。数千万人のiPhoneユーザーが1ドルずつ払ってモバイルゲームをダウンロードするうちに、「アングリーバード」などのゲームが爆発的人気を呼び、スマートフォンアプリでひと山あてられるという考えが定着した。2010年春にはウーバーという無名のスタートアップが、リムジンタクシーを配車するスマホアプリのβ版《ベータ》をサンフランシスコで提供し始めた。[4]

だが、これらすべての要因をもってしても、もう一つの重要な要因がなければ、新たなブームに火がつくことはなかっただろう。その要因とは、超低金利だ。連邦準備制度理事会（FRB）が経済対策として政策金利を0パーセント近くまで引き下げたために、債券などの従来型金融商品の魅力が薄れ、投資家はより高いリターンが得られる投資先を血眼《ちまなこ》で探すようになった。彼らが目を向けた場所の一つが、ここシリコンバレーだった。

それまで上場企業への投資を専門としていた東海岸のヘッジファンドマネジャーが、未上場のスタートアップに有望な投資機会を求めて、西海岸詣《もう》でを始めた。これに加わったのが、シリコンバレーのイノベーションを利用して、不況で低迷した事業の活性化を図ろうとする、老舗企業の経営幹部だ。後者の集団に、握手の代わりにハイタッチをし、ドクターJ《ジェイ》のあだ名で呼ばれる、フィラデルフィアの65歳の男性がいた。

ドクターJは本名をジェイ・ローザンといい、実際に医師だったが、キャリアの大半を大企業で過ごしていた。創業109年のドラッグストアチェーン、ウォルグリーンのイノベーションチームの一員として、会社を再び成長軌道に乗せてくれる新しいアイデアや技術を発掘していた。ドクターJはフィラデルフィア郊外のコンショホッケンのオフィスを拠点に活動していた。[5] ここはウォルグリーンが2007年に店内診療所を運営するテイクケア・ヘルスシステムを買収した際に引き継いだ施設で、ドクターJはもとはこの会社の社員だった。

2010年1月、セラノスはウォルグリーンに接触する。[6] 指先から採ったわずか数滴の血液を使って、どんな血液検査でもその場で、リアルタイムで、しかも通常の半分以下の費用で行える小型検査器を開発しました、と宣伝するメールを送りつけたのだ。2カ月後、エリザベスとサニーはイリノイ州シカゴ郊外ディアフィールドのウォルグリーン本社を訪れ、経営陣を相手にプレゼンテーションを行った。[7] この会合にペンシルベニアから駆けつけたドクターJは、セラノスのテクノロジーの将来性をただちに見抜いた。セラノスの検査器を設置した店舗は、ウォルグリーンの新しい大きな収益源になり、事業のあり方を一変させる待望の突破口になる、と胸が高鳴った。

ドクターJの心をとらえたのは、セラノスの事業提案だけではなかった。三度の食事に気を配り、酒を極力控え、毎日泳ぐことに病的なまでにこだわる健康オタクの彼は、健康的に生きるための力を万人に与えたいという、強い使命感を持っていた。エリザベスがプレゼンテーションで描き出した、無痛の血液検査を誰もが手軽に受けられるようになれば、病気の早期発見が可能になるというビジョンに、深く心を揺り動かされたのだ。その夜、セラノスとの極秘協議を知らないウォルグリーンの同僚二人とワインバーで食事をしながら、彼は興奮を隠しきれない様子だった。くれぐれも内密に頼むよと念を押すと、声を潜めて話し出した。薬局業界に革命をもたらす企業を見つけた気がする、と言う。

「マンモグラフィー検査を受ける前に乳がんを発見できたらどうなるか、想像してごらんよ」。熱心に聞き入る同僚たちにそう言うと、思わせぶりに間を置いた。

２０１０年８月24日午前８時の数分前、パロアルトのヒルビューアベニュー３２００番地に数台のレンタカーが停まった。そのうちの１台から降りてきたのは、ずんぐりした背格好で、だんご鼻にそばかすのある、眼鏡をかけた男性だ。名をケヴィン・ハンターといい、臨床検査室《ラボ》コンサルティングを行うコラボレイトという小さな会社の代表だ。ドクターＪ率いるウォルグリーンの代表団の一員として、セラノスとの２日間の会合のために、飛行機でカリフォルニア入りした。ウォルグリーンがセラノスと交渉中の業務提携を評価し、その実現を手助けするために、数週間前に雇われたばかりだった。

ハンターはウォルグリーンの事業領域と特別な縁があった。彼は父、祖父、曾祖父がそろって薬剤師という家系に育った。子どもの頃は夏休みになると、父がニューヨーク、テキサス、ニューメキシコの空軍基地で経営する薬局の店頭に立ち、商品棚の補充を手伝った。こうした経験から薬局事業に精通していたが、彼自身の専門分野は臨床検査室にあった。フロリダ大学でＭＢＡを取得後、臨床検査サービス大手のクエスト・ダイアグノスティクスに８年間勤務した。その後コラボレイトを立ち上げ、病院からプライベートエクイティ会社までの幅広い顧客に、臨床検査の問題に関する助言を行っていた。

レンタカーのドアを閉め、セラノス本社の入り口に向かって歩き出したハンターの目をまず引いたのが、真横に停められた黒塗りのランボルギーニだ。誰かがいいところを見せようとしているな、と思った。

ハンターらウォルグリーンのチームは、階段を上がったところでエリザベスとサニーの出迎えを受け、二人の部屋の間にあるガラス張りの会議室に通された。会合には、セス・マイケルソンの後任としてセラノスのバイオ数学チームの責任者を務めていた、ダニエル・ヤングも加わった。ウォルグリーン側の出席者は、ハンターとドクターJのほか、ベルギー人役員のレナート・ファン・デン・ホフ、財務担当役員ダン・ドイル、そしてコラボレイトの同僚ジム・サンドバーグの3人だった。[8]

ドクターJはサニーとエリザベスとハイタッチをして席に着くと、いつもの自己紹介で会合を始めた。「やあ、私はドクターJ。バスケットボールの選手でした」。同じあだ名を持つ伝説的バスケットボール選手にちなんだジョークだ。彼と働いた数週間で、すでに十数回はこれを聞かされていたハンターには、もうおもしろくもなんともなかったが、ドクターJ自身にとってはいつまでも飽きないジョークのようだった。二、三のぎこちない笑いが上がった。

「これをご一緒できてとてもうれしいです！」[9]。ドクターJは声を弾ませて言った。「これ」とは、両社が合意した試験的サービスのことだ。計画では遅くとも2011年半ばまでに、セラノスの読み取り器をウォルグリーンの30ないし90店舗に設置することが決まっていた。[10] 店舗に来れば指先を針でひと刺しするだけで1時間以内に血液検査の結果を受け取れるようになる。すでに仮契約が交わされ、ウォルグリーンは最大5000万ドル相当のセラノスのカートリッジを事前購入し、さらに

2500万ドルをセラノスに融資することを確約していた。[11] 試験的サービスが万事順調に進めば、両社は提携を全国展開する。

ウォルグリーンがこれほど迅速に行動を起こすのは、異例なことだった。イノベーションチームが発掘した機会は、たいてい社内委員会で足止めされ、巨大な官僚的組織の中で足踏みさせられた。今回ドクターJが進行を早めることができたのは、ウォルグリーンのCFOウェイド・ミクロンに直談判して、計画への後ろ楯を得たおかげだ。ミクロンはその日の夜に現地入りし、翌日の会合に参加する予定だった。

試験的サービスについての話し合いが30分ほど続いたところで、ハンターはお手洗いはどこですかと訊ねた。その瞬間、エリザベスとサニーがハッと身を固くするのがわかった。セキュリティ最優先のため、会議室を離れる場合は付き添いが必要だという。サニーがハンターをトイレまで案内し、ドアの外で待ち、会議室まで連れ帰った。ハンターの目にはまったく無駄で、奇妙なほど猜疑《さいぎ》的な行動に映った。

トイレから戻る途中、オフィスを見回して検査室を探したが、それらしい場所は見当たらなかった。下の階にあると言われたので、あとで見学させてほしいと頼むと、エリザベスは「そうですね、もし時間があれば」と返した。

セラノスは、商業化の準備ができた臨床検査室があるとウォルグリーンに伝え、独自開発した機器で行える192種類の血液検査のリストを渡していた。[12] だが実際には、下の階にあるのは「臨床検査室」とはいっても、ゲイリー・フレンゼルと生化学者のチームが研究を行う、ただの研究開発室に過ぎなかった。しかもリストに挙げられた検査のうちの半分は化学発光免疫アッセイでは行えず、エジソンの能力を超えた、異なる分類の検査法が必要だったのだ。

会合が再開し、午後も中頃になったところで、街に出て早めの夕食をとりましょう、とエリザベスが提案した。みんなが席を立つなか、ハンターは検査室を見せてほしいと、もう一度頼んでみた。するとエリザベスはドクターJの肩を叩いて、会議室の外までついてくるよう合図した。ドクターJはしばらくして戻ってくると、見学はできないようだよとハンターに伝えた。エリザベスはまだ検査室を見せたがらないのだという。その代わりにといって、なぜかサニーが一行を自室に案内した。デスクの後ろの床に寝袋が置かれ、トイレはシャワーつきで、着替えが常備されていた。残業が多いからオフィスに寝泊まりすることが多いんですよ、とサニーは自慢げに話した。

食事に向かう段になると、サニーとエリザベスの指示で数人ずつ、時間をずらして出発した。全員が同時にレストランに着くと、人目につく恐れがあるからだという。また名前で呼び合わないようにという注意も受けた。オフィス近くの冨貴《ふき》寿司という小さな寿司屋に着くと、女将《おかみ》に奥の個室に案内され、障子を開けるとそこにエリザベスが待っていた。

こうしたスパイ映画めいた演出を、ハンターはじつにくだらないと思った。時刻は午後4時で、店内はガラガラだ。見られて困る相手などいやしない。唯一、人目を引きそうなものと言えば、駐車場に停めたサニーのランボルギーニじゃないか。

ハンターは不審に思い始めた。エリザベスは黒いタートルネックに低い声、一日中ちびちび飲んでいる野菜のスムージーで、スティーヴ・ジョブズを真似ようと余念がないが、そのくせ血液検査の種類の違いさえきちんと理解していないようだ。それにセラノスは、検査室の見学と、セラノスの機器を使ったビタミンD検査の実演という、ごく当然の二つの要請にも応じてくれなかった。ハンターは、自分とドクターJの血液をセラノスに検査してもらい、その日の夕方にスタンフォード大学病院で再度検査を受けて、両者の結果を比較するつもりだった。検査指示書の記入と採血のために、大学病院の病理医にわざわざ待機してもらっていた。ところが2週間前に頼んでいたにもかかわらず、急すぎると言ってエリザベスは断ったのだ。

ほかにもハンターの気に障ったことがある。あまりにも偉そうで無神経なサニーの態度だ。ウォルグリーン側が、試験的サービスの準備作業に自社のIT部門を参加させたいと提案したときも、「IT要員は弁護士みたいなものだ、避けるに限りますよ」と言ってにべもなく断った。[13] そうした態度はトラブルのもとだと思えてならなかった。

だがドクターJは、何の疑念も持っていないようだった。エリザベスのオーラにすっかり魅せられ、シリコンバレーを満喫していた。これじゃまるで推しバンドのコンサートに遠路はるばる駆けつけた追っかけだ、とハンターはあきれかえった。

翌朝セラノスのオフィスに戻ったウォルグリーンの一行に、同社のCFOのウェイド・ミクロンが合流した。ウェイドは試験的サービスの契約について、エリザベスと直接交渉を行っていた。彼もエリザベスの大ファンのように見えた。その日の会合が半分ほど過ぎた頃、エリザベスはアフガニスタンの戦場に掲げられていたものだと言って、ミクロンにアメリカ国旗をうやうやしく贈呈した。旗にはエリザベスからウォルグリーンへの献辞が書かれていた。

何もかもが変だ、とハンターは思った。自分はウォルグリーンに頼まれてセラノスの技術を精査するためにここに来たのに、その仕事をさせてもらえなかった。この訪問でセラノスが唯一見せたものといえば、エリザベスの直筆サイン入りの旗だけ。なのにドクターJとミクロンは、まるで意に介していないようだ。彼らの見るところ、セラノス訪問はつつがなく運んだようだった。

それからひと月経った2010年9月、ウォルグリーンの経営陣はディアフィールド本社の会議室にエリザベスとサニーを迎えた。お祝いムード一色だった。テーブルにはおつまみが並び、その上にウォルグリーンのロゴ入りの赤い風船が浮かんでいる。ウェイド・ミクロンとドクターJはこの発足式の席で、セラノスとの試験的サービス、暗号名「プロジェクトβ」をウォルグリーンの経営幹部にお披露目したのだ。

スクリーンには「臨床検査業界を破壊せよ」と題したスライドが大きく映し出され、ウォルグリーンの幹部の一人がその前に立って、『イマジン』のメロディに合わせて歌った。[14] イノベーションチームは提携を祝し、ジョン・レノンの名曲の歌詞を変えて、けなげにも両社の協力関係を讃える替え歌をつくっていたのだ。このなんとも気恥ずかしいカラオケの趣向が終わると、エリザベスとサニーは、血液検査を受けませんかと呼びかけた。二人は白黒の機器を数台持ってきていた。ウォルグリーンの重役たちは、薬局事業部長カーミット・クローフォードとイノベーションチーム責任者コリン・ワッツの後ろに並んで、指先採血の順番を待った。

この頃イノベーションチームの現場コンサルタントとしてウォルグリーンに常勤していたハンターは、発足式には出ていなかった。だがウォルグリーンの幹部が血液検査を受けたと聞いて、やっとセラノスの技術の性能を確認できる機会が来たと喜んだ。次にエリザベスに会ったら検査結果について訊ねるぞ、と意気込んだ。ハンターはパロアルト訪問後にまとめた報告書の中で、セラノスが「カートリッジ／検査装置の科学的機能に関して……誇大宣伝、または誇張している恐れがある」と警告していた。[15] そしてその対策として、試験的サービスの準備期間中にウォルグリーンの人員をセラノスに常駐させることを推奨し、候補者としてコラボレイトの社員で、スタンフォード大学の検査室を管理監督する任務を終えたばかりの小柄なイギリス人女性のジューン・スマートを推薦した。だがこの案はセラノス側にあっさり却下された。

数日後、両社がふだん連絡を取るために行っていた週例のビデオ会議の場で、ハンターは血液検査の結果を訊ねた。[16] あいにく検査結果は医師にしか提示できないんです、とエリザベスはかわした。するとコンショホッケンのオフィスから参加していたドクターJが、私は医師の訓練を受けているから、私に結果を送ってくれればいいよ、と申し出た。サニーがドクターJに個別に報告することで、話はまとまった。

ひと月経ってもまだ結果は届かなかった。

ハンターの我慢も限界に近づいていた。その週のビデオ会議では、セラノスの唐突な規制対応方針の変更が話し合われた。当初の説明では、セラノスの血液検査法は、検査施設の規制に関わる1988年の連邦法「臨床検査室改善修正法（CLIA法）」のもとで、「CLIA免除」に該当すると言っていた。CLIA免除検査とは一般に、食品医薬品局（FDA）が家庭での使用を許可した、簡易な検査をいう。

ところが今になって方針を変更し、ウォルグリーンの店舗でセラノスが提供する検査は、「自家調整検査（LDT）」にあたる、と主張し始めたのだ。これは見過ごせない、大きな違いである。LDTは、FDAと、別の連邦保健監督機関であるメディケア・メディケイド・サービスセンター（CMS）の間の、規制の適用が不透明なグレーゾーンに位置する。CMSがCLIA法のもとで臨床検査室を監督するのに対し、FDAは検査室が検査のために購入し使用する診断装置を規制する。だが臨床検査室が独自の手法で開発した検査を厳密に規制する機関は存在しない。エリザベスとサニーは、この変更が持つ意味をめぐって、ハンターと一触即発のやりとりをした[17]。どんな大手臨床検査会社も主にLDTを用いていると二人は主張したが、ハンターはそうではないことを知っていた。

この方針変更を受けて、ハンターはセラノスの検査精度を確かめなくてはならないとの思いをいっそう強くした。そこでセラノスとスタンフォード大学病院で50人の患者を対象とする試験を実施して、両者の検査結果を比較することを、ビデオ会議で提案した。自分はスタンフォード大学と仕事をしたことがあって知り合いがいるから、すぐに試験を手配できると申し出た。そのとき、コンピュータの画面上でエリザベスの身ぶりが突然変わるのを、ハンターは感じ取った。彼女は見るからに警戒し、身構えた。

「いいえ、今のところは結構です」。エリザベスはそう言ってすばやく議題を変えた。

ビデオ会議が終わると、ハンターはウォルグリーン側の試験的サービスの責任者、レナート・ファン・デン・ホフを脇へ連れて行き、どうもおかしいと打ち明けた。危険信号が積み重なっていた。まず、エリザベスはハンターに検査室を見せようとしなかった。次に、ウォルグリーンの人員をパロアルトに常駐させたいという提案を却下した。そしていまや、簡単な比較試験を行うことを拒否している。そのうえセラノスはウォルグリーンの最高幹部の一人である薬局事業部長の血液を採っておきながら、いまだに検査結果を返していないのだ！

ファン・デン・ホフは苦々しい顔で聞いていた。

「これを進めないわけにはいかんだろう」。重々しく言った。「もしも半年後にCVSがセラノスと契約して、結局すべてが実現した、なんてことになったらどうなる？　そんなリスクはとても冒せないね」

CVSとは、ウォルグリーンよりも売上高が3割ほど多い、ロードアイランド州に本拠を置くライバルのドラッグストアだ。CVSとの競争は、ウォルグリーンの一挙一動に影を落としていた。彼らは目先の狭い世界にとらわれすぎていて、ハンターのようなウォルグリーンの社員ではない外部者には、その心理はとうてい理解しがたかった。セラノスはこの不安に巧みにつけ込み、そのせいでウォルグリーンは重度の取り残され恐怖症に苦しめられていたのだ。

ハンターは、それならせめてセラノスがプロジェクトβの発足式で置いていった、白黒の読み取り器の内部を覗かせてほしいと懇願した。封印テープをはがして、こじ開けてみたくて仕方なかった。セラノスは専用の検査キットを送ってきたが、「インフルエンザ感応性」検査のような、ほとんど知られていない血液検査用のものだった。それはハンターの知る限り、どの検査室も提供していない検査で、セラノスの結果を比較できる対象がなかった。都合がよすぎると彼は思った。おまけにキットは期限切れときている。

ファン・デン・ホフの答えはノーだった。ウォルグリーンは守秘義務契約に署名したうえ、検査装置をいじらないようセラノスから厳しく警告されているというのだ。双方が署名した契約書には、ウォルグリーンが「検査装置またはその部品を分解または改造しない」ことに同意する、と明記されていた。[18]

苛立ちを必死に堪えながら、ハンターは最後のお願いをした。セラノスは、自社技術の有効性が確認されたことの証拠として、つねに次の2点を挙げていた。1点目が、セラノスが製薬会社のために行った臨床試験の成果。セラノスから渡された資料には、同社の装置が「過去7年間で、大手製薬会社15社のうち10社によって徹底検証されました」と記されている。[19] そして2点目が、ドクターJがジョンズ・ホプキンス大学医学部に依頼したという、セラノスの技術の評価だ。

ハンターは製薬会社に片っ端から電話をかけたが、セラノスの主張を裏づける人を一人も見つけられなかった。そこで、ジョンズ・ホプキンス大学による評価を見せてほしいと頼んだのだ。しばらくためらったあとで、ファン・デン・ホフはしぶしぶ2ページの文書を渡した。

読み終えたとたん、思わず笑い出しそうになった。それは2010年4月27日付の書簡で、ボルチモアのジョンズ・ホプキンス大学のキャンパスで、エリザベスとサニーがドクターJおよび5人の大学関係者と行った会議の内容をまとめていた。[20] エリザベスらがジョンズ・ホプキンス大学のチームに「検査性能に関する独自データ」を提示し、大学側がその技術を「斬新かつ健全」とみなしたと謳われていた。しかし、大学が独自に検証を行ってはいないこともまた明記されていた。実際、2ページ目の最後には、こんな免責文言がしっかり記されている。「本提供資料は、ジョンズ・ホプキンス大学が第三者の製品やサービスを承認したことを示すものではありません」

この書簡には何の意味もないですよと、ファン・デン・ホフに伝えた。ベルギー人幹部の表情に、ハンターは手応えを感じた。彼の自信は揺らいでいるように見えた。それに、イノベーションチームの財務責任者のダン・ドイルも懸念を持っているのを、ハンターは知っていた。もしもドイルがファン・デン・ホフの見方を変えることができれば、二人でドクターJとCFOウェイド・ミクロンの目を覚まさせ、取り返しのつかない事態に陥るのを防げるかもしれない。

セラノスが業務提携を働きかけていた大手小売企業は、ウォルグリーンだけではなかった。同じ頃、ヒルビューアベニューの本社を足繁く訪れる、縁なし眼鏡にスーツ姿の実直そうな年配男性がセラノス社員に目撃されている。セーフウェイのCEO、スティーヴ・バードだ。

バードはアメリカ有数のスーパーマーケットチェーンを17年間率いていた。CEO就任後の最初の10年間で食品事業の隅々にまできっちりと目を配り、ウォール街で高い評価を得た。だが彼はいつしか医療に強烈な関心を抱き始めた。

バードがこの問題にのめり込むようになったのは、医療費負担の増大に歯止めをかけなければセーフウェイがいつか破綻する、という危機感を持ったときだ。[21]バードは社員向けの革新的な健康促進・病気予防計画を、他社に先駆けて導入した。[22]またその過程で、すべての人が必要な医療保険サービスを必要なときに相応の負担で受けられることをめざす、「ユニバーサル・ヘルス・カバレッジ」の支援者となり、共和党支持者のCEOとしてただ一人、オバマ大統領の主導した医療保険改革、いわゆるオバマケアの基本方針の多くを擁護したことでも知られる。ドクターJと同じで、健康管理にも真剣に取り組んだ。[23]毎朝5時にランニングマシンで汗を流し、夕食後はウエイトトレーニングに励んだ。

エリザベスはバードの招きを受け、サンフランシスコ湾の対岸の町プレザントンのセーフウェイ本社でプレゼンテーションを行った。CEO以下経営陣が熱心に耳を傾けるなか、自身の針恐怖症をきっかけに、血液検査をより簡単に、より速く、より安価にする画期的技術を開発したと熱く語った。技術の仕組みを実演して見せるために、白黒の装置を1台持参していた。

このプレゼンテーションは、セーフウェイの取締役副社長のラリー・レンダの胸に刺さった。レンダの夫は肺がんの闘病中で、医師が治療薬の投与量を調整できるように、頻繁に血液検査を受けて薬の効果を確認しなければならなかった。静脈がつぶれてしまったため、毎回の採血は拷問だった。夫にとって、セラノスの指先採血法は神の恵みになると喜んだ。

16歳で始めたレジ係のアルバイトからの叩き上げでバードの信頼厚い幹部にまで上り詰めたレンダは、バードもまた深い感銘を受けていることに気がついた。セラノスの提案は、バードの健康哲学にぴったりはまっていたうえ、セーフウェイの売上低迷と薄利体質を打開する一手になりそうだった。

ほどなくして、セーフウェイもセラノスと契約を結んだ。セーフウェイはセラノスに3000万ドルの融資を行うこと、そしてスーパーの買い物客がセラノスの検査器で血液検査を受けられる、先進的な新しいクリニックの空間をつくるために、店舗の大規模改装を行うことを確約した。

バードは業務提携に天にも昇る気持ちだった。エリザベスを早咲きの天才とみなし、下にも置かぬ扱いをした。ふだんはよほどのことがなければオフィスから出ようとしないのに、エリザベスだけは特別扱いで、車で湾を渡ってはパロアルトまで会いに行った。あるときは大きな白い蘭《らん》の花を手に現れ、またあるときは自家用ジェット機の模型を届けた。次に君が手に入れるジェットは本物だな、と予言もした。セラノスがウォルグリーンとも並行して話し合いを進めていることは、バードも知っていた。セーフウェイはスーパーマーケットでセラノスの血液検査を独占的に提供し、ウォルグリーンはドラッグストアでの独占権を得るのだと、エリザベスは説明した。どちらの会社も、この取り決めには満足できないが、新しい莫大な事業機会を逃すよりはまし、と割り切った。

一方シカゴのハンターは、セラノスへの疑念をファン・デン・ホフにわからせようと引き続き画策していたが、その苦労も2010年12月半ばに水の泡となった。肝心のファン・デン・ホフが、製薬会社向けの温度センサーを製造するニュージャージーの会社のCEO職という魅力的な仕事を提示され、年末に辞任すると発表したのだ。

後任は社内から選ばれ、臨床検査分野で経験を積んだ女性幹部のトリッシュ・リピンスキーが起用された。ウォルグリーンに来る前は、アメリカ病理医協会に勤務していた。ハンターはすぐにリピンスキーに会いに行き、セラノスとのプロジェクトについて思うところを伝えた。「どうしてもこれを止めるつもりです。でないと、いつか誰かの名誉が傷つくことになりますから」と切々と訴えた。

ハンターはドクターJにも直接懸念を伝えたが、どこ吹く風だった。ドクターJはセラノスをいつも変わらず擁護し、むしろウォルグリーンの動きは遅すぎるとさえ思っていた。スティーヴ・バードがエリザベスにジェット機の模型を贈ったことを知るや、ウォルグリーンもエリザベスにもっと愛情を示さなくてはと、リピンスキーをせっついたほどだ。ハンターが驚いたことに、ドクターJは発足式での血液検査の結果をエリザベスとサニーに訊ねることもやめていた。どうやら、セラノスが検査結果を出さずに済ませようとするのを見逃すつもりのようだった。

ドクターJには、ウェイド・ミクロンという強い味方がいた。高級スーツとブランド物の眼鏡を好む洒落者《しゃれもの》のミクロンは、人当たりがよく、社内の人気者だった。だがシカゴ・トリビューン紙のすっぱ抜き記事が出てからは、その判断を疑問視する声が上がり始める。[24] その年の秋、ミクロンは1年少しの間に二度目の飲酒運転を起こして逮捕されていた。そもそもハンドルを握ったのが間違いだった。前回の逮捕時の免許停止処分がまだ明けていなかった。さらにまずいのが、アルコール検知器での呼気検査を拒否したうえ、現場での飲酒検査に引っかかったことだ。事件後、ミクロンは社員から陰で、ビールの銘柄に引っかけた新しいあだ名で呼ばれるようになった。〝ミケロブ〟だ。

ミクロンの飲酒運転と、ドクターJのやみくもなセラノス擁護を考えると、プロジェクトβが頼れる人に任されているとは思えなくなった。だがそれは、ハンターの力ではどうにもならなかった。彼は自分にできることに集中し、その後もセラノスとの週例のビデオ会議で厳しい質問を投げかけた。しかし2011年初めのある日、ハンターはリピンスキーに呼ばれ、エリザベスとサニーはあなたがビデオ会議やミーティングに参加することをもう望んでいない、と告げられた。ハンターが余計な緊張を生んでいて、そのせいで業務の遂行に支障が出ているのだという。そう言われたらうちは従うしかない、さもなければセラノスに手を引かれてしまうわ、とリピンスキーは言い添えた。

セラノスの要求を突っぱねてほしいと、ハンターは食い下がった。ウォルグリーンが自分を厄介者扱いして仕事を妨害するのなら、会社の利益を守るためだからと言って、なぜ月2万5000ドルもの顧問料を自分に支払ってくれるのか？　どうしても納得がいかなかった。だが彼の抗議は体《てい》よく無視され、エリザベスとサニーの要求が通った。ハンターはそれからもイノベーションチームで仕事をし、求められれば専門知識を提供したが、ビデオ会議や会合から外されたために発言力を失い、試験的サービスの動きや情報から取り残された。

ウォルグリーンはその間も計画を着々と進めた。ある日ハンターは準備の一環として、イノベーションチームと一緒に本社から数キロ離れた工業団地の覆面倉庫を見学した。その中に店舗の実物大模型があった。血液検査室が設置され、セラノスの白黒の装置の寸法に合わせた特注の棚が取りつけられていた。

こうして店舗の模型と小さな検査室を実際に目で見たことで、すべてが現実だったんだと、ハンターは改めて思い知らされた。やがてこういう検査室で、生身の人間が採血と検査を受けることになるのか。ハンターは胸騒ぎを覚えた。

第８章　ミニラボ

ウォルグリーンとセーフウェイという小売業の提携先を迎えたことで、エリザベスは突如、自分で掘った墓穴にはまった。どちらの会社にも、セラノスのテクノロジーはほんのわずかな血液検体で数百種類もの検査ができると伝えていた。だが実際にエジソンで行えたのは、抗体が抗原と結合する免疫反応を利用して血液中の物質を測定する、免疫アッセイと呼ばれる分類の検査だけだ。免疫アッセイによる検査には、ビタミンD濃度の測定や前立腺がんの診断といった、一般的な臨床検査も含まれる。だがそれ以外の、コレステロールや血糖値の測定など定番の血液検査の多くには、まったく別の検査技術が必要だった。

エリザベスが求めていたのは、一つだけでなく、もっと多くの分類の検査ができる、新しい検査器だ。２０１０年11月、エリザベスはケント・フランコヴィッチという若手エンジニアを雇い、その設計を任せた。ケントはスタンフォード大学で機械工学の修士号を取得したばかりで、その前はカリフォルニア州パサデナのＮＡＳＡジェット推進研究所で、火星探査機キュリオシティの設計に２年間携わっていた。ケントは、ＮＡＳＡで出会った友人で、ロサンゼルスを拠点とするイーロン・マスクのロケット会社スペースＸで働いていた、グレッグ・ベイニーをセラノスに引き抜いた。

グレッグは身長１９５センチ体重１１８キロというアメフト選手並みの体格にそぐわない、鋭い知性と観察眼を秘めていた。

最初の数カ月は、ケントとグレッグはエリザベスのお気に入り社員だった。エリザベスは二人のブレインストーミングにまで参加して、どういったロボットシステムを採用すべきかを提案することもあった。二人に会社のクレジットカードを渡して、必要な機器や資材を何でも買っていいと言った。

二人に設計を託した検査器を、エリザベスは「ミニラボ」と命名した。その名が示す通り、彼女が何よりも重視したのはサイズだ。いつかセラノスの検査器を家庭に置くという夢をまだあきらめていなかったから、机の上や棚に収まる大きさがいいと言い張った。そのせいで厄介な工学の問題が生じた。というのも、エリザベスが求めるすべての検査を行うには、ミニラボにエジソンよりもずっと多くの部品を搭載しなくてはならなかったからだ。新しい装置は、エジソンに使われていた光電子増倍管のほかに、３種類もの検査室用分析器を狭い空間に詰め込む必要があった。分光光度計、血球計数器、等温増幅器だ。

この中に、新しい発明は一つもない。世界初の商用分光光度計は、検査室用機器メーカーのベックマン・コールターの創業者、アーノルド・ベックマンによって１９４１年に開発された[1]。分光光度計は血液検体にさまざまな色の光線を照射して、光が吸収される度合いを測定する機器だ。この吸光度をもとに、分子の血中濃度を求める。コレステロールやブドウ糖、ヘモグロビンといった物質の測定に使われることが多い。また血球計数法は、19世紀に発明された、血球の数を測定する方法の一つで、主に貧血や血液がんなどの疾患の診断に使われる[2]。

これらの分析器は、世界中の検査室で何十年も昔から利用されてきた。つまり、セラノスは血液検査の先駆的な新技術を開発していたわけではない。むしろミニラボの存在価値は、既存の分析技術を小型化することにあった。画期的な科学技術ではないが、これまで大規模な検査機関でしか行えなかった血液検査を、ドラッグストアやスーパーマーケット、ひいては家庭で行えるようにする、というエリザベスの構想の中では大きな意味を持っていた。

もちろん、持ち運び可能な血液分析器はすでに市場に出回っていた。その一つ、ATMを小さくしたような形のピッコロエクスプレスという装置は、12分間という短時間で31種類もの血液検査を行うことができた[3]。それにわずか三、四滴の血液で、6種類の一般的な検査ができた。だがピッコロを含む既存のどの持ち運び可能な分析器も、全種類の臨床検査を行うことはできなかった。エリザベスの構想では、それができるということが、ミニラボのセールスポイントになった。

グレッグは診断装置メーカーの市販の検査器を分解して分析し、小型化する方法を考えることに時間を費した。たとえばオーシャンオプティクスという会社から分光光度計を取り寄せ、分解して仕組みを理解しようとした。その試み自体はおもしろかったが、このやり方で本当に大丈夫なのかと疑問を持つようになった。

エリザベスが指定した何の根拠もない寸法に合わせて、新しい装置をいちから開発するより、まずは小型化を図ろうとしている市販の機器や部品を組み合わせてみて、システムが全体としてどのように機能するかを確かめるべきだ。実用的な試作機が完成したら、その時点で小型化の方法を考え始めればいい。装置の大きさを最初に決めて、それから仕組みを考えるのは、どう考えても順序が逆だ。だがエリザベスは頑として譲らなかった。

その頃ロサンゼルスの彼女と破局寸前だったグレッグは、気を紛らわせるために土曜出勤していた。エリザベスはそれを忠誠心と献身の証とみなし、とても高く評価しているようだった。あなたの友だちのケントにも週末出勤するように言ってみて、彼が来ないのは気になる、とさかんに促した。ワークライフ・バランスなど、エリザベスには無縁の話だった。彼女はいつも働いていた。

誰でもそうだが、グレッグも初めてエリザベスに会ったとき、その低い声にぎょっとした。だがすぐにつくり声ではないかと疑い始めた。グレッグが入社した直後のある晩、エリザベスの部屋で打ち合わせを終えようとしていたとき、エリザベスはふとした拍子に若い女性らしい、自然な声になった。席を立ちながら、「うちに来てくれて本当によかった」と、ふだんより何オクターブも高い声でグレッグに言ったのだ。興奮して、とっさにバリトンのスイッチを入れ忘れたようだった。だがそういう声でしゃべるのには一理あるのかもしれない、とグレッグは思った。シリコンバレーは圧倒的に男性社会だ。ベンチャーキャピタリストは男性が占めているし、名の知れた女性のスタートアップ創業者は、自分の知る限り一人もいない。エリザベスはたぶん、人の注意を引き、真剣に受けとめてもらうには低い声が必要だと、何かをきっかけに考えたんだろう。

声の事件の数週間後、セラノスがふつうの職場ではないことを、別のかたちで思い知らされた。グレッグはゲイリー・フレンゼルと仲よくしていた。ゲイリーは体重136キロの巨漢で、ガバガバのジーンズに特大Tシャツ、クロックスのサンダル履きでオフィスをうろついていたので、一見だらしない印象を与えたが、グレッグの見るところ社内でもピカイチの頭脳を持っていた。ゲイリーは重度の睡眠時無呼吸症で、ミーティング中に居眠りをすることも多かったが、突然ハッと目を覚まして誰かのくだらない考えを論破し、すばらしい代案を出すのを、グレッグは何度も目撃している。

ある日一緒に職場を出るとき、ゲイリーが秘密めいた口調で、とんでもないことをささやいてきた。エリザベスとサニーが恋人同士だというのだ。グレッグは泡を食った。会社のCEOとナンバー2が寝ているのはもちろんまずいと思ったし、それより何より、二人がそれを隠していることに引っかかった。それこそ新入りに知らされるべき、重要情報じゃないのか？　このことを知ってから、セラノスのすべてに対する見方が変わってしまった。こんなことを隠しているくらいなら、エリザベスはほかにどんな嘘をついているんだろう？


2011年春、セラノスの縁故採用組に新しい面々が加わった。まずエリザベスの弟のクリスチャンが、製品管理部門のディレクター補に採用された。クリスチャン・ホームズはまだ大卒2年目で、血液診断装置の会社で働くような資格は持ち合わせていなかったが、エリザベスにとってそんなことはどうでもよかった。それよりずっと大事だったのは、弟が信頼できる存在だということだ。

クリスチャンはハンサムな青年で、姉と同じ深い青色の瞳をしていたが、二人の共通点はほぼそれだけだった。姉のような野心や気概は一切なく、スポーツを観戦し、女の子を追いかけ回し、友だちと騒ぐのが好きな、ごくごくふつうの若者だった。2009年にデューク大学を卒業後、ワシントンDCのコンサルティング会社にアナリストとして勤務していた。

セラノスで働き始めた頃手持ち無沙汰だったクリスチャンは、スポーツ記事を読んで時間をつぶしていた。それを隠すために、スポーツ専門チャンネルESPNのウェブ記事を空メールに貼りつけて、仕事のやりとりに没頭しているように見せかけていた。クリスチャンはしばらくして、デューク大学の男子学生友愛会《フラタニティ》の仲間を会社に引き入れた。ジェフ・ブリックマン、ニック・メンチェル、ダン・エドリン、サニ・ハジメトヴィッチの4人だ。少しあとで5人目の大学時代の友人、マックス・フォスクが加わった。みんなでパロアルトカントリークラブに近い一軒家を借りて一緒に暮らしていたので、社内ではまとめて「友愛団《フラットパック》」と呼ばれていた。デューク大卒の若者たちはクリスチャンと同じく、血液検査や医療機器に関する経験も素養もなかったが、エリザベスの弟の友人だというだけで、ほとんどの社員より高い序列にいた。

同じ頃、グレッグも友人たちをセラノスに誘い入れた。ジョージア工科大学時代の仲間ジョーダン・カーとテッド・パスコ、パサデナのNASAで一緒だったトレイ・ハワードだ。トレイは学年は数年上だが、友愛団と同じデューク大学出身だった。

ジョーダン、トレイ、テッドの3人は、クリスチャンらと同じ製品管理部門に配属されたが、友愛団と同じレベルで機密情報に接することはできなかった。エリザベスとサニーが開催する、ウォルグリーンやセーフウェイとの提携戦略を話し合う極秘会合の多くから3人は締め出されたが、クリスチャンと友愛団は招き入れられた。

友愛団は残業にいそしむことで、サニーとエリザベスの歓心を買った。サニーはいつも社員の献身を疑った。彼にとっては、「生産性の高い仕事をしているかどうか」ではなく、「職場に長時間いるかどうか」が、献身度を測る絶対的な判断基準となった。ときにはガラス張りの広い会議室に陣取り、社員の半個室が並ぶオフィスをにらみつけて威圧し、だらけている者を見張ることもあった。

クリスチャンたちは残業続きで運動する暇がなくなると、昼間にこっそりスポーツジムに抜け出した。サニーの監視の目を逃れるために、違う出口から時間差で出て行き、戻ってくる時間もずらすという念の入れようだ。ウォール街でのキャリアを捨てて、シリコンバレーに運試しにきたテッド・パスコは、最初の数カ月は決まった仕事がなく、暇つぶしに全員の入退室のタイミングを調整してやった。

ある日グレッグとエンジニアリング部門の同僚二人は、駐車場を見下ろす広いテラスで、友愛団の数人と昼食をとった。世界の超一流サッカー選手のまぬけぶりの話題をきっかけに、利口な貧乏人とまぬけな金持ちのどっちになりたいかという話になった。グレッグたちエンジニアは3人とも利口な貧乏人がいいと言ったが、友愛団は満場一致でまぬけな金持ちを選んだ。二つの集団でこれほどすっぱり意見が分かれたことに、グレッグは驚いてしまった。全員が20代半ばから後半で、全員がよい教育を受けていたのに、価値観はまるで違っていたのだ。

クリスチャンたちは、エリザベスとサニーの言いつけにいつでも喜んで従った。そのへつらいぶりが誰の目にも明らかになったのは、2011年10月5日の午後にスティーヴ・ジョブズの訃報が流れたときのことだ。エリザベスとサニーはジョブズを追悼して、ヒルビューアベニューの社屋にアップルの半旗を掲げようと決めた。翌朝、デューク大学体育会野球部出身、長身赤毛のジェフ・ブリックマンが、旗の調達係を買って出た。店を探し回ったが適当なアップルの旗がどうしても見つからず、黒地の中央にアップルの白いロゴが入ったビニール製の旗を特注した。店が制作に手間取り、ブリックマンはその日遅くまで社に戻らなかった。その間エリザベスとサニーはアップルの旗を探して社内中を駆けずり回り、全業務を停止状態に陥れた。

エリザベスがジョブズに心酔していることは、グレッグも知っていた。エリザベスは彼の話をするとき、まるで親友のように「スティーヴ」と呼ぶのだった。9・11陰謀説を描いたドキュメンタリー映画の話になったときも、「スティーヴ」は絶対何か裏があると思ってたはずよ、でなきゃｉＴｕｎｅｓで配信するはずがないもの、と言い張った。グレッグは思わず苦笑した。ｉＴｕｎｅｓでレンタル・販売される映画の一つ一つを、あのジョブズがみずからふるいにかけているわけがないじゃないか。エリザベスはジョブズを美化し、全知全能の存在と崇めているようだった。

ジョブズの没後1、2カ月が経った頃、グレッグのエンジニアリング部門の同僚たちがざわつき始めた。エリザベスが、ウォルター・アイザックソン著のジョブズの伝記に描かれた行動や経営手法を、そっくり模倣しているというのだ。みんな同じ本を読んでいたので、エリザベスがジョブズのキャリアのどの段階を真似しているのかを見て、本のどこを読んでいるかをズバリ言い当てられた。エリザベスはジョブズに敬意を表して、ミニラボにも「4Ｓ」という暗号名をつけた。アップルがジョブズの亡くなる前日に発表した、ｉＰｈｏｎｅ4Ｓにちなんでいた。

グレッグがセラノスに夢中でいられたのも、妹がセラノスの求人に応募するまでのことだ。妹は2011年4月にエリザベスとサニーの面接を受け、翌月から製品管理部門で働くよう内定を受けたのだが、結局その話を断って会計事務所ＰｗＣで働き続けることにした。翌日の土曜日にグレッグは出勤した。エリザベスも来ていたが、グレッグがいることに気がつかないふりをした。エリザベスはたいてい、とくに週末は必ず、グレッグに気づいて声をかけてきたので、変だなと思った。

翌週になると、エリザベスとケントのブレインストーミングに呼ばれなくなった。ようやくこのときになって、妹がセラノスを蹴ったことをエリザベスが個人的な侮辱と受けとめ、自分がそのしっぺ返しを受けていることにグレッグは気づいたのだ。

その後まもなく、ケントとエリザベスとの関係も冷ややかになった。ケントはミニラボの設計の中心人物だった。才能豊かなエンジニアのケントはものづくりが大好きで、空き時間を利用して趣味の副業にも精を出していた。それは自転車用ライトで、両輪と路上を照らすことによって夜間走行の視認性と安全性を高めるというものだ。クラウドファンディングサイトのキックスターターでアイデアを発表すると、45日間で21万5000ドルという、この年に調達された中で7番目に多い大金が集まった。趣味でやっていたものが、有望なビジネスになりそうな予感がした。

ケントはエリザベスにキックスターターでの資金集めの成功を知らせた。気にしないだろうと軽く考えていたのだが、とんでもない思い違いだった。彼女とサニーの逆鱗に触れてしまったのだ。これは重大な利益相反だ、自転車用ライトの特許をセラノスに譲り渡せと、二人は要求してきた。入社時に署名した文書により、ケントが雇用期間中に生み出したすべての知的財産が会社のものになるという。ケントは反発した。この小さな副業は空き時間にやっていたことで、自分は何も間違ったことはしていない。それに、新型の自転車用ライトがいったいなぜ血液検査器メーカーの利益を脅かすのかも解せない、と。だがエリザベスとサニーは許そうとせず、何度となくケントを呼び出し、特許を譲渡させようとした。新しい法務顧問のデイヴィッド・ドイルを駆り出して、さらに圧力をかけることもあった。

事態を静観していたグレッグは確信した。特許が問題なんじゃない。二人はケントが忠実でなかったとみなし、罰を与えようとしているんだ。エリザベスはすべての社員に、またケントのように大きな責任を託した社員にはなおさら、セラノスに全力を投じることを期待した。だがケントは全力を尽くさなかったうえ、あろうことか時間と労力の一部を副業に注ぎ込んだ。エリザベスの求めに応じず週末出勤を拒否したのも、これで説明がつく。彼女からすれば「ケントは裏切った」ということになる。結局、双方はギリギリの妥協点を見出した。ケントは休職して自転車用ライト事業の起業に挑戦する。長年温めてきた計画を気の済むまで追求したら、復職できるかどうか、その場合の条件をどうするかを、双方が改めて話し合う。

エリザベスはケントの離職にすっかり機嫌を損ねた。そしてグレッグたちにその穴埋めを要求し始めた。グレッグはエリザベスとサニーの様子に何か切迫したものを感じていた。口にこそ出さないが、何かの期限に間に合わせるためにチームをせき立てているように見えた。誰かに何かを約束したに違いない。

ミニラボの開発速度に苛立ちを募らせたエリザベスが不満をぶつけた相手は、グレッグだった。エンジニアリングチームが毎週の進捗報告に集まるたび、エリザベスは無言で瞬きもせずにグレッグをじっと見つめる。彼はいたたまれなくなって、「こんにちはエリザベス、ごきげんいかがですか?」のバカ丁寧な挨拶で口火を切るのだった。毎回の会合で議論したこと、決まったことだけを克明に書きとめ、極力感情を排除しようと努めた。

エリザベスは下の階のエンジニアの作業場にやって来て、グレッグの仕事ぶりを黙って見ていることもあった。グレッグは目礼だけして、何も言わずに仕事を続けた。一種の奇妙なパワハラだ。動じてなるものかと踏ん張った。

ある日の午後、エリザベスは彼を自室に呼び出し、あなたからは批判的な匂いがプンプンすると言った。グレッグはその通りだと答えるべきか迷ったあげく、会社に幻滅していることは腹に収め、当たり障りのない嘘で切り抜けることにした。採用したいと思っていた有能な候補者をサニーに落とされて、腹が立ったのだと。

エリザベスはその言葉を信じたに違いない。見るからにホッとした顔になって、「そういうことはちゃんと言ってくれなきゃ」と返した。


2011年12月の平日の夜、セラノスはバスを貸し切って、今では100人を超える社員を、ウッドサイドのトーマス・フォガティ・ワイナリーに連れて行った。会社の催しがよく行われる、エリザベスお気に入りの場所だ。本館と隣接する宴会場は高床式で、丘に向かって張り出すようなつくりになっていて、なだらかに広がるワイン畑とその向こうのシリコンバレーを一望できた。

このときは毎年恒例の会社のクリスマスパーティーが開かれた。本館のオープンバーで夕食前のカクテルを楽しむセラノス社員を前に、エリザベスは一席ぶった。

「ミニラボは人類史上、最高の発明品です。そう思わない人は、今すぐここを出て行ってください」。そう高らかに宣言し、大真面目な顔で聴衆を見回した。「みんなで全身全霊をかけて実現させなくてはなりません」

グレッグがパサデナで出会い、セラノスに引き入れた友人のトレイが、足を軽く蹴ってきた。二人はわけ知り顔で目配せし合った。エリザベスが今言ったことは、二人の素人精神分析を裏づけていた。エリザベスは歴史に名を残す世界の偉人にでもなったつもりでいる。現代のキュリー夫人気取りだ。

6週間後、一行は今度はセーフウェイとの提携を祝うために、フォガティ・ワイナリーに戻った。エリザベスは野外宴会場のテラスに立ち、連合軍のノルマンディー上陸作戦前に部隊を鼓舞したパットン将軍よろしく、薄霧のなか、社員に45分もの長広舌を振るった。今目の前に広がる眺望は私たちにふさわしい、なぜならセラノスはシリコンバレーを代表する企業になろうとしているのだから。締めにはこう言い放った。「私には恐れるものなど何もありません」。そしてオチをつけた。「注射針を除いては」

この時点でグレッグは完全に幻滅し、あと2カ月だけ、ストックオプションの権利が確定する雇用丸1年まで残ろうと決めていた。最近参加した母校ジョージア工科大学の合同会社説明会でも、セラノスのブースを見に来てくれた学生に会社を売り込む気になれず、シリコンバレーで働くメリットを語ってお茶を濁した。

問題の一端は、エリザベスとサニーが試作機を完成機だと思い込んでいること、あるいはその区別を理解しようとしないことにあった。グレッグが開発を進めていたミニラボはたんなる試作機で、それ以上のものではなかった。これから徹底検証と微調整を行う必要があり、完成にはまだ時間がかかる。それも、かなりの時間だ。ほとんどの企業は製品を市場投入するまでに、試作と検証のサイクルを3回はくり返している。なのにサニーは一度も検証していない第1号の試作機をもとに、100台分のミニラボの製造部品を早くも発注していた。まるでボーイング社が飛行機を1台組み立てただけで、一度の試験飛行も行わずに「さあさあ、どうぞお乗りください」と乗客に呼びかけるようなものだ。

徹底検証を通して解決を図らなくてはならない問題の一つに、温度まわりの問題があった。これだけ多くの分析器が密閉された狭い空間に詰め込まれていたせいで、予期しない温度変化が生じ、それが化学反応に干渉して、全体的な装置の性能に支障を来す恐れがあった。サニーは、ただすべての部品を箱に詰めてスイッチを入れさえすりゃ機能する、とでも思っているようだった。そんなに簡単なら世話はない。

あるときサニーは、グレッグとトム・ブルメットという年長のエンジニアをガラス張りの会議室に引っ張り込み、お前らやる気はあるのかと問い詰めた。グレッグはどんなときも冷静さを失わないことを誇りにしていたが、このときばかりは違った。会議室のテーブルから威圧するように身を乗り出し、筋肉隆々の巨体からサニーを見下ろした。

「なんだと？　こっちは死ぬ気で働いてるんだぞ」。グレッグはうなった。

サニーはあとずさりして謝った。


サニーは暴君だった。あまりにも頻繁にクビを切ったので、下の階の倉庫ではちょっとした儀式ができていた。愛想のよいサプライチェーン責任者のジョン・ファンジオが働く倉庫は、息抜きや噂話のできる、社員の憩いの場だった。セキュリティチームの責任者エドガー・パーズが、数日おきにいたずらっぽい笑みを浮かべながら、誰かの社員証を手に隠し持って階段を下りてくる。その姿を見ると、ジョンと物流チームは何が起こるかを察知して、わいわい言いながら集まる。パーズが近づくなりひもつきの社員証をくるっと回して表を見せると、一同はハッと息を呑む。それがサニーの新たな犠牲者なのだ。

ジョンは、グレッグとジョーダン、トレイ、テッドと仲がよかった。5人組は結束して、セラノスという狂気の海に浮かぶ「正気の島」になろうとした。ベイエリア広しといえども、搬入口のシャッターに手が届く場所で働いていたサプライチェーン戦略責任者は、ジョンだけだろう。だが彼は好きでそうしていた。サニーの詮索や勤務時間への異常な執着から離れていられたからだ。

悲しいかな、倉庫を職場にしていたことが、ジョン自身の命取りになった。2012年2月のある朝、ジョンと一緒に倉庫で働く受け取り係が、ホンダ・アキュラのぴかぴかの新車で出勤した。彼は車を得意げに見せびらかし、ジョンはほめてやった。ところが次の日、車に大きなへこみができていた。会社の駐車場で誰かにぶつけられたのだ。ジョンは駐車場で衝突の形跡のある車をしらみつぶしに探し、犯人を突き止めた。車の持ち主は、サニーがソフトウェア開発のために雇った、インド人コンサルタントだった。

タバコ休憩のために仲間と外に出てきた車の持ち主をジョンは問い詰めたが、そのコンサルタントはしらを切った。ジョンが警官の見よう見真似で巻き尺を使って彼の車の傷とアキュラのへこみの大きさが一致するのを確認していたのに、それでもやっていないと言い張った。ジョンは、警察に事故を通報して証拠を見せるようにと部下に命じた。事態が急転したのはこのときだ。コンサルタントは上階のサニーに文句を言いに行き、彼を引き連れて戻ってきた。サニーは血相を変え、その手は遠くから見てもわかるほどぶるぶる震えていた。

「おいおい、警察ごっこをやろうってのか？」。嫌みったらしい声でジョンを怒鳴りつけた。「警官にでもなりゃいいさ」

そしてそばにいた警備員のほうを向き、ジョンを指して「ここからつまみ出せ」と命じた。この1年間、サニーにクビにされた何十人もの社員の身元をエドガー・パーズがおもしろおかしくバラすのを喜んで見ていたジョンが、今度はお払い箱になる番だった。

グレッグは友人の解雇に納得できず、会社を去る決心をさらに固めた。そのひと月後に、グレッグと働いていた若手エンジニアが、ミニラボの回路基板をうっかり壊してしまった。サニーはグレッグとトム・ブルメットをオフィスに呼びつけ、いったい誰の仕業だと、怒りも露に問い詰めた。二人は黙っていた。名前を出せば、その若者がクビになるのはわかっていた。

折しもグレッグのストックオプションの権利が確定したところだった。その日遅くにグレッグはサニーの部屋に戻って、退職願を提出した。サニーは何食わぬ顔で受け取ったが、グレッグが出て行ったとたん、トレイとジョーダン、テッドを一人ずつ呼び出して、腹を探ろうとした。3人とも、グレッグが辞めるからといって自分は変わらない、これからもずっとセラノスで働き続けるつもりだと、サニーが聞きたい通りの答えを返した。

グレッグは引き継ぎ期間中、もう一度だけ土曜出勤した。サニーは喜び、次の月曜日にパロアルトの対岸の小さな街ニューアークでエリザベスが行うミーティングに招待してくれた。セラノスはミニラボの量産に向けて、ニューアークに巨大な製造施設を借りたところだった。エリザベスは洞窟のようながらんどうの空間を社員に公開した。聴衆に語りかけながらグレッグの顔を見つけると、にらみつけてきた。

「ここにいる人で、私たちの取り組みが人類史上最高の発明品だと思わない人や批判的な人は、今すぐ出て行ってください」。クリスマスのスピーチの内容をくり返して言った。そしてグレッグに視線をじっと据えたまま、「特別な称賛」に値する社員として、トレイ、ジョーダン、テッドの名を挙げた。その場には150人ほどの社員が集まっていて、誰を選んでもおかしくなかったのに、エリザベスはグレッグの友人だと知っている3人をわざわざ選び出したのだ。これがグレッグに対するとどめの公開叱責となった。

グレッグが辞めたあとも、セラノスからは次から次へと人が抜けていった。解雇された一人、デル・バーンウェルという無愛想なソフトウェアエンジニアをめぐる、つくり話のような出来事もあった。彼は海兵隊のヘリコプターパイロット出身で、〝ビッグ・デル〟のあだ名で呼ばれていた。サニーはビッグ・デルの勤務時間が短いことを槍玉に挙げ、監視カメラの映像までチェックして出退社時刻を調べ上げた。そして彼を自室に呼びつけ、映像を見る限り１日８時間しか働いていないじゃないかと問い詰めた。「俺が直してやる」と、まるで壊れたおもちゃを扱うかのように言い渡した。だがビッグ・デルは直されたくなどなかった。サニーとの面談を終えるとすぐ、エリザベスのアシスタントにメールで退職願を送った。返事がなかったので、引き継ぎ期間の２週間はまじめに働いた。とうとう金曜日の午後４時になると、ビッグ・デルは荷物をまとめてビルの出口に向かった。そのとたん、サニーとエリザベスが慌てて階段を駆け下りてきた。守秘義務契約に署名しないと辞められないというのだ。

ビッグ・デルは拒否した。入社時に守秘義務契約に署名していたし、退職面談を行う猶予は２週間もあった。これで大手を振って辞められるし、もちろんそうするつもりだ。黄色のトヨタＦＪクルーザーに乗り込み、駐車場を出ていこうとすると、サニーはあいつを止めろとわめいて警備員に追わせた。ビッグ・デルは見向きもせずに走り去った。

サニーは警察を呼んだ。20分後、ライトを消したパトカーが静かに到着した。動転しまくったサニーは、社員が辞めて会社の財産を持ち去ったのだと訴えた。何を盗られましたかと警官が訊ねると、サニーは訛りのある英語でぶちまけた。「やつの頭の中の財産を盗んでいったんです」

第9章　ウェルネス戦略

セーフウェイの業績は低迷していた。このスーパーマーケット・チェーンは、2011年第4四半期決算で6パーセントの減益を発表したばかりだった。[1] 長年のCEOであるスティーヴ・バードは、決算発表の電話会議に参加した10人あまりのアナリストを相手に、業績不振の説明に追われていた。アナリストの一人、スイスの大手銀行クレディスイスのエド・ケリーは、セーフウェイが芳しくない業績から投資家の目をそらすために自社株買いを行ったとして、バードをちくちく責め立てていた。[2] 企業が自社株式を買い戻すと発行済株式数が減るため、実際の利益が減少していても、投資家の注目する指標の「1株当たり利益（EPS）」を人為的に押し上げることができる。企業の裏技を知り尽くしたウォール街の切れ者アナリストにはお見通しの、使い古された手口だ。

苛立ったバードは反論した。[3] セーフウェイの業績はまもなく好転するから、自社株買いは賢明な投資になる。そして、この楽観論の根拠として、同社が推進する三つの取り組みを挙げた。手厳しいアナリストは最初の二つを新味に欠けるとして一蹴したが、三つ目になるとがぜん耳をそばだてた。「当社は重要な計画を検討しており……あー、ここでは仮に『ウェルネス戦略』とでも呼んでおきましょう」。それだけ言って口を濁した。

バードが計画について公に言及したのは、このときが初めてである。詳しい説明はなかったが、この地味な創業97年の食品小売チェーンには停滞した事業を活性化する秘策があるというメッセージを、アナリストはしかと受けとめた。セーフウェイ社内では、この秘密計画は「プロジェクトT－レックス」の暗号名で呼ばれていた。それはほかでもない、セラノスとの業務提携で、2012年2月の時点で締結からすでに2年を経過していた。

バードはこの取り組みに大いなる期待を寄せていた。セーフウェイの国内全1700店舗の半数以上を改装して高級診療所のための空間を確保するよう命じた。診療所は豪華なカーペット敷きで、特注の木製家具に花崗岩のカウンタートップ、薄型テレビが設置される予定だった。セラノスのたっての指示で、診療所は〝ウェルネスセンター〟と呼ばれ、「エステよりも見栄えがよく」なくてはならないとされた。改装費用の3億5000万ドルは全額セーフウェイ持ちだが、新しい診療所でセラノスの画期的な血液検査を提供し始めればすぐに元は取れると、バードは算段していた。

決算発表の電話会議の数週間後、バードは経営陣とともに、セーフウェイのとある店舗にアナリストの一団を迎えた。オークランドの東、風光明媚なサンラモンバレーの自宅から数キロ離れた場所だ。一行は店舗内の新しいウェルネスセンターの中を案内されたが、提供されるサービス内容については、バードからはっきりとした話を聞けずじまいだった。その店舗の店長でさえ、何も知らされていなかった。セラノスはサービス提供開始まで機密厳守を要求していた。

だが両社が事業提携に初めて合意してから、度重なる遅れが生じていた。あるときなどエリザベスは、2011年3月の東日本大震災の影響で、カートリッジの製造に支障が出ているとバードに伝えた。この弁解に、セーフウェイ経営陣からはあり得ないという声が上がったが、バードは額面通り受け取った。バードはスタンフォード大学を中退したこの若者と、まるで自分の予防医療への情熱をかなえるために生まれてきたようなセラノスの革命的技術に、すっかり心を奪われていた。

　エリザベスはバードと直に連絡を取り、バードだけに答えた。プレザントン本社には戦略会議室が設けられ、プロジェクトT-レックスに関与するセーフウェイの少数の幹部が、週に一度集まって状況を報告した。バードはミーティングに欠かさず出席し、出張中であればビデオ会議で参加した。セラノス側に問い合わせなくてはならない疑問や問題が持ち上がると、バードは「エリザベスに訊いてみるよ」の決まり文句で締めるのだった。１９７４年に始めたレジ係のバイトからの叩き上げでバードの腹心の一人に上り詰めたラリー・レンダをはじめ、プロジェクトに関わる重役たちは、バードがエリザベスにあまりにも好きにやらせていることに驚いた。いつもは部下や提携先に厳格な締め切りを守らせる彼が、エリザベスが次々と締め切りを破るのには目をつぶった。バードには息子が二人いたが、授からなかった娘の姿をエリザベスに見ているのだろうと考える幹部もいた。理由は何であれ、バードはエリザベスの虜《とりこ》だった。

　大幅な遅れはあったものの、２０１２年に入ってしばらく経つと、業務提携はついに軌道に乗り始めたかに思われた。本格的なサービス提供開始前の試運転として、プレザントン本社の敷地内に開設されたセーフウェイの社内診療所で、セラノスが血液検査を提供することになったのだ。この診療所は、「社員自身に健康管理を促すことによって会社の医療費負担を抑える」という、バードの戦略の一環として設けられた。社員は診療所で無料の健康診断を受け、その結果に応じて保険料の割引を受けることができた。診療所は敷地内のスポーツジムの隣という便利な場所にあり、１人の医師と5人の診療看護師が常駐し、5つの診察室があった。そして、小さな検査室も設置されていた。受付エリアには「検査提供：セラノス」の新しい看板がかかっていた。

社内診療所はレンダの管轄だった。レンダはセーフウェイ・ヘルスという、同社の健康管理ノウハウを他社に提供するバード肝煎《きもい》りの子会社も監督していた。エリザベスが2年前に初めてプレザントンを訪れて以来、レンダは夫を肺がんで亡くしていたが、セラノスの無痛の指先採血によって、夫が最期の数カ月間に味わった何度も針を刺される苦しみがこの世からなくなることを切に願っていた。

この頃レンダは、セーフウェイ初の最高医療責任者を任命した。陸軍出身のケント・ブラッドリーといい、ウエストポイントの陸軍士官学校とメリーランド州ベセスダの陸軍医科大学を出た後、軍で17年以上の経験を積んだ人物だ。セーフウェイに来る前は現役・退役軍人のための医療保険サービス、トライケアのヨーロッパ支部を運営していた。レンダがこの温厚な元軍医に与えた職務の一つが、社内診療所の監督だった。

陸軍で数々の高度な医療技術を利用してきたブラッドリーは、セラノスの装置が実際に動くところを見たいと楽しみにしていた。ところが驚いたことに、セラノスはプレザントンの診療所に自社製の装置を1台も設置するつもりはないという。代わりに採血技師を二人よこし、採取した血液検体をサンフランシスコ湾対岸のパロアルトまで送って、そこで検査を行っていた。もう一つの驚きは、採血技師がどの社員からも二度ずつ採血していたことだ。人差し指の先にランセット針を押し当てる方法で一度と、腕に注射針を刺す旧来の方法でもう一度。セラノスの指先採血技術が完成していて、消費者にサービスを提供する準備ができているというのなら、なぜ静脈に針を刺して採血する必要があるのかと、ブラッドリーは首をかしげた。

結果が戻ってくるまでにかかる時間の長さを知って、ブラッドリーの疑念はますます深まった。検査結果はほぼ瞬時に出るものと思っていたが、セーフウェイ社員は結果を受け取るまで、長くて2週間も待たされた。そのうえ、すべての検査をセラノスが自前で行っているわけでもなかった。検査を外注するなどという話は一度も聞いていなかったのに、一部の検査はソルトレイクシティの大手臨床検査業者のARUPに委託されていることを、ブラッドリーは知ったのだ。

だがブラッドリーの警鐘が本格的に鳴り始めたのは、健康なはずの社員が、異常な検査結果が出たと言って相談に来るようになったときだ。念のため彼らを大手臨床検査会社のクエストやラボコープの運営する検査室に送って再検査を受けさせると、きまって「異常なし」の結果が出た。セラノスの結果が間違っている可能性が濃厚だった。そんなある日、セーフウェイの重役がPSA検査の結果を受け取った。PSAとは「前立腺特異抗原」のことで、前立腺細胞でつくられるタンパク質の一種をいう。このタンパク質の血中濃度が高ければ高いほど、前立腺がんの疑いが強くなる。重役のPSA値はとんでもなく高く、前立腺がんであることをほぼ確実に示していた。だがブラッドリーは半信半疑だった。ほかの社員と同じように、不安に怯《おび》える重役を別の検査室に送って再検査を受けさせると、またしても正常な結果が返ってきたのだ。

ブラッドリーは、結果の食い違いを詳しく分析してみた。セラノスとほかの検査室の数値の差は、ときに不安になるほど大きかった。セラノスの値がほかの検査室と一致することもあったが、それはたいていARUPに委託された検査だった。

ブラッドリーはレンダとセーフウェイ・ヘルス社長のブラッド・ウルフセンに疑念を伝えた。過去2年間の度重なる計画の遅れから、もうセラノスを信用できなくなっていたレンダは、バードに直接話してほしいと促した。だがバードはブラッドリーの訴えを体よく受け流し、セラノスの技術は検証済みで確実だと請け合ったのである。

プレザントンでセーフウェイ社員から採取された血液は、パロアルトのイーストメドウサークルにある石造りの平屋建物に送られた。セラノスは2012年春に、ここに新しい検査室を仮設していた。業務拡大に伴い、ヒルビューアベニューから、フェイスブックが以前使っていた近くの大きな建物に残りの業務を移転するまでのつなぎとして、ここを使っていた。

この検査室は数カ月前に、検査施設を規制する連邦法であるCLIA法に準拠しているという認証を取得した。[4] ただ、認証を受けること自体は難しいわけではなかった。CLIA法を執り行うのは究極的には連邦機関のCMSだが、CMSは検査室の定期査察のほとんどを州に委託していた。[5] カリフォルニア州でこの査察を担当するのは、州公衆衛生局の現場査察部だが、同部門が深刻な資金不足により監督責任を果たすのに苦慮していることが、監査で明らかになっている。

もしもスティーヴ・バードが、この低層の建物の中央部にある検査室への立ち入りを許されていたなら、セラノスが独自に開発した検査器がただの一台もないことに気づいていただろう。それはなぜかと言えば、ミニラボがまだ開発途上で、患者の検査を行うにはほど遠い状態にあったからだ。代わりに検査室に置かれていたのは、シカゴのアボット・ラボラトリーズやドイツのシーメンス、イタリアのディアソリンといったメーカーが製造する、十数台の市販の血液・体液分析器だった。検査室主任は冴えない病理学者のアーノルド・ゲルブ、通称アーニーで、その下にヒトの検体を取り扱う資格を州から取得した臨床検査技師が数人配属されていた。当時この検査室ではまだ市販の分析器だけを使っていたが、それでも問題の種はあちこちに潜み、実際に問題が生じていた。

主な問題は、経験豊富な人材の不足だった。たとえば臨床検査技師のコーサル・リムは、同僚のダイアナ・デュプイに言わせれば、いい加減でろくに訓練を受けておらず、検査結果の精度に全体的に支障を来していた。[6] デュプイ自身はヒューストン出身で、世界的に有名なＭＤアンダーソンがんセンターで経験を積んでいた。臨床検査技師になってからの7年間の大半を輸血専門技師として過ごし、業務を通じてＣＬＩＡ規制に幅広く精通していた。いつもきっちり規定通りに業務を行い、違反を発見すれば容赦なく報告した。

そんなデュプイにとって、リムの不手際はとうてい受け入れられるものではなかった。いくつか例を挙げると、試薬の取り扱い方法に関するメーカーの指示を無視する、期限切れの試薬を有効期限内のものと同じ冷蔵庫に保管する、較正《こうせい》されていない機器で患者の検査を行う、分析器の品質管理が不適切である、訓練を受けていない業務を行う、血液型判定に用いるライト染色液の瓶を汚染する、といったことだ。激情型のデュプイは何かとリムにきつくあたり、もし自分が検査室の査察官なら、あなたのような無能な検査技師は追放するわ、などと噛みついたこともある。リムが自分の求める基準を満たさないと見るや、ゲルブとサニー宛ての定期報告のメールにリムの問題行動を列挙し始め、ときにはそれを証明する画像まで添付した。

デュプイの懸念はそれだけではなかった。プレザントンに配置された二人の採血技師の技量にも疑いを持っていた。ふつう血液検体は、検査前に遠心分離機にかけて、血漿と血球を分離する。だがセラノスの採血技師は所定の遠心分離機を使用する訓練を受けておらず、遠心分離の時間や速度を正しく設定することもできなかった。[7] そのためパロアルトに届いた血漿検体には血球が混入していることが多かった。また、セラノスで使用されていた採血管の多くが使用期限切れで、充塡された抗凝固剤の効果が低減していたせいで、検体の完全性が損なわれていた。

あるときデュプイは、苦情を報告するメールを送った直後に、セラノスがシーメンスから購入した新しい分析器の使い方の訓練を受けるためにデラウェアに派遣された。1週間後に出張から戻ると、検査室がきれいに片づいていた。デュプイは、彼女の帰りを待っていたらしいサニーに会議室に呼ばれた。サニーは威圧的な口調で告げた。君の不在中に検査室を見て回ったが、申し立てられた苦情は一つも正当と認められなかった、と。そしてデュプイがデラウェアに発つ日、荷物を運び出すために男友達を構内に立ち入らせたことを持ち出し、会社の機密情報保護方針への重大な違反行為だとして、いきなり解雇を言い渡したのだ。しばらくデュプイに考える時間を与えてから、サニーはゲルブを部屋に呼んで、デュプイを検査室の一員として高く評価しているか、引き留めたいと思うかと訊ねた。ゲルブがそう思うと答えると、サニーはしぶしぶ解雇を撤回した。デュプイの首は、まだつながったままだった。

ショックを受けたデュプイは、放心状態でデスクに戻った。ふと気がつくとIT部門の社員に肩を叩かれ、廊下に出るように言われた。社用の携帯電話を接続し直すために、個人情報を提供してほしいという。サニーは解雇を撤回する前に、デュプイの社用携帯電話、メール、社内ネットワークへの接続を切断するよう指示していたのだ。

だがデュプイのようにずけずけものを言うタイプは、どのみちセラノスでは長続きしない運命にあった。3週間後の金曜日の朝、サニーはイーストメドウサークルの建物に舞い戻り、今度は永久的な解雇を申し渡した。デュプイは荷物をまとめる間もなく、即刻外に連れ出された。解雇の理由は、検査室の主要な納入業者が請求書の未払いを理由にセラノスの注文を保留にしたことを、デュプイが騒ぎ立てたためだった。

処分に憤慨したデュプイは、その週末サニーにメールを送り、職場に置いてきた検査関連の書籍や、眼鏡とカリフォルニア州の臨床検査技師免許の入った化粧ポーチなどの私物を引き取らせてほしいと訴えた。エリザベスにもコピーが送られたこのメールには、サニーの管理方針と検査室の現状に対する痛烈な批判が綴られている。[8]

あなたが危険人物で、機嫌次第でどのように［ママ］何をきっかけに爆発するかわからないと、5人以上の人に警告されました。あなたと関わり合うとろくなことにならない、とも言われました。

……

CLIA認証を受けた当検査室は、コーサルが仕切り、彼とアーニーが誰の監視も受けずにいるせいで、大変なことになっています。なにしろうだつの上がらない検査室主任が、なぜかお粗末な臨床検査技師の肩を持っているのですから。コーサルはいつか必ず検査室で大きなミスを犯し、患者の検査結果に支障を来すでしょう。実際に何度も失敗しているのに、いつも試薬のせいだとごまかしているようです。あなた自身もおっしゃったように、コーサルが触れるものすべてがわざわいになるのです！

社員があなたを恐れるあまり、隠しごとをするような職場環境ができあがっています。そのことに気づいてもらいたいのです。恐怖と威嚇では会社を動かすことはできません……しばらくはうまくいっても、いつか立ちゆかなくなるでしょう。

サニーは、イーストメドウサークルの建物の前で誰かを通じて私物を返却することは承知したが、いずれ社の弁護士から連絡があるだろうとデュプイを脅した。[9] その後の数日間に、法務顧問のディヴィッド・ドイルからいかめしい文言のメールがどんどん送られてきた。[10] セラノスでの職務上得たすべての資料をセラノスに返却するか「永久的に破棄」し、守秘義務を順守するという同意書に署名するよう求めていた。

デュプイは最初署名を拒否し、オークランドの弁護士を雇ってセラノスを不当解雇で訴えることを検討していた。[11] だがセラノスがウィルソン・ソンシーニ所属の凄腕弁護士を雇ったと知ったとたん、オークランドの弁護士は引き下がって署名するよう勧めた。シリコンバレー随一の法律事務所に刃向かったところで勝ち目はないというのだ。彼女は従うしかなかった。

セーフウェイはもちろんこんなことになっているとは露知らず、2012年から2013年にかけてもセラノスにプレザントン診療所での血液検査を任せていた。北カリフォルニアの数十店舗に設けたウェルネスセンターで働く採血技師の採用も開始した。だがセラノスは性懲りもなくサービス開始日を延期し続けた。

バードは2012年4月の第1四半期決算発表の電話会議で、謎に包まれた「ウェルネス戦略」の進捗状況を問われ、こう答えた。[12] まだ「機が熟して」いないが、いざ公開すれば財務業績に「重要な影響」がおよぶだろうと。次の7月の電話会議では、「第4四半期になればほぼ確実に」展開があるはずだと、みずから切り出した。[13] しかし、何も始まらないまま第4四半期は過ぎていった。

セーフウェイの幹部からもいい加減、反発の声が上がり始めた。セラノスとの業務提携による増収増益を見込んだ業績目標の未達が続き、ボーナスが得られないことへの不満が高まっていた。ウェルネスセンターの収益予測を立てた財務担当役員のマット・オレルは、ウェルネスセンターの1店舗1日当たりの来店客数が50人、という超強気な前提をもとに、年間2億5000万ドルの増収を見込んだ。その収益が実現していない上に、センターの建設だけですでに1億ドルを超える金額を費やしていた。

ウェルネスセンターは使われない間も、ほかの収益性の高い事業に利用できたはずの店舗内の貴重な空間を占有し続けた。待ちくたびれたレンダとブラッドリーは、この場所の利用法についてアイデアを出し合った。たとえば、ウェルネスセンターに栄養士を配置して食事のアドバイスを行う、センターを診療看護師が運営する本格的な診療所に変える、遠隔診療サービスを提供する、など。計画を実行に移させてほしいと掛け合ったが、バードはエリザベスと話し合った上で提案を却下した。エリザベスはこの場所を明け渡したがらないんだ、とバードは言った。

その裏で、セーフウェイの取締会はさすがにしびれを切らし始めていた。バードがCEO就任後20年にしてウォール街の信頼を失ったのは明らかだった。最初の10年間は大成功を収め、セーフウェイの株価は急騰した。だが近年は健康事業に情熱を傾けるあまり、食品・日用品販売の地味な中核事業からすっかり目が逸れていた。ウェルネスセンターに莫大な投資を行ったあげく、いつまで経っても実現にこぎ着けられないことがとどめの一撃となった。

２０１３年１月２日の株式市場が引けた直後に、セーフウェイはプレスリリースを出し、バードが同年５月の年次株主総会後に退任することを発表した。[14] 退任はバードの自発的決定と報じられたが、レンダをはじめ経営幹部は、取締役会に退任を迫られたのだろうと察した。バードは退任時になってもなお、ベールに包まれたままのセラノスとの提携について楽観的な見方を崩していなかった。プレスリリースにはバードのＣＥＯとしての功績の一つに、セーフウェイがまもなく「当社を変革する可能性を秘めたウェルネス戦略を開始する」予定だという、彼自身の発言が引用されていた。[15]

バードの退任により、エリザベスとの対話の窓口がなくなった。セーフウェイの誰かがセラノス側と話をするには、サニーか友愛団を通さなければならなかった。サニーはセーフウェイ幹部に状況報告を求められると、そんなことに関わっていられるか、偉大なイノベーションを生み出すのがどれだけ大変かわからないのか、と言わんばかりにぞんざいにあしらった。その傲慢な態度は腹立たしいにもほどがあった。それでもセーフウェイは、提携解消には二の足を踏んだ。もしもセラノスの技術が本当に画期的なものだとわかったらどうなる？　これから10年間、大魚を逃したことを悔やみながら過ごす羽目になりかねない。取り残される恐れが、決断を思いとどまらせる強力な要因になっていたのだ。

他方、バードに引退するつもりなどかけらもないのは明らかだった。セーフウェイを辞めてからわずか３カ月後に、企業に医療費削減の方法を助言するコンサルティング会社、その名もバード・ヘルスを立ち上げた。[16] バードは医療系スタートアップの創業者同士という新しい立場で、エリザベスとまた連絡を取り合おうとした。しかし、エリザベスが折り返して来ることは二度となかった。

第10章　「シューメイカー中佐とは何者だ？」

デイヴィッド・シューメイカー中佐は、会議テーブルの上座に座る若い女性が自社の方針を得々と語るのを辛抱強く聞いていたが、15分もするともう黙っていられなくなった。

「そんな規制対応方針では通用しませんよ」。思わずさえぎって言った。

エリザベスは、陸軍の作業服を着た眼鏡姿の軍人を腹立たしげににらみつけた。今自分が説明したセラノスの方針がどの規制に抵触するかを、軍人は並べ立てている。そんな話は聞きたくもなかった。２０１１年11月のこの朝、セラノスがシューメイカーら軍関係者をパロアルトにわざわざ招いたのは、セラノスの検査器をアフガニスタンの戦場に配備する計画にお墨付きをもらうためであって、規制対応戦略への意見を拝聴するためではなかった。

セラノスの検査器を戦場で利用するというアイデアが生まれたのは、この年の8月のことだ。[1) エリザベスはサンフランシスコの海兵隊メモリアルクラブで、アメリカ中央軍（ＵＳＣＥＮＴＣＯＭ）司令官、ジェームズ・マティスに出会った。指先を針でひと刺しするだけの新しい血液検査法が、負傷兵の迅速な診断と治療に役立ち、命を救うことさえできるという、エリザベスがその場で思いついた売り込みに、海兵隊大将はじっと耳を傾けてくれた。ジム・〝マッドドッグ〟・マティスは、兵士を守ることに心血を注ぐその姿勢から、米軍で最も慕われる司令官の一人となった。熱血司令官は、アフガニスタンでの長く残虐な戦争でタリバンと戦う部隊の安全を守るためとあれば、どんな技術でも進んで試そうとした。エリザベスに会ったあと、戦場でセラノスの検査器の実地試験を行う手はずを整えるよう、中央軍の部下にさっそく指示した。

軍規では、このような要請はメリーランド州フォートデトリックの陸軍医療局を通すことになっていた。そしてそれはたいてい、シューメイカー中佐の机に届くのだった。規制遵守部門の副責任者として、陸軍が医療機器の実験を行う際に、すべての法令と規則が順守されていることを確認するのが、シューメイカーの仕事だった。

シューメイカーはそんじょそこらの軍事官僚ではない。微生物学の博士号を持ち、髄膜炎菌と野《や》兎《と》病菌のワクチンに関する医学的研究に長年携ってきた。野兎病菌とは冷戦中に米ソによって生物兵器化されていた、ワタオウサギ属のウサギに見られる危険な細菌だ。またFDA（食品医薬品局）主催の1年間の研修プログラムを軍人として初めて修了したことから、陸軍ではFDA規則の第一人者とみなされていた。

シューメイカーは温和な笑顔とオハイオのゆったりした南部訛りから、穏やかで控えめな印象を与えたが、必要なときにははっきりものを言うタイプだった。FDAの規制を完全に回避することを前提としたセラノスの方針は論外だと、ばっさり切り捨てた。とくにエリザベスが言うように、セラノスが翌春までに自社装置を使ったサービスを全米で展開するつもりならなおさらだ。FDAの審査過程を経ないうちは、同局がそんなサービスを許可するはずがないと告げた。

エリザベスはセラノスの弁護士から得た助言を挙げて、猛然と反論した。あまりにもむきで頑ななその態度を見て、いくら話し合っても時間の無駄だとシューメイカーはすぐに悟った。エリザベスが、反対意見に耳を傾ける気がないのは明らかだった。テーブルを見回すと、規制問題の専門家を一人も会議に同席させていなかった。この会社は専門家を雇ってもいないのかもしれない、とシューメイカーは思った。もしそうなら、とんでもなく甘いやり方と言わざるを得ない。医療は我が国で最も規制の厳しい分野だが、それには相応の理由がある。患者の命がかかっているのだ。

シューメイカーはこう告げた。セラノスの検査器を陸軍部隊に使う許可を得たいのなら、あなたの見解を裏づける書面をＦＤＡから得る必要がある、と。エリザベスはふくれっ面になった。彼女はプレゼンテーションを再開したが、その日はずっとシューメイカーに冷ややかな態度を取り続けた。

シューメイカーは陸軍での18年のキャリアの間に、「軍は民間に対する規制を免除され、思い通りに医学研究を行える」と考えているような人たちを多く見てきた。それは大きな誤りである。とはいえ、過去にそうした前例がなかったわけではない。たとえば国防総省は第二次世界大戦中に兵士を使ってマスタードガスの人体実験を行ったし、１９６０年代には受刑者を使って枯葉剤の効果を試した。だが軍が監督を受けずに無責任な医学実験を繰り返していた時代は、遠い昔のことだ。

一例として、国防総省は１９９０年代のボスニア紛争で、バルカン半島駐留部隊にダニ媒介性脳炎の治験ワクチンを投与するにあたり、ＦＤＡの承認を取得するのを忘れなかった。また、希望者だけにワクチンを接種した。同様に、陸軍は２００３年にイラク駐留部隊のためにボツリヌス毒素の治験ワクチンを開発する際、ＦＤＡと緊密な連携を図った。当時サダム・フセインがこの致死性の高い生物兵器を備蓄しているという懸念が根強かったが、フォートデトリックの研究者が開発した有望なワクチンはまだＦＤＡの承認を得ていなかった。

陸軍はどちらの場合にも、軍の医学研究が安全性と倫理性を満たしているかどうかを監視する内部委員会である、治験審査委員会（ＩＲＢ）に諮《はか》った。研究が重大なリスクをもたらさないとＩＲＢが判断すれば、ＦＤＡはたいていの場合、ＩＲＢが審査し承認した厳格な実施計画書《プロトコル》に基づいて実施するという条件で、研究にゴーサインを出した。

ワクチンに当てはまることは、医療機器にも当てはまった。セラノスがアフガニスタンの部隊で血液検査器を試すには、ＩＲＢの承認を得た試験の実施計画書が必要だと、シューメイカーは確信していた。だがエリザベスがあまりにも依怙地《いこじ》な態度でいたし、また彼自身も中央軍からうるさく催促されていたので、陸軍の弁護士でＦＤＡでの勤務経験もある、ジェレマイア・ケリーに登場願うことにした。エリザベスの話をケリーに直接聞いてもらい、第三者の立場からの意見を請うために、エリザベスともう一度会う機会を設けた。２０１１年12月９日午後３時半に、セラノスの法律事務所ザッカーマン・スペイダーのワシントンDC事務所で会うことに決まった。

約束の日、エリザベスは単身で、シューメイカーが数週間前にパロアルトで聞いたのと同じ規制対応方針を説明する１枚の資料を持って現れた。そこでシューメイカーはこの際はっきり言ってしまうことにした。あなたが説明した方針は奇抜だ、あるいは姑息と言っていいかもしれない、と。

エリザベスが持参した資料では、セラノスの検査器は検体を処理する「遠隔装置」に過ぎないと説明されていた。実際の血液分析の作業は、セラノスのパロアルトの検査室で行われる。つまり、検査器から転送されたデータを、検査室のコンピュータが分析し、その結果を検査室の有資格者が確認して解釈する。したがってパロアルトの検査室だけが認証を取得すればよく、検査器自体は

「低機能」のファックスのようなものだから、規制監督の対象外だという。

シューメイカーにとって、これと同じくらい受け入れがたいこじつけがもう一つあった。セラノスの機器によって行われる血液検査は「自家調整検査（LDT）」であり、したがってFDAの管轄外だというのだ。

つまりセラノスの見解では、パロアルトの検査室さえCLIA認証を取得していれば、自社の機器をどこにでも設置して使用することができる、ということになる。これは巧妙な理屈だが、シューメイカーは騙されなかった。ケリーもだ。セラノスの機器は、たんなる低機能のファックスを超えている。それは血液分析器であり、市場に出回っているほかの血液分析器と同じように、最終的にFDAの審査と認可を受ける必要がある。それが得られるまでの間、セラノスはIRBに諮問して、FDAが許容できる試験の実施計画書を作成しなくてはならない。この手続きには通常6カ月から9カ月かかる。

だがエリザベスは、陸軍弁護士のケリーの面前にもかかわらず、しぶとく異を唱え続けた。パロアルトで会ったときほどはけんか腰ではなかったし、前に比べれば話し合いに応じようという姿勢は見られたが、それでも議論は平行線をたどった。シューメイカーは首をかしげた。ザッカーマン・スペイダー法律事務所の担当者はただの一人も同席していなかった。エリザベスが事務所のパートナーを数人引き連れてくるものとばかり思っていたのに、彼女は単身でそこにいた。このときも事務所の法的助言を並べ立てたが、それを裏づける事務所の者は誰もいなかったのだ。

最後にシューメイカーが駄目押しで繰り返した。セラノスの規制対応の方針をFDAが支持する、という旨の書面を見るまでは、アフガニスタンでの試験を認めるわけにはいかない。エリザベスは書面を得ますとは言ったが、あくまで形式的な手続きだと思っているようだった。シューメイカーはまったくそうは思わなかったが、少なくとも、これで事をはっきりさせることができた。こっちはやることはやった。あとはセラノスがどう出るかだ。

この件についてしばらくは何も聞かなかった。だが２０１２年の晩春になると、中央軍からまたぞろ催促が来るようになった。シューメイカーは苛立たずにはいられなかった。セラノスは要求した書面を提出して来ないどころか、彼とケリーが12月にワシントンでエリザベスに会って以来、まったく音沙汰がなかったのだ。

そこで上司の許可を得て、自分でＦＤＡに連絡を取ることにした。[2] ２０１２年6月14日の朝、ＦＤＡ微生物学的検査機器部門の責任者サリー・ホイヴァットにメールを送った。彼女とは、シューメイカーがＦＤＡの研修生だった２００３年に一緒に仕事をした仲で、前の週に会議でばったり再会したばかりだった。シューメイカーはホイヴァットにセラノスの状況を説明して、その規制対応を「かなり奇抜」だと称し、どうしたものかとＦＤＡの指導を請うた。たんに非公式な助言を求めただけのつもりだったのだが、このメールが引き金となって怒濤のように事件が押し寄せ、もしも彼が予見できていたならきっとメールの送信をためらったであろうほどの大騒動に発展したのである。

ホイヴァットは、シューメイカーからの問い合わせのメールを読むと、５人の同僚に転送した。[3] その一人に、ＦＤＡの体外診断・放射線保健部門の責任者、アルベルト・グティエレスがいた。グティエレスはプリンストン大学で化学博士号を取得した人物で、20年のキャリアの大半をＬＤＴの問題を考えながら過ごしていた。

ＦＤＡはかねてから、ＬＤＴを規制する権限は自分たちにあると考えてきたが、現実には規制を行っていなかった。[4] なぜなら、１９７６年に「連邦食品・医薬品・化粧品法」が修正され、同局の権限が医薬品だけから医療機器にまで拡大された当時、ＬＤＴは一般的ではなかったからだ。稀《まれ》な症例により特別な検査法が必要になった場合に限り、特定の臨床検査室がＬＤＴを開発していた。

状況が一変したのは１９９０年代、検査室が遺伝子検査などのより複雑な検査を、一般向けに開発するようになってからのことだ。[5] それ以来、ＦＤＡが見るところ、欠陥があり信頼性に欠ける多くの検査法が、百日咳からライム病、各種のがんまで、ありとあらゆる疾患の診断に利用されるようになり、その結果患者に計り知れないほどの害を及ぼしていた。ＦＤＡ内では、検査ビジネスのこの部分の規制を開始する必要があるという共通認識が高まっており、この見解の急先鋒にいたのが、ほかでもない、グティエレスだった。ホイヴァットから転送されたシューメイカーのメールを読むと、グティエレスは信じられない、というふうに首を振った。メールで説明されていたセラノスの方針こそ、彼が断固阻止すべしと考えていた、ＦＤＡ規制の回避策だったのだ。

グティエレスは、ＬＤＴを規制するのはメディケア・メディケイド・サービスセンター（ＣＭＳ）ではなく、ＦＤＡだという持論だったが、だからといってＣＭＳの同僚たちと敵対することはなかった。むしろ彼らとは良好な協力関係にあり、時代遅れの法律のせいで生まれた規制の隙間を埋めるために、組織の垣根を超えて意見交換することも多かった。グティエレスはシューメイカーのメールの冒頭にこんなメモをつけて、ＣＭＳの検査室監督部門のジュディス・ヨストとペニー・ケラーに急ぎ転送した。[6]

ちょっとこれを読んでくれないか!!! CMSの見解では、これはLDTにあたるのだろうか？ FDAが裁量権を使ってこんな手法を規制の対象から外すとは、とうてい思えないのだが。

アルベルト

メールでのやりとりの結果、グティエレス、ヨスト、ケラーは同じ結論に達した。セラノスの方針は連邦規則に準拠していない。ヨストとケラーは相談のうえ、CMSから誰かをパロアルトに派遣して、名前も聞いたことのないこの会社が何をたくらんでいるのかをはっきり突き止め、誤解を正しても問題ないだろうと判断した。[7]

この任務を託されたのは、CMSサンフランシスコ支部のベテラン現場査察官のゲイリー・ヤマモトだ。[8] メールから2カ月ほど経った2012年8月13日、ヤマモトはセラノスのパロアルト本社を抜き打ちで訪れた。[9] この頃セラノスは、ヒルビューアベニューの旧社屋から、サウスカリフォルニアアベニュー1601番地のフェイスブック旧本社への移転を完了していた。

サニーとエリザベスは、ヤマモトをすぐに会議室に招き入れた。CMSがセラノスに関する苦情を受けたため、自分はそれを調べるためにやって来たとヤマモトが説明すると、驚いたことにその苦情がどこの誰から来たかを二人はちゃんと知っていた。[10] シューメイカーがFDAにあのメールを送ったことを、誰かが彼らに漏らしたのは明らかだった。エリザベスが苦々しく思っているのは、その険しい表情から丸わかりだった。彼女もサニーも、シューメイカーのメールの内容までは知らないと言い張った。たしかにその軍関係者とは会いましたが、セラノスがCLIA認証を盾に、血液検査器を方々に導入するつもりだなどと言った覚えはありません、とエリザベスは断言した。

それならセラノスはそもそもなぜCLIA認証を申請したのか、とヤマモトはたたみかけた。サニーはこう返した。臨床検査室の仕組みを詳しく知るためには自社で検査室を運営するのが一番だと思ったんです。ヤマモトはこの答えを怪しみ、ほとんどバカげているとさえ感じた。そこで、検査室を見せるよう求めた。

セラノスはケヴィン・ハンターのときのように、ヤマモトに検査室への立ち入りを断るわけにはいかなかった。ヤマモトはれっきとした連邦規制当局の代表だ。軽くあしらえる民間の臨床検査室《ラボ》コンサルタントとはわけが違う。サニーは仕方なく査察官を新しい本社の2階の一室に案内した。デュプイを解雇後、セラノスはイーストメドウサークルの仮施設からここに検査室を移していた。

ヤマモトは、この部屋で見たものに何の感銘も受けなかった。かといって、大きな懸念を持つこともなかった。狭い空間に白衣のスタッフが二人と、稼働していない市販の分析器が数台あるだけの、何の変哲もない検査室に見える。特別で斬新な血液検査技術があるような感じはまったくしない。そう指摘すると、サニーは答えた。セラノスの機器はまだ開発途中なんです、それにセラノスはFDAの認可を得ずに検査器を導入するつもりなどまったくありませんよ。エリザベスがシューメイカーに一度ならず二度も告げたことと真っ向から矛盾する答えだ。ヤマモトは何を信じていいのかわからなくなった。シューメイカーほどの陸軍士官が、なぜそんなつくり話を?

しかし、セラノスの現時点での運営方法には、指摘すべき明白な違反が何も見当たらなかったので、ヤマモトは検査室の規制について長い講釈を垂れたうえで、サニーを放免するしかなかった。その際、シューメイカーがサリー・ホイヴァット宛てのメールで説明した、CLIA認証を受けた一つの拠点から実験的な血液分析器を遠隔操作するという考えは論外だと、よくよく言い含めた。

セラノスがいずれほかの場所に自社装置を導入するつもりなら、それらの場所にもＣＬＩＡ認証が必要だ。検査器自体にＦＤＡの認可を取得すればなおよい。

エリザベスは自分の会社が攻撃されていると感じたら、手をこまねいているようなタイプではない。怒りにまかせてマティス将軍宛てにメールを綴り、腹立たしくも自分の行く手を阻もうとした人物への逆襲に出た。[11] シューメイカーがセラノスに関する「露骨に誤った情報」をＦＤＡとＣＭＳに伝えた、と書き送った。それから中佐を蔑《さげす》むような段落を二、三続けてから、中佐が両当局に対して行ったとされる、セラノスに関する７点の事実に反する説明として、「当社の弁護士の助けを得てまとめた」ものを列挙した。メールは、次の要請で結ばれている。

当社はこれらの誤解を招きかねない説明を正すために、迅速な対策を講じています。つきましては、当社が両規制当局に誤解を正すにあたり、お力添えをいただけると大変ありがたく存じます。シューメイカー中佐はあろうことかＦＤＡに対し、「セラノスが何をたくらんでいるのか」を「耳に入れておきたい」などと伝え、あたかも当社が法律に違反しているように思わせる、誤った情報を同局に提供しました。この情報は国防総省の内部から出たものであるため、国防総省のしかるべき方々によって正式に訂正していただければ大変助かります。ご配慮とお時間をいつもありがとうございます。

敬具

エリザベス

数時間後、マティスはエリザベスのメールを手に、憤怒にわなないていた。将軍はこのメールに、怒りも露なメモを付して、エリン・エドガー大佐に転送した。[12] 大佐は中央軍の医務官で、セラノスの検証試験を実現させる任にあたっていた、マティスの副官である。

エリンへ。シューメイカー中佐とは何者だ？　いったい何が起こっているのだ？　……私はこの検査器をできる限り早急に、また合法的かつ倫理的に戦場で検証するために手を尽くしてきた。よって、この訪問が下記のメールに述べられている通り起こったのかどうか、どうすればこの新たな障害を克服できるかを知る必要がある。……要するに、ここに書かれていることが正確なのかどうか、はっきりした真実を知りたい。もし私が非倫理的または非合法的なことを強行しようとしているとシューメイカー中佐らが考えているなら、彼らに会って説明してもらわなければならない。帰国したとき本部で会えるよう、時間を決めてくれ（戦場で足止めされ、当初帰国日より遅れる予定）。感謝、M

CMS査察官による抜き打ち訪問は、エリザベスを戦いへの道に突き進ませた。彼女はエドガー大佐にも電話をかけ、シューメイカーを訴えるといきり立った。エドガーはその旨を、査察が実施されたという知らせとともに、フォートデトリックの同僚たちに伝えた。またシューメイカーには別途、エリザベスからマティスへのメールに、マティスの反応を書き添えたものも送った。[13]

この長々しいメールを読んで、シューメイカーは真っ青になった。マティスは軍で最も権力があり、最も恐れるべき人物の一人だ。この歯に衣着せない将軍が、かつてイラク駐留海兵隊員に、「礼儀正しく、プロらしくあれ。だが出会った奴をすべて殺すための計画を立てておけ」と言った逸話は有名である。[14]下位の将校がけっして敵に回してはいけない人物だ。

その一方で、彼は自分の行動がセラノスへの査察を招いてしまったことにも心を痛めた。そうした訪問がどんなに不愉快なものかを、経験上よくよく知っていた。今の職務に就く前、シューメイカーは陸軍感染症医学研究所に勤務していた。生物学的脅威物質の安全管理を行う、特定病原体部門の責任者に就任したのは２００８年7月、ブルース・アイヴィンス自殺事件のちょうど2週間前のことだ。この事件により、研究所の研究員だったアイヴィンスが２００1年の炭疽《たんそ》菌郵送テロ事件の犯人だったらしいことが明らかになると、研究所にはアルファベットの略語で呼ばれるありとあらゆる政府機関からの査察が殺到し、2年ほどひっきりなしに続いた。シューメイカーはこれらの査察を受ける側にいたのだ。

シューメイカーはエドガー大佐に励まされて、事態の打開を図るためにCMSの高官にメールを送った。[15]セラノスがすでに規制を回避したなどとほのめかすつもりはなかった、ただセラノスがそうすることを検討していると伝えようとしただけだと弁明した。また、CMSがセラノス側に、査察を要請したのがシューメイカーであるかのように伝えたのは心外だとも書いた。すると、またもや腰を抜かすような返事が来た。[16]CMSはそんなことをセラノスに伝えていなかった。CMSの査察官が到着した時点で、セラノスはシューメイカーがFDAに送ったメールのコピーをすでに入手していたというのだ。

いったいどういうことですか、とエドガー大佐に問いただした。すると大佐は、シューメイカーがサリー・ホイヴァットに送ったメールを「ついうっかり」エリザベスに見せたのは自分だと、決まり悪そうに打ち明けた。そして悪かったと言って謝ると、翌週フロリダ州タンパの中央軍司令部を訪ねて、規制に関する問題をマティスに直接説明してはどうかと勧めてきた。あの将軍と面と向かって会うなんて、とシューメイカーは怖じ気づいたが、腹をくくって応じることにした。アルベルト・グティエレスにも同行を要請した。ＦＤＡの高官の口添えを得られれば、きっとマティスも重く受けとめてくれるだろうと考えたのだ。急な頼みだったが、グティエレスは快諾してくれた。

２０１２年8月23日午後3時ちょうど。[18] エドガー大佐はタンパのマクディル空軍基地内のマティスの執務室に、二人の男性を案内した。61歳の将軍は、実際に前にすると恐ろしいほどの威圧感があった。筋肉隆々で肩幅が広く、目の下の黒いくまは、彼が睡眠など気にもかけていないことを示している。執務室には長い軍人生活の記念の品々が飾られていた。旗、盾、コイン。ガラス戸棚の豪華な剣のセットに、シューメイカーは一瞬目を奪われた。部屋の片側に設けられた、木製のパネル張りの会議スペースに一同が腰を下ろすと、マティスは単刀直入に切り出した。

「諸君、私は1年も前からこれに取り組んできた。いったいどういうことなんだ？」

シューメイカーは前もってグティエレスとおさらいをしていたおかげで、自分の主張にはしっかりした根拠がある、と確信を持って話すことができた。まず彼が、セラノスの技術を戦場で試すうえで、どんな規制上の問題があるかをざっと説明した。ここでグティエレスが話を引き取り、シューメイカーの法の解釈が正しいこと、またセラノスの検査器がＦＤＡの規制対象であるのは間違いないことを請け合った。セラノスは検査器の商業利用に関してまだＦＤＡの審査・承認を経ていない。したがって、ヒトを対象とする試験を行うには、ＩＲＢの定める厳格な条件に従うことが必須となる。そうした条件の一つが、交戦地帯ではとくに入手困難なことで知られる、被験者のインフォームドコンセントを得ることだと説明した。

マティスはあきらめようとしなかった。何とかこれを進めたい、前進する方法があるだろう、と迫った。数カ月前にエリザベスへのメールに書いたように、この発明が兵士たちの問題を斬新な方法で解決する突破口になると信じて疑わなかったのだ。グティエレスとシューメイカーは、打開策を提案した。兵士から採った血液の残余検体を匿名化して用いる、「限定目的試験」だ。これならインフォームドコンセントを得る必要がない。それに、マティスが望むほど早く実行に移せそうな試験といえば、これしかなかった。この方針を進めることで一同は合意した。シューメイカーとグティエレスは、会議室に入ってからきっかり15分後に、マティスと握手をして外へ出た。シューメイカーは肩の荷が下りたようにほっとした。なんだかんだ言っても、マティスはぶっきらぼうだが話のわかる男で、実行可能な案で折り合うことができた。

このとき合意された「限定目的試験」は、マティスが思い描いていたような大々的な戦場での実地試験とはほど遠かった。セラノスの血液検査は、負傷兵の治療方針の決定には利用されない。軍の通常の血液検査法と同じ結果が得られるかどうかを確認するために、余った検体だけを使って、通常検査のあとに実施される。だがそれでも試験には大きな意味があった。シューメイカーは過去に5年ほど、生物学的脅威物質の診断検査の開発を監督していた。もしもその頃、戦場の兵士の匿名化した血液検体が得られたなら、自分の左腕だって喜んで差し出しただろう。この種の試験から得られるデータは、ＦＤＡへの申請においてきわめて有効な裏づけになるのだ。

だが不可解なことに、セラノスはせっかく与えられた機会をいっこうに活用しようとしなかった。2013年3月、マティス将軍は中央軍司令官を退任したが、匿名化した残余血液検体を使用する試験は始まってもいなかった。その数カ月後にエドガー大佐が陸軍感染症医学研究所の指揮官に就任した際にも、まだ開始されていなかった。セラノスはものごとを最後までやり遂げるということが、まるでできないようだった。

シューメイカー中佐は2013年7月に陸軍を退役した。送別会では、フォートデトリックの同僚たちから、マティスに直接立ち向かう勇気を持ち、対決を生き延びたことを称える、「生存証明書」を贈られた。それにTシャツもだ。胸には「四つ星の大将との面会から生還したら何をする?」の問いが書かれていた。答えは背中にあった。「引退して末永くしあわせに暮らせ!」

第11章　導火線《フューズ》点火

2011年10月29日土曜日午前10時15分。ビバリーヒルズのコールドウォーターキャニオン・ドライブ1238番地の呼び鈴が鳴った。[1] ヤシの木と塀に囲まれたイタリア風の平屋の邸宅の持ち主は、リチャードとロレインのフューズ夫妻だ。夫妻は2年前、子どもたちの近くに住むためにこの家を購入した。[2] 子どもたちは二人ともジョージタウン大学を卒業後、ワシントンDCからロサンゼルスに引っ越していた。

リチャード・フューズがドアを開けると、送達人が法的書類の束を手渡そうとした。

「フューズ・テクノロジーズへの訴状の送達に来ました」。男性は告げた。

送達を受けるわけにはいかないよ、とフューズは答えた。その会社には自分の名がついているが、もう私のものじゃない。10年以上前に売却して、[3] 今はカナダのバリアント製薬の傘下にある。[4] 男性はどこかに電話をかけ、フューズに言われたことをそのまま繰り返した。電話の向こうのがなり声は、その住所で合っているから、ただ書類を渡せと言ってきた。だがフューズはしつこく受け取りを拒否し続ける。送達人はとうとう業を煮やし、フューズの足元に書類を放り投げて行ってしまった。

フューズは携帯電話を取り出して、玄関先に散乱した書類の山を写真に撮った。これが何のことなのか、もちろんわかっていた。彼個人も2日前に同じ訴訟の被告の一人として、同様の書類の送達を受けていたのだ。しばらく思案してから、かがんで散らばった書類を拾い集めた。隣人たちには見られたくなかった。

この訴訟はセラノスによって、サンフランシスコの連邦裁判所に提起された。[5] セラノス側の申し立てによれば、フューズは最初の結婚でもうけた息子たちのジョーおよびジョン・フューズと共謀して、セラノスから特許に関わる機密情報を盗み出し、それを利用して競合する特許を出願した。盗みを働いたのは、かつてセラノスの特許代理人を務めていたマクダーモット・ウィル&エメリー法律事務所に在籍していた息子のジョンだという。

訴状の1枚目の冒頭には、セラノスがかの有名な弁護士のデイヴィッド・ボイーズを代理人に立てたことが記されていた。とはいえ、ボイーズは高名かもしれないが、どうやら彼の事務所の誰かがきちんと調査しなかったと見えて、間違った会社を被告としていた。例の特許を取得したのはフューズ・テクノロジーズではなく、リチャードとジョーが新たに興した会社のフューズ・ファーマだ。フューズが送達を拒否したのは、ボイーズに間違いを気づかせ、冷や汗をかかせるためだった。

フューズと息子たちは、訴えられたことに怒りを感じこそすれ、セラノスの申し立てが事実でないと知っていたので、最初のうちはさほど心配していなかった。なにしろフューズがエリザベス・ホームズのスタートアップの話を息子のジョンにしたのは、あとにも先にも2006年7月にジョンに送ったメールに、特許庁の公開データベースで見つけたセラノスの特許出願へのリンクを貼ったときだけ[6]だったのだから。このメールは、フューズが特許の仮出願を行ってから2カ月以上あとに送られたもので、マクダーモットでセラノスの出願を担当しているのは誰か知っているかとジョンに訊ねていた。ジョンはこれに対し、マクダーモットは大きな事務所だから見当もつかない、と返信している。[7] このやりとりはジョンの印象にほとんど残らず、5年以上経った今となっては何も記憶がなかった。ジョンにしてみれば、「セラノス」という言葉を見聞きしたのはこの訴訟が初めてだった。

ジョンにはエリザベスとその家族の不幸を願う理由など一つもなく、むしろ一家とは良好な関係にあった。[8] 20代前半にクリス・ホームズに推薦状を書いてもらったおかげで、ジョンはカトリック大学のロースクールに入れた。ジョンの最初の妻は、ロレイン・フューズを通してノエル・ホームズと知り合い、仲よくしていたし、長男が生まれたときも、ノエルはわざわざ出産祝いを家に届けてくれた。[9]

そもそもジョンは父親のリチャード・フューズと疎遠だった。父親を威圧的な誇大妄想狂だと嫌い、極力関わり合わないようにしていた。2004年には、父親が扱いにくいうえ、請求書の支払いが遅れがちだという理由で、マクダーモットの顧客リストから外している。そんなジョンが、弁護士のキャリアを危険にさらしてまで父親のために情報を盗むなどと考えるのは、この親子の寒々しい関係に対する勘違いもいいところだった。

とはいえ、エリザベスがリチャード・フューズに激怒していたのも無理はない。フューズが2006年4月に提出した特許出願は、2010年11月に特許第7824612号として成立し、いまや「セラノスの検査器を家庭に」というエリザベスの構想を邪魔していたのだ。この構想が実現した暁には、セラノスはフューズが考案した、患者の血液検査の異常を医師に通知するバーコード方式の使用権を取得せざるを得なくなる。特許が発効したその日に、フューズはセラノスのウェブサイトに載っていた一般的な問い合わせ先のメールアドレス info@theranos.com に宛てて、ご丁寧にもフューズ・ファーマのプレスリリースを送り、この事実をエリザベスに突きつけた[10]。エリザベスがそんな脅しに乗るはずもなかった。彼女はアメリカ最高かつ最強の弁護士を雇って元隣人を訴え、力でねじ伏せる道を選んだのだ。

デイヴィッド・ボイーズの評判は広くとどろいていた。その名声が全米に知られるようになったのは1990年代の、マイクロソフトに対する反トラスト法違反訴訟で、ボイーズが司法省の弁護人を務めたときのことだ。司法省の全面勝利に終わったこの訴訟で、ボイーズはビル・ゲイツをビデオ録画による証言録取で20時間にわたって質問攻めにし、巨大ソフトウェア企業の弁護側に大打撃を与えた[11]。その後、大激戦となった2000年の大統領選をめぐって最高裁で争われた訴訟で、民主党大統領候補だったアル・ゴアの代理人を務めたことで、法曹界のセレブの地位を揺るぎないものにした。最近では、同性婚を禁じたカリフォルニア州憲法修正提案8号の撤廃を求める訴訟を指揮し、勝利に導いたことでも知られる。

ボイーズは必要とあれば非情な手段も辞さない、辣腕弁護士だった。なりふりかまわないその姿勢が如実に表れた一件が、ボイーズの依頼人と、パームビーチの小さな芝生管理会社の所有者との間で争われたビジネス紛争だ[12]。ボイーズはこれをRICO法（威力脅迫および腐敗組織に関する連邦法）訴訟にまで発展させ、被告と三人の庭師を、共謀と詐欺、恐喝、そして忘れるなかれ、反トラスト法違反で告訴した。マイアミの判事によって訴訟が棄却されると、これを不服としてアトランタ第11巡回区連邦控訴裁判所に控訴し、それが失敗に終わると、ようやく訴えを取り下げた[13]。

ボイーズの法律事務所、ボイーズ・シラー&フレクスナーは、攻撃的な戦術を取るという評判だった。それがどういうことなのかを、フューズ親子はまもなく身をもって知ることになる。セラノスが訴訟を提起する前の数週間に、3人のそれぞれが、誰かに監視されているという手がかりをつかんだ。リチャード・フューズは、ラスベガス行きのフライトに乗るためにバンナイズ空港に向かっていたとき、怪しい車に尾行されているのに気がついた。マイアミ在住のジョーは、近所の見張り番を自任する引退した元警官に、誰かが家を監視しているぞと教えられた。ジョンと妻は、ジョージタウンの自宅の写真を撮っている男を目撃した。フューズ親子は、ボイーズに雇われた私立探偵のしわざに違いないと確信した。

訴えが起こされたあとも監視は続き、フューズの妻ロレインを怖じ気づかせた。ビバリーヒルズの家の向かいには車がしょっちゅう停められ、運転手が何をするでもなく座っていた。ある日ロレインは、運転席にいた金髪の女性を見て、かつての友人のノエル・ホームズに違いないと信じ込んだ。フューズは、それはないだろうと思いながらも、カメラと望遠レンズをつかみ、家の中からグレーのトヨタ・カムリの写真を撮った。ドライバーに文句を言おうと表に出たが、彼が近づいたのを見て車は走り去ってしまった。あとで写真をじっくり調べたが、ノエルでないと言い切れるほどはっきり顔を認識できなかった。これがもとでロレインはさらに震え上がった。ホームズ家が自分たちを破産に陥れて家を奪おうとしていると思い込み、パニックになりかけた。

ボイーズが私立探偵を雇ったのは、ただの威嚇戦術というだけではなかった。エリザベスとサニーの世界観をつくりあげていた奇妙な被害妄想に対処するためでもあった。二人の妄想の中心をなしていたのが、医療検査業界の二大企業クエストとラボコープが、セラノスとその技術を何としても阻もうとしている、という思い込みだ。ボイーズがラリー・エリソンともう一人の投資家から、セラノスの代理人を務めてほしいという依頼を初めて受けたときに真っ先に伝えられたのが、セラノスのすべてに影を落としていたこの懸念だった。つまりボイーズに託された仕事は、たんにフューズを訴えることだけではなく、フューズがクエストやラボコープと手を握っていないかどうかを調査することでもあったのだ。しかし現実には、セラノスはこの時点でまだどちらの企業にも知られていなかったし、またいくら多彩で陰謀に満ちた人生を歩んでいたフューズといえども、これら企業とは何の関わりもなかった。

セラノスが訴えを起こした2カ月後、ジョン・フューズが弁護を依頼した法律事務所のケカー&ヴァンネストが、ボイーズ宛てに数通の文書を送付した。これらの文書が、セラノス側の主張の誤りを立証するうえで大きな役割を果たすことになった。うち1通はマクダーモット法律事務所の記録管理者ブライアン・マコーリーによる宣言書で、同社の記録管理および電子メールシステムの徹底調査により、ジョンと秘書がセラノスのいかなるファイルにも一度もアクセスしていないことが明らかになった旨が記されていた。[14] またこれを裏づける証拠として、マコーリーがこの結論に至るまでにとったすべての手順を示す資料が添付されていた。だがボイーズは5日後に送った返信の中で、「自己弁護的」で「説得力に欠ける」と片づけた。[15]

リチャード・フューズはセラノスの取締役会にも直接訴えかけようとして、取締役たちに何通か手紙を送っている。ある手紙には、両家がかつて懇意な間柄にあったことや、長年の知り合いであることを示すために、エリザベスの幼少期の写真が添えられていた。別の手紙には、特許がフューズ自身の研究から生まれたことを示すために、彼が２００６年4月の特許出願までに弁理士とやりとりした全メールのコピーを綴じたバインダーが同封されていた。またフューズは、取締役たちに直接会って話したいとも呼びかけた。[16] だが唯一得られた返信はボイーズからで、これらの手紙が何かの証明になるなどとフューズがなぜ考えたのかわからず、セラノス側は「困惑している」、と書かれていた。[17]

ジョン・フューズがセラノスによって申し立てられたことを実際に行ったという証拠を、ボイーズは何一つつかんでいなかった。だがジョンの過去の言動をネタに、判事や陪審員の心に疑念を植えつけようと、あれこれ画策していた。

ジョンはロースクール卒業直後の1992年に、スキャデン・アープス・スレート・ミーガー&フロム法律事務所に勤務する大学時代の友人と父親との間の「使者」を務めたことがあった。[18] 友人からフューズにといって預かったスキャデンの請求書類を、父親に渡したのだ。当時リチャード・フューズは、スキャデンの依頼人である重機メーカーのテレックス・コーポレーションがイラクに短距離弾道ミサイル発射装置を売却した、という虚偽の事実を連邦議会の委員会に伝えたとして、同社に名誉毀損で訴えられていた。[19] これは20年も昔の話で、しかも名誉毀損訴訟は決着し、ジョンの不正な行為は認定されなかったにもかかわらず、[20] ボイーズはこの出来事を、盗まれた情報を父親に流した前歴がジョンにあることを示唆するために利用するつもりだった。

ボイーズが温めていたより最近の材料には、フューズ側にとってより大きな打撃になりそうなものもあった。ジョンはマクダーモットの幹部と別件で対立して、2009年に辞職に追い込まれた。対立の原因は、マクダーモットが中国の国有企業の代理人として、アメリカ政府の不公正輸入調査室および国際貿易委員会と争っていた訴訟で、偽造文書を証拠として用いるのをやめるべきだと、ジョンが進言したことだった。マクダーモットの経営陣は結局文書を取り下げたが、そのせいで中国の依頼人の弁護が難しくなったために、ジョンはマクダーモットの上級パートナーの怒りを買ってしまった。その後マクダーモットは、パートナーにふさわしくない言動が見られるとして、ジョンに辞職を迫った。そうした言動の根拠の一つとして挙げられていたのが、ある顧客から寄せられたという、ジョンへの苦情だ。マクダーモットは当時、誰からのどんな苦情だったかを教えようとしなかった。だがジョンが今考えるに、それは２００８年９月にエリザベスがチャック・ワークに伝えた、父親の特許に関する苦情に違いなかった。

しかしジョン・フューズの印象を貶《おとし》めようとするボイーズの戦略は、２０１２年６月にあっけなく幕切れとなる。[21] 訴訟の担当判事が、カリフォルニア州法の定める、弁護士の職務上の過誤に対する１年の出訴期限を経過しているとの理由で、ジョンに対するすべての申し立てを棄却したのだ。するとボイーズは矛先を変えて、今度はマクダーモットをワシントンＤＣの州裁判所に提訴した。[22] だがジョンとマクダーモットに対するセラノスの申し立ては完全に憶測の域を出ないと裁定され、訴えは直ちに棄却された。「事務所の弁護士が［セラノスの文書を］閲覧できる状態にあったからといって、事務所が守秘義務を守らなかったことにはならない」と判事は述べている。[23]

だがボイーズの試みはまだ有効だった。カリフォルニアでの訴訟の判事は、ジョンに対する訴えを退ける一方で、リチャードとジョーのフューズ親子に対する申し立ての多くを有効とし、審理の継続を認めたのだ。ジョンが被告から外されたあとも、ボイーズは「親子の共謀」という同じ筋立てを利用して、リチャードとジョーに対する訴訟を進めることができた。

訴訟が秋までもつれ込むうちに、ジョンが当初この件に感じていた苛立ちは、エリザベスへのどす黒い怒りに変わっていった。マクダーモットを辞めてから、ジョンは法律事務所を開業したが、セラノスによる訴訟と申し立てのせいで何社もの顧客を失った。またジョンの手がけていた2件の訴訟で、相手側の弁護士がセラノスの主張を引き合いに出して、彼に汚名を着せようとした。ボイーズ・シラーの弁護士がジョンを証言録取に召喚した2013年春頃になると、別のストレスのせいで怒りはさらに激しく燃えさかっていた。妻のアマンダは前置血管と診断された。これは妊娠の合併症で、胎児のへその緒の血管がむき出しになり、断裂しやすくなっている症状をいう。なんとか妊娠34週に入り、赤ちゃんが無事取り上げられて新生児集中治療室に入れられるまで、夫妻は心配で気が気でなかった。

ジョンはただでさえ短気な男で、子どもの頃は喧嘩が絶えなかった。証言録取の日、ボイーズの事務所のパートナーに尋問されると、ジョンは敵意と苛立ちをむき出しにして、口汚い言葉で怒りを爆発させた。6時間半にもおよんだ証言録取の最後に、ジョンはボイーズの術中にまんまとはまり、脅すような発言をした。父親の弁護士の一人に、この訴訟によって風評被害を受けましたか、もし受けた場合、それが証言録取におけるあなたの振る舞いに影響を与えましたかと問われ、こう答えたのだ[24]。

当然ですよ。あの連中には本当に頭にきている。これが終わったら仕返しに、裁判で身ぐるみ剝いでやりますよ。そしてエリザベス・ホームズが生きている間、二度と起業できなくしてやるつもりです。特許申請のノウハウを利用して、あいつを死ぬまでめちゃくちゃにしてやる。

ジョン・フューズが怒りをたぎらせている間、父と弟は訴訟費用の心配をし始めていた。二人は月15万ドルほどを支払って、ロサンゼルスのケンダル・ブリル＆クリーガー法律事務所を代理に立てていた。訴訟を担当する同事務所のパートナーのローラ・ブリルは、反スラップ動議を提出したがっていた。セラノスの訴えが合理的な根拠を欠くスラップ（恫喝訴訟）と認定されれば、訴えは棄却される。だがそれを行うには追加費用として50万ドルもかかるうえ、成功の見込みはほとんどなかった。フューズ親子はもっと小回りがきいて安価な北カリフォルニアのベイニー＆イシモト法律事務所に乗り換え、フューズが過去に法務を任せていたジョージ・ワシントン大学ロースクール教授のスティーヴン・サルツバーグに監督を依頼した。

相手側についているのが世界でも指折りの高価な弁護士だということを、二人はもちろん知っていた。ボイーズは1時間1000ドル近くを請求し、年1000万ドル稼ぐという評判だった[25]。だが彼らが知らなかったのは、ボイーズがセラノスから通常の報酬の代わりに株式を受け取っていたことだ。エリザベスはボイーズの事務所に一株当たり15ドル相当のセラノス株式を30万株与えた。つまりボイーズのサービスの対価は450万ドルということになる。

ボイーズが依頼人との間で通常とは異なる報酬の取り決めを交わし、株式で支払いを受けるのは、これが初めてではなかった。ドットコムブーム期にも、消費者のための医療情報サイト、ウェブMDの代理人報酬として株式を受け取っている。ボイーズはベンチャーキャピタリスト的な視点で訴訟をとらえ、株式で報酬を得たほうが、彼自身も事務所も実入りがずっと多くなると考えた。だがその一方で、セラノスに金銭的な利害関係を持つことになり、セラノスの法的権利の擁護者というだけではなくなっていたのだ。そう考えると、なぜボイーズが２０１３年の初めからセラノスの取締役会に欠かさず出席するようになったのか、説明がつく。

エリザベスの名前はセラノスのすべての特許に載っていたが、医療や科学の素養もろくにない彼女のような大学中退者が実際の発明を行ったとは、リチャード・フューズにはとうてい思えなかった。十中八九、高度な学位を持つほかの社員が開発したのだろうと勘ぐった。

双方が訴訟準備を進めるなか、フューズはエリザベスの特許に共同発明者としてくり返し登場する、ある名前に目を留めた。イアン・ギボンズだ。少し調べて基本情報を仕入れた。ギボンズはイギリス人で、ケンブリッジ大学で生化学の博士号を取得し、アメリカの五十数件の特許に発明者として名を連ねている。うち19件は、１９８０年代と１９９０年代にバイオトラック・ラボラトリーズという会社で行った研究から生まれたものだ。

おそらくギボンズはれっきとした科学者だろう。そして大方の科学者がそうであるように、正直な人物に違いないと、フューズはにらんだ。もしもギボンズを証人に呼び、フューズの特許がエリザベスの初期の特許出願からアイデアを得ていないことや、それらに似てもいないことを、宣誓のもとに証言してもらうことができれば、セラノスの主張に手痛い打撃を与えてやれる。フューズとジョーが気づいたことはほかにもあった。ギボンズのバイオトラック時代の特許には、セラノスの特許に類似したものが数件あった。つまり、ギボンズの過去の業績を不適切に再利用した嫌疑をセラノスにかけることができるかもしれない。二人は証言録取の証人として召喚したい人物のリストに、さっそくギボンズの名を加えた。だがその後、不可解なことが起こった。[26] それから5週間にもわたり、ボイーズ・シラーの弁護士はギボンンズの証言録取の日程を決めてほしいというフューズ側の要請を無視し続けたのだ。フューズ親子はいぶかしみながら、督促するよう自分たちの弁護士に要請した。

第12章　イアン・ギボンズ

イアン・ギボンズは、エリザベスがセラノス設立後に初めて雇った経験豊かな科学者だ。紹介者は、スタンフォード大学での指導教官のチャニング・ロバートソンだった。イアンとロバートソンは1980年代にバイオトラックで出会い、液体試料を希釈・混合するための新しい仕組みを共同で考案して特許を取得していた[1]。

イアンは2005年から2010年まで、ゲイリー・フレンゼルとともにセラノスの化学部門を指揮した。もとは先に入社したイアンが、ゲイリーの上役だった。だがゲイリーのほうが対人能力に長け、管理職として円滑な業務運営ができると見たエリザベスが、すぐに二人の役割を入れ替えた。実際、二人はこれでもかというほど対照的だった。皮肉っぽいユーモアを好む寡黙なイギリス人のイアンに、鼻にかかったテキサス訛りのおしゃべりな元ロデオ乗りのゲイリー。だが彼らは同じ科学者として敬意を持ち合い、ミーティングでお互いをからかい合うこともあった。

イアンは変わり者の天才科学者を絵に描いたような人物だ。顎ひげに眼鏡、ウエストの上まで引っ張り上げたズボン。データ分析に時を忘れるほど没頭し、職場での自分の行動を逐一メモに記録した。その綿密さは余暇時間にまでおよんだ。イアンは本の虫で、再三読み返したマルセル・プルーストの『失われた時を求めて』の全七篇をはじめ、読んだ本を1冊残らずリストにしていた。

イアンと妻のロシェルの出会いは、1970年代初めのカリフォルニア大学バークレー校にまでさかのぼる。この大学の分子生物学部で博士研究を行うためにイギリスからやって来たイアンは、そこで卒業研究をしていたロシェルと知り合った。二人の間に子どもはなかったが、犬のクロエとルーシー、そしてローマ皇帝アウグストゥスの妻にちなんで名づけた猫のリヴィアに愛情を注いだ。

読書以外の趣味は、オペラ鑑賞と写真だった。サンフランシスコの戦争記念オペラハウスにロシェルと足繁く通い、夏にはニューメキシコのサンタフェ・オペラハウスで夕暮れ時の野外公演を楽しんだ。笑いのタネに、写真加工にも精を出した。数ある彼の加工写真には、手袋と蝶ネクタイを着けてイカれた科学者になりすましたイアンが、青と紫の怪しげな薬を調合している写真や、英王室の肖像画にイアンの顔をはめ込んだお茶目な写真もある。

生化学者としてのイアンの専門分野は、免疫アッセイだった。初期のセラノスがこの分類の検査法の開発に主眼を置いていたのはこのためでもある。イアンは血液検査学に情熱を注ぎ、人に教えるのも好きだった。セラノスの草創期には、他部門の社員向けに生化学の基礎知識を教える小講座も開催した。血液検査法の成り立ちに関するイアンの講義は録画され、会社のサーバーに保存されていた。

イアンとエンジニアの間の火種となっていたのが、彼の強硬な主張だった。自分たち化学者の設計する血液検査法は、セラノスの検査器内でも、検査室の作業台で得られるのと同等の精度を実現しなくてはならないと言って譲らなかった。彼が収集したデータを見る限り、両者の結果が一致することはほとんどなく、そのことに激しい苛立ちを感じていた。エジソンの開発中、この問題をめぐってトニー・ニュージェントとしょっちゅう角を突き合わせた。トニーからすれば、イアンの厳格な基準は建前としては立派だが、その一方でただ文句を垂れるだけで何の解決策も示さないと思われた。

イアンはエリザベスの管理方法にも疑問を持っていた。とくに、グループ間の情報を分断し、意思疎通を難しくしたことに強く反発した。エリザベスとサニーは、この管理体制を取ることにしたのは、セラノスが情報を外部に公開せず極秘に開発を進める「潜伏モード」にあるからだと説明したが、イアンには通用しなかった。彼が勤務したどの診断装置メーカーにも分野をまたぐチームが置かれ、化学や工学、製造、品質管理、規制問題を扱う部門の代表が集まり、力を合わせて共通の目標の実現に取り組んでいた。組織の全員に共通認識を持たせ、問題解決を図り、期限に間に合わせる方法だった。

エリザベスがいとも簡単に真実をねじ曲げることも、二人の争いのもとだった。エリザベスがいけしゃあしゃあと嘘をつくのを何度も見てきたイアンは、5年間一緒に仕事をした時点で彼女の言うことを何一つ信用できなくなっていた。その傾向がとくに甚だしかったのは、エリザベスがセラノスの技術の開発状況を社員や部外者に説明するときだ。

セラノスがウォルグリーンへの売り込み攻勢を強めていた2010年秋のこと、イアンは苛立ちを募らせ、旧友のチャニング・ロバートソンに不満を漏らした。[2] 二人だけの話のつもりだったのに、ロバートソンはイアンから聞いたことを右から左へエリザベスに伝えた。金曜日の夜遅くにイアンがポートラバレーの自宅に帰ってきたとき、ロシェルはもうベッドに入っていた。ロバートソンに信頼を裏切られ、エリザベスに解雇されたよと、イアンは力なく妻に告げた。

意外にも、翌日サニーから電話があった。イアンは知らなかったのだが、同僚たちが解雇を考え直してほしいと、エリザベスに働きかけてくれたのだ。サニーは復職を提示してきたが、任務は違っていた。エリザベスに解雇されるまで、イアンは一般生化学部門の責任者として、エジソン用の免疫アッセイを超える新しい血液検査法を生み出す仕事に取り組んでいた。このグループの技術コンサルタントとして復職することを許されたが、部門を統括する責任は、イアンの推薦で2カ月前に雇われた生化学者のポール・パテルに与えられた。

イアンは誇り高き男で、降格をひどく気に病んだ。その18カ月後、屈辱をさらに上塗りするような出来事が起こる。旧フェイスブック社屋への移転に伴い、ヒルビューアベニューの本社で与えられていた個室のオフィスを失ったのだ。もっとも、この時点で干されていたのはイアンだけではなかった。ゲイリー・フレンゼルとトニー・ニュージェントまでもが窓際に追いやられていた。エリザベスとサニーが二人を差し置いて新規採用組を抜擢したせいだ。エリザベスを高みに押し上げてくれさえすれば、もう古参組は用済みだと言わんばかりの処遇だった。

移転の数カ月前、トニーはイアンのオフィスに貼られた『恋する女たち』のポスターに目をとめ、イアンに声をかけた。D・H・ローレンスの同名の小説をベースにした1969年の映画で、第一次世界大戦前後のイギリスの炭鉱町で繰り広げられる、二人の姉妹と二人の男性の人間模様を描いた作品だ。イアンは映画公開時にアイルランドを旅して回ったと言い、トニーもちょうどその頃同じ国で子ども時代を過ごしていたものだから、二人は昔話に花を咲かせた。イアンの父親が第二次世界大戦中に北アフリカで捕虜になったことを、トニーはこのとき知った。最初はイタリアの戦争捕虜収容所に入れられ、それからポーランドの収容所までヨーロッパ大陸を横断させられてポーランドの収容所に移り、終戦とともに解放されたという。

話題はやがて現代へ、そしてセラノスへと戻った。イアンと同じくエリザベスの愛顧を失い、ミニラボの開発から外されていたトニーは、この会社はエリザベスとサニーのロマンスの道具でしかないんだろうか、自分たちのやっている仕事には何一つ意味がないんじゃないのかとぼやいた。

イアンはこくりとうなずいた。「フォリ・ア・ドゥだな」

フランス語は全然わからないトニーは辞書を引いて、その絶妙な定義に膝を打った。「"二人狂い"。親密な関係にある二人が、同一または同様の妄想的な考えを持つようになること」

フェイスブックの旧社屋に移転後、イアンはますますふさぎ込んだ。新しく与えられた、平社員と同じ島の壁際の席は、彼がいかに取るに足らない存在になったかを物語っていた。

ある日エンジニアのトム・ブラメットは、エルカミノリアルのシーフードレストランで友人と待ち合わせていたとき、イアンにばったり会った。二人で列に並んで席に案内されるのを待っていると、イアンは同席していいかと聞いてきた。トムとイアンはどちらも60代半ばで、親しい協力関係にあった。二人が初めて話をしたのは、トムがセラノスに入社した直後の2010年のことだ。トムは自分の補佐となるエンジニアの採用について話し合っていたとき、サニーやほかの幹部に意見を無視されたことに憤慨し、もう辞めてやると思いながら部屋を飛び出した。するとイアンは彼を追いかけてきて、君の意見こそ重要だと言ってくれたのだ。トムはその気づかいを心に刻んでいた。

その後の2年間でイアンが鬱屈していく様子には、トムも気づいていた。この日ランチの席に着きながら、イアンは自分のあとをつけてきたんだろうかと思った。セラノス社員はエリザベスとサニーが提供する食事を食べているので、日中オフィスを出ることはほとんどない。それにこの店はオフィスから離れた場所にあり、しかもイアンが店に入ってきたのはトムが着いた1、2分後だ。イアンはおそらく二人きりで会いたかったのだろう。どうしても誰かと話したがっているように見えた。あいにくトムはこの日、日本の半導体メーカーの営業職の友人と久しぶりに会う約束をしていた。友人と二人でイアンを会話に引き込もうとしたが、イアンは挨拶を交わしたきり、黙りこくったままだった。トムはこのときのことを思い返すにつけ、助けを求める心の叫びを見過ごしてしまったことを悔やんだ。

トムは2013年初めにもう一度だけ、職場のカフェテリアでイアンと出くわした。イアンはすっかり気落ちして見えた。トムは励まそうとして声をかけた。なあ、それなりの稼ぎがあるんだ、仕事がうまく行かないからってそう気に病むことはないさ。仕事はしょせん仕事じゃないか。だがイアンは皿に目を落としたまま、生気なく座っているだけだった。

イアンを悩ませていたのは、降格だけではなかった。平《ひら》の社内コンサルタントになった今も、後任のポール・パテルと引き続き緊密に協力しながら仕事を進めていた。ポールは科学者としてのイアンを崇めていた。イギリスでの大学院生時代、イアンが1980年代にシヴァという会社で行った免疫アッセイの草分け的な研究を夢中になって読んだものだ。

ポールは昇格してもイアンに対等の立場で接し、何でも相談した。しかし二人はある重要な点で意見が合わなかった。ポールは衝突を嫌い、イアンに比べればミニラボの開発でエンジニアに歩み寄る気持ちがあった。だがイアンは一歩も譲ろうとせず、基準を下げてほしいと思われていると察すると、烈火のごとく怒った。ポールは夜な夜な電話をかけて彼をなだめようとした。そんなときイアンは、自分の信念を守り、患者への配慮をけっして忘れるんじゃないと諭した。

「ポール、検査は正しく行われなくてはならないよ」。そうイアンは言うのだった。

サニーは化学工学の博士号を持つが実務経験のない、サマーサ（サム）・アネカルという社員に、ミニラボの要素を統合する仕事を任せた。サムはサニーの言いなりという評判だった。2012年を通して、イアンとポールはサムとの話し合いで何度か一触即発の状態に陥った。イアンが逆上して部屋を飛び出したこともある。ミニラボの分光光度計についてイアンが譲れないと考えていた仕様をまだ満たすことができていないと、サムが言ってきたのだ。すでに合意したことなのに、まだ時間がかかると今になって言う。デスクに戻ってきたとき、イアンはひどく取り乱していた。

週末になると、イアンとロシェルはアメリカンエスキモー犬のクロエとルーシーを連れて、ポートラバレーの町を取り巻くなだらかな丘を歩いた。イアンはあるとき散歩しながら、セラノスの装置はどれ一つ使いものにならないのだと打ち明けた。だが詳しいことは話そうとしなかった。厳しい守秘義務契約に縛られ、仕事の具体的なことは妻にも話せなかったのだ。イアンはキャリアの暗転を嘆いてもいた。まるで倉庫にしまわれたおんぼろ家具にでもなったように感じていた。エリザベスとサニーはもう随分前からイアンの話に耳を貸さなくなっていた。

2013年に入った頃から、イアンはほとんど会社に行かなくなり、家で仕事をしていた。6年前に結腸がんと診断されたときも、手術と化学療法を受けた後しばらく会社を休んでいたので、社内ではがんが再発したのだろうと思われていた。だがそうではなかった。がんは寛解を維持し、体は健康だった。病んでいたのは心だった。医師の診断こそ受けていなかったが、重度のうつ病の症状に苦しんでいた。

4月になって、イアンが対フューズ訴訟の証人として呼ばれているという連絡が会社からあった。尋問されると考えただけで動悸がした。イアンはロシェルに何度か相談し、弁理士として働いた経験がある妻の知恵を借りようと、セラノスの特許をすべて見てもらった。ロシェルは特許を調べるうちに、エリザベスの名前が、それも多くの場合筆頭発明者として、セラノスのすべての特許に記載されていることに気がついた。エリザベスが科学的にはほとんど何の貢献もしていないとイアンに聞いて、警告した。もしその事実が発覚すれば、特許が無効化されるかもしれないわよ。だがそんな言葉も、イアンをさらに動揺させることにしかならなかった。

イアンはフューズの特許とセラノスの初期の特許出願を読み比べてみたが、情報を盗まれたという エリザベスの主張に根拠があるかどうかはわからなかった。一つだけわかっていたのは、訴訟に巻き込まれるのはごめんだということだ。だがその一方で、自分のクビは証言にかかっているのだろうかと気を揉んだ。イアンは毎晩深酒をするようになった。セラノスでの通常勤務には戻れそうにないよ、あの職場に戻ると考えただけで気分が悪くなるんだ、とロシェルにこぼした。そこまでみじめな気持ちになるなら、もう辞めたほうがいいわ、とロシェルは言い切った。だがイアンには、辞めるという選択肢はないようだった。67歳という年齢では転職もままならない。それに、自分がまだ会社の役に立てるかもしれないという思いを捨て切れずにいたのだ。

5月15日、イアンは別のかたちで働く相談をするために、エリザベスのアシスタントに連絡して面談を申し込んだ。だがアシスタントから翌日の予定を確認する電話がかかってくると、急に不安に襲われた。エリザベスはこの機会を利用して自分をクビにするかもしれないと、ロシェルに泣きついた。同じ日にセラノスの弁護士のデイヴィッド・ドイルからも電話があった。フューズの弁護士は、ボイーズ・シラー事務所の弁護士からイアンの証言の日程を決める連絡が来るのを待ち続けたが、何週間も音沙汰がないのにしびれを切らし、5月17日午前9時にイアンをカリフォルニア州キャンベルの彼らのオフィスに来させるようセラノスに通告してきたのだ。[3]

ドイルが電話をかけてきたのはそのためだった。期日まで2日を切っていたので、健康上の問題を口実に証言を拒否するようイアンに勧め、主治医に記入・署名してもらう診断書をメールで送ってきた。[4] イアンはそれを自分のGメールアドレスに転送し、そこから妻に送ってプリントアウトを頼んだ。[5] いつになくせっぱつまった様子だった。

イアンの状態がよくないことには、ロシェルもしばらく前から気づいていた。だが彼女も彼女で、ほかの心配事が重くのしかかっていた。母をつい先日亡くし、悲しみに暮れながらも複雑な遺産の整理に追われていた。それに仕事仲間と新しく弁護士業を始めたばかりだった。心のどこかには、人生の多難な時期に支えてくれない夫を恨む気持ちもあった。だがこの日苦悶する姿を見て、夫がどれほど追い詰められていたかを、今更ながら思い知らされた。お願いだから治療を受けてとイアンに言い含め、彼の主治医に電話をして翌朝の診察の予約を入れた。

5月16日の午前7時半頃、ロシェルが目を覚ますと、浴室の閉まったドアから明かりが漏れていた。イアンが医者に行く支度をしているのだろうと思った。だがイアンは一向に出てこないし、呼んでも返事がない。ドアを押し開けて入ると、そこには椅子にぐったりと座り込む夫の姿があった。

ほとんど呼吸をしていない。慌てて救急車を呼んだ。

それからの8日間、イアンはスタンフォード大学病院で人工呼吸器につながれたまま過ごした。市販の鎮痛剤の主成分アセトアミノフェンを、馬をも殺せるほど飲んでいた。この薬と、それまでに飲んでいたワインとが合わさって、肝臓が破壊されていた。5月23日、イアンは死亡を宣告された。化学の専門家である彼は、自分が何をしているかをはっきりわかっていた。ロシェルはあとになって、ポール・パテルともう一人の同僚が数週間前に証人として署名した、イアンの署名入りの遺言書を見つけた。

ロシェルは悲しみに打ちひしがれたが、力をふりしぼってエリザベスのオフィスに電話し、イアンが亡くなったという伝言をアシスタントに残した。だがエリザベスは電話を折り返さなかった。代わりに、その日遅くになって弁護士からメールが届いた。イアンの会社支給のノートパソコンと携帯電話、その他すべての機密情報をただちに返却するようにと告げていた。

イアンの死は、セラノス社内でも同じように冷たく事務的に扱われた。ほとんどの社員は知らされもしなかった。エリザベスは少人数の古参社員にだけ短いメールで訃報を伝え、追悼式を行うようなことを書いていた。だがそれ以上の連絡はなく、式も行われなかった。イアンの長年の僚友たちは、何が起こったかを憶測するしかなかった。イアンとセラノスで8年、別のバイオテクノロジー会社でも2年一緒に働いた、化学者のアンジャリ・ラガリもその一人だ。イアンはがんで亡くなったと、みんなが思っていた。

トニー・ニュージェントは、亡くなった同僚を偲《しの》ぶための会も何も行われないことに憤った。イアンとは親しかったわけではないし、エジソンの開発中に激しくやり合ったことさえある。だが人生のうちの10年近くを会社に捧げた人に何の哀悼も示されないことに心を痛めた。セラノスで働くうちに、みんな人間らしさを失っていくような気がした。自分がまだ仲間を思う心のある、血の通った人間であることを示すためにも、トニーは特許庁のオンラインデータベースからイアンの特許のリストを取り出し、それをメールに貼りつけて、上にイアンの写真を埋め込んだ。このメールをイアンと働いたことがある20人ほどの同僚に送信し、エリザベスにもコピーを送ることを忘れなかった。たいしたことではないが、イアンを偲ぶよすがにでもなればと思った。

第13章　シャイアット・デイ

「君こそリーダーだ」。カシャッ、カシャッ、カシャッ。「強さを、力を見せてくれ」。カシャッ、カシャッ、カシャッ。「使命を思い出すんだ」。カシャッ、カシャッ、カシャッ。

有名人のポートレートを撮り続けてきた世界的写真家のマーティン・シューラーが、エリザベスに向かって柔らかくささやきかける。強いドイツ訛りのある声だ。シャッターを切りながら、エリザベスからさまざまな感情を引き出そうとする。エリザベスは薄手の黒いタートルネックのセーターに真っ赤な口紅をつけ、髪は耳が隠れるくらいに後ろに自然に結わえている。彼女の座る椅子の両脇に縦長の照明が置かれ、面長の顔を明るく照らし出し、瞳の中に白い光をつくり出していた。これがシューラー作品のトレードマークだ。

シューラーの起用を提案したのは、大手広告代理店TBWA／シャイアット・デイのロサンゼルス支店でクリエイティブ・ディレクターを務めるパトリック・オニールだった。シャイアット・デイはセラノスが密かに進めていた広告戦略を担当していた。ウォルグリーンとセーフウェイ店舗での血液検査サービスの本格展開を控え、シャイアット・デイはブランド構築から新しいウェブサイトの立ち上げ、スマホアプリの開発まで、幅広い仕事を任されていた。

エリザベスがシャイアット・デイを選んだのは、この代理店が長年アップルを担当してきたからだ。シャイアット・デイは1984年にマッキントッシュの広告を手がけ、のちに1990年代末の「シンク・ディファレント」のキャンペーンで一時代を築いていた。これら一連の広告を手がけてきた天才クリエーターのリー・クロウ[1]にエリザベスは入れ込み、引退生活から復帰してセラノスの仕事を受けてもらうように頼んだほどだった。クロウは丁重に断って、代わりにシャイアット・デイを紹介し、すぐにパトリックがエリザベスの担当に決まった。

金髪で青い目のパトリックは人目を引くほどハンサムな男性だ。彫刻のように引き締まった身体つきを見れば、熱心に身体を鍛えているのはすぐにわかる。パトリックはエリザベスをひと目見た瞬間、心を奪われた。恋愛感情ではない。パトリックは同性愛者だった。彼が惹かれたのはむしろ、彼女のカリスマ性と世界に一石を投じようとする並外れた情熱だった。パトリックはシャイアット・デイでの15年の間に、クレジットカード会社のビザや家具メーカーのイケアといった大手クライアントの広告を作ってきた。これまでも仕事はおもしろかったが、エリザベスほど心を動かされたクライアントはいなかった。エリザベスが初めてプラヤ・デル・レイにある倉庫を改造した事務所にやってきて、セラノスの使命は人々に無痛で安価な医療を届けることだと説明してくれたとき、これまでになく気持ちが高ぶった。広告業界にいると、より良い世界をつくることに貢献できるチャンスはそうそうない。セラノスの極端な秘密主義にも驚かなかったし、やる気を削がれることもなかった。かつてのアップルもそうだった。テクノロジー企業が貴重な知的財産を守らなければならないことは十分に承知している。いずれにしろ、セラノスは今の「潜伏モード」からまもなく抜け出る。そこでパトリックたちの出番がやってくる。彼の仕事は、セラノスのサービス開始をできる限り強く世の中に印象づけることだった。

セラノスのウェブサイトの再構築はその仕事の大きな部分を占めることになる。シューラーの写真もそこに使われる。エリザベスの写真だけではない。カルバーシティにあるスタジオでの2日間にわたる撮影の大部分は、患者役のモデルの撮影に費やされた。患者役は年齢も性別も人種もさまざまだった。5歳未満の幼児、5歳から10歳の子どもたち、若者、女性、中年、そして老人もいた。白人もいれば黒人も、ヒスパニックもアジア人もいた。セラノスの血液検査技術が、どんな人にも役立つことを印象づけるのが狙いだった。

エリザベスとパトリックは患者の写真選びに何時間も費やした。エリザベスは、ウェブサイトでできるだけ多くの人々の顔を見せたほうが共感を呼ぶと言い張った。愛する人が手の打ちようのない病気だと知ったときの悲しみについて、涙ながらに語っていた。セラノスの無痛血液検査がそれを変える。手遅れになる前に病を早期に発見できるようになる、と。

パトリックは週に一度、シャイアット・デイのチームメンバーたちとパロアルトに飛び、ブレインストーミングを行った。このブレインストーミングにはエリザベス、弟のクリスチャン、そしてサニーが参加し、これが2012年秋と2013年の冬から春にかけて続いた。それはちょうど、イアン・ギボンズが深刻なうつ状態に陥り、スティーヴ・バードがセーフウェイのCEOとして最後の数カ月を務め上げていた時期に重なっていた。パトリックたちとのブレインストーミングは毎週水曜日と決まっていた。アップルがシャイアット・デイとの広告会議を毎週水曜日に開いていたと知ったエリザベスがそう決めたのだ。エリザベスはアップルのブランドメッセージの簡潔さにあこがれ、真似したいとパトリックに伝えていた。

シャイアット・デイ社内で、セラノスの仕事は「プロジェクト・スタンフォード」と呼ばれていた。ロサンゼルス支店長のカリサ・ビアンキ、戦略責任者のロレイン・ケッチ、営業担当者のスタン・フィオリート、コピーライターのマイク・ヤギも、毎週パトリックと共にパロアルトに飛んでいた。このチームは早くから、セラノスの革新的な技術をひと目で最も効果的に表せるのは、指先からの血液採取用に彼らが開発した極小のカプセルだと考えていた。エリザベスはこのカプセルを「ナノテイナー」と呼んでいた。このカプセルは、「ナノ」という名前がぴったりな本当に小さな容器だった。長さはわずか1・29センチで10セント硬貨の直径より短い。その小ささが医師や患者に伝わるような写真を撮りたいとパトリックは考えた。だが、エリザベスとサニーは外部の誰かに見られてサービス開始前に情報が漏れることをかなり気にしていた。そこで、プラヤ・デル・レイの事務所内にある狭いスタジオの中で社内の専属写真家にナノテイナーを撮影してもらうことにした。

撮影日には、エリザベスの弟クリスチャンの大学時代の友人であるダン・エドリンが、ナノテイナー12個を収めた特注ケースを携えてロサンゼルスに飛んだ。もちろん、手荷物を預けることなどあり得ない。エドリンはそのケースを肌身離さず持っていた。撮影スタジオに着いてからも、ナノティナーから一瞬たりとも目を離さなかった。シャイアット・デイの中で触るのを許されたのはパトリックだけ。しかも一瞬触れただけだが、その小ささに目を見張った。

本物の血液は空気に触れてしばらく経つと紫色に変化する。そのためナノテイナーにはハロウィーンの仮装で使う血糊を入れ、白を背にして撮影した。それから、画像を合成してカプセルが指先で直立しているように見せた。狙い通り、はっとするような写真が完成した。マイク・ヤギが写真に合うコピーを何種類か考え、エリザベスが気に入った二つのキャッチフレーズを使うことになった。「たった一滴がすべてを変える」と「臨床検査再革命」だ。写真を拡大し、ウォール・ストリート・ジャーナルの全面広告の体裁に仕立てた。これはいわば広告会社からの「おまけ」のようなものだ。エリザベスはえらく気に入って、同じ写真を十数種類の異なるサイズで注文した。何に使うかは言わなかったが、営業担当のスタンは、取締役たちに見せるための小道具にするつもりだろうと想像した。

パトリックはエリザベスに相談しながら新しい企業ロゴも制作した。エリザベスは「曼荼羅」と呼ばれる幾何学模様に傾倒していた。[2]「曼荼羅」は、幾重にも交差する小さな円を大きな円で囲んだ古代幾何学模様で、神が創造したあらゆる森羅万象を視覚的に表すものだとされている。のちにこの模様が1970年代のニューエイジ運動における「神聖幾何学」の象徴となり、これを学んだ者は悟りに至ると考えられた。

そんなわけで、セラノスの企業ロゴでも円形を強調することにした。「Theranos」の「O」を緑で塗り潰して際立たせ、患者の顔写真と、指先に立つナノコンテイナーの写真も、丸い枠で囲んだ。パトリックはウェブサイトと広告宣伝媒体用に新しいフォントも開発した。ヘルベチカの書体を基にして、「i」と「j」の上の点と文末のピリオドを四角から丸にしたものだ。エリザベスは気に入ったようだった。

パトリックは変わらずエリザベスにぞっこんだったが、スタン・フィオリートはもう少し引いた目で見ていた。赤みがかった金髪にそばかすが特徴のスタンは、人当たりのいい広告業界のベテランだ。スタンはサニーについて、どこか変だと感じていた。毎週のミーティングでいつも、広告宣伝とは一切関係のないソフトウェア業界の専門用語を並べ立てる。どう考えても高すぎる売上目標を掲げているように見えたので、どうやってその目標を弾き出したのか聞き出そうとすると、サニーはぼんやりとした自慢話のような答えしかよこさなかった。普通の会社なら、訴求したいターゲット層の規模を調査から割り出し、その中のどのくらいの割合が実際に自分たちの顧客になってくれるのかを計算する。それなのに、サニーはそんな基本的なことさえ知らないようだった。スタンはサニーのことをネットで検索したが、何も見つからなかった。妙だと思った。ドットコムバブルの時期に会社を売却して大金を手にしたはずの人物なら、ネットに何らかの足跡が残っているはずだ。人を雇って自分についての履歴を削除させたのかもしれないと思った。

それに、無名のスタートアップがシャイアット・デイのような大手広告代理店を起用するというのも、めったにないことだ。大手広告代理店は間接費も人件費も高く、なかなか雇えない。セラノスは年間600万ドルの顧問料でシャイアット・デイと契約を結んでいた。まったく無名のこの会社がどこからそんな大金を捻出しているのだろう？　エリザベスは、軍がセラノスの技術を使ってアフガニスタンの戦場で兵士の命を救っていると何度か口にしていた。もしかしたら国防総省が資金を出しているのかもしれないとスタンは思った。

それならあの極端な秘密主義も腑に落ちる。サニーは、セラノスが提供する資料すべてに番号を振り、記録し、社内のチームメンバーだけが出入りできる保管室に資料を保管するようシャイアット・デイに指示していた。印刷物もすべてその保管室にある専用プリンターで印刷しなければならなかった。廃棄の際にはただ捨てるのではなく必ずシュレッダーにかけることが義務付けられた。

コンピュータのファイルはすべて別のサーバーに保存し、セラノスチーム専用のイントラネット上でしか共有できないことになっていた。もちろん、ロサンゼルス支店の中であっても、あるいは同社の他の本支店であっても、守秘義務契約に署名していない者と情報を共有することは例外なく禁じられていた。

スタンのもとでセラノスの仕事にフルタイムで関わっていたのは、マイク・ヤギのほかにあと二人いた。ケイト・ウルフとマイク・ペディットだ。ケイトはウェブサイトの開発を担当し、マイクは店舗に置くパンフレットや看板、さらに医師への売り込みに使うｉＰａｄ上の双方向ツールを制作していた。

数カ月仕事をしていくうちに、ケイトとマイクはこの奇妙で要求の多いクライアントに疑いを持ち始めた。ケイトとマイクはどちらも東海岸の出身で、仕事でも白黒はっきりつけたがる性分だ。ケイトは28歳でマサチューセッツ州リンカーン出身。ボストン大学ではアイスホッケーの選手だった。小さな町で真面目に育った彼女は、倫理観が強かった。しかも、父親も配偶者も医師だったので、医学については多少の知識があった。マイクはフィラデルフィア出身の32歳。斜に構えたところのあるイタリア系アメリカ人で、大学と大学院ではトラック競技とクロスカントリーをやっていた。彼の地元の人たちも実直で、ほら吹きは嫌われた。

エリザベスはウェブサイトにも販促物にも必ず、大げさで断定的なキャッチフレーズを載せたがった。たとえば、セラノスならほんの一滴の血で「８００種類を超える検査」が可能だと言いたがった。セラノスの技術は従来の血液検査よりも精度が高いという表現もあった。そのうえ、30分もかからずに結果がわかり、「ＦＤＡの認可を受け」、メイヨー・クリニックやカリフォルニア大学サンフランシスコ校医学部といった「主要医療機関に認められ」ていると言い、ＦＤＡや医療機関のロゴまで掲載したがった。

セラノスの精度がどうして従来型の検査より高いと言えるのか、その根拠をケイトが訊ねたところ、検査ミスの93パーセントは人為的な原因によるものだという研究から推測しただけだということがわかった。セラノスの検査は完全に自動化され装置の中だけで完結するため、それが他の検査機関より精度が高い根拠になると主張していたのだ。それではあまりにも論理が飛躍しすぎだとケイトは思ったし、そう伝えた。そもそも、誤解を招くような広告表現は法律で禁止されている。

マイクも同じように感じていた。ケイトに宛てて法律面の確認が必要な事項の一覧を送った。[3]「自動化により他社より高い検査精度を実現できる」という文言の横にはカッコ書きで（眉唾っぽいな）と付け加えた。これまで医療関連の広告に関わったことがなかったので、くれぐれも慎重に進めたかった。通常なら、製薬会社の絡む医療関係の広告はＴＢＷＡヘルスと呼ばれるニューヨークの専門部署が取り扱うことになっている。なぜ今回に限って違うのか、少なくとも専門部署への相談くらいしないのか、マイクは不思議だった。

セラノスの言い分を裏付ける数百ページの報告書がある、とエリザベスは言っていた。ケイトとマイクはその報告書を見せてくれるよう繰り返し頼んだが、なぜか見せてもらえなかった。その代わりに送られてきたのが、鍵付きファイルに入った報告書の抜粋とやらだ。その冒頭に、ジョンズ・ホプキンス大学医学部がセラノスの技術を適正に評価し、これが「斬新かつ健全」であることと「幅広い種類の通常検査および特殊検査」を「正確に」行うことができると認めた、と書いてあった。

ただし、この引用は正式な報告書からの抜粋ではなかった。2010年4月にエリザベスとサニーがジョンズ・ホプキンスの5人の職員と面談した際に書いた、2ページの会議録から抜粋した文章だったのだ。ウォルグリーンに対してもそうだったが、セラノスはまたしてもこの面談を、第三者機関が自社の技術を評価した証拠として使おうとしていた。だが、その言い分は真実とはほど遠い。2010年の面談にジョンズ・ホプキンスから出席した3人の科学者の一人で、臨床毒性学部長のビル・クラークは、セラノスの分析器を1台、自分の研究室に送ってほしいと依頼した。そうすれば、この新たな技術を精査し、彼が普段使っている装置の性能と比べてみることができる。エリザベスは送りますと言ったが、結局約束を守らなかった。ケイトとマイクはこの顚末を知るすべもなかったが、報告書の全文を見せてもらえなかったことで、疑いを持ち始めていた。

医師にどう販促を行ったら効果的かを探るため、シャイアット・デイは数人の医師を集めてフォーカスグループ面談を行うことを提案した。セラノスは許可を与えたものの、極秘で進めることを求めたため、ケイトは配偶者と父親に参加してもらうことにした。

ケイトの配偶者のトレイシーはロサンゼルス郡総合病院の主任研修医で、内科と小児科の研修をもうすぐ終えるところだった。電話での面談の際、トレイシーはいくつか質問してみたが、セラノス側で質問に答えられる人はいないようだった。その晩、セラノスが革新的な技術を本当に持っているのか疑わしいとトレイシーはケイトに打ち明けた。とくに、検査を正確に行えるだけの十分な量の血液を指先から採れるかどうかは、疑わしいと感じた。トレイシーが疑念を持ったことで、ケイトも待てよと思った。

セラノス側でケイトとマイクの窓口になっていたのはエリザベスの弟のクリスチャン・ホームズと、デューク大学時代の二人の仲間、ダン・エドリンとジェフ・ブリックマンだった。マイクはこの３人を「セラ兄弟《ブロス》」と呼んでいた。ウェブサイトの立ち上げに向けて、マイクとケイトはこの３人としょっちゅう電話やメールでやりとりを交わした。サイトの公開日を２０１３年４月１日と最初に決めてはいたものの、何度か予定を先送りすることになった。新たな公開日が９月になり、その締め切りが迫るにつれてケイトとマイクは「セラ兄弟」にエリザベスの主張を裏付ける根拠を求めたところ、その中に誇張があったことが次第にはっきりしてきた。たとえば、30分以内に検査結果を出すのは無理だということもわかった。そこで少し控えめに「4時間以内に」結果が出ます、としたものの、それさえ怪しいものだとケイトは思った。そのうえ、指先採血だけではすべての検査を行うことはできず、これまでと同じ静脈採血を行わなければならない検査もあるはずだと二人は疑っていた。その点を免責事項としてサイトに掲載するよう提案したが、クリスチャンとジェフからは、エリザベスが嫌がっていると言われた。

マイクはシャイアット・デイの法的責任が心配になった。そこで、セラノスとの契約書を読み返してみた。契約書によると、セラノスが書面で承認した広告表現について、シャイアット・デイは法的責任を免れることになっていた。[4] 社の顧問弁護士事務所であるデイヴィス&ギルバートのジョー・セナに急いでメールを送り、セラノスに具体的に免責を要求する文言を求めた方がいいのかどうかを訊いてみた。[5] セナはその必要はないとしつつも、書面による表現の承認を記録としてきちんと残しておくよう強く勧めた。[6]

一方、エリザベスがサイトに付け加えたがった「検体を当社にお送りください」という文言をめぐって、ケイトはクリスチャンやジェフと言い争いになった。血液検体を診療所からセラノスの検査室にどんな輸送体制で送るのかと訊ねたが、実際には何の輸送体制もないのだとわかった。医師がセラノスに「登録」しても、自動生成メールがジェフの受信箱に届くだけ。そのあとの手続きについては誰も知らない。ケイトの知る限り、細かいことは誰も考えていなかった。

サイト公開まで48時間と迫ると、みな気が狂いそうになっていた。マイク・ヤギはもう何カ月もエリザベスの満足いくまでくり返しキャッチフレーズを書いては直していたため、相当なストレスがかかっていた。その日ヤギはパニック発作に襲われ、家に帰って休むことにした。落ち込んだ様子で唐突にオフィスを出て行ったので、もう二度と戻らないかもしれないと同僚たちは覚悟した。

サイト公開の前夜になって、セラノスが緊急の電話会議を開きたいと言ってきた。ケイト、マイク、パトリック、戦略担当のロレイン・ケッチ、それからヤギの代役としてコピーライターのクリスティーナ・アルテピーターが、事務所内の通称「ボードルーム」に集まった（この部屋を「ボードルーム（取締役会議室）」と呼んでいたのは、サーフボードで作ったテーブルが置かれていたからだ）。そこでエリザベスは、セラノス社内の法務部からギリギリになって文言の変更を命じられたと言う。ケイトとマイクはカチンときた。もう何カ月も前から法務に確認してくれと頼んでいたのに。なぜ今頃になって？

電話会議は3時間を超え、夜の10時半まで続いた。エリザベスがひと言ずつ変更点をゆっくりと読み上げ、チームはサイトのすべての文言を一行ずつ見直した。パトリックは途中でうとうとした。だがケイトとマイクは神経を張りつめていたため、文言全体が、わざと控えめな表現に抑えられたことに気がついた[7]。「血液検査の革命へようこそ」は、「セラノスへようこそ」に変わった。「どこよりも速い結果を。どこよりも速い答えを」は、「速い結果を。速い答えを」に変わっていた。そして「必要なのはわずか一滴」が、「必要なのは数滴」になった。

金髪に青い目の少年の写真の横の広告文はもともと、「太くて痛い注射針にバイバイ」の見出しで始まり、指先からの血液採取にしか触れていなかった。変更後は、「極太の注射針の代わりに、極小の指先採血スティックを使ったり、静脈からごく少量の血液を採取します」と書かれていた。この変更は、ケイトとマイクが以前に勧めていた免責事項に替わるものだということに、二人はピンときた。

サイト内の「私たちの検査室」というページには、ナノテイナーの全面画像の下に端から端までバナーが貼られ、「セラノスでは、これまでの血液検査の1000分の1の量ですべての検査を行えます」と書かれていた。変更後は「すべての」という言葉が消えた。同じページの下の方では、数カ月前にケイトが問題だと指摘した表現も変更された。以前は「誰よりも高い精度」という見出しの下に、検査ミスの93パーセントは人為的な原因であるため、そこから推測して「セラノスより精度の高い検査室はない」という文章があった。もちろん、この文章も控えめな表現に変わった。

この土壇場での変更で、ケイトとマイクの疑いは一層強まった。当初の断定的な文言が真実だとエリザベスが信じたかったのはわかる。だが、いくら本当であってほしいと望んだところで、それが現実になるわけじゃない、とマイクは思った。マイクもケイトも、セラノスは実のところ何の技術も持ち合わせていないのではと疑い始めた。シャイアット・デイのメンバーが「ブラックボックス」と呼んで褒め上げていた装置だって、本当にあるのだろうか？

二人は膨らんでいく疑念をスタンに伝えた。実はスタン自身もサニーとのやりとりにだんだんうんざりし始めていた。スタンは四半期ごとにサニーを追いかけ回して支払いを催促しなければならなかった。サニーはいつも必ず、どうしてこんなに高いのかと聞いてくる。スタンは何時間もかけて一つ一つ項目ごとに説明していかなければならなかった。サニーは電話をスピーカーフォンにして部屋の中をウロウロと動き回る。よく聞こえないので受話器に近づいてくださいとスタンが頼むと、サニーはとたんにキレてしまう。

とはいえ、シャイアット・デイの全員がセラノスにあきれはじめていたわけではない。ロサンゼルス支店のトップ二人、カリサとパトリックはまだエリザベスにぞっこんだった。パトリックはリー・クロウを神様のように崇拝し、クロウがアップルに奇跡をもたらしたと思っていた。セラノスが自分を伝説の存在にしてくれるかもしれないとパトリックが考えていたのは間違いない。だから、何度かケイトに懸念を伝えられても、大げさだと取り合わなかった。ケイトはもともと過剰に反応しすぎる性格だからな、と思っただけだ。パトリックからすれば、ケイトもマイクもあれこれケチをつけるのはやめて頼まれた仕事を完成させることに専念しろと言いたいところだった。経験上、技術系のスタートアップなんてどこもぐちゃぐちゃだし秘密も多い。だからとくに珍しいことでもないし気にもならなかった。

第14章　いざ本番

アラン・ビームが自分のオフィスで検査報告書に目を通していると、エリザベスが顔を出して、一緒に来てくれと言う。何かを見せたいらしい。二人で検査室から出て大部屋に入ると、ほかの社員も集まっていた。エリザベスの合図で、技師が社員の指先に針を刺し、ミニチュアのロケット模型のような透明なプラスチック容器を当てて滲《にじ》んだ血液を吸い取る。これが、セラノスが開発した血液採取具だ。ロケットの先端部分で血を吸い取り、そこから下の二つの「エンジン」部分に送り込む。エンジンといってももちろん、形がエンジンのように見えるだけ。この部分がナノテイナーだ。ロケットの腹のあたりまでナノテイナーを押し上げると、血液がすべて収まるようになっている。押し上げることで真空ができ、血液が吸い込まれる仕組みだった。

というか、そのはずだった。だがこのときは思ったようにはいかなかった。技師が極小のチューブをロケットの中に押し上げると、ポンっと弾ける大きな音がして、そこら中に血が飛び散った。片方のナノテイナーが破裂したのだ。

エリザベスは何食わぬ様子だ。落ち着き払って、「はい、もう一度」と言う。

アランはどう解釈していいかわからなかった。入社してまだ数週間だし、自分の立場も固まっていない。ナノテイナーがセラノス独自の血液検査装置の一部であることは知っていたが、実際に見たのは初めてだった。今回のことはちょっとした手違いで、大きな問題の前触れでなければいいんだが。アランはそう念じた。

ひょろ長のアランは南アフリカ出身の病理学者で、紆余曲折を経てシリコンバレーにたどり着いた。ヨハネスブルグのウィットウォータースランド大学（南アフリカでは「ウィッツ」で通る）で英語を専攻し、アメリカに渡ってニューヨークのコロンビア大学医学部予科《プリメド》に入った。保守的なユダヤ人の親が息子の職業として認めるのは、弁護士かビジネスマンか医師しかない。その教えに従ったのだ。

アランはそのままニューヨークに留まり、マンハッタンのアッパーイーストサイドにあるマウントサイナイ医科大学に入学したが、医師の仕事が性に合わないと気づくのにそう時間はかからなかった。とんでもない長時間労働にうんざりしたし、病棟の光景や匂いも好きになれなかった。そんなわけで、どちらかといえば静かな研究職に惹かれて、博士号取得後はウイルス学を研究し、ボストンにあるブリガム・アンド・ウィメンズ病院で臨床病理学の研修医になった。

ピッツバーグにある小児病院の検査室主任を務めていた2012年の夏、リンクトインである求人を目にした。パロアルトのバイオテクノロジー企業で検査室主任を探しているという。その頃心の中で膨らんでいたシリコンバレーへのあこがれに、ぴたりとはまる仕事だった。アランは、ウォルター・アイザックソンが著したスティーヴ・ジョブズの伝記を読み終えたばかりだった[1]。この本に心を動かされ、サンフランシスコのベイエリアに移りたいという気持ちが固まった。

応募書類を送ると、面接に呼ばれた。金曜日の夕方6時に来てくれと言う。妙な時間だと思ったが、喜んで従った。まずサニーに会い、それからエリザベスに会った。サニーはどこか気味の悪いところがあると思ったものの、エリザベスに会って悪い印象は吹っ飛んだ。医療の世界を一変させたいという断固たる決意に満ちていたからだ。彼女に初めて会った人はみなそうだが、アランも彼女の声の低さに驚いた。これまでに聞いたことのないような声だった。

数日後には内定をもらったが、すぐに仕事開始とはならなかった。まずカリフォルニア州の医師免許を申請しなければならなかったのだ。免許取得に8カ月かかったため、正式な仕事始めは2013年4月にずれ込んだ。前任者のアーノルド・ゲルブが辞めてから、ほぼ1年が経っていた。その間は、スペンサー・ヒラキという半分引退した検査室主任がたまにやってきては検査報告書の評価と承認にあたっていた。アランはそれをとくに問題だとは感じなかった。セラノスの検査室にはセーフウェイの社員診療所から週に数件ほど検体が届く程度だったからだ。

だが、それよりも実際に来てみて問題だと思ったのは、検査室で働く人たちのやる気のなさだった。スタッフは見るからにしょげ返っている。アランがやってきた週にもさっそく、臨床検査技師がサニーにいきなりクビを切られた。その技師はかわいそうに、みんなの前で警備員に腕をつかまれて連れて行かれた。そんなことが起きたのは初めてでないのは明らかだった。みんなが元気がないのも無理はないとアランは思った。

アランが引き継いだとき、検査室は2カ所に分かれていた。従来型の市販診断装置を置いた2階の部屋と、その真下の研究開発に使う部屋だ。2階の部屋は「臨床検査室改善修正法」——CLIAの認証を受けていた。アランが責任者となったのはこちらのほうだ。サニーとエリザベスはその部屋を「ジュラシック・パーク」と呼んでいた。従来型の装置は絶滅寸前の恐竜のようなもので、セラノスの革命的技術によって消え去る運命だという意味で、そう名付けられていた。下の部屋は「ノルマンディー」。第二次世界大戦中のノルマンディー上陸作戦に引っかけた名前だ。ノルマンディーに置かれたセラノスの独自検査器は、ヨーロッパをナチスの支配から解放するためにノルマンディーに上陸して敵の爆撃に立ち向かった連合軍よろしく、臨床検査業界に嵐を巻き起こすという意味がその名前に込められていた。

初めのうちは気持ちが高ぶっていたため、アランもそんな虚勢を真に受けていた。だが、あのナノテイナーの実演の失敗を見たあとまもなくポール・パテルと話してからは、セラノスの技術が実際どの程度のものなのか、疑いが芽生え始めた。パテルは生化学者で、例の新しい検査器を使った血液検査の開発責任者だった。新しい検査器について、アランは「4S」という暗号名しか知らなかった。パテルはまだ検査室内だけでしか4Sを試していないとうっかり口をすべらせた。アランは驚いた。とっくに4Sで新たな検査を行っているはずだと思い込んでいたからだ。どうしてなのかと訊いたところ、4S自体がうまく機能していないからだとパテルは言った。

2013年の夏、シャイアット・デイは、血液検査のサービス開始本番に合わせてウェブサイトを一般公開できるよう、準備に奔走していた。一方で、噂の4S、別名ミニラボは、開発を始めてからもう2年半が過ぎていた。だが、まだ開発途上の試作品としかいえない代物で、問題は山積みだった。

何よりも深刻な問題は、企業文化だった。開発環境は最悪ですべてがちぐはぐだった。懸念や異論を口にすると、エリザベスとサニーから「皮肉屋」とか「文句たれ」のレッテルを貼られる。それでもおかしいと言い続ければ除け者にされたりクビになったりした。一方で、ごますり屋は昇進していく。サニーは自分に取り入ってくるインド人を何人も重要ポストにつけていた。そのひとりがサム・アネカルだ。アネカルはミニラボのさまざまな要素を統合する責任者で、以前にイアン・ギボンズと大げんかしたこともあった。生物工学が専門のチンメイ・パンガルカルは、カリフォルニア大学サンタバーバラ校で化学工学の博士号を取得していた。[2] 臨床化学者のスラジ・サクセナはテキサスA&M大学で生化学と生物物理学の博士号を取得していた。[3] 3人とも学歴は申し分なかったが、共通点が二つあった。一つは、学位を取ってすぐに入社したので実務経験がほとんどないこと。もう一つは恐れからか出世欲からか、その両方からか、エリザベスとサニーが喜ぶことしか口にしないことだ。

セラノスにはインド出身の社員が数十人いたが、クビになると給料がもらえなくなる以上に恐ろしいことが待っていた。大半はH-1Bビザ、すなわち高度な専門職の就労ビザで働いていたため、セラノスで雇い続けてもらえないとアメリカに留まれないのだ。サニーのような横暴な上司に命綱を握られていた社員は、まるで召使いも同然だった。サニー自身、まさしく古い世代のインド人経営者にありがちな、部下を奴隷のように扱うタイプだった。サニーにとって社員は召使いだったのだ。社員が昼夜を問わずいつ何時でも、週末でも、自分の自由にならなければ気が済まなかった。サニーは毎朝社員の出退勤記録をチェックしていた。夜は7時半頃に必ずエンジニアリング部門に立ち寄って、みんながまだ机についていて働いているかどうかを確認した。

そのうちに、サニーがただむらっ気があり子どもっぽいだけで、頭もそれほど切れないし集中力はもっとない男だと気づいて恐怖心が消え、うまく扱う社員も出てきた。ミニラボの開発に携わっていた若手機械工学者のアルナヴ・カナーは、サニーを確実に追い払える方法を思いついた。メールの返信を500ワードを超える長文にすることだ。サニーは長文メールを我慢して読み通すことができない性格だったので、数週間は音沙汰なく過ごせた。隔週でミーティングを開き、サニーに参加してもらうのも、効果があった。最初の何回かは出席するが、そのうち興味をなくすか忘れるかして来なくなるのだった。

エリザベスは工学の概念をすぐに理解したが、サニーは素人同然で工学の議論についていけなかった。しかも自分の無知を隠すために、聞きかじった専門用語をくり返す癖があった。アルナヴのチームとのミーティングでサニーは、ロボットアームの先端部分を指す「エンド・エフェクタ」という用語を覚えた。ただし「エンド・エフェクタ」を「エンドファクター」と聞き間違えた。それからミーティングが終わるまで何度となく、わけもわからず「エンドファクター」と言い続けた。

2週間後のミーティングで、アルナヴのチームはわざと「エンドファクターの最新情報について」と題したプレゼンテーションを準備した。アルナヴがそれをプロジェクターでスクリーンに映すと、5人のメンバーはサニーがいたずらに気づくのではないかとドキドキしながら互いを盗み見た。だがサニーはまったく気づかず、ミーティングはすんなり終わった。サニーが出ていったとたんに、みんな噴き出した。

アルナヴたちはまた、サニーに「クレイジング」という耳慣れないエンジニアリング用語を使わせることにも成功した。クレイジングとは物質の表面に細かい亀裂が入る現象を指す言葉だが、関係ない場面でもやたらと口に出してサニーにくり返すように仕向けてみたところ、うまくいった。工学ばかりか化学についてもサニーは素人だった。カリウムの元素記号をPだと思い込んでいた

（Pはリンで、カリウムはKだ）。高校生でもそんな間違いはしないのに。

ただし、ミニラボの開発における失敗のすべてがサニーの責任とは言えない。エリザベスが無理難題を押し付けることも足を引っ張っていた。たとえばエリザベスは、ミニラボのカートリッジの大きさを変えずに検査の種類を次々と増やしたがって譲らなかった。カートリッジは消費者の目に触れないのだから1センチほど伸ばしたところでなぜダメなのかアルナヴにはわからなかった。軍のデイヴィッド・シューメイカー中佐とのゴタゴタがあってから、エリザベスはFDAとの問題を避けるためにウォルグリーンの店舗にミニラボを置いて遠隔操作するのはあきらめていた。その代わり、患者の指先から採った血液をパロアルトにあるセラノスの検査室に送ってそこで検査をおこなうことにした。それなのに、ミニラボはiPhoneやiPadのような消費者向けのデバイスだと言い張って、その部品も小さくし見た目を良くすることにこだわった。初期の投資家に約束した通り、いつかこれを家庭に置くという夢をいつまでも捨て切れなかったのだ。

もう一つ、エリザベスがこだわったのが、ミニラボで四つの分類の主要血液検査を行えるようにすることで、これが問題の原因になっていた。その四つとは免疫アッセイ、一般生化学アッセイ、血液学的アッセイ、そして遺伝子増幅アッセイである。デスクトップ装置1台ですべての検査を行うには、ロボットアームでピペットを操作する方法しかない。ただし、ピペット方式そのものにも欠陥があった。時間が経つと精度が落ちるのだ。新品のうちはピペットのポンプを小さなモーターで正確に動かして5マイクロリットルの血液を吸引できる。だが3カ月も経つとモーター動作は同じでも4・4マイクロリットルしか吸引できなくなる。これは検査全体がすべて無効になるほどの大きな違いだ。ピペット方式の血液分析器はいずれもピペットのブレが問題だったが、ミニラボのブレはとくに深刻だった。ピペットを2、3カ月ごとに較正しなければならず、そのたびに5日間は装置が使えなくなってしまう。

カイル・ローガンは、この問題をめぐってサム・アネカルとしょっちゅう言い争いになっていた。カイルは、スタンフォード大学でチャニング・ロバートソンの名前を冠した賞を受賞するほど優秀な学生で、大学卒業後すぐにセラノスに入社した若き化学工学者だ。彼はピペット方式ではない、より信頼度の高い方式に移行すべきだと思っていた。たとえばアバキス社のピッコロエクスプレス分析器に使われている方式だ。するとサムは決まって、ピッコロは生化学アッセイしかできないと返してくる（抗原と結びついた抗体が血液中にあるかどうかを調べるのが免疫アッセイで、生化学アッセイは吸光度や電気信号変化などの化学原理を利用した検査である）。エリザベスが欲しがってるのは万能な装置なんだ、とサムはくり返した。

一般に使われている大型検査装置と比べてミニラボが明らかに劣っていたもう一つの点は、一度に一つの検体しか検査できないことだった。従来型の血液検査装置がばかでかいのにはわけがある。一度に数百体もの検体を処理できる構造になっているからだ。だからこそ、業界用語で言う「高スループット」が実現できる、つまり時間当たりの処理能力が高くなるのだ。もしセラノスのサービスに患者が殺到すれば、ミニラボの処理能力が低いために待ち時間が長くなり、素早い検査結果という宣伝文句は嘘になってしまう。

この問題を何とか解決しようとして誰かが思いついたのが、ミニラボを縦に6台積み重ねて、細胞分析装置1台につなぎ、大きさと費用を抑える方法だった。このフランケンシュタインのようなつぎはぎだらけの代物についた呼び名は「6枚刃《シックス・ブレード》」[4]。コンピュータ業界では省エネ・省スペースのためにサーバーを積み上げるのはよくあることで、積み重ねられたサーバーの基板を「刃《ブレード》」と呼ぶことから、この呼び名が付いた。

だが、この構造がある重要な要素にどう影響するかをきちんと考えていた人はいなかった。その要素とは温度だ。ミニラボはそれぞれ熱を発し、熱は上に登る。6台同時に検体を処理すると、一番上のミニラボの温度が上昇しすぎて正しい検査ができなくなる。大学を出たばかりの青二才でさえ気づくような基本的なことに、誰も気づかないことがカイルには信じられなかった。

カートリッジやピペットや温度の問題はさておいても、ミニラボに数々の技術的な欠陥がある根本的な原因は、これがまだ極めて初期の試作品に過ぎないことだった。そもそもたった3年足らずで、複雑な医療装置を設計し完成させられるはずがない。ロボットアームが決まった場所に着地せずにピペットが壊れたり、分光器の波長が乱れたりと、何から何まで問題だらけだった。ミニラボ内の遠心分離機が弾け飛んだこともある。解決できない問題ではないが、時間はかかる。患者向けの実用に耐える製品にするには、まだ数年はかかるはずだった。

だが、エリザベスには数年も待っていられない事情があった。1年前の2012年6月5日にウォルグリーンと新たな契約を結び、2013年2月1日までに数店舗で血液検査を開始する約束と引き換えに、「イノベーション費用」として1億ドルを受け取り、さらに4000万ドルの融資まで受けていたからだ。[5]

だがセラノスはその期限を守ることができなかった。ウォルグリーンからすれば、再度の延期で3年は遅れたことになる。スティーヴ・バードの引退でセーフウェイとの提携はすでにご破算になりかけていた。これ以上待たせたら、ウォルグリーンまでも失ってしまう。エリザベスは何がなんでも9月までに必ずウォルグリーンの店舗でサービスを開始すると決めていた。

ミニラボはどう考えても使える代物ではなかったので、エリザベスとサニーは埃をかぶっていたエジソンを引っ張りだして、この旧式検査器でサービスを開始することにした。それが次の運命の分かれ道になった。二人は世間を騙すことにしたのだ。

6月に入って、ダニエル・ヤングがジュラシック・パークにやってきた。ダニエルはマサチューセッツ工科大学で博士号を取得した秀才で、バイオ数学チームを率いていた。その日は部下のサムを引き連れて、アラン・ビームに会いにきた。ダニエルは5年前にセラノスに入ってからあれよあれよという間に出世して、今では事実上のナンバー3になっていた。ダニエルの言うことならエリザベスとサニーも耳を傾けたし、面倒な技術的問題の解決をダニエルに任せることも多かった。

入社して数年はダニエルは完璧な家庭人で、妻や子どもと夕食を共にするため毎日6時に退社していた。そんな家庭人ぶりに陰口を叩く同僚もいたほどだ。だが、副社長に昇格してからは、別人になった。夜遅くまでオフィスに居残るようになった。職場のパーティーで泥酔するようにもなった。いつもは物静かで何を考えているかわからないダニエルがへべれけになった姿は、薄気味悪かった。しかも、同僚と浮気しているという噂まであった。

ダニエルはある日、連れてきた部下のサムと一緒に、検査室に置いていた他社の従来型分析器の一つ、ＡＤＶＩＡ《アドヴィア》１８００をいじるつもりだとアランに告げた。アドヴィアは重さ約６００キロで、大型コピー機を2台つなげたような巨大な検査装置だ。[6] 製造元はドイツの総合機械メーカー、シーメンスの医療機器子会社であるシーメンスヘルスケアである。

それから数週間かけてサムがアドヴィア１８００の内部を開けてｉＰｈｏｎｅのカメラで内側を撮影した。サムは、アドヴィア１８００を勝手にいじって、指先から採取した少量の血液検体を検査できるように改造しようとしていたのだ。ポール・パテルのあの話は本当だったんだ、とアランは思い当たった。４Ｓは使える状態にない。でなければ、こんな捨て身の策に出るわけがない。エジソンは免疫アッセイしかできないので、生化学アッセイ専用のアドヴィアに目をつけたのだ。

医師からの依頼数が最も多い血液検査の一つが「ｃｈｅｍ《ケム》18」と呼ばれる検査だ。ナトリウム、カリウム、塩素といった電解質値の測定から、腎機能と肝機能の測定まで検査種類は幅広い。ｃｈｅｍ18に含まれる検査はすべて、生化学アッセイである。ウォルグリーンの店舗で始める血液検査の一覧にこれらの検査が含まれていなければ、まったく意味がない。医師からの依頼の３分の２はこれだったからだ。

だが、指先をつついて採れる血液の量では、アドヴィアには少なすぎる。そこで、ダニエルとサムは、少量の検体でもアドヴィアで処理できるよう、いくつかの手順を踏むことにした。まずは、テカンという大型の液体処理ロボットを使って、ナノテイナーの中の微量の血液検体を生理食塩水で薄める。そして薄めた血液を、アドヴィア用カップの半分の大きさの特注カップに移す。

この二つの組み合わせによって、「デッド・ボリューム」、つまり血液検体の無駄を減らすことができる。アドヴィアも多くの検査装置と同じく、探針を検体に落として血液を吸入する仕組みになっていた。ただし全量を吸い上げることはできず、底のほうに少量の血液が残ってしまう。検体を入れるカップを小さくすることで探針の先端が底に近づくし、希釈によって使える血液の量も増える。

血液を薄めることにアランは不安を感じていた。シーメンスの分析器で検査を行うときにはすでに、血液は希釈されている。ダニエルとサムが考えた手順では、血液が二重に薄められることになる。装置に入れる前に一度と、装置の内部でもう一度、希釈されるのだ。検体に手を加えれば加えるほど、エラーが起きやすくなるのは、まともな検査室主任なら常識としてわかっている。

しかも、二度の希釈によって、血液検体の濃度はアドヴィアに許されたFDAの承認範囲を下回ってしまう。それでは、製造元も規制当局も承認していない方法でこの装置を使うということになる。最終的な検査結果は、血液を希釈した分だけ等倍にしなければ出せないが、そもそも希釈した結果が信頼できるかどうかもわからない。それでも、ダニエルとサムは自分たちの成果に鼻高々だった。二人は根っからのエンジニアで、患者のケアは彼らにとって抽象的な概念でしかない。彼らが装置をいじったことで結果に間違いが生まれても、責任を取るのは彼らではない。CLIAの認可証に名前があるのは、彼らではなくアランなのだ。

ダニエルとサムの作業が終わると、ジム・フォックスというセラノスの弁護士がアランのところにやってきて、特許申請を勧めた。とんでもない、とアランは思った。他社の装置をいじっただけでは発明とは言えないし、いじったあとで使いものにならないとしたらなおさらだ。

シーメンスの検査装置を勝手に改造したという噂はテッド・パスコにも届いていた。テッドは購買担当者で、前任のジョン・ファンジオと同じように社内ゴシップが真っ先に届く場所にいた。ほどなくエリザベスとサニーからアドヴィアを追加で6台購入するよう指示を受け、噂は本当だったと確信した。シーメンスと交渉して一括購入の値引きをしてもらったが、それでも支払額は10万ドルをゆうに超えていた。

エリザベスが決めた2013年9月9日のサービス開始が近づくにつれ、アランの不安は膨らんでいった。まだ準備ができていないと思っていたのだ。シーメンスの改造装置で行う検査のうち二つはとくに問題だった。ナトリウム検査とカリウム検査だ。カリウムについては、赤血球が破裂して余分なカリウムが検体に溶け出す「溶血」のせいだろうと察しがついた。指先穿刺ではよくあることだ[7]。指先を押して血を出す際に、赤血球が圧力で壊れてしまうのだ。

エリザベスのオフィスの窓に数字を書いた紙が貼ってあるのには、以前から気づいていた。サービス開始までの日数だ。それを見るたび、アランは気が狂いそうになった。期日の数日前にアランはエリザベスに延期してくれと掛け合った。エリザベスはいつもの自信満々の彼女ではなかった。アランを安心させようと、何もかもうまくいくと口では言うものの、声は震え、身体も見るからに震えていた。もしもの時には通常の静脈採血に切り替えることもできる、そう彼女は言った。アランは一瞬だけ気が楽になったものの、エリザベスのオフィスを出た途端にまた不安に襲われた。

8月の終わり、アンジャリ・ラグハリはインドで3週間の休暇を過ごして職場に戻ってきた。彼女はセラノスとほかのバイオテクノロジー企業で、計10年もイアン・ギボンズと共に働いてきた化学者だ。休暇から戻ったアンジャリは、わけがわからずうろたえた。

アンジャリは免疫アッセイ部門の責任者だった。彼女のチームは旧世代機エジソンでの血液検査の開発に何年も取り組んできた。だが一部の検査ではエラー率が高いままだった。エリザベスとサニーは、次世代機の4Sが開発できたら万事うまくいくと1年前からずっと約束し続けていた。だがその日が来る様子はない。それでも、セラノスが研究開発段階に留まっている限りは何の問題もないし、アンジャリが3週間前にインドに出かけたときには実際にそのはずだった。だが休暇から戻ってくると、みんなが突然「本番」だと言い始め、間近に迫ったサービス開始についてのメールが受信箱にたまっていた。

サービス開始？　何のサービス？　アンジャリはわけがわからず、警戒心が膨らんだ。

そのあとわかったのは自分の留守中にCLIAの認証資格を持たない社員が検査室に入ったということだ。なぜ入ったのかはわからなかったが、検査器の保守点検にくるシーメンスの担当者から何かを隠せと指示が出ていたらしい。

エジソン用の血液検体の扱い方も変わっていた。サニーの命令に従って、まず装置にかける前にテカンの液体ハンドラーを使って検体を希釈することになった。指先から採取した少量の血液では最大でも3種類の検査しかできないことを補うためだ。希釈すれば量が増え、もっと多くの種類の検査が行える。しかし、通常の状態でもエラー率が高いのに、薄めれば検査精度はさらに下がる。ナノテイナーもまた頭痛の種だった。小さなカプセルの中で血液が干からびて十分な量を抽出できないこともしょっちゅうだったのだ。

アンジャリは、エリザベスとダニエル・ヤングにわかってもらおうと、セラノスが製薬会社のセルジーンと共同で2010年に行ったエジソンの研究データをメールで送りつけた。その研究では、喘息患者の血中の炎症マーカーをエジソンで測定した。結果、エジソンのエラー率がとんでもなく高いことがわかり、セルジーンはセラノスとの提携を打ち切ったのだ。この大失敗に終わった研究以降何一つ改善されていないことを、アンジャリは二人に改めて伝えたのだ。

だが、エリザベスもダニエルもうんともすんとも言ってこない。セラノスに勤めて8年になるが、ここで筋を通せるかどうかが自分の分かれ道だと感じた。まだ研究開発段階の製品の欠陥を直すため、社員や家族から自発的に血液を集めて検査しているぶんには問題はない。だが、ウォルグリーンの店舗で本格的にサービスを開始するとなると、実際には無認可の大掛かりな実験に一般市民を巻き込むことになる。自分にはそんなことはできない。アンジャリは辞めることにした。

アンジャリが辞めると聞いたエリザベスは、彼女を自室に呼び出した。なぜ辞めるのかと訊ね、引き留めようとした。アンジャリは同じ懸念をくり返した。エジソンのエラー率が高すぎ、ナノテイナーには問題がある、と。4Sの完成を待てないんですか？　なぜ今急いでサービスを開始しなければならないんですか？　そう訊いた。

「私は顧客との約束を守る人間だからよ」とエリザベスは答えた。

アンジャリにとってはまったく理にかなわない答えだ。ウォルグリーンはただの事業提携先でしかない。セラノスの本当の顧客は、ウォルグリーンの店舗に来て血液検査を頼み、検査結果を信じて医療判断をしようと考えている患者たちのはずだ。その人たちを、エリザベスは気にかけるべきなのに。アンジャリが席に戻ると退職の噂は広まっていて、同僚がお別れをしようと集まってきた。会社側には1週間後の退職を伝え、その週の終わりまでは働くつもりだったが、サニーは社員がお別れに集まってくる光景を嫌がった。そこで、人事部長のモナ・ラマムルシーに命じてアンジャリにすぐに出て行かせた。

会社を出る間際に、アンジャリはエリザベスとダニエルに送ったメールを印刷しておいた。ゆくゆく大変なことになるかもしれないと予感して、自分を守る何か、自分がサービス開始に反対したという証拠が必要だと思ったのだ。個人のヤフーメールに転送するほうが簡単だが、サニーが社員のメールのやりとりを細かくチェックしていたのを知っていたので、印刷したメールをバッグに忍ばせこっそり持ち出した。疑念を持ったのはアンジャリだけではなかった。免疫アッセイ部門のナンバー2で、セラノスで7年余りも働いていたティナ・ノイズも辞めた。

二人が辞めたことにエリザベスとサニーは激怒した。翌日、社員全員がカフェテリアに集められた。すべての椅子の上には、パウロ・コエーリョの『アルケミスト　夢を旅した少年』が1冊ずつ置かれていた。アンダルシアの羊飼いの少年がエジプトへの旅で自分の宿命を見出すという有名な物語だ。エリザベスはまだ見るからに怒った様子で、集まった社員にこう言った。自分は宗教を興しているのだ、と。信じる気がないなら出て行ってほしい。サニーはもっとズバリと言い切った。セラノスにすべてを捧げ完全な忠誠を誓うことができない者は、「とっとと失せろ」と言い放ったのだ。

第15章　ユニコーン

エリザベスはその似顔絵が気に入らなかった。[1] 顔が大きすぎるし、ぽかんと目を見開いて間抜けな笑みを浮かべている。まるで頭が空っぽの金髪娘のイメージそのものだ。だが似顔絵以外はこれ以上ないほど好意的な記事だった。ウォール・ストリート・ジャーナルの一面をほぼ独占し、すべてがうまい具合に盛り込まれている。これまでの注射針による採血は、吸血鬼にたとえられていた。この記事では従来の採血法を、『吸血鬼ドラキュラ』の著者名を用いて「ブラム・ストーカー流の医療」だと辛辣に言い表していた。それに比べて、セラノスの採血は、「ほんの微量で」、「より速く、より安く、より正確だ」と書いていた。この画期的な発明の主であるスタンフォード大学を中退した若き秀才は「次のスティーヴ・ジョブズかビル・ゲイツだ」という言葉が、記事の最後に引用されていた。そう言ったのは冷戦終結の立役者として知られるジョージ・シュルツ元国務長官だった。

この記事が出たのは、２０１３年9月7日土曜日。セラノスの血液検査の一般サービス開始に合わせて記事が出るように、エリザベスが仕掛けたのだ。セラノスは翌週月曜日の朝一番にプレスリリースを出し、パロアルトのウォルグリーン店内に第1号のウェルネスセンターを設けて、これを全国展開していくと発表することになっていた。[2] 無名のスタートアップが一流全国紙にこれほど好意的な記事を掲載させるとは、お見事としか言いようがない。これができたのは、エリザベスがシュルツと親しい関係を築いていたからである。エリザベスは2年前にシュルツに出会い、以来意図的に彼に取り入っていた。

シュルツはレーガン政権の外交政策の生みの親とも言える大物政治家である。[3] ニクソン政権では労働長官と財務長官を歴任した。そのシュルツが2011年7月にセラノスの取締役に就任し、エリザベスの強力な後ろ楯になったのだ。スタンフォード大学の敷地内にあるシンクタンク、フーヴァー研究所で名誉研究員を務めるシュルツは92歳という高齢ながら、共和党関係者の間で今も崇められ影響力を持つ存在だ。保守系の新聞であるウォール・ストリート・ジャーナル（以下、ジャーナル）の論説欄にも時折寄稿し、この新聞とは近しい関係にあった。

2012年、シュルツは気候変動について論説委員と意見を交わすためにマンハッタンのミッドタウンにあるジャーナル本社を訪れた。その折に、世間から身を隠して極秘で事業を開発している、あるシリコンバレーの起業家について、ポロリと漏らした。その起業家のテクノロジーはやがて必ず医療に革命を起こす、と。ベテラン論説委員のポール・ジゴは好奇心をそそられて、その謎の「神童」が沈黙を破って発明を世界に発表する気になったら、記者を送り込んで取材させてほしいとシュルツに伝えた。1年後、シュルツはジゴに連絡してエリザベスが話す気になったと伝え、ジゴはジョセフ・ラゴに取材を任せた。ジョセフは医療について専門的な記事を書いてきた編集委員の一人だ。こうして、ジャーナル土曜版の看板コラムである「ウィークエンド・インタビュー」にエリザベスの記事が掲載されることになったという次第だ。

エリザベスが自分の「お披露目」に選んだのは、手堅い場所だった。ジャーナルの「ウィークエンド・インタビュー」欄は、ジゴの部下が持ち回りで担当していて、容赦のない調査報道とは縁のない平和なコラムだ。その名の通りインタビューを掲載するだけで、たいてい好意的だし食ってかかるような調子はない。しかも、旧態依然とした非効率な業界を破壊するというエリザベスの話は、規制緩和を支持する企業寄りのジャーナル論説欄の哲学にもぴったりはまっていた。

ラゴはオバマケアを徹底解剖した手厳しい論説記事でピューリッツァー賞を受賞した記者[4]だが、エリザベスの話が嘘かもしれないと疑う理由もとくになかった。パロアルトで行った取材では、エリザベスが直々にミニラボと「6枚刃」を見せてくれ、ラゴ自身の血液検査をやってもらったところ、セラノスを出る前には正確そうな検査結果をメールで受け取った。ただし、ラゴが知らなかったことがある。エリザベスがウォルグリーンでのサービス開始に合わせて、勝手な主張を盛り込んだこの記事をお墨付きにして新たな資金調達を始めようとしていたこと、またセラノスをシリコンバレーの表舞台に立たせるための材料としてこの記事を使おうと企てていたことだ。

マイク・バーサンティの携帯にドナルド（ドン）・A・ルーカスから電話があったのは、休暇でタホ湖にいるときだった。ドナルド・A・ルーカスは、伝説のベンチャーキャピタリストであるドナルド・L・ルーカスの息子だ。マイクとドナルドは1980年代の初めにサンタクララ大学で知り合い、以来ずっと親しくしていた。マイクはベイエリアで60年以上も続く同族経営の鮮魚と鶏肉の会社を経営し、財務責任者を務めていたが、前年に会社を売却して引退していた。

ドンが電話してきたのは、投資話を持ちかけるためだった。投資先はセラノス。マイクは驚いた。最後にセラノスの名前を耳にしたのは7年前だ。エリザベスが小さな血液検査器を見せながら20分ほど話すのをドンのオフィスで一緒に聞いたのだ。マイクはそのときのことをよく覚えていた。エリザベスはいかにも野暮ったい若手科学者といった感じだった。すっぴんにビン底眼鏡で、自分より2倍も3倍も年上の男性たちを相手にビクビクしながら話していたのが印象に残っている。当時ドンはＲＷＩベンチャーズを経営していた。父ルーカスのもとで10年にわたってベンチャーキャピタルの裏も表も学んだあと、１９９０年代の半ばに自分で立ち上げたのがこの会社だった。マイクはＲＷＩに投資していた。オタクっぽいが明らかに頭の切れそうなこの若い女性に興味をそそられて、父親のルーカスは投資したのにどうしてＲＷＩは参加しないのかと訊いてみた。ドンは、じっくり検討してみたが見送ることに決めたのだと言う。エリザベスは一貫性がなく、集中力に欠け、セラノスの取締役会長になった父のルーカスでさえ彼女を抑えられず、自分は彼女のことを気に入らないし信用もできない、と当時は言っていたのだ。

「あれから何が変わったんだ？」。マイクは訊いた。

ドンは興奮した様子で、セラノスはあれ以来ずいぶんと進歩したと言う。全米有数の小売チェーンで画期的な指先採血検査を開始することがもうすぐ発表になる。それだけじゃない。米軍でもセラノスの検査器が使われてるんだ。

「イラクで高機動軍用車両《ハンヴィー》に積まれてるらしい。知ってたか？」

聞き間違いかと思った。「何だって？」。思わず声が出る。

「そうなんだ。イラクから戻ってきた検査器がセラノス本社に積んであったのを見た」

もしそれが本当なら、たいしたものだとマイクは思った。

ドンは２００９年にルーカス・ベンチャー・グループという新会社を立ち上げていた。ドンの父親ルーカスにはアルツハイマー病の初期症状が出ていたが、エリザベスは長年の親交があるルーカスへの敬意から、次回の大型調達でほかの投資家より割安に投資できるように計らってくれると言う。絶好のチャンスを逃すまいと、ルーカス・ベンチャー・グループは二つの新規ファンドを立ち上げることにした。一つはセラノスも含めて複数の会社に投資する従来型のベンチャーファンド。もう一つは、セラノスだけに投資するファンドだ。君も加わらないか？　加わるなら、早く決めたほうがいい。9月末にクローズするから。

それから数週間経った2013年9月9日の午後、ドンからメールが届いた。[5]　件名は「セラノス‥至急確認を」で、本文に詳細がある。同じメールはマイクだけでなく、ドンのファンドにこれまで投資した人々に送られ、そこには例のウォール・ストリート・ジャーナルの記事と、その朝セラノスが発表したプレスリリースのリンクが貼られていた。ルーカス・ベンチャー・グループはセラノスに最大1500万ドルまで投資できる「招待を受けた」と書かれている。エリザベスが提示した「値引き価格」では、セラノスの企業価値は60億ドルとされていた。

マイクは息をのんだ。桁外れの評価額だ。同時に、ドンに対して苛立ちを感じずにいられなかった。7年前に自分が投資してみてはどうだと訊いたとき、ドンは取り合わなかった。あの頃なら評価額は4000万ドルくらいだったのに。歯がゆい思いだった。

それにしても、今のセラノスははるかに確実な賭けに見える。ドンのメールによれば、セラノスは「大手小売チェーンやドラッグストアのほか、複数の製薬会社、HMO（健康維持機構）、保険会社、病院、診療所、政府機関と契約や提携を結んだ」らしい。しかも、「2006年以来、キャッシュフローは黒字を維持している」とのことだった。

マイクと一族の10人は、この手のベンチャー投資に備えて、有限責任会社《リミテッド・ライアビリティ・カンパニー》、いわゆるＬＬＣに資金を貯めていた。マイクは親族と話し合い、思い切って79万ドルをドンに送った。ルーカス・ベンチャー・グループのリミテッド・パートナー、通称ＬＰと呼ばれるほかの数十人の投資家も、金額はまちまちだが送金した。投資家の中には、今はなくなったサンフランシスコの投資銀行ロバートソン・スティーヴンスの共同創業者だったロバート・コールマンから、パロアルトに住む引退した心理療法士まで、さまざまな人がいた。[6)]

２０１３年の秋までには、シリコンバレーの生態系に凄まじい勢いで資金が流れ込み、ここから生み出された新種のスタートアップを表す造語ができた。「ユニコーン」だ。ベンチャーキャピタリストのアイリーン・リーは、２０１３年11月２日にハイテク業界専門サイトのテッククランチに寄せた記事の中で、評価額が10億ドルを超えるスタートアップが次々と生まれていると書いた。[7)]「ユニコーン」は、そんな巨大スタートアップを指す言葉だ。ただし、ユニコーンとはいっても、幻ではない。リーによると、ユニコーンは39社存在し、その数はまもなく１００社を超えることになる。

１９９０年代終わりのドットコムバブルの時期に上場を急いだひと昔前の世代と違って、ユニコーンは巨額資金を未上場のまま調達することができたため、株式上場に伴う厳しい監視の目から免れていた。

そんなユニコーンの代表格が、好戦的なエンジニアのトラヴィス・カラニックが共同創業した配車アプリのウーバーだ。エリザベスのインタビュー記事が出る数週間前、ウーバーは35億ドルの評価額で３億６１００万ドルを調達した。[8)]また、音楽配信サービスのスポティファイは２０１３年11月に40億ドルの評価額をもとに2億5000万ドルを調達していた[9]。

こうしたスタートアップの評価額はその後数年にわたって上がり続けることになるが、当時はセラノスに一足飛びに追い越され、その差は開くばかりだった。

ウォール・ストリート・ジャーナルの記事に目をとめた二人の投資家がいた。クリストファー・ジェームズとブライアン・グロスマンだ。二人はサンフランシスコでパートナー・ファンド・マネジメントというヘッジファンドを経営する経験豊富な投資のプロだった。パートナー・ファンドは40億ドルの資産を運用し、2004年の創立以来年率平均10パーセント近い運用実績を誇っていた[10]。成功の一因はグロスマンの担当するヘルスケア関連の大型ポートフォリオだった。

二人がエリザベスに連絡を取ると、エリザベスはミーティングに招いてくれた[11]。2013年12月15日に二人はセラノス本社を訪れた。セラノス本社は、スタンフォード大学から目と鼻の先の丘の側面に埋め込むように建っている薄茶色の建物だった。到着してすぐ気づいたのは、警備の厳重さだ。入り口には警備員が何人も並び、守秘義務契約に署名しなければ建物に入れてもらえない。中に入ると警備員がついてきて、トイレにも一人では行けなかった。建物の一部は特別なキーカードがないと入れず、二人は近寄れなかった。

エリザベスとサニーは昔から警備に気を遣っていたが、ウォルグリーンでのサービス開始を目前にして、被害妄想に近いほど神経質になっていた。競合会社のクエストとラボコープがセラノスを天敵と見て、あらゆる手を使って自分たちを潰そうとしていると信じ込んでいた。そのうえ、裁判で争ったジョン・フューズは証言録取でエリザベスの人生を「死ぬまでめちゃくちゃにしてやる」と誓っていたのだ。エリザベスはその脅迫を真剣に受けとめた。その年、軍を退役してセラノスの取締役に就いていたジェームズ・マティスの勧めで、国防総省の警備責任者だったジム・リヴェラを雇った。白髪交じりのリヴェラはイラクやアフガニスタンでたびたびマティスに帯同した警備のプロである。いつも上着の内側か足首に銃を携行し、黒スーツにイヤホン姿の警備員を5、6人率いていた。

ジェームズとグロスマンはこの厳重な警備体制が強烈に心に残った。まるで門外不出のレシピを守るコカ・コーラ社のようで、セラノスにもきっと価値ある知的財産があるに違いないと想像した。エリザベスとサニーの説明で、ジェームズたちの思い込みも一層強まった。

パートナー・ファンドがのちに起こした訴訟によると、その最初のミーティングでエリザベスとサニーは、セラノス独自の技術を使った指先穿刺による血液検査は、検査機関が公的保険や民間の健康保険会社への請求に使う1300件の請求番号のうち1000件を網羅していると言っていた[12]（血液検査の多くには複数の請求番号が付されるため、実際の検査数は数百件だ）。

3週間後に開かれた二度目のミーティングではセラノス独自の検査器と従来型の検査器のデータを比べた散布図を見せられた[13]。どれも、右肩上がりの直線上に点が密集している。つまり、セラノスの検査では従来型の検査とほぼ同じ結果が出るということだ。言い換えると、セラノスのテクノロジーはこれまでの検査と同じくらい正確だという意味だった。問題は、その図の中のデータのほとんどはミニラボの検査結果ではなく、エジソンの検査結果でさえないということだった[14]。それはセラノスが他社から買った従来型の装置による検査結果だったのだ。そのうちの1台は、パロアルトから車で1時間ほど北にあるバイオ・ラッドという会社の検査器だった。

サニーはジェームズとグロスマンに、セラノスはすでに300種類の血液検査を開発していて、血糖値や電解質や腎機能の測定といったよくある検査から、もっと難しいがん検出まで、さまざまな検査ができると言った。[15] うち98パーセントの検査は指先から採ったごく微量の血液で行えるし、半年以内にそれが100パーセントになると豪語していた。しかも、この300種類はすべての血液検査の99パーセントから99・9パーセントにあたり、セラノスはそのすべてについてFDAに承認申請を済ませていると言った。

何より、サニーとエリザベスは大胆にも、指先から一度採血するだけで70種類の血液検査を同時に行え、その数もすぐに増えると主張していた。[16] たった一滴や二滴の血液でこれほど多種類の検査を同時に行うことは、マイクロ流体力学の究極の目標とされていた。スイス人科学者のアンドレアス・マンツが、半導体業界により開発された微細加工技術を応用して微量の液体を操作することに成功して以来、20年にわたって世界中の大学や企業にいる何千人という研究者がこの目標を追いかけてきた。

だが、誰もこの目標に手が届かなかったのには、いくつかの根本的な理由があった。中でも最大の理由は、検査の分類が違えば検査方法も大きく異なるという点だ。ごく少量しかない血液検体を免疫アッセイに使えば、一般生化学アッセイや血液学的アッセイなどの別の分類の検査に使えるほどの血液は残らない。もう一つの理由は、マイクロ流体チップで微量の血液を扱うことはできても、血液をチップに移す際のロスを防げないという点だ。血液の量が多ければ多少のロスは何でもないが、もともと少量しかない場合は大きな問題になる。だが、エリザベスとサニーによると、セラノスはこうした問題、つまりバイオ工学研究の一領域で絶対に解けないとされてきた難問を解決したと言うのだ。

セラノスの科学的功績もさることながら、ジェームズとグロスマンをその気にさせたのは、取締役の顔ぶれだった。シュルツとマティスの他に、元国務長官のヘンリー・キッシンジャー、元国防長官のウィリアム・ペリー、元上院軍事委員会委員長のサム・ナン、元海軍大将のゲイリー・ラフヘッドが名を連ねていた。いずれも並々ならぬ経歴を持つ超大物で、彼らの存在がセラノスのお墨付きになっていた。そして、この全員に共通していたのは、みなシュルツと同じフーヴァー研究所の研究員だったことだ。エリザベスはシュルツと親しくなったあと、計画的に一人一人に取り入って、株式と引き換えに取締役の席を用意したのだった。

こうした元閣僚や議員、そして大物退役軍人が取締役に顔を揃えていたことで、米軍が戦場でセラノスの検査器を使っているというエリザベスとサニーの言い分がもっともらしく聞こえた。ジェームズとグロスマンは、セラノスの指先穿刺検査はウォルグリーンとセーフウェイの店舗で人気となり、全国の血液検査市場で大きなシェアを獲得できるはずだと考えた。国防総省との契約も、もう一つの大きな収益源になるに違いない。

サニーが送ってきた業績見通しも、そんな想像を裏付けるものだった。[17] 2014年通期の売上予測は2億6100万ドルで粗利が1億6500万ドル。2015年は売上が16億8000万ドルで粗利が10億8000万ドルの見通しとなっている。もちろん、この数字がサニーのでっち上げだとは思ってもみなかった。エリザベスが2006年に財務責任者のヘンリー・モズリーをクビにして以来ずっと、セラノスに本当の財務責任者はいなかった。とりあえず財務担当者らしき存在といえば監査担当者のデニス・ヤムくらいのものだった。サニーがパートナー・ファンドに業績予想を送った6週間後、ヤムが社員のストックオプションの価格設定のためコンサルティング会社のアランカに送った業績見通しはサニーの数字とはまったく違っていた。[18] ヤムによると、2014年の利益予想は3500万ドルで2015年は1億ドル。つまり、サニーの予想よりそれぞれ1億3000万ドルと9億8000万ドルも少ないことになる。売上高の違いはさらに大きかった。ヤムは2014年と2015年の売上をそれぞれ5000万ドルと1億3400万ドルと見通していた。サニーの予測とは2014年で2億1100万ドル、2015年には15億4600万ドルもの差がある。ヤムの見通しでさえとんでもなく甘かったことがわかるのは、もっとあとになってからだ。[19]

もちろん、ジェームズとグロスマンは自分たちの見せられた数字がセラノスの内部予想より5倍から12倍も水増しされていたことなど知るはずもない。あれほど錚々《そうそう》たる取締役が顔を揃えた会社で何かやましいことが行われているとは考えもしなかった。しかも、デイヴィッド・ボイーズが特別顧問として毎回取締役会に出席している。全米有数の弁護士が目を光らせているのだから、間違いが起きるはずはない。

2014年2月4日、パートナー・ファンドはセラノス株565万5294株を1株17ドルで取得した。[20] わずか4カ月前にルーカス・ベンチャーズ・グループが支払った株価より1株当たり2ドル高かった。この投資でセラノスはさらに9600万ドルを調達し、評価額はなんと90億ドルにまで膨れ上がった。ということは、その過半数を握っていたエリザベスの個人資産はおよそ50億ドルに達していたことになる。

第16章　孫息子

フェイスブックの旧本社ビルのカフェテリアに集められた社員に囲まれて、タイラー・シュルツはエリザベスの感動的なスピーチに聞き入った。エリザベスの叔父も、セラノスの血液検査でがんを早期発見できていれば若くして死なずに済んだかもしれない。だからこそ、この10年間寝食を忘れて開発を続けてきた。そう話すエリザベスの目には涙が浮かび、声は震えていた。すべては、愛する人に早すぎるさよならを言わずに済むような世界を実現するためだ。エリザベスの言葉はタイラーの心にズシンと響いた。その春にスタンフォード大学を卒業し、夏にヨーロッパをぶらぶらと旅行して回ったあと、セラノスに入社してまだ1週間足らず。わずか数日の間に多くのことを頭に詰め込んだが、エリザベスが全社員を集めて発表したこのニュースはとくに大きな出来事だった。いよいよウォルグリーンの店舗でセラノスのサービスが開始されるのだ。

タイラーがエリザベスに初めて会ったのは2011年の終わり。スタンフォード大学に近い祖父ジョージ・シュルツの家に立ち寄ったときだった。当時タイラーは大学3年生で、機械工学を専攻していた。指先から数滴の血液を採るだけで即座に無痛の検査を行えるというエリザベスのビジョンに心をつかまれた。その夏セラノスでインターンとして働いたあと、専攻を生物学に変えて正社員の仕事に応募した。

セラノスでは入社初日から事件が待ち受けていた。免疫アッセイ部門の責任者だったアンジャリという女性が辞め、社員が駐車場に集まってお別れをしていた。噂によると、アンジャリはエリザベスと大げんかになったらしい。3日後に、タイラーが配属されるはずのタンパク質工学部門は解体されて全員が人手不足の免疫アッセイ部門に異動になった。混乱してわけがわからなかったが、エリザベスの感動的なスピーチを聞いて、心に芽生えた懸念は消えていった。気分が浮き立ち、頑張ろうという気になった。

新入社員のエリカ・チャンと知り合ったのは入社して1カ月が経った頃だ。エリカも生物学専攻で大学を出たばかりだったが、タイラーとの共通点はそこまでだった。くすんだ金髪と有名な祖父を持つタイラーは、典型的な特権階級のお坊ちゃまで、一方のエリカは人種の入り混じった中流家庭の出身だった。父親は香港からの移民で、宅配サービス大手のUPSで小包の仕分け係から始めてエンジニアリングの管理職に上っていた。彼女は、子ども時代は学校に通わず在宅学習していた期間も長かった。

育った環境はまったく違うが、二人はすぐに打ち解けた。免疫アッセイ部門での二人の仕事はエジソンの精度を検証することだった。ここで精度を確認できて初めて、実際に検査室で患者向けに使うことができる。これが「検体による精度確認」と呼ばれる作業だ。精度確認に使う検体はおもにセラノス社員の血液だが、たまに社員の家族や友人が献血してくれることもあった。献血を奨励するために試験管1本につき10ドルが支給された。1回の採血で最大50ドルがもらえる計算になる。タイラーとエリカはどちらが先に600ドルに届くか競争した。600ドルを超えると会社側が税務署に報酬として申告しなければならない。タイラーは週末に、ルームメイト4人に声をかけて献血してもらったこともあった。5人分の謝礼250ドルを軍資金にしてビールとハンバーガーを買い、彼らが住んでいた近所のボロ家でパーティーを開いた。

浮かれていたタイラーの熱が少し冷めたのは、初めてエジソンの内部を見たときだった。前年の夏にインターンとして働いたときには近寄ることも許されなかったので、中国人科学者のラン・フーが白黒の筐体を取り外したときには期待に胸が高鳴った。横にはタイラーの上司のアルーナ・エイヤーもいた。アルーナもタイラーに負けず劣らず興味津々だった。これまでタンパク質工学部門の責任者だったアルーナも、エジソンの内部を見たことがなかったのだ。ランが簡単な実演を見せてくれたとき、タイラーもアルーナもどう受けとめていいのかわからなかった。エジソンの内部は、ピペットを取り付けたロボットアームが四方に動くだけだったのだ。二人とも、最先端のマイクロ流体システムか何かを想像していた。だが目の前の代物は中学生の工作のようだ。

決めつけはよくないと思ってアルーナは訊いた。「ラン、これってすごいと思う?」

まさかという調子で、ランは「判断はお任せします」と答えた。

筐体を戻すと、ソフトウェアを操作するタッチパネルが付いていたが、それにもがっかりさせられた。スクリーンのアイコンを強く叩かないと動かない。もしスティーヴ・ジョブズが見たら草葉の陰で嘆くだろうとタイラーたちは笑ったほどだ。がっかりはしたが、開発中の次世代4Sはきっと洗練されたマシンに違いないと自分に言い聞かせた。

だがすぐに、ほかにも気になることが出てきた。タイラーとエリカが任された実験の一つが、エジソンの検査結果のばらつきを測定することだった。収集したデータを使って、変動係数を出す。もし変動係数が10パーセントを下回っていれば、ほぼ正確だと言える。だが困ったことに、変動係数が低くならなければデータは廃棄され、望ましい数字が出るまで実験がくり返されていた。コインを何度も投げ続けて、10回連続で表が出たときにこのコインは必ず表が出ると宣言するようなものだった。[1] 正しいデータでも、異常値として削除されることもあった。エリカが先輩社員に異常値の定義を聞いたが、はっきりと答えられる人はいなかった。エリカとタイラーが若くて経験不足だとしても、データの「いいとこ取り」が正しくないことくらいはわかっている。そんなやり方に疑問を持っていたのは二人だけではない。タイラーが尊敬していたアルーナも、親しくなったミカエル・フンベルトという陽気なドイツ人科学者も、そんなやり方を認めていなかった。

タイラーが関わった精度確認実験の一つが、梅毒の感染検査だった。検査の中には、たとえばコレステロールのように血中物質の濃度を測って高すぎるかどうかを判断するものもある。一方で、梅毒検査は陽性か陰性かのどちらかを患者に知らせる検査だ。この種の検査の精度は「感度」、つまりその病気にかかっている人をどれだけ正確に陽性と判定できるかによって測られる。タイラーたちは数日かけて247の検体をエジソンで検査し、このうち66体が梅毒患者のものであることはあらかじめわかっていた。[2] 1回目の検査で正しく陽性と判定できたのは65パーセントに過ぎなかった。2回目でも80パーセントしか正しく判定できなかった。それなのに、セラノスの検査報告書には梅毒検査の感度は95パーセントだと書かれていた。

エジソンのほかの検査、たとえばビタミンD濃度などの検査精度についても、報告書の数値は誤解を招くと二人は思っていた。イタリアのディアソリン社製の分析器を使ってある検体を検査すると、ビタミンD濃度は1ミリリットル当たり20ナノグラムという正常値が出た。だが同じ検体をエジソンで検査すると、1ミリリットル当たり10ナノから12ナノグラムという結果になる。この数値ではビタミンD欠乏症と診断されてしまう。それなのに、エジソンでのビタミンD検査は精度確認済みとして、実際の患者に使われることになった。甲状腺ホルモンの検査2種類と前立腺がんマーカーであるPSA検査も同様だった。

2013年11月、エリカは免疫アッセイ部門から臨床検査室への異動を命じられ、エジソンのある下の階の「ノルマンディー」で働くことになった。感謝祭の祝日の間にウォルグリーンのパロアルト店からビタミンD検査の依頼が入った。エリカは教えられた手順の通り、患者の検体を検査する前にエジソン本体の品質管理試験を行った。

品質管理試験は検査の正確性を担保するための基本であり、検査室運営の要になる仕事だ。あらかじめ濃度のわかっている分析物を検査器にかけて、検査結果がその値に一致するかを確認する作業だ。もし検査結果が標準偏差プラスマイナス2を超えると、通常は不合格とみなされる。

1回目の品質管理試験では不合格になったので、もう一度やってみた。それも不合格だった。エリカはどうしていいかわからなかった。上司は休暇中だったため、会社が指定していた緊急連絡先にメールを送った。サム・アネカル、スラジ・サクセナ、そしてダニエル・ヤングがメールであれこれと指示してくれたが、どれもうまくいかなかった。しばらくすると研究開発部門のユエン・ドウという社員が検査室に下りてきて、数値に目を通した。

サニーとダニエルが決めた品質管理試験の手順は、控え目に言っても型破りだった。まず、指先から採取した少量の検体をテカンの液体処理器で薄めて三つに分ける。三つに分けた血液を3台のエジソンで別々に検査する。エジソン1台につき二つのピペットチップがそれぞれ希釈した血液を吸い上げ、二つの値を出す。つまり3台で合計六つの値が出ることになる。六つの値の中央値が最終的な結果になる。

この手順にしたがってエリカはエジソン3台でそれぞれ2回検査を行い、合わせて12の値を出していた。だがドウはエリカに何の説明もせず、12の値のうち二つは異常値だと言い切って削除した。ドウはそのまま患者の検体を検査して結果を送った。

品質管理試験で何度も不合格になっているのに、これはおかしい。2回も続けて不合格になればその検査器の使用を一旦中止して較正し直すのが普通だ。しかも、ドウはそもそも検査室に立ち入る資格がない[3]。エリカと違って臨床検査技師の資格はなく、患者の検体を扱ってはいけないはずだ。この出来事でエリカは恐ろしくなった。

それから1週間もしないある日、アラン・ビームは上階の「ジュラシック・パーク」で、カリフォルニア州公衆衛生局の現場査察部から来た女性査察官と、内心ハラハラしながら言葉を交わしていた。セラノスのCLIA認証が2年の期限を迎えつつあり、更新のための審査が必要だったのだ。国の医療保険当局はこうした定期査察を州に委託していた。

サニーの指示で、査察中はノルマンディーへの出入りを禁止された。下の部屋に下りる階段はドアの後ろに隠され、そのドアはカードキーがなければ開かないようになっていた。ドアの奥に何があるかを査察官に訊かれたくないからだとアランたちは察した。査察官は数時間かけて上階の部屋を見て回り、比較的軽い問題をいくつか指摘し、アランはすぐに改善すると約束した。[4] そして査察官は帰って行った。セラノス独自の検査装置がある階下の部屋には気づきもしないままだった。アランはホッとしていいのか怒るべきなのかわからなかった。自分は査察官を騙すことに手を貸したのか？　どうして自分がこんなことをやらされるんだ？

査察から数日後、エジソンでの4種類の検査のほかに、ウォルグリーンの店舗でセラノスが提供する数十種類の検査の採血方法を、静脈採血から指先穿刺に変えるよう、サニーは命じた。ということは、ダニエル・ヤングとサム・ゴンがその場しのぎで改造したシーメンスのアドヴィアを一般の患者向けに使うということだ。問題が起きるのに時間はかからなかった。

エリザベスとサニーはサービス開始の主要市場としてアリゾナ州フェニックスを選んだ。アリゾナは企業寄りの州として知られ、また無保険の患者が数多く存在するため、セラノスが提供する低価格の検査がとくに受け入れられやすいと考えたのだ。そこで、パロアルト店のほかに、フェニックスの2店舗にセラノスのウェルネスセンターを開き、さらに数十店舗に拡大する計画を立てた。いずれフェニックスにも検査室を開設する予定だったが、まずはアリゾナの店舗で採取した検体を宅配便でパロアルトに送って検査することになった。このやり方は理想にはほど遠かった。ナノテイナーは冷蔵ボックスに入れられるが、冷蔵ボックスは空港の駐機場で何時間も灼熱にさらされる。すると極小容器の中で血液が凝固してしまうのだ。

サービス開始前の社員の血液検査でもわかっていたことだが、カリウム検査にも問題があった。ナノテイナーの中の血液がピンクに変色するのだ。これは溶血の証拠で、薄めた検体のカリウム値はいつも高かった。患者が普通に生きていればあり得ないほど高い値が出ることさえあった。アランは手に負えなくなって、カリウム値が一定水準を超えた場合は患者に結果を送らないというルールを決めた。お願いだからカリウム検査をサービスから外してくれと求めたが、エリザベスは聞き入れず、代わりにダニエル・ヤングに何とか改善させようとした。

２０１４年の初め、タイラー・シュルツは免疫アッセイ部門から下の階のノルマンディーの中にある生産部門に異動になった。そこで、またエリカと近くなり、エジソンや改造アドヴィアで患者の検体を扱う検査室の同僚とも近くなった。二つの部門のあいだに壁はないので、検査部門のおしゃべりは聞こえた。エジソンはしょっちゅう品質管理試験に落第していたのに、それを無視してとにかく患者の血液を検査するようサニーが検査技師に命令していることは、彼らの話からわかった。

どうしたものかと考えていたとき、祖父のジョージから電話があった。エリザベスの30歳の誕生パーティーを開くので、そこで1曲歌ってほしいと言う。タイラーは高校時代からギターを弾き、曲も作っていた。去年の夏にヨーロッパを旅したときも、アイルランドの酒場や街角で演奏した。タイラーは仕事を口実に断ろうとした。生産部門での自分の当番は午後3時から午前1時で、夜のパーティーの時間に重なる。だが祖父は引き下がらなかった。席順も決まっていて、タイラーはチャニング・ロバートソンとエリザベスの間に座ることになっていた。それに自分の誕生日祝いのためにタイラーが仕事を休んでもエリザベスが気にするわけがない。むしろ来てほしがっているぞ、と祖父は言った。

数日後、スタンフォード大学の隣の丘の上に建つ祖父宅の居間で、タイラーは招待客と談笑していた。ホスト役はジョージの2番目の妻であるシャーロットだ。エリザベスの両親もわざわざ飛行機でやってきたし、弟のクリスチャンもいた。チャニング・ロバートソンもいたし、クリントン政権で国防長官を務めたセラノス取締役のビル・ペリーも招待されていた。

祖父がどうしてもと言うので、タイラーは慌てて作った曲を披露した。セラノスの「たった一滴がすべてを変える」というキャッチフレーズを借りてきた安っぽい歌詞を口ずさみながら、自分でも恥ずかしくて隠れたくなった。最悪なことに、あとでもう一度演奏させられる羽目になった。遅れてやってきたヘンリー・キッシンジャーにも聴かせてほしいと言われたからだ。タイラーが歌い終わると、シュルツと同じ90代のキッシンジャーは、エリザベスのために書いた詩を読み上げた。その光景はどこか現実離れしていた。シュルツ家の居間にみんなで輪になって座り、エリザベスがその真ん中で注目に酔いしれている。まるで女王と、その指輪に口づける臣下たちのようだった。タイラーにとっては居心地の悪い夜だったが、エリザベスとは親しくなったので、率直に懸念を打ち明けられるような気もした。パーティーからまもなくして、タイラーはエリザベスにメールで面談を申し入れた。

エリザベスはタイラーを自室に呼んだ。時間は短かったが、タイラーは気がかりだったことをいくつか伝えた。一つは、セラノスが公表している血液検査の精度についてだ。セラノスは変動係数を10パーセント未満だと宣伝していたが、精度確認実験の結果ははるかに悪い。エリザベスは驚いた様子を見せ、そんな宣伝はしてないはずだと言う。一緒に確かめてみましょうと言って、大型のｉＭａｃにセラノスのウェブサイトを表示した。サイトの「私たちのテクノロジー」というページには、目立つ白と緑の丸いロゴとともに、変動係数が10パーセント未満だとはっきり記されていた。だが、その上に小さな文字でこれはビタミンD検査だけに当てはまると書かれている。

タイラーは折れて、あとでビタミンD検査の検証データを確認しようと頭に刻んだ。それから、自分の変動係数の計算が精度確認報告書と一致しないことも伝えた。タイラーの計算では、報告書の数字は実際よりもいい。要するに、セラノスは血液検査の精度を誇張しているということだ。

「そんなことはないと思うけど」。エリザベスは言った。ダニエル・ヤングに訊いてみてと勧められた。ダニエルならセラノスでどのようにデータを分析しているかを詳しく教えてくれるし、勘違いも消えるはずだから、と言う。それから数週のあいだにタイラーはダニエル・ヤングに二度会った。ダニエルと話すとイライラが募った。ダニエルは額が広く生え際が後退していて、大きな頭に脳みそが詰まっていそうだった。だがその脳みその中で何が起きているのかはまったくわからない。縁なし眼鏡の奥の瞳には、どんな感情も映っていなかった。

最初に会ったとき、タイラーの変動係数の計算がなぜ間違っているのかをダニエルは落ち着いた調子で説明した。検査で出てくる六つの値、いわゆる「レプリカ」のすべてをタイラーは計算に入れていたが、必要なのはその六つの値の中央値だけだとダニエルは言った。患者に報告するのは中央値なので、変動係数の計算に使うのもその数字だけでいい、と言う。

計算の方法はダニエルが正しいのかもしれないが、タイラーはエジソンの根本的な欠陥を指摘した。ピペットの動きにぶれがありすぎるという点だ。1回の検査で6個の値を出して中央値を選ぶのは、ピペットの不確かさを補うためだった。そもそもピペットが信頼できるなら、こんな小細工はいらないはずだ。

話題が梅毒検査に移り、感度が誇張されていることにタイラーが触れた。ここでもダニエルは言い訳を準備していた。エジソンの梅毒検査では「紛らわしい範囲」の値が出ることがある。その紛らわしい値は感度計算に含めていない。タイラーは納得しなかった。「紛らわしい範囲」とやらの定義はどこにもなかったからだ。これではお望みの感度が手に入るまで、勝手にその範囲を広げることができてしまう。[5] 梅毒検査の例でいくと、紛らわしい範囲が広すぎて、陽性の検体より紛らわしい検体のほうが多かったほどだ。セラノスの梅毒検査は宣伝通りに最も正確だと本気で思っているんですか、とタイラーはダニエルに訊いてみた。するとダニエルは、セラノスは自社の検査が最も正確だとは一度も言ってない、と答えた。

タイラーは席に戻ると、直近の2本の記事をグーグルで検索し、ダニエルに送りつけた。一つはウォール・ストリート・ジャーナルに載ったエリザベスのインタビュー記事で、セラノスの検査は「従来の手法より正確」で、これほどの高い精度を成し遂げたのは科学的偉業だと述べていた。[6] 数日後にふたたび会ったとき、ダニエルは、あの記事はたしかに褒めすぎなところもあるが、記者がそう書いたのであってエリザベスが書いたわけではない、と言う。それは都合がよすぎる言い訳だ、とタイラーは思った。記者が話をでっち上げるわけはない。エリザベスがそう言ったから書いたのだ。ダニエルが一瞬口を滑らせた。

「まあ、エリザベスは取材でちょっと大げさに話すこともあるから」

もう一つ、気がかりなことがあった。エリカから耳にしたことだが、それもこの際訊いてみることにした。アメリカのすべての臨床検査室は、年に3回必ず「技能評価」の結果を提出する義務がある。検査精度に問題のある検査室を排除するのが目的だ。アメリカ病理医協会などの認証機関から臨床検査室に血漿の検体が送られてきて、さまざまな検査を行うよう求められる。

最初の2年間は、いつも他社の検査機器で技能評価を行っていた。だが今では患者向けの一部検査にエジソンを使用しているので、アラン・ビームと新たに加わった共同責任者のマーク・パンドリは、エジソンで技能評価を行ったらどうなるかを試してみることにした。そこでエリカたちに指示して検体を分け、片方をエジソンにかけ、もう片方をシーメンスとディアソリンの装置にかけて比べてみた。すると、エジソンの結果は、シーメンスとディアソリンのものとはかけ離れていて、ビタミンD検査ではとくに差が激しかった。

サニーはこのちょっとした実験を聞きつけて激怒した。すぐにやめろと命じたばかりか、シーメンスとディアソリンの結果だけを報告しろと指示した。検査室のみんなは、本当はエジソンの結果を報告すべきなのにと話していた。CLIAの規則にそうはっきりと書いている。[7] 技能評価は、「検査室での通常通りの方法を使い」、患者の検体を検査するのと「同じ手順で」実施すべしと明示されている。セラノスはビタミンDとPSAに加えて2種類の甲状腺ホルモンの検査をエジソンで行っていた。この4種の技能評価にはエジソンを使うべきなのだ。

セラノスのやったことは合法的とは思えない。タイラーはそうダニエルに伝えた。ダニエルは屁理屈を返した。臨床検査室の技能評価は同種の機器との比較で行われるが、セラノスの技術は唯一無二なので比較対象がない。だからほかの検査室でも使われている従来型の方法を使わなければ同類比較ができない。しかも、技能評価のルールは極めて複雑だとダニエルは言い張った。法律違反などしていないので安心してほしい、と。タイラーは納得できなかった。

2014年3月31日月曜日、午前9時16分。[8] 週末の間、ずっと待っていたメールがやっと、ヤフーメールの受信箱に届いた。宛先はコリン・ラミレスになっていた。タイラーが身元を隠すために作った偽名のアドレスだった。メールの送り主は、ニューヨーク州保健局の臨床検査室評価部門の部長、ステファニー・シュルマンだ。タイラーが前週の金曜日に、偽名で送った問い合わせへの回答だった。

タイラーがニューヨーク州保健局にメールを送ったのは、ここがセラノスの技能評価の一部を担当していたからだ。セラノスの技能評価のやり方は問題だという疑いが頭から離れず、専門家の意見を聞きたいと思った。その後もシュルマンと何度かメールでやりとりして、タイラーは確信を得た。セラノスのやり方をシュルマンに説明したところ、それは「カンニングの一種」で「州と連邦政府の規制に違反している」との返事が返ってきたのだ。[9] タイラーの取れる道は二つあるとシュルマンは言った。一つはその検査室の名前をシュルマンに明かすこと。もう一つはニューヨーク州の検査室調査班に匿名で告発すること。タイラーは後者を選んだ。

技能評価への疑いは正しかったという確証を得たうえで、タイラーは祖父ジョージに会いに行った。祖父の邸宅のダイニングルームに二人で腰を下ろし、タイラーは国務長官だった祖父に向かって、検査精度、感度、品質管理、技能評価とは何かということから説明し、それぞれについてセラノスのやり方がどう問題なのかを伝えようとした。ウェブサイトで宣伝している200種類を超える血液検査のうち、自社の検査器を使った検査はほんのひと握りに過ぎないことも明かした。しかも他社の機器を使って血液を薄めてからでないと検査できないことや、その他社機器が大型コピー機を2台つなげたほどばかでかく、数万ドルもすることも話した。

ジョージは黙っていぶかしげに耳を傾けていた。話が通じていないのは明らかだったが、セラノスの取締役である祖父に、これがもはや他人事ではないとわかってもらいたかった。セラノスを辞めるつもりだと伝えると、ちょっと待て、エリザベスに誤解を解く機会を与えてほしいと頼まれた。タイラーはそうすると言って、エリザベスともう一度会う機会を設けようとしたが、名が売れてきたエリザベスはなかなか時間が作れなかった。メールで用件を送るように頼まれた。そこで、ダニエル・ヤングとの会話をまとめ、なぜ納得できないのかを長文メールにしたため[10]た。自分の主張を裏付ける表や検証データまで添付した。メールの結びにこう書いた。

このメールが攻撃のように感じられたら申し訳ありません。そんなつもりはなく、ただ私の見たことをあなたに伝える責任を感じていますし、解決に向けて協力できればと思っています。この会社の長期的なビジョンに深く共感しますが、今行われていることが、大きな目標の妨げになるのではないかと心配しています。

数日間は音沙汰がなかった。やっと返事が来たと思ったら、エリザベスからではなく、サニーからだった。しかも、中身はとげとげしい。タイラーの指摘に一つずつ長々と反論し、タイラーの統計の理解から臨床検査学の知識まで、こてんぱんにけなしまくってい[11]た。要は、何もわかっていないくせに、若造がでしゃばるなという意味だ。最初から終わりまで悪意に満ちていたが、技能評価への疑問に対する答えはとどめの一撃だった。

無知極まりない君が我が社と経営陣、また中核社員の品格を汚すような発言と告発を行ったことは、私たちに対する侮辱でしかなく、もしこれが君でなかったら最も厳しい責任を取ってもらうところだ。私が仕事を中断し、これほど時間をかけて個人的に対応しているのは、君がシュルツ氏の孫息子だからだ……

時間を争う重要な仕事を後回しにして君の思い込みを正すために多大な時間を浪費することになってしまった。今後この件に関して君に求めることはただ一つ。謝罪だ。ダニエルも含めてこのメールに入っているほかの社員にも謝罪してほしい。

タイラーは潮時だと覚悟した。2週間後に辞めると告知し、必要ならもっと早く辞めてもかまいません、と1行書いてサニーに返信した。数時間後に人事部長のモナに呼び出され、その日のうちに辞めてほしいと告げられた。新しい守秘義務契約に署名させられ、警備員と一緒に出ていくように言われた。だが手の空いた警備員がいなかったので、タイラーは一人で出て行った。

携帯が鳴ったのは、まだ駐車場に向かっているときだった。母親からで、取り乱している様子だ。

「今すぐ考え直してちょうだい！」。母はお願いだからというように、タイラーに迫った。

もう遅いんだ、と答えた。もう辞めると言ったし、退職の書類にも署名した。

「そのことじゃないの。さっきおじい様から電話があったわ。エリザベスから電話があって、あなたが彼女への恨みを持ち続けるなら、負けるのはあなただと言ったそうよ」

タイラーはあぜんとした。エリザベスは祖父を使って脅しをかけてきたのだ。怒りがこみ上げた。母からの電話を切ると、フーヴァー研究所に向かった。

ハーバート・フーヴァー記念館に着くと秘書が2階にある祖父の角部屋に通してくれた。書棚には一生分の本が並んでいる。タイラーはまだエリザベスの脅しにムカついていたが、さっき起きたことを落ち着いて説明した。エリザベスに書いたメールと、サニーの辛辣な返信も見せた。ジョージは秘書にメールのコピーをとらせ、事務所の金庫に保管しておくよう指示した。

今度こそわかってくれるかもしれない。だが確信はなかった。祖父の心のうちは読めなかった。冷戦のさなかにアメリカ政府の閣僚としてソ連の脅威に立ち向かった長年の経験から、祖父は何を考えているかをまったく周囲に悟らせない人物になっていた。情報は取り入れるが、めったに自分から発することはない。夜にまた祖父の自宅で一緒に夕食をとる約束をした。別れ際に祖父が言った。「彼らはお前がばかだと私に思わせようとしているが、私はそうは思わん。だが、お前が間違っていると思わせることはできるし、私が思うに今回はお前が間違っている」


エリカはタイラーが辞めたことを知り、自分も辞めるべきか考えていた。検査室はもう手に負えないほどむちゃくちゃな状態だ。エジソンで行っていた4種類の検査のほかに、新たにC型肝炎の検査も加えていいと検証チームが許可したのだ。一般の患者に感染症の検査を行うとなると、リスクは格段に高まる。ビタミンD検査で間違った結果を知らせるのとはわけが違う。

実際にC型肝炎の検査依頼が来たとき、エリカはエジソンでの検査を拒否した。マーク・パンドリに呼び出されて話をするうち、エリカは泣き崩れた。マークとはうまくいっていたし、エリカは彼を信頼していた。マークは数カ月前に入社したばかりで、技能評価も含めて正しいことをしようと努力していた。

エリカはC型肝炎の試薬の使用期限が切れていること、エジソンの較正もしばらく行っていないこと、それにそもそもエジソンが信頼できないことをマークに伝えた。そこで二人は市販のオラクイックHCVという肝炎検査キットを使うことにした。しばらくはそれでうまく回っていたが、そのうち検査キットを使い尽くした。再度注文しようとしたが、サニーがキレて注文させないと脅してきた。

そしてまさにその日の午後、タイラーが取り乱した母親からの電話を受けていた頃に、エリカはサニーの部屋に呼び出された。タイラーのメールを調べたサニーは、技能評価の結果をばらしたのがエリカだとわかったのだ。初めは穏やかに話していたが、エリカが品質管理の欠陥の件を持ち出すと癇癪《かんしゃく》を起こした。そしてこんな捨て台詞を吐いた。「ここで働き続ける気があるかどうか、はっきり決めるんだな」

エリカは仕事が終わったあとにタイラーと合流した。祖父の家で夕食をとるので一緒に来てほしいとタイラーから誘われたのだ。セラノスのやり方に疑いを抱いているのが自分だけでないと知れば、祖父も考え直してくれるかもしれないとタイラーは考えた。エリカもやるだけやってみようと乗ってくれた。

だが、祖父の家に着いてすぐ、昼間よりも祖父がセラノスに肩入れしている様子がはっきりと見てとれた。シュルツ家の給仕が食事を出す間、エリカとタイラーは一つ一つ懸念を説明していったが、きちんと聞こうとしているのはジョージの妻のシャーロットだけだった。シャーロットは驚いた声で、二人の話にあれこれと相づちを打っていた。

一方、ジョージは動じなかった。祖父がどれほどエリザベスに入れ込んでいるかはすでにわかってはいた。孫の自分よりエリザベスと近いように思えたほどだ。祖父が科学を熱烈に信奉していることも知っていた。科学の進歩が世界をより良くし、感染症や気候変動といった危機から地球を救ってくれる。祖父からよくそう聞かされた。そんな情熱から、祖父はセラノスの将来性をあきらめることができなくなっているようだった。

ジョージは、ニューヨークに住む一流外科医から、セラノスが必ず手術の世界に革命をもたらすと聞いたと言う。しかも、その人物はヘンリー・キッシンジャーの親しい友人で、この世界で最も頭の切れる人物だとキッシンジャーは言っていると。その上エリザベスによると、セラノスの検査器はすでに救急ヘリコプターや病院の手術室でも使われているらしい。ならば、機能していないわけがない。

タイラーとエリカはあり得ないと伝えようとした。セラノスの中でさえまともに動いていないのに。だがジョージが聞く耳を持たないのは明らかだった。セラノスのことは忘れて、先に進めと勧められた。二人とも輝く未来が待っているのだから、と言う。タイラーもエリカも腑に落ちないまま祖父の家を後にした。ジョージの勧めに従うしかないようだった。

翌朝エリカも辞めた。短い退職願を書いてマーク・パンドリに託し、エリザベスとサニーに渡してほしいと頼んだ。エジソンで患者の検体を検査することに反対だし、「患者への気配りと検査品質は理想とほど遠い」と書いた[12]。マークは退職願に目を通すとエリカに返して、波風立てずに辞めたほうがいいと勧めた。

エリカは一瞬考えて、おそらくその通りだと思った。退職願を裏向きに畳んでリュックにしまった。だが、人事部長のモナの部屋で退職手続きをしているとき、会社から持ち出したものはあるかと聞かれた。何もないことを証明しようとして、エリカはリュックを開けて中を見せた。モナがそこにあった退職願を見つけ没収した。エリカは新しい守秘義務契約に署名させられて、フェイスブックやリンクトインやそのほかの掲示板にセラノスのことを書き込まないよう警告された。

「追跡できるのよ」とモナが言った。「どこに何を書き込んでも、必ずわかるようになってるの」

第17章　名声

リチャード・フューズと息子のジョーは、サンノゼにあるフェアモントホテルのロビーラウンジで、デイヴィッド・ボイーズともう一人の弁護士と差し向かい、落ち着かなげに座っていた。その日は3月半ばの日曜で、いつも賑やかなラウンジに響いているグランドピアノの音もなく、4人は声を張り上げずに話すことができた。ボイーズはおしゃれな紺のブレザーと、トレードマークの黒いスニーカー姿でゆったりと構えている。面会を持ちかけたのはボイーズで、2年半にわたるセラノスとフューズ親子の訴訟について和解するのが目的だった。

当初、フューズ親子は最後まで戦い抜くつもりでいたが、疲れ果ててボロボロになっていた。裁判はすぐ近くの連邦裁判所で数日前に始まったばかりだったが、とんでもない力の差をすでに見せつけられていた。フューズ親子は自分たちの弁護士が気に入らず、費用もかさむ一方だったので、数カ月前から弁護士を立てずに自力で訴訟に臨んでいた。理にかなった判断のつもりでいたが、今となっては甘かったとわかる。特許弁護士のジョーは法廷に立った経験はなく、全米随一の法廷弁護士とその手足となって働く若手弁護士軍団には、まったく歯が立たなかった。

イアン・ギボンズの死もまた大きな痛手だった。一時はイアンの代わりに妻のロシェルを証人として呼んでもらえる可能性もあった。リチャードは何とかロシェルに連絡を取り、エリザベスがイアンを脅かして証言させないように圧力をかけていたことや、イアンがエリザベスを嘘つきだと考えていたことを聞き出していた。だが、ぎりぎりにロシェルを証人として呼び出す申し立てを行ったところ、裁判官に却下されてしまった。[1]

それよりも痛かったのは、2日前に行ったリチャード・フューズ自身の証言だ。ボイーズはリチャードが過去についた他愛のない嘘をいくつも持ち出した。どれもセラノスの訴えとはまったく関係のないことだったが、フューズの信用は傷ついた。嘘の一つは、フューズがまだ医師として患者を診察しているという言葉で、フューズ自身の妻が証言録取の中でそのことを否定していた。ボイーズが妻の証言を持ち出して迫っても、フューズはただのプライドからか、前言に固執した。[2]フューズの冒頭陳述もとりとめがなく、自分の特許はセラノスに何の関わりもないと断言していた。[3]だが、特許申請書にセラノスの名を書き記し、ウェブサイトからの引用まで載せていたことを考えると、バカげた言い草だと思われた。

息子のジョーは法廷での父親の悲惨な陳述ぶりに危機感を募らせた。父はかつて口達者で機転の利く最高のセールスマンだった。だが、どんな矛盾も見逃さない一流の法廷弁護士の手にかかると、その口八丁の性格が裏目に出た。また、74歳になり、記憶がぼやけ始めていたことも問題だった。

次に予定されている兄ジョンの証言も、裏目に出るのではないかとジョーは心配だった。ボイーズはジョンが癇癪持ちなのを知っていたし、陪審員の前で必ず兄が激怒するよう仕向けるのは間違いなかった。証言録取のときにジョンがエリザベスを脅したことを、ボイーズはすでに持ち出していた。

こうしたもろもろを考え合わせると、自分たちが窮地に立たされていることは明らかだった。裁判での負けが現実味を帯びてきて、恐ろしい考えが頭から離れなくなった。裁判に負けるだけならまだしも、セラノスの弁護士費用まで負担させられたらどうする？　相手がこの訴訟に費やしている費用を考えただけで背筋が寒くなった。自分も父親も破産に追い込まれるほどの額かもしれない。フューズ親子はすでに弁護費用に200万ドルも使っていた。

ボイーズはフューズ親子との話し合いに、ひょろりと背の高いマイク・アンダーヒルを連れてきた。ボイーズ・シラー法律の事務所でこの裁判を担当する弁護士の一人だ。アンダーヒルはまず場を和ませようと、リチャードに農家の出身というのは本当ですか、と訊いた（本当だった）。それをきっかけに、リチャードとボイーズが家畜の飼育について話を交わし始めた。ボイーズはナパバレーに牧場を持っていて、家畜を育てた経験もあった。やがて話が本題に移ると、互いのために和解したほうがいいのでは、とアンダーヒルが切り出した。もしフューズ側が裁判をどうしても続けると言い張れば、知られたくないジョンの秘密を明るみに出さなければならなくなる。アンダーヒルは具体的に何の件かは言わず、脅かすような口調でもなかった。まるで、ジョンのことが好きだから彼が傷つくのを見たくないとでも言いたげな話しぶりだった。ジョンの汚い過去を暴くぞとアンダーヒルが匂わすとは、皮肉なものだった。ジョンとアンダーヒルはかつてマクダーモット・ウィル&エメリー法律事務所の同僚で、同じ秘書がついていた。ジョンはその秘書のためにアンダーヒルのセクハラを人事部に訴え、その後まもなくアンダーヒルは退職した[4)]（アンダーヒルはセクハラを完全に否定し、ボイーズの事務所に移ることはすでに決まっていたと言っている）。

ジョンの秘密が暴露されるかもしれないというほのめかしで、心配事がまた一つ増えてしまったが、フューズ親子はここに来た時点ですでに和解するつもりだった。合意するのに、それほど時間はかからなかった。フューズ親子は特許を引き揚げ、セラノスは訴訟を取り下げる。和解金はなし。弁護士費用は各自が負担する。フューズ側の全面降伏だった。エリザベスが勝ったのだ。

ボイーズはこの場でただちに合意を文書にしたいと言い張った。ボイーズが紙切れに条件を書き出してジョーに渡し、ジョーがいくつか修正を加えた。アンダーヒルがそれをタイプしてもらうために上階に持って行った。アンダーヒルの帰りを待つ間、リチャード・フューズはまたしても、エリザベスが自分たちを盗人呼ばわりするのは間違っていると愚痴を言った。ボイーズは勝者の余裕を見せ、たとえそうだとしても、自分はクライアントに尽くさなければならないのだと答えた。

リチャードは、ジョンを何とか助けてもらうことはできないかとボイーズに訊いてみた。息子は不当に貶められている、と訴えた。アンダーヒルは以前に、ジョンがエリザベスやボイーズたちを訴えないと誓約書に署名するなら、特許の仕事を紹介してもいいと持ちかけたことがある。ボイーズはその場で同じ話を持ちかけた。ほとぼりが冷めるまで半年待ったほうがいいが、そのあとならジョンに仕事を回すことはできると言う。ジョンに直接話してみようとボイーズが言った。

ワシントンにいるジョンの番号にリチャードが電話をかけ、携帯をボイーズに渡した。だが、ジョンは不機嫌でけんもほろろだった。法廷で証言する日を待ちわびていたのだ。汚名を返上するチャンスだと思っていた。和解すれば名誉挽回のチャンスが失われてしまう。ジョンはカンカンになって、セラノスが自分の無実を公に発表しない限り、誓約書に署名などしてたまるかとボイーズに言った。リチャードとジョーにも、話がうまく進んでいないのは見てとれた。ジョンは電話の向こうで怒鳴り声をあげ、ボイーズは携帯を顔から離してしかめっ面をしていた。数分後、ボイーズは携帯をリチャードに返した。おまけの取引はご破算になった。

　それでも、肝心の和解は成立した。アンダーヒルが合意書を印刷して戻ってくると、リチャードとジョーがそれを読んで署名した。リチャードは見るからに打ちひしがれていた。あれほどプライドが高く攻撃的だった元ＣＩＡエージェントが、がっくりと肩を落として泣き始めた。

　翌朝、フューズはホテルの便箋に走り書きしたものを裁判所に持っていき、エリザベスに渡してくれとボイーズに頼んだ。[5] こんな中身だった。

　エリザベスへ
　この件はもう終わった。君の大いなる成功とご両親の健康と幸福をお祈りする。誰でも間違うことはある。人生とはそんなものだ。この特許のなかに君から盗んだ要素は何ひとつない。すべては私の頭脳から生まれたものだ。
ご多幸を祈る
リチャード・フューズ

　一方、ワシントンのジョンは和解に納得していなかった。父親も弟も含む全員に怒りを向けた。法廷で言い分を話すチャンスも与えられないまま、セラノスに欲しいものすべてを渡してしまったことが許せなかった。ジョンは怒りに任せて、この事件を追いかけていたジュリア・ラヴという法律専門誌の若い記者にメールを送りつけ、ボイーズが交換条件を持ちかけたことを、あたかも賄賂のように説明した。[6] ジョンはボイーズを絶対に訴えてやると言い、父と弟も被告に加えるとも言っていた。そのメールをアンダーヒルとリチャードとジョーにも送りつけ、自分への連絡はすべてマスコミに暴露するとでも言わんばかりだった。[7]

数時間後、怒ったアンダーヒルから返事が来た。[8] 記者は宛先から外し、上司のボイーズを入れていた。賄賂などいいがかりだし、そんなでたらめを言い続けるなら、ボイーズ・シラー法律事務所としてジョンに責任を問うと警告した。数分後、アンダーヒルの言葉を裏付けるように、ボイーズからも返信が来た。[9]「怒りは身を滅ぼす」と書いてあった。

法律専門誌のニュースレターにジュリア・ラヴが和解の記事を掲載すると、[10] これに目を留めた記者がいた。フォーチュン誌で法律記事を担当していたロジャー・パーロフだ。マンハッタンでホワイトカラー犯罪の弁護人を務めたあと記者に転身したパーロフは、記事のネタになりそうな法廷劇をいつも探していた。

この訴訟は奇妙だとピンときた。経験上、奇妙な事件はたいてい、いいネタになる。全米一有名なボイーズ弁護士が、数ある注目事件の中からよりによってこの取るに足らない特許紛争を、部下に任せずみずから扱っているのはなぜだろう？　しかも、被告の息子でもある弁護士が、原告とボイーズに濡れ衣を着せられたとして訴えるとおおっぴらに脅している。

そこでパーロフは、マンハッタンにあるタイム&ライフビルのオフィスから、ボイーズの広報を長年務めるドーン・シュナイダーに電話をかけてみた。シュナイダーにしてみると、完璧なタイミングだった。この訴訟についてボイーズが鼻高々に話すのを聞いたばかりだったので、ちょうどメディアに取り上げてもらえないかと考えていたところだったのだ。シュナイダーは会って話したいと申し出た。ボイーズの事務所はレキシントン街の51丁目にあり、フォーチュン誌の本社は目と鼻の先だ。

ミッドタウンを歩きながら、シュナイダーの頭に別の考えが浮かんだ。フューズ訴訟での勝ちはたしかに宣伝にはなるが、セラノスと才気あふれる若き創業者のほうがはるかにおもしろい記事のネタになる。エリザベスに会ったことはないが、ボイーズがもう何年も彼女を褒めちぎるのを聞かされてきた。セラノスがちょうど全国展開に備えているこのタイミングで、ボイーズの秘蔵っ子を世の中にお披露目するいい機会かも。6番街のフォーチュン本社に着く頃には、シュナイダーはこっちの話を売り込もうと心に決めていた。

パーロフは話を聞いて好奇心が湧き上がった。前年秋のウォール・ストリート・ジャーナルの記事は読んでいなかったのでセラノスのことは知らなかった。だからこそ伝えがいがあるとシュナイダーは言う。アップルやグーグルがシリコンバレーの象徴となり、誰もが知る存在になる前に彼らの記事を書くようなものだ。

「ロジャー、これは誰も知らない世界一の会社なの」とシュナイダーは言った。「フォーチュンの表紙にぴったりよ」

数週間後、パーロフはパロアルトに飛んでエリザベスに会った。数日かけて合計7時間も話を聞いた。最初に彼女の声の低さにハッとしたが、すぐに頭の切れる魅力的な人物だと思うようになった。血液検査以外のことを話すときには、気さくでむしろ世間知らずの印象さえ持った。だがひとたびセラノスの話になると、エリザベスは強気できつい口調になる。また、限られた情報しか与えてくれない。エリザベスはパーロフに特ダネをチラつかせた。セラノスは90億ドルの評価額で投資家から4億ドル余りを調達したと言う。つまりシリコンバレーで最も評価額の高いスタートアップの仲間入りを果たしたということだ。エリザベスはミニラボも見せてくれた（ただし、ミニラボという名前は口にしなかった）。だが写真は撮らせてもらえず、「装置」や「機械」という言葉も使わないでほしいと言われた。「分析器《アナライザー》」と書いてくれとのことだった。

こうした風変わりな点を除けば、エリザベスが成し遂げたと言っていることは、革新的で驚くべき偉業に見えた。以前パートナー・ファンドに説明したように、セラノスの分析器は指先から採った微量の血液で70種類の検査ができるとエリザベスは言った。しかも、セラノスが提供する200種類を超える血液検査のすべてが独自技術を使った指先穿刺検査で可能だとパーロフに思わせた。パーロフは科学的な専門知識がなく、エリザベスの話の裏を取ることはできなかったため、有力な取締役たちに話を聞き、彼らの話を拠り所にした。パーロフは、シュルツ、ペリー、キッシンジャー、ナン、マティス、そして二人の新任取締役にも取材した。大手銀行ウェルズ・ファーゴの元CEOであるリチャード・コヴァセヴィッチと、上院多数党院内総務を務めたビル・フリストだ。フリストは、政界入りする前は心臓と肺の移植専門医だった。取締役はみな口を揃えてエリザベスを褒めちぎった。中でも、シュルツとマティスはとくにベタ褒めだった。

「この若い女性のどこを見ても、純粋なこころざしにあふれている」。シュルツは言った。「心から世界をより良くするために努力しているし、セラノスがその手段なのだ」

マティスは彼女の誠実さをことさらに褒め上げた。「非常に成熟した鋭い倫理観を持つ人物だ。人間としても経営者としても企業人としても医療人としても、これほどはっきりとした倫理観を持つ人物はいない」
パーロフはこうした言葉を記事では引用しなかったものの、大物取締役が次から次へとエリザベスを持ち上げるのを聞いて、エリザベスは本物だと確信した。パーロフ自身もまた、人を見る目はあるつもりだった。なにしろ、これまで長年嘘つきと関わってきたのだから。ロースクール時代には刑務所で働いたこともあるし、記者になってからはカーペット清掃会社の起業家を装った詐欺師のバリー・ミンコウとその弁護士のマーク・ドレイヤーについて詳しく報道したこともある。たしかにエリザベスはセラノスの具体的な話になると隠そうとする傾向があったものの、ほとんどの面で純粋で誠実だと感じた。特許訴訟についてはどうでもよくなっていたので、フューズ親子には連絡しなかった。

2014年6月12日号のフォーチュン誌の巻頭特集にパーロフの記事が掲載されると、エリザベスは一躍、時の人となった[11]。以前にウォール・ストリート・ジャーナルの記事を読んだ人もいたし、ワイアード誌も記事を掲載してはいたものの、話題性という点で表紙を飾ることとは比べものにならない。とりわけ、その表紙に写ったのが若い魅力的な女性であればなおさらだ。黒いタートルネック姿、相手を射抜くような青い瞳を引き立てる厚めのマスカラ、そして真紅の口紅をつけたエリザベスの横には印象的な見出しが躍っていた――「血に飢えたCEO」

セラノスの企業価値が明かされたのは、この記事が初めてだった。そしてエリザベスがその過半数を握っていることもここで明かされた。今ではお馴染みになったたとえだが、エリザベスはこの記事でスティーヴ・ジョブズやビル・ゲイツと並び称されていた。しかも、その言葉の主はジョージ・シュルツではなく、スタンフォード大学のチャニング・ロバートソン教授だった（もしパーロフがフューズ訴訟でのロバートソンの証言を読んでいたら、彼がお飾りのコンサルタントとしてセラノスから年間50万ドルを受け取っていたことがわかったはずだ）[12]。また、エリザベスの注射針恐怖症についても記事に盛り込まれていた。パーロフの記事をきっかけにその後続々と出てきた後追い記事でもこのエピソードは何度となくくり返され、エリザベス神話の核になっていった。

パーロフの記事を見たフォーブス編集部はすぐに、セラノスの評価額とエリザベスの持株比率を確認するよう記者に指示し、次の号で彼女の特集を組んだ。「血が沸き立つほどの偉業」という見出しで始まり、エリザベスが「自力でビリオネアになった史上最年少の女性」であると書き立てた[13]。2カ月後には、フォーブスが毎年発表する「アメリカで最も裕福な４００人」のひとりに選ばれた[14]。USAトゥデイ、インク、ファスト・カンパニー、グラマーにもエリザベスを持ち上げる記事が躍り、ラジオのNPR、テレビのFOXビジネス、CNBC、CNN、CBSニュースでも取り上げられた。メディアへの露出が爆発的に増えるにつれ、講演依頼も殺到し、数々の賞も受賞した。エリザベスは「困難を克服して成功を収めた人物」に贈られるホレイショ・アルジャー賞の最年少受賞者となった[15]。タイムの「世界で最も影響力のある１００人」にも選ばれた[16]。オバマ大統領からはグローバル起業家大使に任命され[17]、ハーバード大学医学部の名誉ある理事にも選ばれた。

エリザベスはたしかに目立ちたがり屋だったが、これほど一気に有名になったのは、彼女が仕掛けたからとばかりは言い切れない。男性が支配するテクノロジー業界に風穴を開ける女性起業家を社会が待ち望んでいたところに、エリザベスが登場したからだ。ヤフーのマリッサ・メイヤーやフェイスブックのシェリル・サンドバーグはシリコンバレーである程度知られていたが、二人はゼロから会社を立ち上げたわけではない。エリザベス・ホームズはテクノロジー起業家として女性で初めてビリオネアになったのだ。

ただそうは言っても、エリザベスの目立ちたがりは尋常ではなかった。起業家というよりも映画スターのように振る舞い、ちやほやされて喜んでいた。毎週のようにメディアに取り上げられ、講演会に招かれた。ほかにも取材を受けたり講演会に登壇する有名起業家はいたものの、エリザベスほど出ずっぱりの経営者はいなかった。パーロフが信じ込んだ「人知れず世のために努力する若い女性」というエリザベスのイメージは、ひと夜にして国民的セレブに変わった。

エリザベスはたちまちセレブの特権にも慣れた。セラノスの警備チームは20人に膨れ上がった。移動の際は二人のボディーガードが黒のアウディA8を運転した。エリザベスのコードネームは「イーグル・ワン」（サニーは「イーグル・ツー」）。アウディにはナンバープレートがない。これもまた、ナンバープレートを嫌がって半年ごとにメルセデスを入れ替えていたスティーヴ・ジョブズの物真似だった。専属シェフも雇い、サラダを作らせ、きゅうりとパセリとケールとほうれん草とレタスとセロリを使った野菜ジュースを準備させていた。[18] 長距離の移動にはガルフストリームのプライベートジェットを使った。

人々がエリザベスの話に惹きつけられた理由の一つは、セラノスの簡単便利な血液検査で病気を早期発見すれば愛する人を早く失わずにすむという、心温まるメッセージだった。フォーチュン誌の表紙を飾ってから3カ月後の2014年9月、エリザベスはサンフランシスコで開かれたTEMED会議に登壇し、個人的な体験を語って人々の感動を誘った。[19] がんで亡くなった叔父の話を公の場で語るのはこれが初めてだった。これは、タイラー・シュルツが入社直後に聞いて感動した、あの話だ。

皮膚がんが脳に転移して、叔父のロン・ディーツが1年半前に亡くなったのは本当だった。だが、エリザベスが叔父とは疎遠だったことは、その話から抜けていた。二人の本当の関係を知る親戚は、エリザベスが会社の宣伝に叔父の死を利用するのは自分勝手でいかがわしいと感じていた。もちろん、講演会の場にそのことを知る人などいない。そこに集まった1000人の聴衆のほとんどはエリザベスのパフォーマンスに魅了された。

全身黒ずくめのエリザベスがおごそかにステージを歩き回る姿はまるで、神のお告げを唱える伝道師のようだった。講演の途中で上着のポケットからナノテイナーを取り出し、それを掲げてどれほど微量な血液で検査ができるのかを見せる。演出効果満点だ。注射針への恐怖は「人間の基本的な恐怖のひとつで、クモや高い場所よりも怖がる人が多い」のだと語り、感動的なエピソードをいくつか紹介する。看護師が静脈をなかなか見つけられずに何度も注射針を刺される少女の話。治療中に度重なる大量の採血で身も心もボロボロになったがん患者の話。

講演会場の真ん中あたりでエリザベスを見守っている人物がいた。広告代理店のシャイアット・デイから引き抜かれ、セラノスの最高クリエイティブ責任者に就任したパトリック・オニールだ。エリザベスのイメージに磨きをかけ知名度を上げることに貢献した立役者がパトリックだった。この講演の準備も手伝い、その前にはフォーチュン誌の表紙の撮影にも参加した。エリザベスをセラノスの「顔」に仕立てるのは、パトリックにとって当然の戦略だった。エリザベスほど効果的な宣伝材料はない。彼女の物語に人々は酔いしれた。誰もが彼女の話を信じたがり、数多くの少女から手紙やメールが寄せられた。単なる計算ずくでそうしたわけではない。彼自身がエリザベスに心酔していた。検査室での不正行為についてはまったく知らなかったし、血液検査の専門知識を持っているふりもしなかった。彼にわかる範囲で、このおとぎ話は本物だと思っていただけだ。

パトリックが正社員になる前だが、エリザベスは格言を小さな額に入れて旧フェイスブック社屋のあちこちに飾っていた。たとえばマイケル・ジョーダンのこんな言葉だ。「現役時代に外したシュートは9000回を超える。負けた試合は300回。勝敗を分けるシュートを任されて外したことは26回。人生で何度も何度も失敗した。成功できたのはそのおかげだ」。セオドア・ルーズヴェルトの言葉もあった。「人生が与えてくれる最高の宝物は、やる価値のある仕事に必死に打ち込む機会である」

パトリックはこうした格言を建物の白壁に黒文字で描き、日々思い出せるようにしてはどうかと提案した。エリザベスはこのアイデアを気に入った。パトリックが教えてくれた新しい格言もよかった。それは『スター・ウォーズ』のヨーダの台詞で、『やる』か『やらないか』しかない。『やってみる』などないんだ」。エリザベスはその台詞を特大の文字で建物の入り口に描かせた。

社員数が500人を超え手狭になったので、すぐ近くのページミルロードにある、スタンフォード大学が貸し出していた物件に引っ越すことにした。そこは古い印刷工場の跡地だった。パトリックが内装を担当することになり、南アフリカ出身のクライヴ・ウィルキンソンに設計を依頼した。ロサンゼルスのシャイアット・デイの倉庫の改装を手がけたデザイナーだ。

ここでも設計の中心的なモチーフとして使われたのは円からなる幾何学模様だった。オフィスの真ん中に円形のガラス張りの会議室を作り、そこから波が広がるように机を円状に並べた。カーペットも同じ円を使った模様にした。ロビーのタイルの床には真鍮《しんちゅう》の輪を埋め込んで、曼荼羅模様を形づくった。角部屋のエリザベスのオフィスは大統領執務室を真似た造りにした。大統領の執務机と同じ奥行きで角の丸い机をパトリックが特注した。机の前には、やはりホワイトハウスの内装を真似て、丸テーブルの周りにソファとアームチェアを二つずつ配置した。エリザベスがどうしてもと言うので、オフィスの大きな窓には防弾ガラスを入れた。

パトリックの仕事はエリザベスのスタイリスト兼インテリアデザイナーだけではない。アリゾナ州で展開した大掛かりな広告宣伝キャンペーンの指揮も執っていた。セラノスはアリゾナでウォルグリーンの40店舗にウェルネスセンターを開設していた。パトリックはアカデミー賞を受賞したドキュメンタリー映画監督のエロール・モリスを起用してCMを撮影し、フェニックスの地方局と自社サイトとユーチューブで流すことにした。いつもの黒のタートルネックに身を包んだエリザベスがカメラをじっと見つめ、血液検査を通して自分自身の健康情報を手に入れることは「基本的人権です」と語るバージョンもあった。エリザベスの大きな目がさらに強調され、ゆっくりとひと言ひと言、語りかけるCMには催眠術のような効果があった。

また、患者たちが太い注射針をどれほど嫌がっているかを語り、指先をちょんと針で突かれただけで痛みもなく血液検査ができたという〝セラノス体験〟を喜んでいる様子を映したCMもあった。これは強烈に心に残ると思ったパトリックは、女性の視聴率の高い『スキャンダル』といったドラマの間にCMを流すことにした。家庭で医療の決定権を握っているのは女性だということは調査で明らかだったからだ。だがこの広告は数週間で放送中止となった。患者をウォルグリーンに送った地元医師から、指先穿刺だと聞いていたのに結局注射針で採血されたと苦情が出たからだ。パトリックはがっかりしたが、微妙な話題だとわかっていたので問題にはしなかった。数カ月前、セラノスの検査のうちどのくらいが指先穿刺で、どのくらいが静脈採血かをサニーに訊いたことがあった。サニーははっきりとは答えず、唐突に話題を変えた。

第18章　ヒポクラテスの誓い

検査室主任のアラン・ビームはパーティーに遅れて行った。セラノスはちょうど社屋移転の最中で、旧フェイスブックの本社ビルの隣のバスケットボールコートに白いテントが設営されている。屋外の大型スピーカーから音楽がガンガンと鳴り響き、仮ごしらえのダンスフロアには巨大なピンクのクモの画像が投影されている。テントの後ろにある芝生にはかぼちゃと干し草の俵が飾り付けられていた。アランは初秋のパロアルトの爽《さわ》やかな空気を吸い込み、あたりを見渡すと、仮装した社員たちの中にエリザベスの姿があった。金の縁取りを施したベルベットのロングドレスに大きな襞襟《ひだ》を付け、金髪を扇型に結い上げている。エリザベス女王の仮装とは皮肉なものだとアランは思った。2014年10月20日号のフォーブスによるとエリザベスの個人資産は推定45億ドル。彼女はシリコンバレーの女王になっていた。

エリザベスは会社でパーティーを開くのが大好きだった。とくに毎年恒例のハロウィーンパーティーは大のお気に入りだ。このためなら金に糸目をつけなかった。幹部社員もみんなエリザベスに倣《なら》って仮装し、楽しんでいるふりをした。サニーはアラブの首長だ。ダニエル・ヤングは人気ドラマ『ブレイキング・バッド』の主人公、麻薬ディーラーに転じた高校教師のウォルター・ホワイトに扮している。クリスチャン・ホームズと小判ザメたちは、クエンティン・タランティーノの映画『キル・ビル』の登場人物らしい。

普段はお堅く気取った感じのエリザベスも、こういうときは、ここぞとばかりにはちゃめちゃに弾けていた。去年は空気で膨らませたおもちゃの家の上で子どものようにうれしそうに飛び跳ねていた。今年はおもちゃの家に取って代わって、やはり空気で膨らませたボクシングリングが置かれている。相撲取りの着ぐるみと巨大な手ぶくろを身につけた社員が、よろよろしながら取っ組みあっていた。エリザベスはその脇で、バカでかい好中球（白血球の一種）の格好をしたエンジニアの仮装をうれしがっている。

ゾンビらしき仮装のアランは、実際ゾンビになったような気がしていた。ピッツバーグでの波風のない仕事を捨ててセラノスにやってきてからというもの、現実世界を飛び超えて奇妙な「トワイライトゾーン」に入ったような気分だった。検査室主任になって最初の数ヵ月は、セラノスがその技術で臨床検査の世界に革命をもたらすのだとひたすらに信じていた。だがこの1年の出来事でそんな幻想はすべて打ち砕かれた。今ではまるで自分が患者や投資家や規制当局をだまくらかすための危険なゲームの駒になったような気がしていた。あるときは、サニーとエリザベスが指先穿刺の血液を薄めてＨＩＶ検査を行おうとしていたので、それを止めたこともあった。カリウムやコレステロールの検査ですらまともにできていないのだ。ＨＩＶ検査で間違えば取り返しのつかないことになる。

検査室の共同主任として入ってきたマーク・パンドリはたった5カ月で辞めてしまった。きっかけは、エリザベスに対して、セラノスの検査能力についてメディアに話す前に自分たちに確認してほしいと求めたことだ。サニーがそれをばっさり断ったため、マークはその日に辞表を出した。もう一人の技師も、運営方法が心配で夜も眠れないとアランに打ち明けた。その社員も辞めていった。

アラン自身も、もう限界だった。数週間前から仕事のメールを個人のGメールアカウントに転送し始めていた。セラノスが社員の行動を逐一監視していることを考えると危険は承知してはいたものの、サニーとエリザベスに何度も懸念を伝えていたことを記録に残しておきたかったのだ。2日前には勇気を出して、ワシントンDCにある内部告発専門の法律事務所に電話してみたが、電話に出たのは「顧客サービス係」だった。アランは弁護士以外とは話したくなかったので、曖昧にしか要件を伝えなかった。サニーとのメールのやりとりを一通だけ転送したが、背景の説明もなく臨床検査の知識もなければ理解してもらえないのではないかと不安だった。[1]

それに、すべてを証明するのは至難の業だ。社員は情報をまったく共有できないようになっていた。どうして自分は品質管理データを見せてもらえなくなったのだろう？　検査室主任、つまり検査の正確性を保証する立場の自分が、なぜその情報を知らされないのか？　技能評価も大きな気がかりだった。アランはＣＬＩＡ規定を精読し、セラノスが当局を欺いていることを確信した。

「アラ――――ン！」

鬱々と考えていたところにダニエル・ヤングが近づいてきた。会社のパーティーではいつものことだが、ダニエルはまた酔っ払っていた。ダニエルは酒が入ると普段とは打って変わって馴れ馴れしくなるが、心の内を打ち明けるほどアランもお人好しではない。ダニエルは「内輪」の人間だ。アランはあたりさわりのないおしゃべりをし、コネチカットの上流階級で育ったダニエルの生い立ちをからかった。雑談をしているうちに、パーティーもお開きに近づいた。飲み足りない仲間たちが近所のバーに行くというので、アランとダニエルもついて行った。

店に着くと、研究開発チームのカーティス・シュナイダーもいたので、アランはカーティスの隣に腰掛けた。カーティスはセラノスでも指折りの優秀な科学者だとアランは思っていた。無機化学の博士号を持ち、セラノスに入る前はカリフォルニア工科大学で4年間博士研究員を務めていた。しばらく二人はフライフィッシングの話をした。カーティスの余暇の楽しみの一つがフライフィッシングだったのだ。それからカーティスは、その日にあったFDAの役人との電話会議の話を始めた。セラノスは独自技術による数種類の血液検査について当局から承認を得ようとしていた。電話会議の最中に審査官の一人が申請に反対したが、ほかの審査官たちからは相手にされなかったらしい。カーティスは変だと思った。とくに裏はないのかもしれないが、その話を聞いて、アランの中で膨らんでいた不安がさらに膨らんだ。アランは、検査室の品質管理データを自分が見せてもらえないことをカーティスに打ち明けた。そしてもう一つ、別のことも告白した。セラノスは技能評価をごまかしている。その意味がカーティスに伝わるよう、アランははっきりと口にした。セラノスは法律を破っている、と。

アランが顔を上げると、ダニエルが店の奥からこちらをじっとにらみつけていた。ダニエルの顔は亡霊のように青白かった。


3週間後、ニューアークの新しいオフィスにいたアランに、クリスチャン・ホームズから電話がかかってきた。社員のほとんどはパロアルトのページミルロードにある新社屋に引っ越していたが、検査室は別だった。検査室はサンフランシスコ湾の対岸にあるニューアークの施設に移され、いずれここでミニラボを大量に製造する予定になっていた。

クリスチャンはまたしても、医師からの苦情に応えてほしいと頼んできた。前年秋に血液検査サービスを開始して以来、アランはもう何十件もの苦情に応えてきた。毎度毎度、自分でさえ自信を持てないような血液検査の結果を正常で正確だと医師に納得させなければならなかった。だがもう無理だ。良心が許さない。

アランはクリスチャンにできないと言い、サニーとエリザベスにメールで辞めると伝え、CLIAの認証から自分の名前をすぐに取り下げてほしいと書いた。エリザベスからはとてもがっかりしたと返事が来た。新しい検査室主任が決まるまで1カ月待ってから正式に退社することで話はまとまった。それから2週間、アランは休みを取った。バイクで弟の暮らすロサンゼルスに行き、それからニューヨークに飛んで感謝祭は両親と過ごした。12月半ばに戻ってくると、引き継ぎについてサニーと話し合うためにパロアルトのセラノス本社に向かった。

サニーは人事部長のモナを連れて新社屋のロビーにやってきた。受付のそばにある部屋にアランを通し、早めに辞めてもらうことにしたと告げる。それから机の上に法律文書らしきものを差し出した。

一番上に太字で表題がある。「アラン・ビーム　宣誓供述書」

カリフォルニア州法の偽証罪の罰則に基づき、セラノスでの勤務中に知り得たいかなる機密情報も明かさないことを誓う、と書かれている。さらに、「個人のメールアカウント、ノートパソコン、デスクトップパソコン、ゴミ箱、削除済みフォルダ、USBドライブ、自宅、車、そのほかのいかなる場所にも、セラノスに関する情報は紙媒体にも電子的にも保有していない」と付け加えられていた。

アランが文言を読み終わるのを待たずに、サニーが冷たい声で言った。「仕事のメールをたくさん自分宛てに転送したことはわかってるぞ。モナにお前のGメールアカウントを調べさせろ。全部見て削除しなくちゃならないからな」

アランは拒否した。プライバシーの侵害だと言い、書類にも署名しないと言った。

サニーの顔がみるみる赤くなる。爆発寸前だ。サニーは苦虫を嚙み潰したような顔をして首を振り、モナに向かって言った。「こいつ、あり得んな」

サニーがアランに向き直った。バカにするような声で、弁護士を雇ってやるから手っ取り早く済ませようと言った。

セラノスに雇われた弁護士が自分の利益を守ってくれるとは、とてもじゃないが思えない。アランは申し出を断って、帰ると言った。モナはアランにどうしてもと頼まれて検査室から持ってきたバックパックを差し出した。代わりに会社支給の携帯とノートパソコンを返せと言う。アランは急いでそれらを初期化して中身を消し、モナに返した。そして社屋を出た。

それから数日間、留守番電話のメッセージがどんどん溜まっていった。サニーからも、モナからもかかっている。内容は同じだったが次第に脅迫めいた調子になっていた。オフィスに戻って、モナに個人メールを削除させ、宣誓供述書に署名しろ。さもなければ訴えるぞ。

彼らはけっしてあきらめないとアランは悟った。弁護士が必要だ。前に電話したワシントンの法律事務所とはまったく話が進んでいなかった。顔を合わせて相談に乗ってくれる地元の弁護士でないとだめだろう。グーグル検索で最初に出てきた、医療過誤や人身傷害を専門にするサンフランシスコの弁護士に電話した。そして1万ドルの契約金で弁護を頼んだ。

だが、アランの弁護士は、相手の言うことを聞くほかなさそうだと言う。セラノスならアランの行為が守秘義務に違反していると立証できるだろう。もしできなかったとしても、何カ月も、もしかしたら何年も訴訟が続くかもしれない。セラノスはシリコンバレーで指折りの企業価値を持つ、伝説のユニコーンの1社だ。金に糸目はつけない。アランを破産に追い込むこともできる。本当にそこまでのリスクを取る気はあるのか？

アランの弁護士はセラノスの代理人のボイーズ・シラー法律事務所の代表弁護士から圧力をかけられて、明らかに腰が引けていた。アランにメールを消去して宣誓供述書に署名したほうが身のためだと強く勧めた。メールの元本を保存するようセラノスに保全命令を送ることはできると弁護士は言った。セラノスがそうしてくれる保証はないが、そのくらいしか策はない、とのことだった。

その夜、アランはサンタクララの自宅で暗い気持ちでパソコンの前に座り、個人用のGメールにログインした。そして1通ずつメールを消していった。終わってみると、消したメールは175通にのぼっていた。

リチャード・フューズは、セラノスと和解して特許を取り下げてから9カ月経ってもまだ、あの裁判のことで頭がいっぱいだった。和解してから数週間は、落ち込んで動けないほどだった。リチャードが何も話そうとしないので、妻のロレインは息子のジョーに電話していったい何があったのかを聞き出さなければならなかった。

係争中、親身にリチャードの相談に乗っていたのが、長年の友人でスタンフォード大学医学部教授のフィリス・ガードナーだった。フィリスと夫のアンドリュー・パールマンは、創業間もない頃のセラノスに少し関わったことがある。[2)] エリザベスがスタンフォード大学を中退したとき、腕に貼り付けるシール方式の検査についてフィリスに相談していたのだ。とても実現できるとは思えないとフィリスは伝えたうえ、バイオテクノロジー業界で経験を積んでいた夫のアンドリューを紹介した。アンドリューはセラノスの諮問委員会の委員になったが、エリザベスはその委員会をほんの数ヵ月で解散してしまった。

そんな10年前の経験からすると、エリザベスの話は眉唾ものだとフィリスは疑っていた。これといった医学や科学の教育を受けてもおらず、年長の経験者の話も聞かないエリザベスが、本当に画期的な血液検査技術を開発したとは思えなかったのだ。しかも、アンドリューがたまたま飛行機で乗り合わせたシーメンスの営業マンからセラノスがシーメンスの検査装置を大量に購入していると聞き、ますます怪しいと考えた。

リチャード・フューズもまた、セラノスが本当に宣伝通りのことをできているかは怪しいと思っていた。２０１３年の秋、公判前の申し立てのためにパロアルトを訪れたとき、地元のウォルグリーンに電話をして、指先採血でクレアチニン検査をやってもらえるかと聞いた。リチャードはつい最近、高血圧を引き起こすホルモン異常の一種、アルドステロン症の診断を受けたばかりで、腎機能の低下を示すクレアチニンの数値を定期的に測定するよう言われていた。クレアチニン検査はよくある血液検査なのに、電話に出た女性は、セラノスのＣＥＯからの特別な許可がなければ、ここでは取り扱えないと言う。この一件と、セラノスの徹底的な秘密主義、そしてイアン・ギボンズに裁判で証言しないよう圧力をかけていたことを考え合わせると、胡散臭《うさんくさ》いと思わずにいられなかった。

リチャードはフィリスをイアンの未亡人のロシェルに引き合わせ、二人の女性はエリザベスへの不信感で結びついた。リチャードも含めた3人はちょっとした「セラノス懐疑派同盟」を結成した。とはいえ、自分たち以外にセラノスを疑っている人はほかに誰もいないようだった。

風向きが変わったのは、2014年12月15日号のニューヨーカー誌でエリザベスの人物像が紹介されたときだ。[3] この記事は半年前にエリザベスを一躍スターダムに押し上げたフォーチュンの記事を長くしたようなものだった。だが、違っていたのは、血液検査について多少の知識のある人物がこの記事を読み、たちまち疑いを抱いたことだ。

その人物とは、ミズーリ州コロンビアで病理学者として働いていたアダム・クラッパーだ。アダムは余暇を使って「病理学よもやま話」という業界ブログを書いていた。エリザベスの話はあまりにも出来すぎているとアダムは思った。指先から血を一滴採っただけで数十種類の検査ができるなんて、嘘くさい。

ニューヨーカーの記事の中にも、懐疑的な意見は引用されていた。指先穿刺の検査は信頼性が低く、セラノスが査読データを伴う論文を発表していないとクエスト社の上級科学者は記事の中で述べていた。二つ目の点に関して、エリザベスは「ヘマトロジー・レポート」という医学雑誌に共著論文が掲載されたと反論していた。[4] そんな雑誌は聞いたことがなかったので、アダムは調べてみた。すると、それはイタリアのインターネット専門誌で、500ドル支払えば誰でも論文を掲載できた。エリザベスが共著したその論文を読んで、アダムはショックを受けた。論文に引用されたデータは1種類の血液検査だけで、対象患者数はわずか6人だったのだ。

ニューヨーカーの記事についてアダムはブログを書き、エリザベスが引き合いに出したイタリアのネット専門誌は怪しげで論文もいいかげんだと前置きし、「セラノスが宣伝している検査精度とやらの証拠を見るまでは」疑うほかないと断言した。[5] アダムのブログを読んでいた人は少なかったが、たまたまそれがジョー・フューズの目に止まり、リチャード・フューズにつながった。リチャードはすぐアダムに連絡を取り、アダムが大きなネタを掘り当てていることを伝えた。フィリスとロシェルをアダムに紹介し、二人の話を聞いてほしいとアダムに頼んだ。アダムは3人の話に興味をそそられ、イアン・ギボンズの死にまつわる話にはとくに聞き入った。だが、すでにブログに書いた以上のことを証明するには、まだ証拠が足りないと感じた。何らかのきちんとした証拠が必要だ、とアダムはリチャードに告げた。

リチャードは苛立っていた。いったいどうしたら世間は自分の話に耳を傾け、エリザベス・ホームズの本性をわかってくれるのだろう?

数日後、メールをチェックしていると、リンクトインの通知に気がついた。どうやら自分の経歴を初めて閲覧した人間がいるようだ。閲覧者の名はアラン・ビーム。心当たりはなかったが、肩書きを見てハッとした。セラノスの臨床検査室主任。リンクトインのメッセージ機能でアランに連絡を取り、電話で話せないかと訊いてみた。ダメもとでも、試してみる価値はある。翌日、マリブに出かけて古いライカのカメラで写真を撮っていると、iPhoneの受信箱にアランからの短い返信が入った。話をしたいとあり、電話番号が添えられている。リチャードは黒いメルセデスEクラスを飛ばしてビバリーヒルズに戻り、自宅の少し手前でその番号に電話をかけた。

電話の向こうから聞こえてきた声は、恐怖に震えていた。「フューズ先生。あなたが医師だから、お話する気になったんです」アランはそう言った。「あなたも私も、ヒポクラテスの誓いを立てましたよね。第一に害を与えるなかれです。セラノスはたくさんの人を危険にさらしています」。アランは続けて、セラノスの検査室で起きている問題の数々を並べ立てた。リチャードは家の前に車を止めて慌てて飛び出した。急いで家に入るとパリの高級ホテル、ル・ムーリスから持ち帰ったメモ帳を引っつかんで、メモを取り始めた。アランは早口でまくし立てていたので、ついていくのは大変だった。走り書きしたのはこんな内容だ。

ＣＬＩＡの査察員に嘘をつき騙した
サービス開始は大惨事
指先採血は不正確――静脈採血使用
アリゾナからパロアルトに輸送
シーメンスの装置を使っている
倫理違反
甲状腺検査の誤報告
カリウム値は飛びまくり
妊娠判定間違い
エリザベスにまだ無理と言ったが押し切られた

リチャードはアランに、フィリスと息子のジョーに話してほしいと頼んだ。二人にも直接アランの口から話を聞いてほしかったからだ。アランは二人に電話で同じ話をしてくれることになった。だが、やれることはそこまでだ。アランはそのほかの人に話すつもりはなかった。ボイーズ・シラーの弁護士にしつこく追いかけられていたし、リチャードのように訴えられたら身が持たない。リチャードはアランの置かれた苦しい立場に同情してはいたものの、ここであきらめるわけにはいかなかった。改めてアダム・クラッパーに連絡を入れ、アランと知り合ったことと、彼から聞いた話を伝えた。探していた証拠がここにある、と言った。

たしかにアランの話ですべてが変わるとアダムも思った。裏が取れたのだ。とはいえ、自分が暴露話を書くわけにはいかない。まず、デイヴィッド・ボイーズが弁護する90億ドルのシリコンバレー企業を相手にして訴えられるようなリスクを負えるわけがない。それに、自分は素人ブロガーだ。こうした事件を扱う調査報道のノウハウはない。しかも医師としてフルタイムで働いている。ここからはプロの調査報道記者に任せるべきだと思った。「病理学よもやま話」のブログを開設してから3年の間に、アダムは検査業界の不正について何度か取材を受けたことがあった。その中で一人の記者が頭に浮かんだ。ウォール・ストリート・ジャーナルの記者だった。

第19章　特ダネ

2月の第2月曜日のことだった。私はマンハッタンのミッドタウンにあるウォール・ストリート・ジャーナルの編集部で散らかった机を前に、次は何を取材しようかとあれこれ考えていた。丸一年をかけたメディケア不正の調査を終えたばかりで、次のネタがまったく浮かんでこない。ジャーナルに入って16年になるが、いまだにひとヤマ越えたあとは、なかなか次のヤマに移ることができなかった。

電話が鳴った。「病理学よもやま話」のアダムからだ。メディケアについての一連の報道で、複雑な検査費用の仕組みを理解するために力を借りたのがアダムだった。アダムはどの検査にどの請求番号が紐づいているかを根気強く説明してくれた。[1] のちに、がんセンターを運営する大手企業の詐欺を暴くのに、このときの知識が役立った。

アダムは特ダネになりそうな事件にぶつかったと言う。記者をしていると、そんなネタはよく持ち込まれる。十中、八九は記事にならないが、必ず話は聞くようにしていた。どこに何が転がっているかわからない。それに、このときはちょうどネタを探していた。腹を空かせた犬のように、新しい骨を求めていたのだ。

アダムは私に、ニューヨーカーの特集記事を読んだかと訊いた。シリコンバレーの神童と言われるエリザベス・ホームズと彼女が立ち上げたセラノスという会社についての記事だ。実は、私はその記事を読んでいた。ニューヨーカーは定期購読していて、通勤の地下鉄でいつも目を通していたのだ。

言われてみれば、記事を読んで不審に思ったことがいくつかあった。セラノスの主張を科学的に裏付ける査読データがないこともその一つだ。医療問題を10年近く取材してきたが、医学の世界で査読を経ていない重大な発明など一つも思いつかない。また、謎の血液検査器の仕組みを説明するエリザベスの言葉があまりに幼稚で驚いた覚えがあった。エリザベスは「化学を施すことで化学反応が起きて検体の化学作用でシグナルが生まれ、その結果を検査室の有資格者が確認するんです」と言っていた[2]。

高校生ならまだしも、最先端の検査を扱う科学者の発言とはとても思えなかった。ニューヨーカーの記者もさすがにこのエリザベスの言葉を「曖昧すぎて滑稽なほど」だと評していた。

よくよく考えてみると、学部で2学期だけ化学工学の授業を受けて中退した人間が、最先端の科学的発明を成し遂げたとはとても信じられない。もちろん、マーク・ザッカーバーグは10歳で見よう見真似でプログラミングを身につけたが[3]、医学となると話は別だ。自宅の地下にこもって独学で学べるものではない。何年もの正式な教育と何十年という研究の末に初めて新しい価値を生み出すことができるのが医学の世界だ。ノーベル医学・生理学賞受賞者の多くが60代になってから功績を認められるのは、そういう理由からなのだ[4]。

アダムもまた、ニューヨーカーの記事を読んで同じような感想を持ち、ブログに懐疑的な意見をあげたところ連絡を取ってきた人たちがいると言う。その人たちの素性やセラノスとの関係について、アダムは最初ぼかしていたが、私の欲しがりそうな情報を彼らが持っていると言う。彼らが私と話すつもりがあるかどうかを確認してみると言って、アダムは電話を切った。

一方、アダムからの連絡を待つ間に私もセラノスについて調べ始め、およそ1年半前のウォール・ストリート・ジャーナルの論説記事を見つけた。[5] 私はその記事を読んでいなかった。なかなかおもしろい展開だと思った。大手メディアで初めてエリザベスの言う「功績」を世間に知らしめたのは自分たちで、彼女を一躍スターダムに押し上げるのに一役買っていたわけだ。気まずい状況ではあったが私はそれほど心配しなかった。論説と報道はお互いに干渉できないようはっきりと一線が引かれている。もし私がエリザベスの汚点を見つけたとしても、論説と報道が反対の意見を持つのは珍しいことではない。

最初の電話から2週間後、アダムの紹介でリチャードとジョーのフューズ親子と、フィリス・ガードナーとロシェル・ギボンズに話を聞いた。フューズ親子がセラノスと裁判で争ったと聞いて、はじめはがっかりした。いくら二人がセラノスの言い分は嘘っぱちだと言い張ったところで、訴訟の腹いせと思われるのが落ちだ。情報源としては使えない。

だがそこで、セラノスを辞めたばかりの検査室主任と彼らが話し、その人物が社内で何らかの不正があると訴えていると聞いて、私の心は騒いだ。またイアン・ギボンズの話も悲劇だと思ったし、存命中に何度もセラノスの技術は使い物にならないと妻のロシェルに話していたことにも興味が湧いた。法廷では又聞きとして証拠にならないとしても、もっと詳しく探ってみてもよさそうな真実味のある話だった。ただし、ここから先に進むには、次にすべきことははっきりしている。アラン・ビームと話をしなければならない。

アランに電話をかけてみたが、最初の5、6回は留守電につながった。私は伝言を残さず、アランが出るまでかけ続けることにした。２０１５年2月26日木曜日の午後、やっと電話に出てくれた声には聞き慣れない訛りがあった。本人だということを確かめて、私は自己紹介し、あなたがセラノスの運営方針を憂慮して最近辞められたと聞いています、と伝えた。

アランがとてもビクビクしているのは伝わってきたが、同時に肩の荷を下ろしたいとも思っているようだった。自分の身元を伏せることを約束しない限り、私とは話せないとアランは言った。セラノスの弁護士から嫌がらせを受けていて、もし記者と話したとわかれば間違いなく訴えられると言う。私は匿名を保証した。当然だ。アラン以外の人たちはみんな間接的な情報源だし、ただ憶測で話していただけだった。アランが話してくれなければ、記事にならない。

取材の基本的なルールを決めると、アランはやっと警戒心を緩めて1時間以上も話してくれた。アランは開口一番、イアンがロシェルに話したことは本当だと言った。セラノスの検査器はまともに動いていなかった。エジソンという名前で、エラーばかりだったと言う。品質管理試験にも常に落ちていた。そのうえ、エジソンはひと握りの検査にしか使われていない。ほとんどの検査は他社から買い入れた検査装置を使い、薄めた血液で行っている。

希釈化の話は、はじめはピンとこなかった。なぜ薄めるのか、なぜそれが悪いのか？　そう訊いてみた。すると、エジソンでは免疫アッセイという1分類の検査しかできないのだと教えてくれた。セラノスは自前の技術が限られていることを知られたくないので、指先から採った微量の血液を従来型の検査装置にかける方法を無理矢理に編み出したのだ。検体を薄めて量を増やすことにしたのだ。だが薄めれば精度は下がってしまう。検査物質の濃度が低下すると、従来型の検査装置では正確な測定ができない。

アランはウォルグリーンの店舗でのサービス開始を遅らせようとして、ナトリウムとカリウム検査はまったく信頼できないことをエリザベスに伝えた。セラノスの検査では完全に健康な人のカリウム値があり得ないほど高く出ることがあった。検査結果は「でたらめ」だったとアランは言う。技能評価の話に至っては、ついていくのがやっとだった。セラノスは政府の決めた技能評価の規則を破っているとアランは断言した。連邦規則集の該当部分まで教えてくれた。42条493項。私はそれをノートに書き留めて、あとで見てみようと心に留めた。

アランによると、エリザベスは血液検査に革命をもたらすのだと福音のように唱えてはいたものの、科学と医学の知識には乏しかった。私の直感通りだ。しかも、セラノスの日常業務を仕切っていたのはエリザベスではないと言う。サニー・バルワニという男性らしい。サニーについてアランは言葉を選ばなかった。嘘つきの威張り屋で、威嚇によって相手を支配したがる男だと言う。そしてもう一つ、アランは爆弾を落とした。エリザベスとサニーはつき合っている。ニューヨーカーやフォーブスの記事にもあったし、セラノスのウェブサイトにも書いてあったが、サニーはセラノスの社長であり最高業務責任者（COO）だ。もしアランの言うことが本当なら、話はややこしくなる。シリコンバレー初の女性ビリオネア起業家が社のナンバー2と寝ているなんて。しかも相手は20歳近くも年上ときている。

とはいえ、それは企業統治がだらしないだけで、非公開企業なのだからどうということはない。

シリコンバレーの未公開スタートアップの世界でこの手のことを禁じるルールなどない。私が興味を惹かれたのは、エリザベスが取締役会にサニーとの関係を隠していたことだ。そうでなければ、ニューヨーカーの記事に、独り身のエリザベスにヘンリー・キッシンジャーとその妻がいい人を紹介しようとしたエピソードが載るはずはない。サニーとの関係を取締役会に隠しているとしたら、ほかには何を隠しているのだろう？

アランは技能評価試験と検査結果の精度について、エリザベスとサニーにメールでも対面でもくり返し懸念を訴えていた。だが、サニーはまったく聞く耳を持たないか、はぐらかすかのどちらかで、セラノスの弁護士をメールの転送先に入れ、「弁護士と依頼主の秘匿特権」で確実に守られるよう気をつけていた。

セラノスの検査室主任としてCLIA認証に名前が載っていたアランは、政府の捜査が入れば自分が個人的に責任を問われるのではないかと恐れていた。そこで、身を守るためにサニーとのメールのやりとりを個人メールに転送した。だが会社側に見つかってしまい、守秘義務違反で訴えると脅されたと言う。

しかし、法的な責任よりもっと心配なのは、患者に危害を及ぼしかねないことだ。血液検査の誤報告から生まれる最悪のシナリオは二つ。もし偽陽性が出ると、患者は必要のない治療を受けさせられる。偽陰性ははるかに悪質だ。深刻な病気が見逃され、死に至ることもある。

電話を切ると、大きな手がかりをつかんだときに感じる、あのいつもの胸の高鳴りを感じた。だが、これは長い道のりの最初の一歩に過ぎないと自分に言い聞かせた。まだ知るべきことは多く、何より裏取りが必要だ。匿名の情報提供者の話だけでは、どれほど信頼できる筋でも、記事を表に出せない。

アランと次に電話で話したとき、私はブルックリンの公園で9歳と11歳の息子が友達とじゃれあっているのを遠目に見守りながら、どうにか寒さをしのごうとしていた。それはニューヨークが81年ぶりの寒波に襲われた2月の最後の土曜日だった。[6]

最初にアランと話した後で、私は話を裏付けてくれる元社員に心当たりはないかとメールで訊いた。アランは7人ほど名前を教えてくれて、そのうち二人には連絡が取れた。二人ともひどく怯えていて、完全な匿名を約束しなければ話してくれなかった。一人はセラノスの元臨床検査技師で口数は少なかったが、彼女の話を聞いて私は正しい方向に進んでいる確信を持てた。彼女はセラノスのやり方はひどすぎると感じ、患者の安全を心配していた。検査結果に自分の名前が載ることに耐えられなくなって辞めたと言っていた。もう一人は検査室の元技術管理主任で、セラノスは秘密と恐怖で社員を支配していると言っていた。

取材が進み始めたことをアランに伝えると、うれしそうだった。個人のGメールに転送したメールをまだ持っているかと訊いてみた。だが宣誓供述書に違反しないよう弁護士に言われて削除してしまったと聞いて、がっかりした。この手の報道で文書は動かしがたい証拠になる。それがないと、仕事がはるかにやりにくくなる。だが、がっかりしていることをアランに悟られないよう気をつけた。

話は技能評価に移った。アランはセラノスが当局を騙していると言い、血液検査の大半に他社の分析器を使っていることを教えてくれた。どれもシーメンスの製品だと言う。フィリス・ガードナーの夫のアンドリュー・パールマンが飛行機の中でシーメンスの営業マンに聞いた話と一致していた。それから最初の電話では出なかった話が出た。セラノスの検査室は二つに分かれていると言う。片方には従来型の他社の装置がある。もう片方にはエジソンがある。州の査察官には他社装置のある部屋しか見せない。それはごまかしだとアランは感じていた。

また、セラノスはエジソンに代わって数多くの検査を行える「4S」という次世代検査器を開発していたが、まったく使い物にならず検査室には設置されていないともアランは言っていた。指先から採った血液を薄めてシーメンスの機械で検査するのはその場しのぎのはずだったが、4Sが大コケしたためその場しのぎを続けるしかなくなった。

すべてのからくりが見え始めた。エリザベスとセラノスはできない約束をしてしまい、約束が果たせないので取り繕うしかなかった。ソフトウェアやスマートフォンのアプリの開発でもごまかしはいけないが、人々が自分の健康に関わる重大な判断を下す際に頼る医療製品のごまかしは、深刻さが違う。この二度目の電話でアランはもう一つ興味深いことを教えてくれた。セラノスの取締役になっている元国務長官のジョージ・シュルツの孫が以前セラノスで働いていたらしい。タイラーという名前のその孫がどうして辞めたのかは知らないが、円満な辞め方ではなかったはずだと言う。私はiPhoneのノートアプリにメモを取り、次に話を聞きたい情報源としてタイラーの名前を加えた。

その後数週間で、さらに調査は少しずつ進んだものの、厄介な問題もあった。アランの話の裏を取るためにセラノスの元社員と現役社員合わせて20人以上に連絡を取った。多くは私に電話もメールも返してくれなかった。何とか話のできた数人も、厳格な守秘義務契約に署名していて、わざわざ訴えられるリスクを取ってまで記者と話そうという人はほとんどいなかった。

検査室で要職についていた元社員が話してくれることになったが「報道を前提にしないこと《オフレコ》」が条件だった。調査報道において、この一線は重要だ。アランとほかの二人の元社員は匿名を条件に話を記事に使うことを許してくれた。だがオフレコの場合は、聞いた情報を記事に使えない。それでも、この情報提供者はアランの話の多くを裏付けてくれ、取材を進めていいという自信になった。この人物はこんなたとえを使っていた。「セラノスのやり方は、バスを組み立てながら運転しているようなものだ。いずれ死人が出る」

数日後、アランから朗報が届いた。前年秋にアランが連絡を取ったワシントンDCの内部告発専門弁護士事務所に電話して、個人メールに転送したサニーとのやりとりを復元できるか訊いてみてほしいと私は頼んでいた。その事務所が依頼に応えてくれたのだ。アランは復元したメールを私に転送してくれた。メールは18通にのぼり、サニー・バルワニ、ダニエル・ヤング、マーク・パンドリ、そしてアランとの間で技能評価についてやりとりが交わされていた。メールを読むと、アランとマーク・パンドリが試しにエジソンを使って技能評価試験を行ってみたところ残念ながら「不合格」になったという一件を、サニーが激しく叱りつけたことがわかる。しかも、エリザベスがこの出来事を知っていたことは疑いようがなかった。ほとんどのメールの宛先に彼女が入っていたのだ。

これで一歩前進したものの、またすぐに後戻りすることになった。3月末になってアランが怖じ気づいたのだ。これまでに語ったことはすべて事実だが、これ以上は取材に協力できないと言う。もう危ない橋を渡りたくない。私と話すと動悸がし、新しい仕事に集中できないと言う。説得してみたが、アランの決心は固く、私はしばらくそっとしておいて彼がいずれ自分から連絡してくれるのを待つことにした。

これは大きな痛手だったが、ほかの面では少しずつ前に進んでいた。カリフォルニア大学サンフランシスコ校医学部臨床検査部の副部長であるティモシー・ハミルに電話した。セラノスが行っている、血液の希釈化と技能評価試験のやり方について、臨床検査の専門家から中立的な意見を聞くためだ。ティムは、どちらの手法も大いに疑わしいと断言した。また、指先穿刺による採血の欠陥についても説明してくれた。静脈採血と違って、毛細血管から絞り出した血液には細胞や組織が混入するため、検査精度は落ちる。「彼らがこの難問を解決できたと言われるよりも、27世紀からタイムマシンで戻ってきたと言われたほうがまだ信じられるな」

アランは気が変わる前、アリゾナ州のウォルグリーン内にある診療所で働いていたカルメン・ワシントンという看護師がセラノスの血液検査に苦情を申し立てていたと話していた。連絡先を突き止めるのに数週間かかったが、ようやく電話で彼女を捕まえた。カルメンは、疑わしい検査結果を受け取った患者が3人いたと教えてくれた。一人は16歳の少女で、カリウム値が異常に高かった。この数値が正しいとすれば心臓発作の危険があることになる。だが健康なティーンにそんな値が出るとは考えがたい。ほかの二人は甲状腺刺激ホルモンの数値が異常に高いとの結果だった。カルメンはその二人にもう一度診療所に来てもらい、再検査を行った。すると、二度目は異常に低い数値が戻ってきた。そのことがあってからカルメンはセラノスの指先穿刺検査をまったく信じられなくなった。彼女が話してくれたことは、アランの話を裏付けていた。甲状腺刺激ホルモン検査は、技能評価で不合格になったエジソンの免疫アッセイの一つだった。

カルメン・ワシントンの話も役に立ったが、すぐにもっといいことがあった。また一人、内部告発者が現れたのだ。タイラー・シュルツがリンクトインで私の経歴を見たことに気づいて、私は彼にリンクトイン経由でメッセージを送っていた。おそらく私が話を聞きまわっていることをほかの元社員たちから聞いたのだろう。タイラーにメッセージを送ってから1カ月以上も音沙汰がなかったのであきらめかけていたときに、私の電話に着信が入った。

タイラーからだった。話したそうな感じだった。だが同時にセラノスにバレることを死ぬほど恐れてもいた。タイラーは、追跡されないようプリペイド携帯から電話をかけてきた。匿名を約束すると、セラノスでの8カ月の体験をざっくりと話してくれた。

タイラーが取材に応じる理由は二つあった。一つはアランと同じで、患者が間違った検査結果を受け取ってしまうことを心配していた。もう一つの心配は祖父ジョージの評判が傷つくことだ。セラノスの嘘はいつか必ず暴かれるとは思っていたが、早く暴いて祖父に汚名をそそぐ時間を与えたかった。ジョージ・シュルツは94歳で、あと何年生きられるかわからない。

「ウォーターゲート事件でもイラン・コントラ事件でも祖父は名誉を傷つけられることなく乗り切ったんです」とタイラーは言った。「生きて間違いを正せれば、今回も乗り切れるはずです」

セラノスを出ていくとき、タイラーはエリザベスとサニーからの返信を印刷してシャツの下に隠して持ち出していた。そのうえ、ニューヨーク州保健局との技能評価についてのやりとりも残っていた。思いがけない朗報だ。全部送ってほしいと頼むと、タイラーはすぐに送ってくれた。

パロアルトに向かう潮時だった。だがその前に立ち寄りたい場所があった。

まず、セラノスが間違った検査結果を患者に送りつけていると証明する必要がある。そのためには、セラノスの検査結果がおかしいと感じて患者に別の検査機関で再検査を受けさせた医師を探し出すしかない。セラノスが40店舗以上で検査を行っていたアリゾナ州フェニックスに行って医師を探すのが一番だ。最初はカルメン・ワシントンに当たろうと思ったが、彼女はすでにウォルグリーンを辞めていて、３人の患者の名前もわからないと言う。

だがほかにも心当たりはあった。私は口コミ情報サイトの〈イェルプ〉で、セラノスへの苦情を探してみた。すると、「ナタリー・M」というハンドルネームの医師らしき女性の苦情が見つかった。イェルプはレビューの投稿者にメッセージを送れる機能があるので、彼女に私の連絡先をつけてメッセージを送ってみた。すると翌日電話がかかってきた。ナタリー・Mの本名はニコール・サンディーン。フェニックス郊外のファウンテンヒルズの家庭医で、セラノスに不満を募らせていた。前年の秋に、セラノスからとんでもない異常を示す検査結果を受け取り、患者を救命救急室に送ったが、結局は検査の誤りだとわかった。ニコール医師とその患者から話を聞くため、私はフェニックスに飛んだ。フェニックスにいる間に、セラノスを使っているほかの診療所もアポなしで訪ねてみるつもりだった。知り合いから数名の医師の名前も教えてもらっていた。

ニコールの患者のモーリーン・グランツは、自宅近くのスターバックスで取材に応じてくれた。モーリーンは50代の小柄な女性で、アランが案じていた二つの悪夢のうち片方が現実に起きた実例だった。セラノスから受け取った検査結果によると、カルシウム、タンパク、血糖の値が高かったほか、肝機能検査で三つの異常値が出ていた。モーリーンは耳鳴りを訴えていたので（のちに睡眠不足が原因だとわかった）、ニコールは脳卒中の兆候ではないかと疑い、すぐ病院に向かわせた。感謝祭の前日、モーリーンは救命救急室で4時間も、CTスキャンを含むあらゆる検査をされた。その病院で改めて行った血液検査がすべて正常だったことがわかって、やっと帰宅が許された。だが、それで終わりというわけにはいかなかった。念のためさらに翌週二度もMRI検査を受けさせられた。どちらも異常がなかったと知ってようやく気持ちが落ち着いた。

モーリーンの話には説得力があった。誤った検査結果のせいで精神的な苦痛と金銭的な負担を強いられることを如実に示していたからだ。モーリーンは個人で不動産仲介業を営んでいて、医療保険にも個人で加入していたため、負担額が大きかった。救命救急室に運ばれ、さらにMRI検査を二度も行ったので、3000ドルも個人負担することになってしまった。

私はニコールの診療所を訪れ、怪しい検査結果を受け取ったのはモーリーンだけではなかったと知った。カリウム値とカルシウム値がおかしそうな患者は十数人にのぼっていた。ニコールはセラノスに苦情の手紙を送ったが、何の返事もなかった[7]。

ニコールの協力で、私はちょっとした実験を行ってみることにした。検査指示書を書いてもらい、翌朝ホテルの最寄りのウォルグリーン店舗で血液検査を受けることにしたのだ。正確を期すためにきちんと朝食も抜いた。ウォルグリーン店内にあるセラノスのウェルネスセンターは狭くて殺風景だった。クローゼットほどの空間に椅子が一つと小さな水のボトルがいくつか置いてあるだけだ。セーフウェイは大金を投じて店舗を改装し高級感のある診療コーナーを作っていたが、それとは雲泥の差がある。私は椅子に腰を下ろして、採血担当者が指示書をコンピュータに入力し、誰かと電話で話している間数分間待っていた。電話を切るとその女性が袖をまくってくださいと言い、止血帯を腕に巻いた。指先からでは?と訊いてみた。すると指示書にある検査の一部は静脈採血が必要になると言う。やはりそうかと思った。アラン・ビームから、セラノスが提供する240種類余りの検査のうち、指先穿刺で検査できるのは80種類ほどしかないと聞いていたからだ（そのうちエジソンで行うのは十数種類ほどで、残りの60種類から70種類は改造したシーメンス検査装置を使っていた）。つまり、エリザベスがインタビューの中で「中世の拷問のよう」だと言っていた、恐るべき注射針を使わなければ、残りの検査はできないということだ。これでアランの話の裏が取れた。ウォルグリーンを出ると、レンタカーで最寄りのラボコープに向かい、もう一度採血してもらった。ニコールは両方の結果が届き次第送ってくれると約束した。ニコールも両方の場所で検査して、結果を比べてみる、と言っていた。

それからの数日間、ほかの医師たちを訪ねて回った。スコッツデールのある診療所では、エイドリアン・スチュワート、ローレン・ベアズリー、サマン・レザイエの3人の医師と話すことができた。スチュワート医師の患者は、セラノスの血液検査で深部静脈血栓症の可能性が出たので、以前から計画していたアイルランド旅行を延期していた。血栓は脚にできることが多く、血栓が肺に移動して肺塞栓症を引き起こす危険があることから、飛行機旅行は避けたほうがいいとされている。だが、脚の超音波と別の検査室での二度目の血液検査の結果に異常がなかったので、セラノスの検査結果は結局無視することにした。

この一件があったので、セラノスから送られた別の患者の検査結果に、甲状腺刺激ホルモンの異常に高い数値が出たときには、疑ってかかった。この患者はすでに甲状腺の薬を飲んでいたが、検査結果に従うと薬の量を増やす必要がある。だが何らかの手を打つ前にとにかく、患者に再度ソノラ・クエストの血液検査を受けさせた。ソノラ・クエストは、検査大手のクエストと病院運営組織のバナー・ヘルスの合弁会社だ。ソノラ・クエストの検査結果は正常と出た。もしセラノスを信じて薬を増量していたら、大変なことになっていたとスチュワート医師は言っていた。この患者は妊娠していた。投薬量を増やせばステロイドホルモンが高くなりすぎて、妊娠に悪影響が出てしまう。

　市内の別の場所で家庭医をしているゲイリー・ベッツの話も聞いた。ベッツ医師もまた、昨年の夏にある事件があってからセラノスの検査に患者を送らないようにしていた。その女性患者は高血圧の薬を飲んでいた。薬の副作用でカリウム値が上がることがあるので、ベッツ医師は定期的に血液検査をしていた。あるとき、セラノスから危険水準に近いカリウム値が送られてきたため、再検査のためにもう一度セラノスのセンターに患者を向かわせた。だが、採血技師が三度も採血を試みたが結局採血できずに患者を家に帰してしまった。翌日それを聞いたベッツ医師はカンカンになった。もし最初の検査結果が正しいとしたら、一刻も早く確認して治療方針を変えなければならない。ベッツ医師は再確認のために患者をソノラ・クエストに送った。結局、またしてもセラノスの間違いだった。その夜送られてきたソノラ・クエストの結果を見ると、カリウム値はセラノスの結果よりはるかに低く、正常の範囲に収まっていた。この一件でセラノスをまったく信じられなくなったとベッツ医師は言っていた。

　アリゾナでの取材も終わりに近づいたところで、マシュー・トラウブという人物からメールが届いた。[8] DKCというPR会社の社員で、セラノスの広報を担当していると言う。私がセラノスについて探っていることを知り、必要な情報があれば役に立ちたいと言ってきた。いよいよ相手にバレてしまったが、むしろ好都合だった。ニューヨークに戻ったらすぐセラノスに連絡するつもりだったのだ。ウォール・ストリート・ジャーナルには「闇討ちなし《ノーサプライズ》」という鉄則がある。記事が出る前に、報道の対象者に記事の内容を逐一伝え、すべてに対応し反論する時間と機会を十分に与えることになっている。

私は調査中の一件があることをトラウブに伝えた。[9] エリザベスへの取材とセラノス本社と検査室の見学をお願いできますか?と訊いてみた。2週間後の5月初めにサンフランシスコのベイエリアに行く予定があるので、その時にお会いできるとありがたいと伝えた。トラウブはエリザベスの予定を確認して折り返すと言った。[10]

数日後、ニューヨークの職場に戻って自分の席で仕事をしていると、分厚い封筒が届いた。ニコール・サンディーン医師からだ。封筒にはセラノスとラボコープで受けた血液検査の結果が入っていた。急いで目を通すと、数値の違う項目があることに気がついた。[11] セラノスの検査では値が正常より高い項目が三つ、低い項目が一つある。そのいずれもラボコープの検査では正常だった。一方、ラボコープの検査では総コレステロール値とLDL（いわゆる悪玉）コレステロール値が高いと出たが、セラノスの検査では前者は「良好」で後者は「ほぼ理想的」と判定されていた。

私と比べてサンディーン医師の検査結果にはとんでもない違いがあった。[12] セラノスによるとサンディーン医師の血中コルチゾール濃度は1デシリットル当たり1マイクログラムを下回っている。ここまでコルチゾール値が低いと、通常はアジソン病と診断される。極度の倦怠感や低血圧症状が見られ、治療しなければ死に至ることもある危険な病気だ。しかし、ラボコープの検査ではコルチゾール濃度は18・8マイクログラムで、正常値の範囲内だった。どちらが正しいかは火を見るより明らかだった。

トラウブから返事があり、エリザベスの予定は埋まっていて直前の申し込みでは取材に応じられないとのことだった。私はいずれにしろサンフランシスコに飛んで、タイラー・シュルツとロシェル・ギボンズに会うことにした。それにもう一人、匿名を条件に話してくれる元社員がいた。その新たな情報提供者と、オークランドのカレッジアベニューにあるトラピスト・プロヴィジョンという小さな地ビールパブで待ち合わせた。エリカ・チャンという若い女性だ。私が話を聞いたセラノスの元社員はみなそうだったが、エリカも最初はびくびくしていた。だが、私がこれまでに集めた情報を伝えると、目に見えて緊張が解け、彼女が経験したことを話し始めた。

セラノスの検査室で働いていたエリカは、2013年12月の査察をその目で見ていた。エリカもアランと同じく、州の査察官は騙されたと感じていた。検査室勤務の社員は査察の間ノルマンディーへの入室をはっきりと禁じられ、下の階に続くドアは施錠されていた。エリカはまた、タイラーと親しいことや、タイラーが辞めた日にジョージ・シュルツの家に一緒に行って夕食を共にしたことも話してくれた。タイラーもそうだったが、エリカも、エジソンでの検査の有効性を裏付ける厳密な科学的検証が何もなされていないことに、ひどくショックを受けていた。そもそもセラノスは患者への血液検査を許されていい会社ではないとエリカは言っていた。品質試験の失敗も検査結果の間違いもいつも見て見ぬふりで、患者の健康などこれっぽっちも考えていないと言う。辞めたのは、自分がそれに加担していることが耐えられなくなったからだ。エリカの言葉は辛辣で、本心からそう言っていることは彼女の動揺ぶりから明らかだった。

翌日はグーグルのお膝元のマウンテンビューまで運転し、ステインズというビアガーデンでタイラーに会った。ちょうど夕方になったところで、店は仕事帰りのシリコンバレーの若者でいっぱいだった。空いた席がなかったので、外のテラスにあるビール樽をテーブル代わりにして立ち話を始めた。タイラーはセラノスでの経験をさらに詳しく話してくれた。セラノスを辞めた日に取り乱した母親からの電話でエリザベスから脅されたと知ったことや、その夜ジョージ・シュルツに正気を取り戻してもらおうとエリカと一緒に説得したこと。そして両親に言われて何もかも忘れようとしたけれど、できなかったことも。

ジョージ・シュルツは今もエリザベスを信じ切っているのかとタイラーに訊いてみた。ええ、間違いなく、とタイラーは答えた。どうしてそう思うのか訊ねたところ、こんなこぼれ話をしてくれた。シュルツ一家は感謝祭の日にジョージの自宅に集まるのが恒例になっている。タイラーが両親と弟と一緒に祖父の家に着くと、そこにはエリザベスと彼女の両親がいた。祖父はエリザベス一家も招いていたのだ。タイラーがセラノスを辞めてからまだ7カ月しか経っておらず、傷口も生々しいというのに、まるで何事もなかったかのように振る舞わなければならなかった。気まずい夕食の席で、話題はカリフォルニアの干ばつからセラノスの新社屋の防弾ガラスまで、あちこちに飛んだ。[13] タイラーが一番耐え難かったのは、エリザベスが立ち上がってシュルツ一家の全員に愛と感謝を込めてと言い、乾杯をしたときだった。タイラーは自分を抑えられなくなりそうだった。

タイラーもエリカも若く、セラノスでは下っ端だったが、彼らの話はアラン・ビームが言ったことと一致していて、情報源として信頼できると思った。二人の高い倫理観にも感心した。二人は自分たちが見聞きしたことは不正だと強く感じ、その不正を正すために危険を承知で私と話してくれていた。

私が次に会ったのは、スタンフォード大学医学部教授のフィリス・ガードナーだ。エリザベスは

12年前にスタンフォードを中退したとき、腕に貼るシール方式の検査のアイデアをフィリスに相談していた。フィリスはスタンフォード大学のキャンパスとその周辺を車で案内してくれた。そのとき、私はパロアルトがいかに小さく外の世界と切り離されているかに気がついてハッとした。フィリスの自宅はジョージ・シュルツの大邸宅の建つ丘を降りたところにあり、どちらの敷地もスタンフォード大学が所有していた。フィリスが犬を散歩させていると、たまにチャニング・ロバートソンに出くわした。ジョージ・シュルツとほかのセラノスの取締役たちのオフィスがあるフーヴァー研究所はキャンパスのど真ん中だ。ページミルロードにあるセラノスの新社屋もここからわずか3キロ足らずの、スタンフォードが所有する敷地内にあった。偶然にも、その場所には以前ウォール・ストリート・ジャーナルの印刷所があったのだとフィリスが教えてくれた。

パロアルトでの最終日、私はラングーン・ルビーというミャンマー料理店でロシェル・ギボンズと昼食をとった。イアンが亡くなってもう2年が経っていたが、ロシェルはまだ深い悲しみの中にあり、こらえきれずに涙を流していた。あの会社で働かなければこんなことにはならなかったのに、とセラノスを責めていた。ロシェルは医師の診断書を見せてくれた。セラノスの弁護士は、フューズ裁判で証言を拒む口実としてイアンにその診断書を使えと指示していた。弁護士からそのメールを受け取ったほんの数時間後に、イアンは自殺した。[14] ロシェルはセラノスのストックオプションを夫の遺産として相続していて、評価額は数百万ドルにのぼる可能性があったのに、名前を出して取材に応えてくれた。お金などどうでもいい、とロシェルは言った。それに、セラノス株に本当に何らかの価値があるとは思えなかったのだ。

私は翌日ニューヨークに戻った。多くの人に取材して十分な裏付けが取れ、まもなく記事を発表できると確信していた。だが敵を甘く見ていたことを、すぐに思い知らされることになる。

第20章　待ち伏せ

タイラー・シュルツはロスアルトスヒルズの一軒家に5人のルームメイトと住んでいた。ロスガトスにある実家までは車で30分もかからないので、2週間に一度は両親と夕食をとるようにしていた。2015年5月27日の夕方、タイラーはトヨタのプリウスCを実家のガレージに停めて勝手口から中に入った。父の顔を見てすぐに、何かまずいことが起きたとわかった。不安と動揺が父の顔に表れていた。

「記者にセラノスの話をしたのか？」。父が責めるように言う。

「ああ」とタイラー。

「何やってるんだ。どうしてそんなことを？　もうバレてるぞ」

タイラーがウォール・ストリート・ジャーナルの記者と連絡を取ったことをセラノスは知っている、と祖父のジョージ・シュルツから両親に電話があったらしい。祖父曰く、やっかいごとから抜け出したければ、翌日セラノスの弁護士に会って何らかの書類に署名しなければならないと言う。

タイラーはすぐ祖父に電話して、その晩弁護士抜きで会えないかと訊いた。祖父は、妻のシャーロットと外食する予定だが、9時までには戻るので、そのあとに家に来たらいいと言った。祖父にどう話すかをじっくり考えなければ。タイラーは慌てて両親との夕食を済ませ、家に戻った。実家を出るとき、父と母はタイラーをぎゅっと抱きしめた。

自宅に戻ったタイラーは私に電話をくれた。声の調子から、気も狂わんばかりに動転しているのがわかる。セラノスに自分が話したことを伝えたかと聞いてきた。絶対にあり得ない、と答えた。情報提供者の素性は何があっても明かさない。ではどうしてこうなったのかを二人で考えた。

マウンテンビューのビアガーデンで私たちが会ってからもう3週間になる。それ以来、マシュー・トラウブは私からのエリザベスへの取材依頼を先延ばしにする一方で、質問状をよこすように求めてきた。私は、イアン・ギボンズの一件から技能評価まで、7項目にわたって訊きたいことをまとめてメールで送っていた[1]。

タイラーにその質問メールを転送し、タイラーがそのメールに目を通しながら電話で話をした。質問状の中の検査の精度評価の項目で、私はエジソンの変動係数を記していた。タイラー自身が計算した数値だとは知らなかったのだ。そのほかにはタイラーに結びつく情報は見当たらなかったので、セラノスはおそらくその数字を見てタイラーだと思ったのだろう。タイラーはほっとしたようだった。この数字なら、言い訳は簡単だ。誰が漏らしていてもおかしくない。

だがタイラーは、これから祖父に会いにいくところだとは教えてくれなかった。ただセラノスが翌日会社に来て弁護士に会えと言っているとだけ話していた。私は行かないほうがいいと言った。もう社員ではないので、求めに応じる義務はない、と。もし行けば口を割らせようとするに違いないと忠告した。タイラーはよく考えてみると言い、また翌日話そうと言って電話を切った。

タイラーが祖父宅に着いたのは8時45分。[2] 祖父たちはまだ戻っていなかったので表で待っていると、二人の車が敷地に入っていくのが見えた。二人がひと息つくまでの間、数分待ってから家に入っていった。二人は居間に腰を下ろしていた。

「記者にセラノスの話をしたのか?」。祖父が訊く。

「してない」。タイラーは嘘をついた。「どうしてそんなこと言ってるのか、まったく心当たりがないな」

「お前がウォール・ストリート・ジャーナルの記者と話していることを、エリザベスは知ってるぞ。お前のメールとまったく同じ言葉を記者が使っていたそうだ」

シャーロットがそこに割って入った。「数字だって言ってたわよ」

技能評価の数字のこと? タイラーは訊いた。それならたくさんの人が見てるよ、と答えた。元社員の誰が記者に漏らしてもおかしくない。

「エリザベスはお前しかいないと言っている」。祖父は引き下がらない。

タイラーも折れなかった。記者がどこから情報を手に入れたのか知らないと撥《は》ねつけた。

「お前のためを思ってのことだ」。祖父が言う。「もし記事が出たらお前のキャリアは終わりだとエリザベスは言っている」

タイラーは何も認めず、改めて祖父がセラノスに騙されていることをわかってもらおうとした。1年前にした話をもう一度初めからくり返し、エジソンを使った自前の血液検査はごく一部に過ぎないことも伝えた。それでも祖父は納得してくれない。それどころか、タイラーが今後も守秘義務を守ることを誓うよう、セラノスが書面を1枚準備してタイラーの署名を求めていると言う。ウォール・ストリート・ジャーナルの記事が出ればセラノスの企業秘密が公になる。だから自衛手段を講じなければいけないのだと祖父は言った。タイラーはなぜ自分がセラノスを守らなければならないのかわからなかったが、これ以上つきまとわないと約束してくれるなら考えてみてもいいと答えた。

「よし。セラノスの弁護士二人が上にいる。呼んできてもいいな」。祖父がそう告げた。

タイラーは不意打ちをくらい、裏切られた気分になった。弁護士抜きにしてくれとわざわざ頼んでいたのに。でもここで嫌だと言えば、やはり隠し事があると思われてしまうので、つい「いいよ」と言ってしまった。

祖父が2階に行くと、シャーロットが話しかけてきた。果たして例のセラノスの「箱」が本物なのか、自分も疑い始めていると言う。「ヘンリーもよ」。キッシンジャーのことだ。「しばらく前から、抜けたいと言ってるの」

すると、男性と女性がタイラーのほうにつかつかとやって来たので、シャーロットは口をつぐんだ。二人の名はマイク・ブリルとメレディス・ディアボーン。法律事務所ボイーズ・シラー&フレクスナーのパートナー弁護士だった。ブリルはウォール・ストリート・ジャーナルの情報提供者を探し出す仕事を任され、およそ5分でタイラーだとわかったと告げた。そして3種類の書面をタイラーに手渡した。差し止め命令、2日後の裁判所への出頭命令、そしてタイラーが守秘義務に違反したと信じる相当な理由があり、セラノスがタイラーを相手取り訴訟を準備中である旨を記した文書だ。

タイラーは改めて、記者とは話していないと言った。ブリルはしらばっくれるなと言い、認めろと詰め寄ったが、タイラーは頑なに認めなかった。ブリルも引き下がらない。まるで獰猛《どうもう》な闘犬のようだ。しつこくタイラーを責め続け、それが永遠に続くように思われた。タイラーはシャーロットの表情を見て、不愉快ですよねと訊いた。シャーロットは今にも右フックを繰り出しそうな勢いでブリルを睨みつけていた。

「いい加減にしてください」。タイラーはやっとのことで切り出した。

すると祖父が助け舟を出した。「この子のことはよくわかっている。嘘などつかん。この子が記者と話してないと言うなら、話してないのだ!」。そう声を上げた。そして弁護士二人を追い出した。

二人が消えると祖父はエリザベスに電話して話が違うと言った。エリザベスが送り込んだのは、冷静に話のできる人物ではなく、あれではまるで検察官だ。タイラーは明日にでも訴え出る準備ができているとエリザベスに警告した。

シャーロットが祖父の手から受話器をもぎ取り、「エリザベス、タイラーはそんなこと言ってませんよ!」と声を上げるのを見て、タイラーの動悸は高まり、手が震え始めた。

祖父が受話器を取り戻して、話をまとめた。翌朝改めて祖父の家に集まり、セラノスは最初の取り決め通り、タイラーが守秘義務を守るとする誓約書を一枚持参する。電話を切る前に、祖父は別の弁護士をよこすようエリザベスに念を押した。

翌朝タイラーは早めに祖父の家に着き、ダイニングルームで待っていた。思った通り、現れたのはまたブリルだった。エリザベスは祖父を手玉に取っていた。

ブリルは新しい書類を持ってきた。一つは、タイラー自身はセラノスについて第三者と話したことはないが、ウォール・ストリート・ジャーナルに情報を提供したと思われる元社員と現社員の名前を明かすと誓う宣誓供述書だ。ブリルに署名を求められたが、タイラーは断った。

「タイラーはタレ込み屋ではないぞ。記者と話したのが誰かを調べるのはセラノスの仕事だ。タイラーは関係ない」。祖父が言う。

国務長官だった祖父の言葉を無視して、ブリルはタイラーに情報提供者の名前を明かすよう迫り続けた。こっちの立場になってほしい、とブリルは言う。タイラーが教えてくれなければ、仕事が終わらない、と。だがタイラーは断り続けた。

どちらも譲らずしばらく膠着状態が続いたあとで、祖父がブリルを別室に連れて行き、タイラーと二人で話すために戻ってきた。どうしたら署名する気になるのかとタイラーに訊く。セラノスが自分を訴えないと約束してくれたら考えるとタイラーは答えた。

祖父は鉛筆を手に取って、「セラノスはタイラー・シュルツを2年間は訴えないと誓約する」という一文を宣誓供述書に書き込んだ。タイラーは一瞬、バカにされているのかと思った。

「これじゃダメだ」。タイラーは言った。「永遠に訴えないと約束してほしい」

「セラノスが受け入れやすいようにしてるだけじゃないか」。祖父はそう返す。

だが、祖父もさすがにその一文がバカげていると気がついたようだった。「2年」という文字を消して、「今後一切」と書き換えた。それからダイニングルームを出てブリルのいる部屋に向かった。

ブリルはタイラーの言い分を聞き入れたようで、数分後に二人で戻ってきた。

だがその数分の間にタイラーは考え直し、署名しないと決めた。ブリルはその朝、もともとの守秘義務契約の書類も持ってきていた。タイラーはそちらを読むふりをしながら、宣誓供述書への署名をどう断るのが一番いいのか考えをめぐらせた。長く気まずい沈黙のあとに、タイラーはこう切り出した。

「これは、セラノスの弁護士がセラノスの利益を優先させて書いたものですよね」。そう口にした。『僕の利益』を一番に考えてくれる弁護士に確認してもらわないと」

祖父もブリルもいい加減にしろと言いたげだった。財産管理を担当するボブ・アンダース弁護士に確認してもらって、彼がいいと言えば署名してくれるかと祖父がタイラーに訊く。タイラーはそれでいいと答えたので、ジョージは手直しした宣誓供述書をアンダースにファックスするため2階に上がっていった。タイラーはしばらくかかるだろうと察して台所に向かい、祖父の電話帳をめくってアンダースの電話番号を探した。祖父より先にアンダースを捕まえないと。電話帳を慌ててめくっていると、シャーロットが番号を書いた紙切れを渡してくれた。「電話して」

タイラーは裏庭から電話をかけた。アンダースに急いで状況を説明する。アンダースは話を飲み込もうとしながら、セラノスの弁護士は誰かと訊いた。タイラーは前の晩にブリルから渡された脅迫状のような書簡を手に持っていた。アンダースに、「デイヴィッド・ボイジー」という署名がある、と間違った発音で伝えた。

「何だって！　誰だかわかってるのか？」

ボイーズはこの国きっての超大物弁護士だ、とアンダースが言い聞かせる。事は深刻だ、と。その日の午後にサンフランシスコの事務所に来てほしいとタイラーに言った。

タイラーはアンダースの言う通り、サンフランシスコ市街に車で向かった。アンダースの事務所がある金融街のゴシック建築の建物はかつてサンフランシスコで一番高いビルだった。そのビルの17階で、タイラーはアンダースともう一人のパートナー弁護士に会った。二人の弁護士に相談したタイラーは、書類には署名しないことに決めた。二人はタイラーの意向をセラノスに伝えることはしてくれたが、利益相反があることがわかって別の弁護士を紹介してくれた。アンダースの所属するファレラ・ブラウン＋マーテルはエリザベスの財産管理も担当していたからだ。

タイラーは宣誓供述書に署名しないとアンダースがブリルに伝えると、それならセラノスはタイラーを訴えるしかないと返事があった。タイラーは翌日裁判所への出廷を覚悟していたが、夜遅くにブリルからアンダースに連絡があり、訴訟は見送って、もう少し時間をかけてお互いに合意を探ることにしたと知らされた。タイラーはその知らせを聞いて、ほっと溜め息をついた。

アンダースに紹介されたのは、スティーヴン・テイラーという弁護士で、複雑な企業係争案件を専門に扱ってきた法律事務所の所長だった。それから数週間のうちに、ブリルとテイラーは4回も宣誓供述書を書き直すことになった。

テイラーは合意に向けてなるべく妥協しようと考え、記者と話したことを認めるようタイラーに勧めた。だが、若くて世間知らずなタイラーをウォール・ストリート・ジャーナルの記者が騙したという筋書きに、タイラーは同意できなかった。自分が何をしているかははっきりとわかっていたし、若さは関係ない。40歳であろうと50歳であろうと、自分は同じ行動を取るはずだと思っていた。ただし、セラノスをなだめるために、自分が下っ端でたいした仕事はしていないため、技能評価や精度検証や検査室の運営といった話題を語れるほどの知識はないという記述には同意した。

それでも、二つの問題をめぐって交渉は行き詰まった。セラノスはタイラーに記者に情報を漏らした人たちの名前を挙げるよう求めたが、タイラーは断固拒否した。そして、自分だけでなく両親や兄弟への訴訟も放棄してほしいという求めを、セラノスは受け入れなかった。膠着状態が長引くと、ボイーズ・シラーはいつもの伝家の宝刀を抜いた。タイラーが宣誓供述書に署名せず情報提供者の名前も明かさないなら、法廷に引きずり出して一家もろとも破産させてやると脅してきたのだ。タイラーは私立探偵に尾行されていることも知らされた。タイラーの弁護士はあまり深刻に考えなくていいと言う。

「大したことじゃない。行っちゃいけない場所に行かないことと、仕事に出かけるときにそのへんの茂みに隠れてる男に笑って手を振っとけばいいのさ」

ある晩、祖父がタイラーの両親に電話をかけてきた。ウォール・ストリート・ジャーナルが握っている情報のほとんどはタイラーが漏らしたもので、タイラーがまったく折れてくれないとエリザベスが訴えていると言う。両親はタイラーを台所の椅子に座らせて、セラノスが次に差し出す書類にとにかく署名してくれと頼み込んだ。そうでなければ訴訟費用を賄うために自宅を売らなければならない、と。そんなに単純じゃないんだ、とタイラーは返したが、それ以上は言えなかった。両親に詳しく説明したくてたまらなかったけれど、セラノスとの交渉内容を絶対に他言してはいけないと弁護士から指示されていたのだ。

タイラーが両親に目下の状況を説明できるよう、テイラーの計らいで両親にも弁護士がついた。お互いの弁護士を通して話をすれば、弁護士と依頼人の秘匿特権によって会話は守られる。だが、タイラーと両親の心を乱す事件が起きた。両親が新しい弁護士と初めて顔を合わせた数時間後、その弁護士が車上荒らしに遭い、面談記録の入った鞄が盗まれたのだ。たまたま盗難に遭っただけかもしれないが、セラノスが裏で糸を引いているかもしれないとタイラーは疑わずにいられなかった。

そんなことが起きているとは、私は露ほども知らなかった。タイラーが実家で両親と夕食をとった晩に不安な声で私に電話をかけてきたあとで、何度か連絡してみた。身元を隠すために使っていた「コリン・ラミレス」宛てにメールを送り、プリペイド携帯に電話もかけた。だが、メールの返信はなく、携帯の電源は切られているようで、留守番電話にもつながらなかった。何週間かメールと電話で連絡を続けたが、音沙汰はなかった。タイラーは闇に消えた。

セラノスに脅されて身動きが取れないのだろうとは思ったが、セラノス側に問いただせばタイラーが情報源だと教えてしまうようなものだ。タイラーが耐えてくれることを願ったが、すでにエリザベス宛てのメールもニューヨーク州保健局への苦情メールもタイラーから転送してもらっていたのが救いだった。これらに加えて、アラン・ビームから入手した技能評価についての社内メールがあれば、圧倒的な証拠になる。

私は取材を進め、ニューヨーク州保険局に電話してタイラーが匿名で申し立てた苦情がその後どうなったのかを問い合わせた。すると、タイラーのメールは、捜査のために国の管轄であるメディケア・メディケイド・サービスセンター（CMS）に転送されたことがわかった。だが、CMSに電話してみると、受け取った形跡がないと言う。どこかに紛れてしまったのだろう。検査室監査部の担当者たちは、メールの存在を知って今からでもこの件を真剣に追跡すると言った。私にそのメールを転送してくれと言い、今度は見過ごさないと約束してくれた。

一方、マシュー・トラウブは私の取材依頼をはぐらかし続けていた。エリザベスが取材に応じない記者は全米で私だけのようだった。CBSの朝のニュース番組や、CNNの名物司会者ファリード・ザカリアの番組、CNBCでジム・クレイマーがホストを務める『マッド・マネー』にもエリザベスは出演していた。[3] おまけに、6月初めのある晩にコンピュータから目を上げて報道局にあるテレビ画面に目をやると、いつもの黒いタートルネックに身を包んだエリザベスがチャーリー・ローズの番組に出ているのが見えた。翌日、私はトラウブと電話で激しくやり合い、永久に私を避け続けることはできないぞと迫った。エリザベスが出てこないなら、ほかの誰かに会って質問に答えてもらわなければならないし、すぐにでもそうしてもらう必要がある、とブルックリンの自宅の前を行ったり来たりしながら私は電話口に怒鳴った。

数日後、トラウブが折り返してきて、セラノスの代表者とマンハッタンにあるボイーズ・シラーの事務所で会ってはどうかと提案した。最初はいいと言ったが、考え直した。ライオンの群れに自分から飛び込んでいくようなものじゃないか。そこで、トラウブに電話して、セラノスの代表者と取り巻きの弁護士軍団とで、私のオフィスに来てほしいと伝えた。ミーティングの日は6月23日火曜日の午後1時。場所は6番街1221番地、ウォール・ストリート・ジャーナルの本社と決まった。

第21章　企業秘密

ウォール・ストリート・ジャーナルの本社にやってきたセラノスの一団は、ほぼ全員が弁護士だった。先頭に立つのはデイヴィッド・ボイーズ。後ろに控えるのはマイク・ブリル、メレディス・ディアボーン、それにヘザー・キングだ。ボイーズ・シラーの元パートナーで、ヒラリー・クリントンの補佐も務めた経験のあるキングは、2カ月足らず前、セラノスの法律顧問になったばかりだった。それから、脇を固めるのはマシュー・トラウブとピーター・フリッチだ。[1] ピーターはウォール・ストリート・ジャーナルの元記者で、ワシントンDCで対立候補調査事務所を共同創業していた。セラノスから来たのはただ一人、ダニエル・ヤングだけだった。

私は激しい応酬になることを見越して、調査報道部門を率いるマイク・シコノルフィと親会社の次席法律顧問でややこしい報道案件を担当してきたジェイ・コンティに来てもらっていた。私はこれまでずっとセラノスの調査について彼らに報告し、匿名の情報提供者についても知らせていた。

ミーティングの場所は報道局のある5階の会議室だ。まずキングとディアボーンが小型録音機を2個取り出して会議テーブルの両端に置いたところで、相手の狙いがわかった。[2] 彼らの言いたいことは明らかだ。このミーティングを今後の訴訟手続きにおける証言録取と同じように進めたいということだ。

ミーティングに先立って、トラウブの求めで私は2週間前に新たに80項目の質問状を送っていた。[3] この日はそれをもとに話し合いを進めることになっていた。キングが開口一番、私の質問の「誤った前提」に反論したいと切り出した。そして1発目のミサイルを放った。

「主要な情報提供者の一人がタイラー・シュルツという若者であることは間違いないですね」。私の目をまっすぐに見据えてそう言った。私を動揺させようとして先制攻撃を仕掛けてきたのは明らかだ。私は表情を変えず、何も言わなかった。疑いたければ疑わせておけばいい。私はタイラーの信頼を裏切るつもりはないし、彼らが探しているものを差し出すつもりもない。キングは続けて、タイラーは青二才で何の経験もないとこき下ろし、ほかの情報提供者たちもセラノスに恨みを持つ信頼できない元社員だと言い切った。だがキングの切り込みをマイクが遮った。我々は匿名の情報源を明かさないし、セラノスも身元をわかっていると思い込むべきではない。マイクの口調は丁寧だが毅然としていた。

そこで初めてボイーズが口を挟む。キングが「悪い警官」でボイーズが「いい警官」の役どころらしい。「こちらとしては、一つずつご説明差し上げて、とくに記事にするネタなどないとわかっていただきたいだけなんですよ」。74歳の超有名弁護士はそう優しく諭す。ぼさぼさの眉毛に薄くなりかけた白髪のボイーズは、まるで小さな子どものけんかを止めようとする好々爺《こうこうや》のようだった。

私はすでに送ってあった質問から始めようと提案したが、最初の質問を読もうとすると、キングがまた攻撃的な態度に戻って厳しい口調で警告した。「こちらの企業秘密を記事にすることには同意できません」

ミーティングが始まってまだ数分だったが、私たちを威嚇するのがキングの狙いであることは明らかだった。そこで、私はその手は通用しないとキングに伝えることにした。

「こちらは報道特権を放棄することに同意できません」。スパッと切り返した。

その切り返しが通じたようだった。キングは少し態度を和らげ、私たちは質問を一つ一つ見ていくことにした。セラノスからただ一人やってきたダニエル・ヤングが質問に答えてくれるのだろうと思っていた。だがすぐにまた行き詰まってしまう。

セラノスが他社の市販検査器を所有していることをヤングは認めたが、あくまで比較目的でしかなく患者の検査には使っていないと言う。他社検査器の一つはシーメンスのアドヴィアかと訊いてみた。ヤングは企業秘密だとして答えなかった。続けて私は、微量の指先穿刺検体を特殊な方法で薄めてシーメンスのアドヴィアで検査しているかと訊いてみた。ヤングはまたしても企業秘密を口実に答えを避けたが、血液の希釈は検査業界ではよくあることだと言った。

そこからは、堂々巡りだった。これらの質問は私の記事の核心部分だと言った。答えるつもりがないなら、ミーティングの意味がない。ボイーズは、お役に立ちたいのはやまやまだが、守秘義務契約に署名してもらわなければ、セラノスの検査手法は明かせませんよと言う。クエストやラボコープといったライバル会社が産業スパイを使ってでも手に入れようと狙っているんですから、と。

もっと実のある答えがほしいと私が粘っていると、ボイーズが怒り始めた。いきなり好々爺の仮面を脱ぎ捨てたのだ。年老いた灰色熊のように歯をむき出しにして唸《うな》り出す。これがあの、法廷で敵を恐れおののかすデイヴィッド・ボイーズか、と私は心の中でつぶやいた。ボイーズは私の取材方法にケチをつけ、セラノスの評判を傷つける意図で誘導的な質問をしたと言った。そのひと言がきっかけで、激しい言葉の応酬になった。ボイーズと私は互いにテーブルを挟んでにらみあった。ジェイ・コンティが場を収めようと割って入ったが、すぐにキングとブリルも割り込んできた。まるでコントのようなかけ合いになってしまった。

「コーラにヒ素が入ってないことを確認したいから秘密のレシピを教えろと言うようなものよ」とキングが言う。するとジェイがムカついて、「誰もコーラのレシピなんて訊いてない！」と言い返す。いったいどこまでが企業秘密として認められるのかをめぐってしばらく議論が続く。他社の市販検査器を使ったやり方が、どうしてセラノスの企業秘密と言えるのか？と訊いてみた。するとブリルは、その線引きは言うほど単純ではない、と納得できない答えしかよこさない。

私は質問を変え、エジソンについて訊ねることにした。エジソンで何種類の検査を行っていますか？　それもまた企業秘密だ、と言う。まるで不条理劇を見ているようだった。

セラノスには本当に新しいテクノロジーがあるんですか？と挑発してみる。するとボイーズがまた癇癪を起こした。指先穿刺で微量の検体を検査する技術は、これまで誰もなし得なかったことだと声を張り上げた。「セラノスがそれを成し遂げたんだ。魔法でもない限り、新しいテクノロジーなんだ！」。ボイーズは頭から湯気を出していた。

「オズの魔法使いみたいですね」。ジェイがからかう。

話は相変わらず同じ所を巡るばかりで、エジソンの検査数と他社機器の検査数を答えてはもらえない。ムカつきはしたものの、私が相手の痛いところを突いているという印でもあった。隠すことが何もなければ、はぐらかしたりしないはずだ。

この調子でミーティングはその後4時間も続いた。質問を一つ一つ見ていくうちに、企業秘密だと言わずにヤングが答えてくれたこともいくつかあった。カリウム検査に問題があったことは認めたが、問題はすぐに解決できて、けっして患者に間違った検査結果は送っていないと言う。アラン・ビームの話とは食い違っていたので、ヤングが嘘をついているのだろうと思った。ヤングはまた、技能評価の手法もほかの検査室とは違うが、それは独自のテクノロジーを使っているからだと言い張った。CLIAの査察官がノルマンディーに入ってないことも認めたが、その存在はあらかじめ伝えていたと言い訳した。

ヤングの返事で妙に心に引っかかったことがあった。例の怪しげな「ヘマトロジー・レポート」というサイトに掲載されたエリザベスの共著論文に触れると、ヤングは慌ててあれは古い情報だと切り捨てた。旧世代のテクノロジーを使った2008年の論文で、データが古すぎると言う。ならどうしてニューヨーカーの記事でエリザベスはその論文を持ち出したのだろう？　おそらくセラノス自身が論文のいい加減さに気づいて、距離を置こうとしているように見えた。

イアン・ギボンズについても訊いてみた。ヤングは、イアンは創業期のセラノスには重要な貢献をした人物だが亡くなる前には奇行が目立ち、内情に通じてはいなかったと言った。キングが口を挟み、イアンはアルコール依存症だったからと切り捨てた。ボイーズも口を出し、妻のロシェルはフューズ裁判で証言録取を許されず、法廷での証言も認められなかったことから、彼女の言うことには何の信憑性もないと責め立てた。

フューズ裁判で証言録取をしたかどうかは、この件とは関係ない。私はロシェルが信頼に足る情報提供者だと思っているし、実名で取材に答えてくれている。

「彼女は私に真実を語っています」。そう返した。

最後に、私が取材の中で入手した疑わしい検査結果に話が移った。特定の患者の検査結果については、その一人一人から個人情報の権利放棄の書面に署名をもらってからでないと答えられないとキングが言う。患者から書面を集めることに手を貸してくれと頼まれた。もちろんですと答えた。ミーティングがやっと終わったときには、もう6時近くになっていた。キングは今にも私の心臓にナイフを突き立てんばかりの顔つきだった。

3日後、エリカ・チャンは新しい職場に居残っていた。新しい勤め先はアンティボディ・ソリューションズというバイオテクノロジー企業の検査室だ。残業していると、同僚がやってきて、あなたを訪ねてきた男の人がいると教えてくれた。駐車場の車の中で長いこと待っている、とその同僚が言う。

すぐにピンときた。セラノスの人事部長モナ・ラマムルシーから、至急話したいことがあるとその日の早くに何度か留守電が入っていたからだ。エリカは折り返さずにいたが、今謎の男が外で待っている。何か関係があるに違いない。

金曜日の6時で、オフィスに残っている人は少ない。念のため、エリカは同僚に車までついてきてほしいと頼んだ。建物を出ようとすると、若い男性がワゴン車から降りて、足早に近づいてきた。封筒を手に持っている。男は封筒をエリカに渡すと、振り返って立ち去った。

封筒の住所を見て、エリカは心臓が止まりそうになった。[4]

手渡しでの配達

エリカ・チャン殿
モートン・サークル926番地
イーストパロアルト　カリフォルニア州　94303

エリカの居所を知っているのは同僚のジュリアだけだ。2週間前にオークランドのアパートの賃貸契約が切れて、秋に中国に引っ越す前にとりあえずジュリアの家に間借りしていたのだ。ジュリアの家に戻るのは平日の夜だけで、週末はキャンプや旅行に出かけていた。母親にすら居場所を教えていない。尾行していなければ住所はわからないはずだった。

封筒の中にはボイーズ・シラー法律事務所のレターヘッド入りの手紙が入っている。その手紙に目を通したエリカは、ますますパニックになった。

チャン殿

当法律事務所はセラノス社（以下「セラノス」または「当社」）の代理人を務めています。貴殿が許可なく当社の企業秘密その他の機密情報を外部に漏洩したと信じるに足る理由があります。また当社の事業を妨害する目的で当社の名誉を毀損するような誤った供述を行ったと信じるに足る理由もあります。このような行動をただちに停止するよう通告いたします。本書簡に定めた条件に従って、2015年7月3日金曜日の米太平洋標準夏時間午後5時までに問題が解決されない場合には、セラノスは貴殿に対する提訴を含めたあらゆる適切な処置を検討します。

さらに、訴えられたくなければボイーズ・シラーの弁護士による聞き取りに応じ、セラノスに関して誰に何を漏らしたかを明らかにせよと書いていた。手紙の最後にデイヴィッド・ボイーズの署名があった。エリカはジュリアの家に戻ると、週末が終わるまでブラインドを下ろして引きこもった。恐ろしくて一歩も外に出られなかった。

東海岸にいた私も、事態が急展開しつつあるのを感じていた。その金曜日の夜、アラン・ビームからメッセージが入った。ほぼ2カ月ぶりの連絡だ。

「セラノスがまた脅しをかけてきた」と書いていた。「私が宣誓供述書に違反したと疑っているらしい」

私はアランに電話をかけ、数日前にセラノスがよこした弁護士たちと延々とやりあったことを伝えた。ひょっとしてアランを怖がらせてしまうかもしれないと思ったが、アランはむしろこの展開を喜んでいた。アランは新しい弁護士に相談していた。新しい弁護士は、メディケア詐欺の摘発部隊で働いた経験のある元連邦検事で、アランはセラノスの脅しに以前ほどビクビクすることもなくなっていた。むしろ、心変わりしてこの報道を世に出すためにまた協力してくれる気になっていた。

その夜遅く、メレディス・ディアボーンからメールを受け取った。デイヴィッド・ボイーズからジェイ・コンティに宛てた正式な書簡が添付され、メールの宛先もコンティだった。[5] 書簡は、カリフォルニア州法のいくつかを引き合いに出して、ウォール・ストリート・ジャーナルが保有するすべてのセラノスの企業秘密と機密情報を「破棄または返却」するよう求めていた。私たちがおとなしく従うとはボイーズ自身もまったく思っていなかったはずで、ただの脅かしなのは明らかだった。

セラノスが反撃に出るのはわかっていたつもりだが、彼らが一層圧力を強めてきたことが、翌週月曜日の朝には疑いようがなくなった。その朝私は、エンジンをつけっぱなしにした車の中で清掃トラックが通り過ぎるのをラジオを聴きながら待っていた。ブルックリン暮らしの嫌なことの一つだ。そのとき、携帯電話が鳴った。私はラジオの音量を下げて電話に出た。

エリカからだった。ひどく動揺しているのがわかった。エリカは、ワゴン車で男が待っていたこと、誰も知らないはずの住所が封筒に書いてあったこと、ボイーズから最後通告を受け取ったことを話してくれた。私は彼女の気持ちを鎮めようとした。おそらく監視されているはずだとは伝えた。だが監視はつい最近始まったばかりだし、私と話したという証拠は相手は握っていないと伝えた。ただ炙《あぶ》り出そうとしているだけだ。ハッタリだ、と言った。手紙は無視して、いつも通りの生活を続けたほうがいいとアドバイスした。エリカの声は震えていて、まだショックを受けているのはわかったが、それでも私のアドバイスに従うと言ってくれた。

翌日、フェニックスのサンディーン医師からメールがあった。[6] セラノスの営業担当者が診療所に来て、社長のサニー・バルワニがフェニックスにいて会いたがっていると言う。断ると担当者は敵意をむき出しにして、応じなければひどいことになるとほのめかしたらしい。私は耳を疑った。匿名の情報提供者を暴き出そうとすることも問題だが、名前を出して話してくれた医師を脅迫するとは、正気の沙汰ではない。私はヘザー・キングにメールを送り、セラノスの営業担当者がサンディーン医師の診療所に行ったことを把握していると伝え、もしまたこのようなことがあれば事件として表沙汰にすると言った。[7] キングからは、営業担当者は何も悪いことはしていないと返事がきた。

セラノスは引き下がるどころか、ますます攻撃の手を強めてきた。その週、ボイーズはウォール・ストリート・ジャーナルに2通目の書簡をよこした。[8] 最初の書簡は2ページだったが、今回は23ページにわたって、セラノスの名誉を毀損したり企業秘密を暴露するような記事を出せば訴えるとはっきりと脅しをかけてきた。書簡のほとんどは私の記者としての品格を貶めるような個人攻撃だった。私が取材の過程で、「公正で客観的で中立とはいえない態度を取り、勝手な思い込みに基づく間違った筋書き」に頑なにこだわっている、とボイーズは書いていた。

　彼らが証拠として出したのが、二人の医師からの署名入りの声明文[9]で、医師たちの言ったことを私が捻《ね》じ曲げ、彼らの話を記事として表に出すかもしれないことを私がはっきり伝えなかったという内容だった。署名の主は、スコッツデールで私が会ったローレン・ベアズリー医師とサマン・レザイエ医師だった。

　だが実は、この二人の医師の話は又聞きだったので記事には使わないつもりだった。当の患者の担当医は同じ診療所の別の医師で、その医師は取材に応じてくれなかったのだ。二人の声明文で私の記事が変わるわけではなかったが、彼らが圧力に屈したかもしれないと思うと心配だった。

　その診療所で私が話を聞いたもう一人の医師、エイドリアン・スチュワートの声明文はなかった。彼女が話してくれた二人の患者の一人か両方については記事に使おうと思っていたので、幸いだった。スチュワート医師と電話で話すと、ちょうどインディアナ州の家族を訪ねているのでセラノスの営業担当者が診療所に来たとき留守だったのだと知らされた。ほかの二人の医師が声明文に署名したことを伝え、アリゾナに戻ったらおそらくセラノスが強引に迫ってくるはずだと伝えておいた。

　数日後、スチュワート医師からのメールで、アリゾナに戻るなり、サニーが二人の男を引き連れてやってきたと知らされた。[10] 受付係が診察中だと言っても3人は帰らず、待合室で何時間も待ってからようやくスチュワート医師が出ていって挨拶を交わした。それから次の金曜日、つまり2日後に改めて会うことになったらしい。嫌な予感がしたが、私にはどうすることもできない。スチュワート医師は脅しに負けたりしないと約束してくれた。患者のため、そして臨床検査室の倫理を守るためにきっぱりと行動したい、と言っていた。

金曜日になり、午前中に何度かスチュワート医師に連絡を入れてみたが、捕まえられなかった。折り返し連絡があったのは、夕方になってから、妻と3人の子どもを連れて週末を過ごすためにロングアイランドの東に向けて車を運転しているときだった。声の様子で動揺しているのがわかる。同僚医師二人が署名したのと同じような声明文への署名をサニーに迫られ、丁重に断ったと言う。するとサニーが激怒して、もしウォール・ストリート・ジャーナルの記事に名前が出るようなことがあれば、地の底に引きずり落としてやると脅されたらしい。スチュワート医師は震える声で、記事に名前を出さないでほしいと言う。ただのハッタリですからと言って安心させようとはしたものの、私の記事を握り潰すためなら彼らはどんな汚い手でも使ってくるのだと思い知らされた。

第22章　マッタンツァ

２０１５年7月の頭、セラノスに朗報が二つ届いた。一つ目は、食品医薬品局（ＦＤＡ）がセラノス独自の指先穿刺による単純ヘルペスウイルスI型検査を承認したこと。[1]二つ目は、アリゾナ州で医師の指示書がなくても個人で血液検査ができる法律が成立し、施行が目の前に迫ったことだ。[2]この法案は、セラノスが草案をまとめて議会に強く働きかけてきたものだった。

セラノスは7月4日の独立記念日に合わせてページミルロードの新社屋でパーティーを開き、二つの目標達成を祝うことにした。まずはカフェテリアでのエリザベスとサニーのスピーチで気分を盛り上げ、中庭にはバーと食べ物が用意されテクノ音楽が鳴り響いていた。

ヘルペス検査の承認はセラノスの技術がお墨付きを得た証拠だと経営陣は宣伝していたが、私はまだ強く疑っていた。ヘルペス検査は臨床検査用語で言うと「質的検査」だ。つまり、その患者がある病気にかかっているかどうかをはいかいいえの二択で答える検査である。検査対象物の血中濃度を正確に測らなければならない量的検査に比べると、技術的にははるかに簡単に正解を出せる。だが、一般的な血液検査の大半は量的検査なのだ。

私はＦＤＡの医療機器部門で要職に就く知り合いに電話をした。そこで私の見方は裏付けられた。

ヘルペス検査は単発の承認であってセラノスの技術へのお墨付きではない、とその知人は言った。実のところ、セラノスが提出したほかの多くの指先穿刺検査の臨床データは質が悪く、とてもじゃないが承認できない、とその知人は付け加えた。私はお返しに、取材の過程で知ったことを伝えた。指先穿刺の血液検体を薄めて市販の分析器にかけていることや、技能評価試験をごまかしていること、また医師や患者が疑わしい検査結果を実際に受け取っていることを話すと、動揺した様子だった。

ややこしいことに、エリザベスがデイヴィッド・シューメイカー元中佐と衝突して3年が経った今も、セラノスは規制の網が及ばない無法地帯で活動を続けていた。独自技術を使った検査器は自社の検査室内でしか使用せず外部販売の予定もないため、FDAの監視から逃れることができていた。しかもセラノスはこのとき、FDAに協力するふりをして、臨床検査室の中だけで使われる技術もすべて規制の対象とすることをおおっぴらに支持し、ヘルペス検査をはじめとする自家調整検査法の承認申請を自主的に行っていた。

FDA規制を推進する立役者のように振る舞っている企業を敵に回すのは難しいと私の知り合いは言っていた。とりわけ、セラノスのように政治家と深くつながっている企業は難しいと言う。初めは取締役のことを言っているのかと思ったが、違っていた。エリザベスはオバマ政権にべったりだと言うのだ。オバマ大統領がその年の初めに精密医療推進計画を立ち上げたときもエリザベスに会っていたし、この数カ月でエリザベスは何度かホワイトハウスに招かれていた。直近では日本の首相を歓迎する政府主催の公式夕食会に招かれ、ぴったりした黒のロングドレスで弟と列席している姿が写真に収められていた。[3] いろいろな事情があったとしても、その知人が電話を切る間際に言った言葉を聞いて、セラノスもいつまでもFDAを騙し続けられないな、と私はピンときた。「セラノスがやっていることを深く憂慮している」と彼は言ったのだ。

一方、フォーチュン誌のロジャー・パーロフはヘルペス検査の承認について私とは違う受けとめ方をしていた。[4] 電子版の記事に、今回の承認はセラノスの検査法が「誠実であることを強く裏付けるもの」だと書いていた。

この記事でエリザベスは電話取材に応じ、パーロフはセラノスが開発していたエボラ検査について質問していた。数カ月前の会合の席で、ジョージ・シュルツがこの件について少し触れていたからだ。西アフリカでエボラ出血熱の流行が1年以上も続いていることを考えると、指先穿刺の手早い検査でこの死に至るウイルスを探知できれば公衆衛生当局は大いに助かるはずだ。パーロフはこのことについて記事にしたいと考えていた。エリザベスは緊急使用許可が近々下りるはずだと言い、マンハッタンのボイーズ・シラー法律事務所での実演を見に来てほしいと伝えた。

数日後、パーロフがボイーズ・シラーの事務所に着くと、ダン・エドリンに出迎えられた。ダンはエリザベスの弟クリスチャンがデューク大学時代に所属した友愛会仲間の一人だ。ダンに通された会議室には、黒い機械が2台置いてあった（エジソンではなくミニラボだ）。パーロフはなぜかわからなかったのだが、エリザベスはカリウム検査も準備していた（私がカリウム検査について厳しい質問をしていたからに違いない）。そこで、エドリンはパーロフの指先から二度血液を採取した。1台はエボラ検査に使い、もう1台でカリウム検査をすると言う。一つの検体で同時に2種類の検査ができないのか不思議だったが、パーロフはそれには触れないことにした。

パーロフとエドリンは結果が出るまで世間話をしながら待っていた。ところが25分ほど経っても結果は出ない。検査器を設置したばかりで稼働に時間がかかるとエドリンは言う。検査の進捗は、iPhoneアプリのダウンロードと同じで、検査器のスクリーン上に表示される円の外枠が徐々に色づく様子でわかるようになっていた。円の中の数字が、作業の完了度をパーセンテージで示している。円の縁がゆっくりとしか進んでいかないところを見ると、あと数時間はかかりそうだった。そんなに待ってはいられない。パーロフは仕事に戻るとエドリンに伝えた。

パーロフが帰ったあと、カイル・ローガンが会議室に入ってきた。スタンフォード大学を卒業した若い化学工学者で、チャニング・ロバートソン記念賞を受賞したこともあるエンジニアだ。その朝の実演の手伝いに、エドリンと一緒にサンフランシスコから夜行便でやってきたばかりだった。カイルはカリウム検査が70パーセントで止まっていることに気づいて、検体を取り出しミニラボのスイッチを入れ直した。何が起きたのかは見当がついていた。

サニーはマイケル・クレイグというソフトウェアエンジニアに、検査器の不具合を隠すようなソフトウェアを作らせていた。ミニラボの中で不具合が起きるとソフトウェアが作動してエラー表示はスクリーンに出なくなる。エラー表示の代わりに検査の進み具合が這うようにゆっくりと表示され始める。

パーロフのカリウム検査がまさにそれだった。幸い今回は不具合が起きる前にかなりの部分が終わっていたので、結果は読み取れた。不具合が起きたのは対照試験の最中だったのだ。普通なら対照試料で裏付けを取るのが望ましい。だがダニエル・ヤングに電話で訊いたところ、今回は対照試験なしでかまわないと指示された。

裏付けデータがないなかで、エリザベスはこうした実演を行って、取締役会にも、投資家にも、さらには記者たちにも、ミニラボはすでに完成品として正確に動いていると信じ込ませていた。その幻想を守り抜くために使われた偽装は、マイケル・クレイグが作ったソフトウェアだけではない。セラノス本社での検査実演では、VIP訪問客の検体をミニラボに入れるふりをして、その訪問客が部屋を出ると検体を取り出して検査技師に渡し、改造した市販の検査器で検査を行っていたのだ。

パーロフは騙されていることにまったく気づいていなかった。その夜、セラノスからパスワード付きの検査結果がメールで届いた。結果を見ると、エボラウイルス検査は陰性でカリウム値も正常の範囲内だったので満足した。

その頃カリフォルニアでは、エリザベスとサニーがもっと大掛かりなお披露目会の準備を着々と進めていた。ジョー・バイデン副大統領をニューアークの施設に招いていたのだ。セラノスの臨床検査室がありミニラボの製造拠点となったこの場所を見学してもらうためだった。

これはとんでもなく大胆な作戦だった。というのも、アラン・ビームが2014年12月に辞めてから検査室はまともな責任者がいないままで運営されていたからだ。主任の不在を隠すため、サニーはスニル・ダワンという皮膚科医を雇い、CLIAの認証にアランの代わりにダワンの名前を登録した。ダワンは病理学の学位も専門の資格も持っていなかったが、州と国が要求する表面上の要件は満たしていた。ダワンは医師であり、自分の診療所で皮膚の検体を分析する小さな検査室を監督していたことはあったからだ。実のところは本格的な臨床検査室を運営するほどの能力も経験もなかった。だがそんなことはどうでもよかった。サニーはただのお飾りを据えたかっただけなのだ。

ニューアークの検査室スタッフの中にはダワンの姿を一度も見かけたことのない者もいた。検査室は責任者不在だったばかりか、社員はまったくやる気を失い、職場の志気は地に落ちていた。2カ月前、社員が匿名で投稿できる企業評価サイトのグラスドアにセラノスをこき下ろすレビューが載ったことで、サニーは検査室のスタッフを脅して震え上がらせていた。[5] その問題の投稿のタイトルは「嘘八百」。そしてこんな文章が綴られていた。


超高速で人が入れ替わるから、退屈とは無縁。いつも人手不足で、人嫌いにはぴったり。深夜早朝なんてとくにサイコー。会社にとっちゃいないも同然。

白衣もゴーグルも必要なし。防護服なんてありゃしない。HIVや梅毒に感染したって誰も気にしない。セラノスじゃ社員は人間以下！

ごますり屋なら昇進間違いなし。

セラノスで金を稼ぐ方法
1．ベンチャーキャピタリストに嘘をつけ
2．医師と患者とFDAとCDCと政府に嘘をつけ。さらに、倫理や道義にまったく反する（おそらく違法な）行為に手を染めれば間違いなし。

グラスドアに批判的なレビューが投稿されるのは珍しくない。サニーは人事に命令して批判を打ち消すような偽の好意的な投稿を書かせ、いい評価が絶えずサイトに載るようやりくりしていた。だが、この投稿にサニーは激怒した。グラスドアに投稿を削除させた後、疑わしいと思われるニューアークの社員を呼び出して問い詰めた。まるで魔女狩りだった。ブルック・ビヴェンズという女性はあまりにひどい扱いを受けて、泣きだしてしまったほどだ。結局犯人は見つからずじまいだった。

サニーは最近、微生物学部門でみんなに好かれ、尊敬されていたリナ・カストロをクビにしていた。リナに「罪」があったとすれば、検査室では当たり前の安全対策を講じてほしいと会社に求めたことだった。リナをクビにした翌朝、サニーは残されたリナの同僚たちに向かって、自分には10億ドルもの資産があり、会社に来るのは金のためではなく仕事が好きだからだと偉そうに講釈を垂れた。ほかの社員もみんなそうあるべきだと言い、暗にリナがセラノスに否定的でその使命に必死で取り組んでいなかったとほのめかしていた。

パロアルトの旧フェイスブック本社にいたときもそうだったが、ニューアークの検査室もジュラシック・パークとノルマンディーに分かれて運営されていた。新しいジュラシック・パークは巨大な部屋でネオン照明が輝き、ビニール床になっていた。スタッフの机は部屋の一角に集められ、その上にある巨大な薄型モニターには気分の上がる格言や顧客からの感謝の言葉が絶え間なく映し出されている。机がないところに、通常の静脈採血の検査に使う他社の市販検査器がポツポツと置かれていた。別室のノルマンディーには白黒のエジソン数十台のほか、ダニエル・ヤングとサム・ゴンが改造したシーメンスの検査器が置かれた。

エリザベスとサニーは副大統領をあっと言わせるため、完全に自動化された最先端の検査室を見せることにした。そこで、現実の検査室の代わりに、偽の検査室を作りあげた。少し小さめの部屋にいた微生物学部門を立ち退かせ、ペンキを塗り替え、壁際の金属製の棚にミニラボをずらりと並べた。組み立ての終わったミニラボのほとんどはパロアルトにあったので、この見学会のためだけに対岸から運んでくることになった。微生物学部門はなぜ立ち退かされたのか初めはわからなかったが、副大統領訪問の数日前にシークレットサービスの先遣隊がやってきたので、そういうことかと合点がいった。

訪問当日、検査室勤務の社員の大半は自宅待機を命じられた一方で、見学会の取材のために地元紙数社とテレビ局のカメラは建物の敷地に入ることを許された。エリザベスが施設を案内し、偽物の自動化された検査室をお披露目した。その後、同じ施設内で予防医療に関する座談会を主催し、スタンフォード大学病院の院長など業界の有識者5、6人と懇談した。

座談会ではバイデン副大統領が、今しがた見てきたのは「未来の検査室」だと持ち上げた。[6] しかも、エリザベスがFDAに積極的に協力していることを褒めあげた。[7]「FDAがつい最近セラノスの革新的な検査器にすばらしい評価を下したそうですね」とバイデンは言った。「すべての検査を自主的にFDAに提出していることは、御社の技術に自信がある証拠ですよね」

数日後の7月28日、私はウォール・ストリート・ジャーナルの朝刊を開いて思わずコーヒーを噴き出しそうになった。[8] 一面を読んでいると、エリザベスの寄稿した論説が目に入ったのだ。エリザベスはヘルペス検査が承認されたことを鼻高々に強調し、FDAはすべての臨床検査を精査すべきだと論じていた。何カ月も私の取材を拒否し、弁護士を使って情報提供者を妨害したり脅したりしてきた当のエリザベスが、よりによって私の新聞の論説欄を利用して、あたかも自分が規制当局の「親友」でもあるような幻想を世間に刷り込もうとしていたのだ。

社内では報道と論説の間に厳密な一線が引かれ、互いに独立を保っているため、ポール・ジゴのチームは私がセラノスに関する超特ダネを仕込んでいることは知らなかった。だから彼らがいいと思う記事を載せたことを責めるわけにはいかない。それでも腹が立った。エリザベスは論説欄にセラノス寄りの報道をさせることで、私の調査報道記事が出にくくなるように仕向けていたのだろう。

その頃、アラン・ビームはボイーズの手下たちからまたしても脅迫を受けていた。アランが退職前に患者情報を含む社内メールを個人のGメールに転送したとして、医療保険の相互運用性と説明責任に関する法律、略してHIPAA法違反のかどで当局に告発すると脅してきたのだ。アランの新しい弁護士は休暇中で、妻と訪れていたロンドンからこの脅しに対応しなければならなくなった。サニーもまた、私が取材した患者たちへの嫌がらせを始め、電話で話をさせてくれとしつこく連絡し、電話がつながると厳しい調子で問い詰めた。

私は1週間前にすでに原稿を上にあげていたので、担当編集者の部屋まで行ってどこまで進んでいるか探ってみることにした。担当編集者が見終わったら、次にその原稿が一面編集者のもとに送られ、補佐役が割り当てられてさらに細かく精査される。それからやっと、内規編集者と弁護士が、一字一句を見直していく。このプロセスには時間がかかり、普通でも数週間、時には数ヵ月かかることもある。私はそれを早めたかった。長引けば長引くほど、セラノスの圧力で私の情報提供者がひっくり返る可能性が高まる。

私がマイク・シコノルフィの部屋に顔を出すと、マイクはいつも通り上機嫌だった。私に手招きして座るよう合図する。マイクに、急いだほうがいいと伝えた。セラノスとボイーズが次にどんな汚い手を使ってくるかわからないと訴えた。エリザベスの論説が掲載されたこと、バイデンが鳴り物入りでセラノスのニューアーク施設を数日前に訪れたことを話した。

ここはぐっと堪えないといけないよ、とマイクは言う。この記事は爆弾級の超特ダネだ。だから鉄壁の守りを固めてから外に出さなくちゃならない。イタリア系のマイクはイタリアのたとえ話をよく引き合いに出した。9世紀にアマルフィ海岸一帯を支配していた祖先のシコヌルフ王子の話は、おそらく10回は聞かされていた。

「マッタンツァの話、したことあったっけ?」と訊いてくる。おいおい、またかよ、と内心つぶやいた。

マッタンツァというのはシチリア島に古くから伝わる伝統漁法の儀式だ。漁師は棍棒《こんぼう》と銛《もり》を手に地中海に腰まで浸《つ》かってそのままじっと動かずに、魚が漁師の存在に気づかなくなるまで何時間も立ったままで我慢する。そして魚が大量に寄ってきたところで、誰かがそっと合図を出し、安心しきった魚の群れに漁師がさっと襲いかかり、一瞬にして静かな海が真っ赤な血に染まる。我々がやっていることは、報道のマッタンツァなんだ、とマイクは言った。準備ができるまで身を低くしてじっと待ち、その時が来たら一気に襲いかかる。マイクはそう言いながら、シチリアの漁師さながら銛を激しく振り回す真似をした。私はつい笑ってしまった。

マッタンツァはいいけれど、10月にラグナビーチでウォール・ストリート・ジャーナルが開く毎年恒例のテクノロジー・カンファレンスまでには記事を出してほしいと頼んだ。そのカンファレンスにエリザベスが登壇することになっていたのだ。エリザベスが登壇するのを知ったのはつい最近で、それまでに記事が出なければウォール・ストリート・ジャーナルの立場がなくなると念を押した。マイクもそう思っていた。カンファレンスまでまだ2カ月半ある。十分だ、とマイクは言った。

第23章 危機対応

その頃、エリザベスは私の記事を握り潰そうと、裏で別の画策を巡らせていた。

私がセラノスを探り始めてから1カ月後の3月、セラノスは次のラウンドの資金調達を終えていた。[1] 私は知らなかったが、今回のリード投資家はルパート・マードックだった。オーストラリア出身のメディア王で、ウォール・ストリート・ジャーナルの親会社であるニューズ・コーポレーションの所有者だ。直近のラウンドでセラノスが調達した4億3000万ドル超のうち、マードックは1億2500万ドルを投資していた。[2] マードックはセラノス最大の投資家になっていた。

マードックが初めてエリザベスに会ったのは2014年の秋、シリコンバレーの一大イベントであるブレークスルー賞のディナーパーティーの席だった。マウンテンビューにあるNASAエイムズ研究センターの歴史的な巨大格納庫ハンガー・ワンで開かれるこの授賞式では、生命科学、基礎物理学、数学の分野で卓越した貢献のあった人物を表彰する。賞の発起人にはロシアのIT投資家ユーリ・ミルナー、フェイスブック創業者のマーク・ザッカーバーグ、グーグル共同創業者のセルゲイ・ブリン、中国テクノロジー業界の帝王ジャック・マーが名を連ねている。[3] 食事の合間にエリザベスはマードックの席にやってきて自己紹介し、おしゃべりで気を引いた。エリザベスは初対面で強烈な印象を残したが、マードックがミルナーにエリザベスのことを訊ねると褒めまくっていたのででますます心に残った。

数週間後、彼らは北カリフォルニアにあるマードックの農場でふたたび会った。マードックでさえボディーガードは一人なのに、エリザベスが物々しく軍隊のような警備員を引き連れて到着したので驚いた。どうしてボディーガードがこれほど大勢いるのかと訊ねると、取締役会の強い意向だからだとエリザベスは答えた。自宅で昼食をとりながら、エリザベスはマードックに投資を求め、「長期投資家」を探しているんです、と訴えた。しばらくは四半期業績も期待しないでほしいし、まだ上場するつもりもない、と言う。後日、マンハッタンにあるマードックの事務所に届いた募集書類でも、同じ主旨がくり返されていた。まず、上書きの最初の段落に、セラノスは「長期にわたって」株式を公開する予定がないと書いてあり、「長期」という言葉が少なくとも15回は使われていた。[4]

マードックはシリコンバレーのスタートアップ投資にも手を出していることで知られていた。ウーバーに早い段階で投資し、15万ドルの賭けがほぼ5000万ドルに化けたこともある。だが、大手のベンチャーキャピタルとは違って、いわゆるデューデリジェンス、すなわち投資先の査定のようなことはまったく行わないたちだった。84歳になるマードックは、自身の勘を頼りに、世界最大のメディアとエンタテイメント帝国を築きあげてきた。セラノスに投資する前に電話をした相手はただ一人、クリーブランド・クリニックのトビー・コスグローヴCEOだけだった。[5] 循環器では世界一として知られるクリーブランド・クリニックとの提携を近く発表する予定だと、エリザベスから聞いていたからだ。ユーリ・ミルナーと同じく、コスグローヴの口からも褒め言葉しか出てこなかった。

セラノスはマードックにとってメディア以外の分野では最大の投資先だった。彼は、映画製作会社の20世紀フォックス、放送会社のフォックス・ネットワーク、そしてケーブルチャンネルのフォックス・ニュースをすべて傘下に収めるメディア帝国の支配者だ。そのマードックが惹かれたのは、エリザベスのカリスマ性と将来へのビジョンだけではない。エリザベスが送ってきた業績見通しも魅力だった。[6] 投資家向けの募集書類では、2015年には売上が10億ドルで利益が3億3000万ドル、さらに2016年には売上が20億ドルで利益は5億5000万ドルにのぼる見込みだった。それなら100億ドルの企業価値も割安に思えた。

錚々たる投資家が株主として名を連ねていたので安心した面もある。アトランタに本社を置く同族企業のコックス・エンタープライズのジム・ケネディとは親しいし、ウォルマート創業家のウォルトン一族もいた。[7] 知り合いではないが、NFLのニューイングランド・ペイトリオッツのオーナーのボブ・クラフト、メキシコの大富豪カルロス・スリム、フィアット・クライスラー・オートモービルズのオーナーのジョン・エルカーンも株主だった。

私とマイク・シコノルフィがシチリアに代々伝わる漁師の作法について話していた7月終わり頃までに、エリザベスはマードックと3回も個人的に会っていた。[8] 7月の初めにはパロアルトのセラノス本社にマードックを招待し、ミニラボを披露していた。その際に、彼女は私の記事について触れ、私が集めた情報は間違いで、記事が表に出ればセラノスは大きな痛手を受けると訴えた。だが、マードックはウォール・ストリート・ジャーナルの編集部がこの件を公正に扱うと信じていると言い、取り合わなかった。

記事の掲載が近づいてきた9月下旬、エリザベスはまたマードックを訪ねた。面会はこれで四度目になる。場所はマンハッタンのミッドタウンにあるニューズ・コーポレーション本社ビル8階の会長室だ。私のいるウォール・ストリート・ジャーナルの報道部はその3階下になる。だが、私はエリザベスが同じビルにいるとは露ほども知らなかった。エリザベスは危機感も露に私の記事の話を改めて持ち出した。マードックが握り潰してくれることを期待したのだろう。マードックは莫大な金をセラノスにつぎ込んでいたというのに、またしても口は挟まないと彼女の頼みを断った。

エリザベスはマードックを思い通りに動かすことはできなかったが、一方で私の情報提供者たちに対しては激しい一斉攻撃を加えていた。

ボイーズ・シラー法律事務所のマイク・ブリルはロシェル・ギボンズに手紙を送り、セラノスとその重役に対する「虚偽および名誉を毀損する発言」をやめなければ訴えると脅していた[9]。フェニックスではサンディーン医師の診療所に二人の新患がやってきて、散々わめき散らした。彼らがロコミサイトのイェルプに投稿した言いがかりを削除するために、サンディーン医師は弁護士を雇うはめになった。私の説得もあってスチュワート医師はサニーの脅しにも何とか屈せずにいてくれたが、セラノスはスチュワート医師の診療所を説得して所内検査サービスを売り込むことに成功した。検査結果が間違っていたというスチュワート医師の言葉の信憑性を傷つけるのが狙いだった。

それでも、実名報道を前提に話してくれたゲイリー・ベッツ医師、看護師のカルメン・ワシントン、そして感謝祭の前夜に何時間も救命救急室で過ごさなければならなかったモーリーン・グランツは、セラノスの脅しや圧力に屈せずにいてくれた。アラン・ビームとエリカ・チャン、そのほか数人の元社員は、匿名を条件に引き続き協力してくれた。

タイラー・シュルツとは音信不通になっていたが（タイラーの母とは電話で話し、伝言を託したが返事はなかった）、もしセラノスの圧力でタイラーが前言を撤回することに同意させられていれば、ベアズリー医師やレザイエ医師が署名させられたような声明がセラノス側から提示されるはずだった。いずれにしろ、タイラーから転送されたメールについてはセラノスには手の打ちようがない。あのメールは動かぬ証拠だった。

土壇場になっても何とか記事を止めようとして、ボイーズは3通目の長い手紙を送りつけてきた。[10]ふたたびウォール・ストリート・ジャーナルを訴えるとくり返し、私の記事を勝手な思い込みによる手の込んだでっち上げだとけなした。

ウォール・ストリート・ジャーナルが何故ゆえに、不正確かつ不当で誤解を招くとわかっているような、しかもセラノスが必死で守っている企業秘密を明かすような記事を掲載しようと考えるに至ったのか、私なりに理由を考えてみました。

問題の根底にあるのは、当記者のドラマチックな妄想であり、『話ができすぎているから、作り話に違いない』というジャーナリストにありがちな決めつけかもしれません。つまり、キャリールー記者が我々との話し合いの中でおっしゃった通り、学術界や科学界や医療業界がこぞってセラノスの革命的な偉業を認めるのはおかしい、と決めつけているわけです。ウォール・ストリート・ジャーナルの報道も含めて、セラノスに関するこれまでのすべての報道はセラノスによる情報操作の産物だ、と。そしてセラノスとその創業者は、機能していないテクノロジーをさもうまくいっているかのように宣伝し、独自の新技術を使っているふりをして実は既存の市販装置を使って検査を行っていると妄想しているわけです。もちろん、それが本当なら大スクープでしょう。ですが問題は、もし本当でないとしても、その大スクープをあきらめきれなくなっていることかもしれません。

ボイーズはその手紙で、ウォール・ストリート・ジャーナル編集長のゲリー・ベイカーに話を聞いてほしいと求めてきた。ベイカーは公正を期して一度は会うことにしたが、私とマイク、ジェイ・コンティ、それに報道倫理担当のニール・リプシュッツも同席させることを忘れなかった。

10月8日木曜日の午後4時に、本社6階の前回とは違う会議室でまたボイーズに会った。今回は人数が少なく、連れてきたのはヘザー・キングとメレディス・ディアボーンだけだった。キングはまた前回と同じように小型録音機を取り出して、会議机を挟んだお互いの中間に置いた。

ボイーズたちはまたしても、私の記事が間違いだらけで正確でないと必死でこき下ろしたが、今回はこちらに有利になるような重要な点を二つ認めた。一つは、すべての血液検査を自前の機械で行っているわけではないという点。ボイーズは新技術への移行は「旅」であり、目的地に着くまでには時間がかかるのだと言う。もう一つは、私がセラノスのウェブサイトの文言がいくつか変わっていることに気づいたと話したときの相手側の反論だった。「わずか数滴の血液で多くの検査を行えます」という一文が削られていたのにはとくに何らかの意図を感じた。削除の理由を訊くと、キングがうっかり「広告の正確性を期すため」だと思いますけど、と口を滑らせたのだ（のちにキングは絶対にそんなことは口走っていないと言い張った）。

ミーティングが終わりに近づいたとき、ボイーズが最後の悪あがきに出た。記事の発表をもう少し遅らせてくれたら、セラノスの検査器を目の前で実演して見せると言う。ついこの間フォーチュン誌の記者に見せたばかりなので、私たちにも同じようにして見せようと提案してきた。実際にやって見せれば、セラノスの検査器が機能していないという主張が間違いだとはっきり証明できる、とボイーズは語気を強めた。

マイクと私は、いつ実演できるのか、どの検査をするのか、検査結果がすり替えではなくセラノスの検査器から出たものだとどのように保証するのかを訊ねた。ボイーズは、準備におそらく数週間かかると返し、そのほかの点についてはうやむやにしか答えてくれない。ベイカーはその提案を丁重に断った。エリザベスが登壇するウォール・ストリート・ジャーナルのテクノロジー・カンファレンスまでもう2週間を切っていて、その前に記事を出したいとベイカーも考えていたのだ。

ベイカーは、何週間もは待てないが、もしエリザベスが取材に応じるなら数日は待ってもいいとボイーズに告げた。翌週の前半までに彼女から電話がほしいと伝えた。結局、電話はかかってこなかった。

記事が一面に掲載されたのは2015年10月15日の木曜日。[11]「もてはやされたスタートアップの行き詰まり」という地味な見出しながら、内容は衝撃的だった。セラノスがほとんどの検査を他社の従来型検査器で行っていて、技能評価をごまかし、指先穿刺の血液を薄めていることを暴露したうえ、独自検査器の精度に深刻な疑問を投げかけたのだ。記事の結びには、「人々を勝手に実験台に使うのは間違いです」というモーリーン・グランツの言葉を引用し、私が一番大切だと思った点を強調した。それは、セラノスが人々の健康を危険にさらしたという点だ。

記事は旋風を巻き起こした。公共ラジオのNPRで放送する朝一の『マーケットプレイス』という番組から私はインタビューを受けた。エリザベスをスターダムに押し上げた立役者とも言えるフォーチュン誌の編集長は、読者向けメールマガジンで私の記事を大きく取り上げた。[12]「空高く舞い上がったユニコーンが今日、ウォール・ストリート・ジャーナルの詳細な一面記事によって地に堕ちた」と書いていた。エリザベスの名を世に知らしめるのに一役買ったフォーブス誌とニューヨーカー誌をはじめ、多くのメディアもまた私の記事を取り上げた。[13]

シリコンバレーもこの記事の話題でもちきりになった。中には、反射的にエリザベス擁護に回ったベンチャーキャピタリストもいた。その一人がネットスケープの共同創業者のマーク・アンドリーセンだ。[14]アンドリーセンの妻がちょうどニューヨーク・タイムズ紙のスタイル欄で「世界を変える5人のビジョナリー起業家」という見出しでエリザベスの特集を組んだばかりだった。だが一方で、以前から怪しいと感じていた人も多かった。どうしてあれほど自社の技術をひた隠しにするんだろう？　どうして血液検査の基本的知識を持つ人間が取締役会に一人もいないのか？　ヘルスケア専門のベンチャーキャピタルが1社もセラノスに投資していないのはなぜだろう？　そんなひそかな疑いが、私の記事で裏付けられた。

しかし、セラノスが全面否定したために、誰を信じていいのかわからない人たちもいた。セラノスはウェブサイトに声明を出し、私の記事は「事実に照らしても科学的な側面から見ても誤っており、当社に恨みを持つ経験不足の元社員と業界の既存勢力による根拠のない作り話」だと切り捨てた。[15]その夜ジム・クレイマーが司会を務める経済番組の『マッド・マネー』にエリザベスが出演し、記事に反論することになっているとも書かれていた。

戦いはまだ終わっていないことはわかっていたし、セラノスとボイーズの激しい攻撃がこれから何日も何週も続くことも覚悟していた。私の記事が彼らの攻撃に耐えられるかどうかは、規制当局が動くかどうか、もし動くとしたらどんな行動に出るかにかかっていた。元社員の間ではＦＤＡの立ち入り検査があったという噂が流れていたが、記事が出る前にその裏は取れなかった。何度かＦＤＡの知り合いに電話をかけたが、連絡はつかなかった。

その日の昼前にもう一度、ＦＤＡの知人に電話をかけてみた。すると今度は電話に出てくれた。絶対の匿名を条件に、その知人はＦＤＡがセラノスのパロアルト本社とニューアーク施設に抜き打ち検査に入ったことを教えてくれた。ＦＤＡはナノテイナーを無認可の医療機器であると判断し、これ以降の使用を禁止したと言う。セラノスにとっては大打撃だ。

ＦＤＡがナノテイナーを医療機器と特定したのは、これが明らかにＦＤＡの審査対象であることをはっきりと示し、それを法的根拠としてセラノスを処分するためだった。だが、抜き打ち検査の背景にあったのは、セラノスが認可を求めてＦＤＡに提出した臨床データが不備だらけだったという事実だ。立ち入り検査でもまともなデータが得られなかったため、ＦＤＡはナノテイナーの使用を禁じて指先穿刺検査を全面的にやめさせることに決めたのだ。それだけではない。メディケア・メディケイド・サービスセンター（ＣＭＳ）も独自の査察を始めたと言う。まだ査察が続いているかどうかはわからないが、セラノスにとってさらに厄介なことになるのは間違いないと知人は言っていた。私とマイクはこの新しい情報について話し合い、大急ぎで続報を書き、翌日の紙面に間に合わせることにした。

数時間後、一面編集者が私の原稿をチェックする間、後ろに立って覗いていると、すぐそばにあったテレビにエリザベスの顔が映った。CNBCの番組に出ていたのだ。私たちは編集作業を中断してテレビの音量を上げた。エリザベスはいつもの黒ずくめの服装にこわばった笑みを浮かべ、進歩を止めようとする既得権益の策略によって貶められたシリコンバレーの革命児の役どころを演じていた。[16]「世の中を変えようとすると、こういうことはつきものです」とエリザベスが言う。「最初は頭がおかしいと言われ、力で抑えつけられ、それから突然世界が変わるんです」。だが、ジム・クレイマーが記事の中の具体的な指摘、たとえば他社の検査器をほとんどの検査に使っているのかと訊くと、エリザベスは言い訳がましくなり、曖昧で怪しげな答えに終始した。

実はその日の早くに、私はヘザー・キングにメールを送り、第2弾の記事を書いていることを知らせ、その内容についてセラノスのコメントを求めていた。キングから返事はなかった。今その理由がわかった。クレイマーのインタビューの終わりに、エリザベスはナノテイナーの使用中止を軽く伝え、あたかも自発的な判断であるかのように説明した。私にすっぱ抜かれる前に話してしまおうとしたのだ。

私たちは慌てて第2弾の記事を電子版に上げた。[17]そこで事実関係を正すため、FDAが指先穿刺の採血検査を強制的に中止させたことと、ナノテイナーを「無認可の医療機器」と断定したことを明らかにした。この記事は翌朝の一面トップを飾り、大スキャンダルがさらに炎上することになった。

最初の記事が出たとき、エリザベスはパロアルトにいなかった。ハーバード大学医学部の理事会に出席していたからだ。CNBCのインタビューはその夜、ボストンで受けていた。炎上に対応したのは翌日カリフォルニアに戻ってからだった。

翌朝セラノスはプレスリリースを発表し、「否定はしないが遺憾を表明する」作戦に出た。[18] この業界ではよく使われる手だ。「ウォール・ストリート・ジャーナルがいまだに事実を正しく認識できていないことは遺憾です」という一文で始まり、続いてナノテイナーの使用を「一時的に」停止したことを認め、さもそれがFDAの認可が下りるまでの自主的な措置だとでもいうように書いていた。

セラノスではその日の午後遅く社内メールが回り、全社ミーティングのためページミルロードの本社ビルにあるカフェテリアに集まるよう指示があった。エリザベスはいつものこぎれいな姿ではなかった。出張帰りで髪はボサボサ、コンタクトではなく眼鏡をかけて現れた。サニーとヘザー・キングを隣に従えている。許せない、というような断固とした口調で、集まった社員に向けて、ウォール・ストリート・ジャーナルの二つの記事は恨みを抱いた元社員とライバル会社の策略による間違いだらけの内容だと訴えた。巨大産業を破壊しようとすれば必ずこうした抵抗に遭うし、既得権益は私たちの失墜を願っている。彼女はそう言った。ウォール・ストリート・ジャーナルを「ゴシップ紙」と呼び、絶対に闘い抜くと宣言した。

社員からの質問を受けるときになると、パトリック・オニールが一番に手を上げた。パトリックは広告会社の元重役で、エリザベスの先駆者的なイメージを作り上げた立役者だ。

「ウォール・ストリート・ジャーナルと本気で闘うつもりなんですか？」。あり得ないとでも言いたげにパトリックが訊いた。

「闘う相手は新聞じゃなくて、記者よ」とエリザベスが答える。

いくつか質問に答えたあと、ハードウェア部門の上級エンジニアがサニーに掛け声をかけてもらえないかと頼んだ。どの掛け声なのかは言わずともわかっている。3カ月前、ヘルペス検査の承認が下りたとき、サニーは同じように食堂に社員を集め「ファック・ユー」と一斉に声をあげるよう呼び掛けていた。そのときの敵はライバル会社のクエストとラボコープだった。

サニーはうれしそうに、わざとらしいアンコールの求めに応えた。

「ファック・ユー、キャリールー！」

サニーの合図で集まった数百人の社員が声を上げた。[19]「ファック・ユー、キャリールー！　ファック・ユー、キャリールー！」

ウォール・ストリート・ジャーナルと断固闘うつもりだと言ったエリザベスの言葉は本当だった。

翌週に予定されていたウォール・ストリート・ジャーナルの「D・ライブ」カンファレンスへの登壇は当然見送られるだろうと大方の人は予想していた。だがその当日、予定された時刻にエリザベスは警備員の軍団を従えてラグナビーチの海辺のモンタージュホテルに現れ、テクノロジー担当編集者のジョナサン・クリムとの対談のため舞台に登った。カンファレンスの参加者は100人を超えていた。ベンチャーキャピタリスト、起業家、銀行家、広報関係者など、この3日間のカンファレンスに5000ドルを支払って参加した人々が待ち望んだ瞬間がやってきた。

マイク・シコノルフィは私に対談させたがったが、何カ月もかけて準備してきたイベントを土壇場で変更するのを社は嫌がった。それに、私自身もニューヨークを留守にできなかった。妻が連邦裁判の陪審員に選ばれて、自宅のブルックリンから2時間もかかるロングアイランドのアイスリップの町に缶詰めになってしまった。その間、子どもたちの面倒を見るのは私しかいなかったからだ。

セラノス事件がどう展開するかに世間の注目が集まっていたので、エリザベスのインタビューは自社サイトで生配信されることになった。[20] 何人かでニール・リプシュッツのオフィスに集まって一緒に見ることにした。

エリザベスは初めからガンガンに飛ばしていた。驚きはない。戦闘モードでくることは予想していた。だが、さすがに公開の場であれほど堂々と嘘八百を並べ立てるとは思っていなかった。それも一度だけではなく、30分のインタビューで何度もくり返し嘘をついた。ナノテイナーの引き揚げは自主的な措置だったと言い張ったばかりか、私の記事に出たエジソンはひと世代前の機械で、もう何年も使っていないとまで言った。そのうえ、セラノスの技能評価は完璧に法にかなっているばかりか、規制当局に絶賛されているとまで訴えた。

嘘の中でも私が最悪だと思ったのは、セラノスが指先穿刺の血液検体を薄めて、他社の検査器にかけているという事実を完全に否定したことだ。「ウォール・ストリート・ジャーナルは、私たちが検体を薄めて市販の検査器にかけていると書いていますが、それは違いますし、そんなことはしていません」。エリザベスはそうクリムに語りかける。「それに、そんなことをしたってうまくいきません。検体を薄めて市販の検査器にかけるなんて無理ですからね。そんなやり方は、いろんな意味で間違ってます」。私があきれて首を振っていると、携帯に着信があった。アラン・ビームだ。「よくぬけぬけと、あんなことを言えたもんだな！」。そう書いていた。

そこからエリザベスは矛先を変えて取材に応じた元社員を攻撃し始めた。彼らを「こじれた人たち」だとして、匿名をいいことに、いいようにけなした。情報提供者の一人は2005年に2ヵ月働いただけの人間だと言ったが、まったくのでっちあげだった。匿名の情報提供者は全員、最近までセラノスで働いていた。ロシェル・ギボンズについて訊かれると、彼女は5日前の全社ミーティングで言った言葉をそのまま使い、ウォール・ストリート・ジャーナルを「ゴシップ紙」と呼んだ。私を「どこかの馬の骨」と呼び、「事実を捻じ曲げて」伝えていると言う。

だが彼女の苦しいところは、セラノスに疑いの声をあげたのが、もう私たちだけではなくなっていたことだ。シリコンバレーの大物が何人かセラノス批判を口にし始めた。そのうちの一人が、著名なアップル元幹部のジャン＝ルイ・ガセーだ。ガセーは数日前に、夏に受けた血液検査の結果がセラノスとスタンフォード大学病院でまったく違っていたことをブログで公開していた。[21]ガセーは問い合わせのメールをエリザベスに送ったが返事はなかったと言う。クリムがこの件を訊ねると、エリザベスはそのメールを受け取っていないと答えた。今知ったので、こちらからガセーに連絡して何が起きたのか調べると言った。

最初の記事に出てきた検査結果の間違いは、ほんの少数の例外だと切り捨て、それをもとに全体を結論づけるのはおかしいと言っていた。

このインタビューの直後にセラノスはウェブサイトに長い反論文を掲載し、私の記事にあった点に一つ一つ反駁《はんばく》していた。[22]マイクと私は内規編集者と弁護士とともにその文書を見ていったが、記事の信憑性を覆すような記述は一つもないとわかった。またしてもただの強がりだ。ウォール・ストリート・ジャーナルは私の記事を全面的に支持するとの声明を出した。

カンファレンスのあと、セラノスは取締役の変更を発表した。[23]最初の記事の掲載後、取締役会は槍玉に挙げられていた。ジョージ・シュルツ、ヘンリー・キッシンジャー、サム・ナンをはじめとする高齢の元政治家は新たに作った名誉職的な「理事会」入りすることになった。その穴を埋めたのは弁護士のデイヴィッド・ボイーズだ。敵対的な姿勢を強めることを世間に知らせるような人選だった。

思った通り、ヘザー・キングから書簡が2通届き、私の二つの記事の核心にある主張が「名誉毀損にあたる」ため取り下げろと要求された。[24] その次に届いた3通目はセラノスに関するすべての文書、すなわち「メール、ショートメール、原稿、非公式ファイル、手書きメモ、ファックス、社内文書、スケジュール表、留守番電話、そのほか紙媒体と電子的（個人の携帯電話を含む）またはそれ以外のすべての媒体に残されたあらゆる記録」を保全するよう求めていた。[25]

ワイアード誌のインタビューに答えたボイーズは、名誉毀損で訴える可能性が高いと言っていた。[26]「この時点で十分な記録が残っていて、事実を知りながら虚偽の報道をした責任を問うことができるはずだ」と言う。キングとボイーズの言葉を額面通りに受け取ったウォール・ストリート・ジャーナルの法務部は訴訟に備えて社内技術者をよこし、私のノートパソコンの中身と携帯の記録を保全した。

こんなこけおどしで私たちが引き下がるとセラノスが思っていたとしたら、それは大違いだった。その後の3週間で私たちはさらに4本の記事を掲載した。ここで、ウォルグリーンがセラノスウェルネスセンターの全国展開を中止したこと、[27] 最初の記事が出る数日前にセラノスがさらに高い価格で株を売り出そうとしていたこと、[28] 検査室にはまともな責任者がいないこと、[29] そしてセーフウェイがセラノスの検査に疑いを持って提携話から人知れず手を引いていたことを表に出した。[30] 記事が出るたびに、ヘザー・キングから撤回要求が届いた。[31]

一方セラノスでは、ページミルロードの本社ビル2階に設置した窓のない「作戦司令室」で、エリザベスが広報コンサルタントと一緒に私の記事にどう応戦するかを話し合い、戦略を練っていた。エリザベスが気に入ったのは、私に女性蔑視のレッテルを貼る作戦だ。同情を集めるために、スタンフォード大学時代に性的暴行を受けたことを公表してはどうかと提案した。周囲は止めたが、彼女はその作戦を完全にあきらめてはいなかった。ブルームバーグ・ビジネスウィークのインタビューでは、自分は女性差別の被害者だとほのめかしていた[32]。

「ここ1カ月近くの間にいろいろなことが起きるまでは、この業界で女性であることが本当にどういうことなのか、実はわかっていませんでした」。エリザベスはそう言った。「どの記事も、『若い女性』で始まりますよね。おかしくないですか？　この間、誰かに言われたんですよ。『マーク・ザッカーバーグの記事なら、絶対に「若い男性」で始まったりしない』って」

その記事の中で、エリザベスのスタンフォード時代の恩師であるチャニング・ロバートソン教授はセラノスの検査精度への疑いの声を切り捨てた。人の命がかかっている検査を市場に出すには相応の「認証」が必要で、信頼できないものを出すはずがないと言うのだ。しかも、エリザベスはニュートンやアインシュタインやモーツァルトやレオナルド・ダ・ヴィンチに匹敵する当代きっての天才だと褒めあげた。

エリザベスもまた、そんなふうに持ち上げられてまだ喜んでいた。カーネギーホールで開かれた女性誌グラマーの「ウーマン・オブ・ザ・イヤー」授賞式では、若い女性たちのロールモデルになりきっていた[33]。「どんな努力も惜しまず、科学、数学、工学の分野で一番になってほしい」と呼びかけた。「小さな女の子が大人になったら何をしたいかと考え始めるときに、皆さんにはそのお手本になってあげてほしいのです」

こんな茶番を終わらせることができるのは、規制当局だけだ。臨床検査室を取り締まるＣＭＳがセラノスに厳しい処分を下すしかない。二度目の立ち入り検査がどうなったのか、どうしても知る必要があった。

第24章　裸の女王様

私の最初の記事が出る3週間前の9月後半の土曜日の夜、ゲイリー・ヤマモトに1通のメールが届いた。ゲイリーは公的医療制度を運営するCMSのベテラン査察官で、2012年に当時セラノスが入居していた旧フェイスブックの本社ビルを抜き打ちで訪問し、検査室の規制についてサニー・バルワニに説明したことがあった。メールの件名は「CMS宛て苦情：セラノス社について」で、こんな書き出しだった。[1]

ゲイリー様

このメールを送ることにも、あるいは書くことにすらも不安を覚えています。セラノスは守秘義務を厳しく押し付け、何を言うにも恐怖を感じずにいられません。この苦情をもっと早く送っておかなかったことを恥じています。

メールの送り主はエリカ・チャンで、そこにはセラノスの不適切行為から検査室運営の不備まで、さまざまな告発が連ねてあった。また、セラノス独自の検査器はまったく信頼できないこと、技能評価試験をごまかしていること、２０１３年終わりに調査に来た州の査察官を騙していたことも書いていた。そして最後に、「嘘で固めた偽の検査結果を送って誰かの命を危険にさらすこと」に耐えられなくなって、会社を辞めたと結んでいた。

ヤマモトと上司はこの苦情を深刻に受けとめ、３日も経たずに抜き打ちで立ち入り検査を行うことにした。９月22日火曜日の朝、ヤマモトはサンフランシスコ支局の査察官サラ・ベネットを連れてニューアークにあるセラノスの施設に向かい、立ち入り検査を行うと告げた。だがイヤホンを付けた黒服の男たちに入り口で止められ、狭い待合室で待たされた。

しばらくするとサニー・バルワニ、ダニエル・ヤング、ヘザー・キングとボイーズ・シラー法律事務所のメレディス・ディアボーンが現れた。ヤマモトとベネットは会議室に通され、パワーポイントのプレゼンテーションを見せられることになった。時間稼ぎだとは思ったが、ヤマモトたちは礼儀正しく最後まで見た。プレゼンテーションが終わるとすぐ、検査室に案内してくれるよう頼んだ。

会議室を出ると、耳のイヤホンに手を当てた黒服たちが大勢で二人を先導した。キングとディアボーンはすぐ後ろにぴったりとついて、ラップトップを抱えてメモを取っている。検査室の入り口には指紋認証スキャナーがあり、入るときにはブザーが鳴るようになっている。まるで酒屋の入り口の防犯ブザーのようだった。

ヤマモトとベネットは当初、２日で査察を終わらせる予定だったが、あまりに問題が多すぎた。検査室に備えるべき基本的な書類の多くが見当たらず、２日ではとても終わりそうもなかった。サニーは２カ月時間をくれと頼んだ。会計年度がこれから始まるところで、新たな資金調達の最中だと言う。そこでヤマモトたちは11月の半ばに戻ってくることにした。

彼らが戻ってきたときにはすでにウォール・ストリート・ジャーナルの記事が出たあとで、CMSの対応を求める声が高まっていた。警備は以前ほど厳重ではなく、今度はエリザベスが二人を出迎えた。サニーとキングもいたが、以前にはいなかった外部弁護士や臨床検査室コンサルタントも一緒だった。ヤマモトとベネットは手分けをした。ヤマモトは検査室をうろついて社員にあれこれ質問して回ったが、その間ずっとサニーがつきまとった。ベネットは会議室の一角に陣取って査察を続け、キングともう一人の弁護士がベネットを見張っていた。

今回は4日間かけて査察をした。ベネットはノルマンディーでエジソンを直接扱っている技師に、二人きりで話を聞きたいと申し入れた。ベネットは窓のない部屋でかなり長い間待たされ、若い女性技師がようやく姿を見せた。その女性は席に着くなり、弁護士を呼びたいと言った。どうやら何らかの指示を受け、怯えているようだった。


エリカ・チャンと私は、駐車場での待ち伏せ事件があった6月終わりからたまに連絡を取り合っていた。だが、彼女が勇気を振り絞って規制当局に通報したことは知らなかった。CMSの立ち入り検査があったと聞いたときも、エリカの通報がきっかけだとは思いもしなかった。

2015年秋から年明けにかけて、私はその立ち入り検査がどうなったかを突き止めようと探っていた。ヤマモトとベネットが11月に二度目の検査を終えたあと、元社員たちからは、どうやらうまくいかなかったらしいという噂は聞こえてきたが、詳しいことはわからなかった。1月末になってようやく、CMSの査察官がニューアークの検査室に「重大な」欠陥があると認めたことが関係者に確認できた。[2] それがどのくらい「重大」かは、数日後に明らかになる。[3] CMSはセラノスに送りつけた文書を公開したのだ。セラノスが「患者の健康と安全を今まさに危険にさらしている」という内容だった。さらに、現実的な改善計画を10日以内に提出するよう求め、すぐに従わない場合は検査室の認可を取り消すと書いていた。

これは一大事だった。臨床検査を監督する連邦当局が、セラノスの血液検査に深刻な問題があると認めたばかりか、患者を危険にさらすほど事は重大だと発表したのだ。私たちが記事を出すたびにヘザー・キングが毎度律儀に送りつけてきた撤回要求が、ピタリと止まった。[4]

それでもセラノスはこれまでと同じように、この深刻な事態を何でもないことのように取り繕い続けた。[5] 声明を出して、指摘された欠陥の多くにはすでに対応済みで、査察報告書はニューアーク検査室の現状を反映していないと訴えた。しかも、問題が指摘されたのは検査室の運営方法であって、セラノスの独自技術の信頼度ではないと言う。セラノスの言い分に反論するには、査察報告書を手に入れるしかない。通常であれば、CMSは検査対象に査察報告書を送ってから数週間後に一般公開するのが慣例だが、セラノスは企業秘密を盾にして非公開を要求していた。私は何が何でも査察報告書を手に入れたかった。

連邦政府に勤める役人で、報告書を見られる立場にある長年の知り合いに、私は電話をかけた。その彼は、電話で報告書の一部を読みあげるくらいしかできないと言う。だが、査察で明らかになった一番深刻な問題点を記事にするには、それで事足りる。セラノスでは、品質管理試験に落ちた不良検査器を使って、「プロトロンビン時間」と呼ばれる血栓の検査を何カ月も続けていたことが査察で明らかになっていた。[6] 医師はプロトロンビン時間（PT）の検査結果をもとに脳梗塞のリスクのある患者に処方する抗凝血剤の投与量を調整するため、間違うと大変なことになる。投与量が多すぎると出血しやすくなり、少なすぎると血栓ができて死に至りかねない。セラノスはこの記事にも反証をあげることはできず、またしても独自技術に問題はないとくり返すだけだった。[7] そしてプロトロンビン時間検査は静脈採血の検体を市販の検査器にかけているから問題ない、と認めたのだ。崖っぷちに追い詰められて初めて、彼らは他社の検査器を使っていることをみずから認めた。ただしそれは、自前の装置がまともに機能しているという幻想を消さないための苦肉の策だった。

私はCMSが査察報告書を公開せざるを得なくなるように、情報公開法に基づいて、ニューアーク施設への立ち入り検査に関係するすべての資料を開示するよう請求した。だが、ヘザー・キングは引き続き、重要な企業秘密を盾に、大幅に黒塗りした文書でなければ開示すべきでないと政府当局に強く働きかけていた。[8] これまでに、処分の危機にある臨床検査室の運営企業が査察報告書の黒塗りを要求するなどということはかつてなく、CMSはどう対応していいかわからないようだった。一日、また一日と過ぎるごとに、完全な査察報告書はもう永遠に日の目を見ないのではないかと私は不安で仕方がなかった。

査察報告書をめぐってヘザー・キングとの綱引きが続く中で、エリザベスがヒラリー・クリントンのために大統領選挙戦の資金集めパーティーをセラノス本社で催すらしいというニュースが入ってきた。[9] エリザベスはクリントン財団のイベントに何度か登壇し、娘のチェルシーとも親しくなり、時間をかけてクリントン一家と親交を深めていた。その後、資金集めのパーティーは場所を変えてサンフランシスコのIT起業家の自宅で行われることになったが、そのパーティーの写真にはマイクを手にしたエリザベスがチェルシー・クリントンの横に立ち、集まった人々に語りかけている姿が写っていた。[10] 大統領選挙を8カ月後に控え、ヒラリーが有力視される中で、エリザベスが政界とどれほど深くつながっているかを改めて思い知らされた。だがいくらコネがあるといっても、規制の問題を消し去るほどだろうか？　何があってもおかしくないと思った。

　私は政府の知人にふたたび電話し、今度は何とか口説き落として査察報告書の全文を教えてもらった。１２１ページにわたる報告書には、セラノスの悪事がこれでもかというほど詰まっていた。秋にウォール・ストリート・ジャーナルのカンファレンスでエリザベスが嘘をついていたことが、この報告書で証明された。セラノスが検査に使っていたのはやはり「エジソン」で、２５０種類の検査のうちエジソンを使った検査はわずか12種類。それ以外の検査はすべて他社の市販検査器で行っていたのだ。

　さらに、セラノス自身が採ったデータを見ても、エジソンの検査結果にはとんでもないばらつきがあることもわかった。1カ月の間に品質管理試験にほぼ3回に1回は落ちていた。テストステロンの水準に影響を与えるホルモン検査では、87パーセントの確率で間違っていた。前立腺がん検査は22パーセントだ。他社の検査器との比較実験で、エジソンは最大で１４６パーセントもの乖離《かいり》があった。しかもタイラー・シュルツが訴えていた通り、エジソンは同じ結果を出すこともできなかった。ビタミンB12の検査では、ばらつきが34パーセントから48パーセントにものぼり、ほとんどの検査室で見られる2パーセントから3パーセントを大きく上回っていた。

　検査室の運営もめちゃくちゃだった。無資格者が患者の検体を扱い、血液の保存温度も守られず、試薬の使用期限は切れ、検査結果の間違いも患者に報告せず、ほかにも欠陥だらけだった。

　ヘザー・キングは報告書の公表を阻止しようとしたが、[11] もう遅かった。ウォール・ストリート・ジャーナル電子版に報告書の全文を掲載し、関連記事では「エジソンの検査結果は当てずっぽうがいいところ」という臨床検査専門家の言葉を載せた。[12] とどめの一撃は、それから数日後に出た。[13] CMSがセラノスに送った通告文を我々は手に入れたのだ。通告文の中身は、査察官が指摘した45カ所の欠陥のうち43カ所は改善できておらず、血液検査業務を2年間禁止することも辞さないと警告するものだった。査察報告書のときと同じように、セラノスはこの通告文が表に出るのを必死で阻止しようとしたが、新しい情報提供者から突然私に連絡があり、このことを漏らしてくれたのだった。

検査禁止もやむなしというニュースが表に出ると、さすがのエリザベスも事態の深刻さを認めないわけにいかなかった。[14] 世間に向けて何か言わなければならないと覚悟したエリザベスは、NBCの朝の人気番組『トゥデイ』に出演し、マリア・シュライヴァーのインタビューに答えて、「打ちのめされている」と悔やむように言った。[15] だがそうは言いつつも、自分が危険にさらした患者たちに謝るつもりはないようだった。そうやって神妙に悔やんでいる彼女の姿は、私には白々しい演技に見えた。心から後悔し、患者の気持ちに寄り添っているとは思えなかった。

なぜかというと、セラノスの社員も株主も提携企業であるウォルグリーンも、ウォール・ストリート・ジャーナルの記事を見て初めて査察の結果と検査禁止の可能性を知ったからだ。もしエリザベスが本気で問題を正そうとしていたなら、査察結果の公表をあれほど必死で隠そうとはしなかったはずだ。

2016年5月、私はふたたびサンフランシスコのベイエリアに飛んだ。タイラー・シュルツがあれからどうしていたのかを知りたかったのだ。マウンテンビューのビアガーデンでタイラーと初めて会ってから、ちょうど1年が過ぎていた。タイラーはスタンフォード大学でナノテクノロジーを研究する教授のもとで研究プロジェクトに関わっているとエリカに聞き、パロアルトまでレンタカーを走らせてスタンフォード大学の工学部大学院キャンパスで彼を探した。あちこち聞き回ったあとにやっと、材料科学研究棟の一室でタイラーの姿を見つけた。

タイラーは私を見ても驚きはしなかった。エリカがタイラー本人のメールアドレスを教えてくれたので、パロアルトに行くことはあらかじめ伝えてあった。タイラーからは、会ってくれるとはっきり返事をもらったわけではない。だがいざ私が目の前に現れると、仕方がないと折れてくれた。二人で一緒に近くのカフェテリアに行って昼食でもとろうということになり、そのまま軽い世間話を始めた。

タイラーは元気にやっているようだった。スタンフォード大学の少人数の研究チームの一員として、カナダの企業と手を組んで、クアルコムが主催する「トライコーダーX賞」という小型診断装置の性能を競うコンテストに応募するのだと言う。タイラーたちは、血液や唾液やバイタルから十数種類の病気を診断できるような携帯型検査装置の開発に取り組んでいた。

だが、話題がセラノスに移ると、タイラーの眉間に皺が寄り、表情がこわばった。ほかの人たちの耳に届く場所で話をしたくないと言う。材料科学棟に歩いて戻ることにした。そこで、空き教室を見つけて、腰を下ろした。カフェテリアでのリラックスした態度とはうって変わって、不安が手に取るように伝わった。

「弁護士からはあなたと話すなと言われていますが、もう自分の中だけに閉じ込めていられなくて」。タイラーはそう言った。

これから話してもらうことはすべてオフレコにすると私は約束し、もしいつかタイラーが許可をくれたら、そのときだけ記事にすると伝えた。

そこからの45分、タイラーは祖父の自宅でセラノスの弁護士が待ち伏せていたことや、数カ月にわたって訴えるぞと脅しを受けていたことを話してくれた。それでもタイラーは圧力に屈しなかった。ボイーズ・シラー法律事務所が突きつけてきた誓約書に断固として署名しなかった。もし彼がこれほど勇敢でなかったら、そして彼の両親が40万ドルもの弁護士費用を負担してくれなかったら、私は最初の記事を世に出せていなかったことを、このときにやっと悟った。タイラーにこれほど大変な重荷を背負わせてしまったことを知り、私は申し訳なさで胸がいっぱいになった。

何よりも胸が痛んだのは、タイラーが祖父のジョージと絶縁状態になってしまったことだった。私の記事であれだけのことが世間に出たあとでも、ジョージ・シュルツはエリザベスの肩を持ち続けた。タイラーは祖父とほぼ1年近く顔を合わせていなかったし、弁護士を通じてしかやりとりができなくなっていた。前年の12月、シュルツ夫妻はサンフランシスコに所有するマンションの最上階の部屋でジョージの95歳の誕生日を祝うパーティーを開いた。エリザベスは呼ばれていたが、タイラーは呼ばれなかった。

祖父がセラノスの将来を今も信じていることは、両親から聞いていた。何年もガチガチの秘密主義を貫いてきたエリザベスが急に手のひらを返し、アメリカ臨床化学会（ＡＡＣＣ）の年次総会で、その独自のテクノロジーの内側を世間にお披露目することになっていた。[16] 学会の日は２０１６年８月1日。この場でエリザベスが話せば、疑いを晴らすことができるはずだとジョージは信じていた。

どうして祖父がエリザベスの嘘を見抜けないのか、タイラーには理解できなかった。いったいどうしたら、真実を受け入れてくれるのだろう？

別れ際にタイラーは、私がセラノスの報道をあきらめずに粘り強く追い続けてくれたことに感謝していると口にした。大学3年から4年に上がる前の夏休みにインターンをしてから4年ものあいだ、人生をセラノスに消耗させられてしまったと言っていた。私の方こそ、タイラーが記事を世に出すことに協力してくれたこと、しかもあれほど強い圧力をかけられても耐え続けてくれたことにお礼を言った。

それからまもなく、セラノスからタイラーの弁護士に連絡があり、私たちが会ったことを承知していると告げられた。二人とも、会ったことは誰にも話していなかったので、私たちのどちらかまたは両方が尾行されていたのだろうとわかった。さいわい、タイラーはあまり気にかけていないようだった。「次に会うときは、二人の自撮り写真をエリザベスに送ってあげようかな。あっちも私立探偵を雇う手間が省けるから」。そんな冗談をメールで送ってきた。

このことがあって、私たちのどちらも一年中監視されていたのだろうと悟った。それにおそらく、エリカ・チャンとアラン・ビームも。

『トゥデイ』に出演したエリザベスは、ニューアーク検査室の失敗は自分の責任だと言っていたが、結局尻拭いをさせられたのはサニーだった。自分は退かず、恋人のクビを差し出したのだ。エリザベスはサニーと別れ、彼を解雇した。[17] プレスリリースでは、あたかもサニーが自分から引退を決めたように書いていた。

1週間後、私たちは、セラノスがこれまでの2年間にエジソンを使用して行った数万件におよぶ血液検査の結果をすべて無効扱いとしたことを報道した。[18] それはCMSからの検査室使用禁止処分を避けるための苦肉の策だった。言い換えると、セラノスは独自技術による検査がただの1件たりとも信頼できないことを当局に認めたわけだ。エリザベスはまたしてもそのことを隠し通そうとしていたが、新たな情報提供者のつてで私はこのことを突き止めた。検査禁止を匂わすCMSの通達の中身を教えてくれた、あの情報提供者が漏らしてくれたのだ。シカゴにいるウォルグリーンの経営幹部は、これほど大きな規模で検査が間違っていたことを知り、衝撃を受けた。ウォルグリーンはもう何カ月も前から、患者への影響についてセラノスに問い合わせ、返答を求めていた。2016年6月12日、ウォルグリーンはとうとうセラノスとの提携を打ち切り、店舗内のウェルネスセンターをすべて閉鎖した。[19]

その後も、セラノスには次々と追い打ちがかかった。[20] 7月初めにCMSが前回の通達の通り検査室の使用を禁じ、検査業界からセラノスを追放した。しかも、ただならぬことに、サンフランシスコの連邦地方検事局がセラノスに対して刑事捜査を開始し、同時に証券取引委員会（SEC）は民事での調査を開始した。[21] そこまで追い詰められてもなお、エリザベスは次の一手で世間を味方につけられると考えていたようだ。独自技術をお披露目して世界中をあっと言わせるのだ、と。

8月初めの蒸し暑い日、2500人を超える聴衆がフィラデルフィアにあるペンシルベニア会議場の大ホールに集まった。今回の臨床検査学会の年次総会に集まった出席者のほとんどは、エリザベスの話を聞きにやってきた研究者だ。登壇に合わせてローリング・ストーンズの『悪魔を憐れむ歌』が流れてくる。とても偶然とは思えなかった。

エリザベスを招くことの是非については、学会員の中でも激しく意見が分かれた。ここ数カ月の出来事を考えれば、登壇させるべきではないと強く主張する研究者もいた。だが、学会幹部は今回の登壇をいい広報のチャンスととらえ、普段は真面目で退屈な研究者の会合を盛り上げようと考えた。その狙いは当たった。この見世物をひと目見ようと、フィラデルフィアまで数十人もの記者が詰めかけたのだ。

臨床検査学会のパトリシア・ジョーンズ会長がひと言ふた言紹介をしたあと、エリザベスが壇上に登った。この日はダークスーツに白いブラウス姿だった。昨秋から物笑いのタネにされていた黒いタートルネックは封印されている。

そのあとに続いたのは、科学の説明ではなく、新製品のお披露目大会のようだった。1時間を使ってエリザベスが紹介した新製品は、3年ほど前に血液検査を開始したときには欠陥だらけで使い物にならなかったあのミニラボだ。[22]セラノスのエンジニアと化学者が初期のモデルを大幅に改良したとは言うものの、本格的な臨床検査はまだで、指先穿刺の検体を大規模に集めて精度を証明したわけではなかった。データはいくつかあったが、いずれも腕からの静脈採血で集めた検体を使っていた。[23]少量の指先穿刺の血液検査はわずか11件に過ぎず、第三者の検証も研究者の査読も経ていなかった。CMSから検査室の運営を禁じられてもとくに問題はないとエリザベスは言う。家庭や診療所や病院にミニラボを置いてもらい、セラノス本社とサーバーで直接に繋げば、検査室はいらないと説明したのだ。

つまり、携帯型の検査器をW-i-F-iや移動体通信でつないで遠隔操作するという、もともと夢見ていたアイデアに舞い戻ったのだ。だがもちろん、これほどの騒ぎになったからには、FDAの承認なしにそんなシステムを一般販売できないのは明らかだった。しかも、当局が求めるような大規模な臨床研究をまとめるには、何年もかかるはずだ。そもそも、それを避けたいから、セラノスはFDAの認可を回避しようと考えたのだ。

刑事事件の捜査対象になっているエリザベスが、そんな離れ業をやってのけられる可能性は万が一にもなかったが、しゃれたスライドを見せながら自信たっぷりに聴衆に話しかけるエリザベスを見てやっと、彼女がどうしてここまで高みに上れたのかがはっきりとわかった気がした。エリザベスは稀代の売り込み屋だった。言葉に詰まることも、脱線することもけっしてない。工学用語も検査室用語も難なく自在に操り、新生児集中治療室の赤ちゃんが採血されずに済みますようにと涙ながらに訴えかける。彼女が神と崇めるスティーヴ・ジョブズと同じように、エリザベスもまた現実歪曲空間を作り出し、人々に束の間だが疑惑を忘れさせる力を持っていた。

だが、質疑応答の時間がくると、そんな魔法も解けてしまった。壇上に上がった3人の質問者のうちの一人で、ニューヨークにあるワイル・コーネル・メディカルセンターの准教授、スティーヴン・マスターは、ミニラボの性能は当初の触れ込みとはほど遠いと指摘した。すると会場から大きな拍手が湧き起こる。エリザベスはとっさに『トゥデイ』で見せたしおらしい態度に戻り、臨床検査室業界の人々に「わかってもらう」ためにはまだまだやらなければならないことがたくさんあると認めた。だが彼女が認めたのはそこまでで、今回もまた、謝りもしなければ、過ちを認めることもなかった。

次に香港中文大学の病理学教授、デニス・ローが、これまでセラノスが患者の検体検査に使ってきた検査器とミニラボはどこがどう違うのかと訊ねると、エリザベスは質問にきちんと答えなかった。これは重大な質問でうやむやにしておくわけにはいかないものだが、集まった数百人の病理学者はみな礼儀正しく、のらりくらりとかわすエリザベスの答えをおとなしく聞いていた。ブーイングもヤジも飛ばない。だが、質疑応答が終わってエリザベスが舞台を降りようとしたときに一瞬だけ、礼儀正しい雰囲気が途切れた。聴衆が散っていく会場から、「お前は人々に危害を与えたんだぞ！」と叫ぶ声が上がった。

ミニラボをお披露目さえしたら自分のイメージもマスコミの論調も修復できる。もしエリザベスがそう思っていたとしたら、大間違いだった。総会が終わると次々に批判的な記事が表に出た。世間の反応を一番的確にとらえていたのは、このワイアード誌の見出しだ。[24]「セラノスには汚名をそそぐチャンスがあった。だが、方向転換でしのごうとした」

フィナンシャル・タイムズ紙にインタビューを受けたワシントン大学病理学教授のジェフリー・ベアードは、エリザベスの発表には「お笑い草程度のデータ」しかなく、「大学生が期末課題の提出期限直前に慌てて一夜漬けでまとめたレポート」のようだったと語っていた。[25]ミニラボのさまざまな構成要素はいずれも新しいものではないという指摘もすぐに上がった。セラノスがやったことと言えば、部品を小型化して一つの箱に詰め込んだだけだと専門家は言った。

総会でエリザベスがミニラボの使用例として挙げたのがジカウイルスの検査だ。ジカウイルスは蚊を媒介とする感染症で、世界中で何万もの新生児の脳に損傷を与えている。セラノスはＦＤＡにこの検査の緊急使用許可を申請し、この種の検査で初めて指先穿刺の血液検体を使うと宣伝していた。だが患者の安全を保護するための基本的な対策が何も取られていないとして、FDAは申請の取り下げを命じたのだった。[26]

不安を募らせていた投資家も、もしかしたらエリザベスが臨床検査学会の総会で大逆転を見せてくれるかもしれないという淡い期待から、騒ぎを起こさずにいた。だが講演がこき下ろされ、ジカウイルス検査の大失態が新聞の一面を賑わせると、愛想を尽かす投資家も出てきた。サンフランシスコのヘッジファンド、パートナー・ファンドだ。[27] 2014年に1億ドル近くを投資していたパートナー・ファンドは、エリザベスとサニーとセラノスが「数々の嘘と、重大な虚偽記載および隠蔽」により投資家を欺いたとして、デラウェア州衡平法《こうへいほう》裁判所に訴えた。元銀行家のロバート・コルマンはサンフランシスコの連邦裁判所で別の裁判を起こした。[28] コルマンは同時に、証券詐欺にあたるとして集団訴訟としての扱いを求めた。

そのほかの投資家の大半は訴訟を回避し、訴えない代わりに追加の株式を受け取ることで和解した。[29] だが、ルパート・マードックは違った。保有株式を1株1ドルでセラノスに買い戻させ、巨額の税控除を受けられるようにしたのだ。[30] 資産総額120億ドルとも言われるマードックにとっては、1億ドルかそこらをダメ会社につぎ込んで失ったとしても、痛くもかゆくもなかった。

デイヴィッド・ボイーズ率いるボイーズ・シラー法律事務所は、連邦当局の捜査への対応方法をめぐってセラノスと対立し、法律顧問を辞めた。[31] その仕事を引き継いだのは、やはり大手法律事務所のウィルマー・ヘイルだった。エリザベスが臨床検査学会に登壇してから1カ月後、ヘザー・キングはボイーズ・シラーのパロアルト事務所にパートナーとして戻った。[32] ボイーズ自身も数カ月後、セラノスの取締役を退いた。[33]

セラノスに総額1億4000万ドルをつぎ込んだウォルグリーンは、セラノスが契約中の「最も基本的な品質基準と法的要件」を満たさなかったとして、独自に訴訟を起こした。[34]「人の健康に関わるどのような取り組みもそうだが、両社の契約の土台となる前提条件もまた、人々を助けることであって、傷つけることではない」。ウォルグリーンは訴状にそう書いていた。

エリザベスは当初、CMSの命令に不服を申し立てようとしたが、観念してカリフォルニアの検査室を閉鎖し、さらに他社の市販機器しか使っていなかったアリゾナの検査室も閉鎖した。[35] 数日前にアリゾナの検査室にもCMSの査察が入り、数多くの問題が明らかになっていた。[36]

セラノスはのちに465万ドルを支払うことでアリゾナ州司法省と和解し、州はセラノスの検査を受けた7万6217人の患者たちに検査費用を払い戻した。[37]

カリフォルニアとアリゾナでセラノスが無効としたり訂正したりした検査数は結局100万件近くにのぼった。[38] 誤った検査結果が患者にどんな危害を与えたかをはっきりと示すのは難しい。10人の患者が消費者への詐欺と医療過誤でセラノスを訴えた。その中には検査結果の間違いで心臓疾患を発見できず、防げたはずの心臓発作に苦しんだ人もいた。こうした訴訟は暫定的集団訴訟として一つにまとめられ、アリゾナ州の連邦裁判所で争われることになった。原告団がセラノスによる被害を証明できるかどうかは、まだわからない。

ただし、これだけは言える。もし、全米にあるウォルグリーンの8134全店舗にセラノスのサービスが広がっていたら、診断ミスや治療ミスで死者の出る可能性は格段に高まっていたはずだ。「病理学よもやま話」のアダム・クラッパーが私に連絡をしてきたとき、セラノスはちょうどサービスを全店舗に広げる一歩手前だったのだ。

エピローグ

第一弾の記事が掲載されてから数日後、エリザベスは私に挑むように、自社検査装置の臨床データを公開して記事が間違っていることを証明すると断言した。「データには力があります。データそのものが語ってくれますから」。２０１５年10月26日、クリーブランド・クリニック主催の会合でエリザベスはそう言っていた。その約束が果たされたのは、2年と3カ月が経ってからだ。２０１８年の1月、ミニラボについての査読付き論文が「バイオエンジニアリング・アンド・トランスレーショナル・メディスン」という専門誌に掲載された。論文では、ミニラボの部品と内部機能が説明され、ＦＤＡの承認を受けた他社機器との比較データもいくつか含まれていた。だが、ここには重大な問題点があった。この研究で使われた血液は、腕に太い注射針を刺すという昔ながらのやり方で採られていたのだ。エリザベスがそもそも約束していたこと、つまり指先からほんの数滴の血液を採るだけで速く正確な検査を提供するというビジョンは、この論文のどこにも見当たらなかった。

論文をつぶさに読んでいくと、ほかにも深刻な問題点があることがわかった。一つには、検査種類がひと握りしかないことだ。しかも、そのうちの2種類、善玉コレステロールと悪玉コレステロールの値は、ＦＤＡ承認済み機器との乖離が大きく、セラノス自身も「推奨限度を超えている」と認めるほどだった。そのうえ、検査は1種類ずつそのたびに検体を通したと書かれていた。つまり、一滴の血液から数十種類の検査が同時にできるというエリザベスのもともとの主張とは食い違っている。さらに、検査ごとにミニラボの組み立てを変えなければならなかった。すべての部品を一つの箱にどう収めたらいいかが、セラノスにはまだわかっていなかったのだ。この現状は、ウォルグリーンの店舗で検査を開始した2013年秋にエリザベスが自慢していた革命的な技術にはほど遠かった。

論文の共著者にはエリザベスの名前はあったが、サニーの名前はなかった。サニーは2016年春にエリザベスと別れてセラノスを辞めたあと、この地上から消えてしまったようだった。エリザベスはサニーがアサートンに所有していた600平米近い邸宅（2013年に有限責任会社を通して900万ドルで購入していた）を出て、サニーがまだそこに住み続けているかはわからなかった。捜査の手を逃れるために国外に逃亡したという噂も、セラノスの元社員の間でささやかれていた。

だがそんな噂に終止符を打つ出来事が起きる。2017年3月6日の朝、タイラー・シュルツはサンフランシスコのミッションストリートにあるギブソン・デューン&クラッチャー法律事務所の会議室に入って行った。パートナー・ファンドが起こした訴訟で証言録取をするためだ。会議室に居並ぶ5、6人の弁護士の中に、見慣れた小柄な男の姿があった。セラノス社員を震え上がらせていたサニーが、しかめっ面でこちらを睨みつけていたのだ。普通なら証言録取に立ち会うはずもない被告のサニーがここにいる理由はただ一つ。証人を威嚇するためだ。それが狙いだったとすれば、もくろみは外れた。それからの8時間半にわたって、タイラーは質問に正直に答えることに気持ちを集中させ、会議テーブルの反対の端に黙って座っている癇癪持ちの元上司の存在を心から締め出した。７週間後、サニーの証言録取の前日にセラノスは４３００万ドルでパートナー・ファンドと和解した（ウォルグリーンとはその直後に２５００万ドルを超える金額で和解した）。

２０１７年が終わる頃には、セラノスはガス欠寸前になっていた。投資家から集めた９億ドルのほとんどを訴訟に使い果たし、資金が底を尽きかけていた。何度かリストラをくり返し、２０１５年に８００人もいた社員は１３０人を切るまでになっていた。残った社員は全員、家賃を削るためにサンフランシスコ湾の対岸にあるニューアーク社屋に移された。破産申請もやむなしと思われた。だがクリスマスの数日前になって、プライベートエクイティ会社から１億ドルの借入金を確保したとエリザベスが発表する。セラノスの命綱となるこの借入金には厳密な条件が付いていた。担保としてセラノスの特許をすべて差し入れることと、決められた製品開発と事業上の目標を達成することだ。

３カ月もしないうちにまた、セラノスは瀬戸際に追い詰められた。２０１８年3月14日、証券取引委員会はセラノスとエリザベスとサニーを、「長年にわたる計画的な詐欺」の罪で提訴した。和解のためにエリザベスは大量の株式と支配権を手放し、50万ドルの罰金を支払った。また今後10年は上場企業の役員や取締役に就くことも禁じられた。サニーは和解に応じず、ＳＥＣからカリフォルニアの連邦裁判所に訴えられた。一方で、刑事捜査も進んでいた。本書執筆時点で、エリザベスとサニーが投資家と連邦職員を欺いた疑いで起訴されることは、ほぼ間違いないと見られている。

１９８０年代の初めに作られた「ベイパーウェア」という造語がある。前宣伝だけは華々しいが何年経っても実現しない霞《ベイパー》のようなソフトウェアやハードウェアのことだ。大風呂敷を広げるだけ広げてあとは成り行き任せにするコンピュータ業界の傾向をこの言葉は表していた。マイクロソフトも、アップルも、オラクルも、かつて一度はそんな行為で責められたことがあった。大風呂敷はシリコンバレーのお家芸ともなっている。もちろん消費者はイライラしたり期待を裏切られたりはするが、被害はそれほど大きくない。

エリザベスはそんなシリコンバレーのど真ん中でセラノスをハイテク企業と位置付け、大風呂敷文化を踏襲したばかりか、あらゆる手を使ってどこまでも嘘を隠し通そうとした。シリコンバレーでは社員に守秘義務を強いる企業は多いが、セラノスの秘密主義は度を超えていた。社員はリンクトインのプロフィールに「セラノス」という社名を載せることは禁じられ、「未上場バイオテクノロジー企業」と書き込むように命じられた。仕事内容の記載が詳しすぎるとして、セラノスの弁護士から削除通知を送りつけられた社員もいた。サニーは社員のメールやネットの閲覧履歴を定期的にチェックしていた。また、グーグルが自社製のブラウザを通してセラノスの研究成果を盗み出すかもしれないという理由でクロームの使用も禁止されていた。ニューアークで働く社員は建物内のジムをなるべく使用しないように申し渡された。そのジムは他社とも共有していたので、他社の社員と親しくなってほしくないという思惑からだった。

検査室「ノルマンディー」の内部では、エジソンの周りに仕切り板が立てられ、シーメンスの保守点検担当者がやってきても見えないようにしてあった。仕切り板のせいで部屋は迷路のようになり、出口も塞がってしまった。検査室の窓はすりガラスで外からは中がほとんど見えなかったのに、それでも内側から目隠しシートを貼るほどの厳重さだった。検査室につながる廊下の入り口には指紋認証スキャナーが設置され、入室人数が一度に一人を超えるとセンサーが反応して警報が鳴り、カメラが作動して画像が警備室に届く仕組みになっていた。監視カメラは社内のいたるところにあった。レンズには濃紺の丸いカバーがかかっていて、どちらを向いているかわからないようになっていた。こうした仕掛けはどれも、表向きは企業秘密を守るためだと言われていたが、セラノスの技術についてエリザベスがついていた嘘を覆い隠すための手段でもあったことは、今となっては明らかだ。

テクノロジー業界では今でも、大風呂敷を広げて資金を調達し、本当の進捗状況を隠しつついずれ現実が追いつくのをただ願うことが許されている。しかし、ここで肝に銘じなければならないのは、セラノスが従来の意味でのテクノロジー企業ではないという点だ。まず何より、セラノスはヘルスケア企業だった。その製品はソフトウェアではなく、人々の血液を分析する医療器具だ。絶頂期のエリザベス自身がメディアのインタビューや講演でくり返し言っていたように、医師は臨床検査の結果に基づいて七割方の治療方針を決める。臨床検査室の機器が宣伝通りに機能することがその前提にある。そうでなければ、患者の身体に害が及んでしまう。

ではなぜ、エリザベスは人々の命を危険な賭けに使ってもいいと思ったのだろう？　サニーという悪人に洗脳されたのだと考えることもできる。そう考えると、サニーがエリザベスを裏で操り、大志を抱いた純粋な女の子をシリコンバレーが待ち望んでいた早咲きの女性創業者に仕立て上げ、中年男の自分にはできない役どころを演じさせたことになる。もちろん、サニーが悪い影響を与えたことは間違いない。だがすべての責任をサニーになすりつけるのは都合が良すぎるし、正確でもない。二人のやりとりを間近で見ていた社員らは、20歳近く年下のエリザベスのほうがいつも最後に決めていたと言っている。それに、そもそもサニーがセラノスに入社したのは２００９年の終わりになってからだ。エリザベスはその前から何年にもわたって製薬会社に対し自社技術が今すぐにでも使えるかのように嘘をついていた。しかも、最高財務責任者を脅迫したり、元社員を訴えたりと、残酷で容赦ない行動をくり返していた。その姿は、根はやさしい若い女性が年配男性に操られたという図式とは違っている。

エリザベスは自分が何をしているかをきちんとわかっていたし、すべてを支配していた。2011年の夏にセラノスで採用面接を受けたある元社員は、エリザベスに取締役会の役割について訊いた。エリザベスはムッとした様子で、「取締役会なんてただのお飾りよ」と答えた。「ここでは私がすべて決めるから」。エリザベスがあまりに不機嫌になったので、その元社員は面接に落ちたと思ったほどだった。それから2年後、取締役会が絶対にお飾り以上にならないよう、エリザベスは手を打った。2013年12月の取締役会で、自分の保有株1株当たりに100票の議決権を与えることを力ずくで決め、99・7パーセントの議決権を握ることにしたのだ。それ以降、取締役会はエリザベスがいなければ何の決議も通せなくなった。のちに、ジョージ・シュルツは証言録取の中で取締役会の決議について、こう答えていた。「採決さえ取らなかった。意味がないから。エリザベスが好きなように決めるだけだからな」。スキャンダルが起きたとき、取締役会が外部弁護士事務所に頼んで独立調査を行わなかったのも、こういう事情からだった。上場企業なら、記事が表に出てから数日か数週間で第三者調査が行われたはずだ。だが、セラノスではエリザベスがうんと言わなければ何事も決まらず、何もできなかったのだ。

すべてを操っていたのはエリザベスだった。彼女は会う人会う人を次々と手玉に取り、自分のいいように動かしていた。最初に彼女の手中に堕ちたのはチャニング・ロバートソンだ。ティーンエイジャーだったエリザベスにお墨付きを与えたのは、スタンフォード大学の有名な工学教授であるロバートソンだった。次に、高齢のベンチャーキャピタリスト、ドナルド・L・ルーカスの後ろ楯と人脈のおかげで、資金調達ができた。ウォルグリーンのドクターJとウェイド・ミクロンや、セーフウェイのスティーヴ・バード元CEOがその次の後ろ楯になり、ジェームズ・マティス、ジョージ・シュルツ、ヘンリー・キッシンジャーがあとに続いた（マティスがセラノスに深く関わっていたことはまったく問題にならず、トランプ政権で国防長官にすんなり承認された）。トリを飾るのはデイヴィッド・ボイーズとルパート・マードックだが、ここに挙げた以外にもエリザベスの魅力と知性とカリスマの虜になった人は数知れない。

良心が欠落した人、または良心をほとんど感じない人をよく「ソシオパス」と呼ぶ。エリザベスが医学用語で言うソシオパスかどうかは心理学者に判断してもらうとして、彼女の道徳観がひどく歪んでいるのは間違いない。もちろん、15年前にスタンフォード大学を中退したとき、彼女が初めから投資家を騙そうとしたわけでも患者に危害を与えようとしたわけでもなかったと私は思う。エリザベスは本気でビジョンを掲げ、その実現に身を捧げた。ただ、ユニコーンが次々と生まれ出る時代の中で、第二のスティーヴ・ジョブズになりたいと願うあまりに、いつのまにか健全な助言に耳を傾けることをやめ、ずるをし始めてしまった。あまりに野心が強すぎて、どんな邪魔者にも我慢ができなかったのだ。自分が富と名声を手に入れる過程で誰かが傷つくとしても、それは仕方のないこと。そう思ってしまったのだった。

謝辞

本書『BAD BLOOD　シリコンバレー最大の捏造スキャンダル　全真相』は、ウォール・ストリート・ジャーナルに掲載された、セラノスのスキャンダルを暴いた私の調査報道から生まれた。2015年と2016年を通して自らを危険にさらして話をしてくれた匿名の情報提供者の助けなしには、この本は存在し得なかった。タイラー・シュルツのように、その後身元を公開して報道に協力してくれた人もいる。一方、仮名で記事に出てくれたり、匿名で話をしてくれた人たちもいる。いずれの情報提供者も法的リスクとキャリアのリスクに直面しながら、意を決して私に話をしてくれたのは、あるひとつの大切なことが気にかかっていたからだ。それは、セラノスの血液検査の過誤によって被害を受けるかもしれない患者を守りたいという気持ちだった。彼らの誠実さと勇気に、永遠の感謝を送りたい。この物語の真のヒーローは、彼らである。

また、数十人のセラノス元社員が当初の不安を乗り越えて私に経験を語り、この会社の15年の歴史を再構成する助けになってくれなければ、この本を書き終えることはできなかった。彼らは私のために時間を使い、私の報道を心からサポートしてくれた。難解だが面白い血液検査の科学について教えてくれた臨床検査の専門家にも、大変感謝している。そんな専門家のひとり、ニューヨークのワイル・コーネル・メディカルセンターのスティーヴン・マスターは、親切にも出版前の原稿に目を通し、誤りがないように助けてくれた。

この本のきっかけになったのは、2015年はじめに耳にしたネタだった。そのネタを追いかけられたのは、ある人物が私に裁量と揺るぎない支援を与えてくれたからだ。それがウォール・ストリート・ジャーナルの編集者、マイク・シコノルフィである。マイクは私だけでなく何世代にもわたる記者のメンターであり、ウォール・ストリート・ジャーナルという偉大な報道機関を背負う人物でもある。この事件を白日のもとに晒すことに協力してくれたのはマイクだけではない。今はダウ・ジョーンズの法律顧問となったジェイソン・コンティとジェイソンの補佐役だったジェイコブ・ゴールドスタインは、長時間かけて私の記事を裏付け、セラノスの弁護士からの法的な脅しと戦ってくれた。調査報道チームの同僚、クリストファー・ウィーバーは、私がこの本を書くために執筆休暇を取ったときも含めて1年以上にわたり、規制当局への問い合わせとその他の後日談をまとめる手助けをしてくれた。

ウォール・ストリート・ジャーナルで働いて得た大切なもののひとつが、長年のあいだに築いた友人関係だ。そんな友人のひとりで、これまでに数冊のノンフィクションを執筆してきたクリストファー・スチュワートは、彼が持つ出版業界の知識と人脈を惜しみなく分け与えてくれた。クリスの紹介で、フレッチャー&カンパニーのエリック・ルプファーに出会い、私のエージェントになってもらった。エリックはこの本の可能性をすぐに見抜き、執筆過程に起きた様々な障害にもかかわらず、書き続けるよう私の背中を押してくれた。エリックの常に前向きな考え方は私にも伝染し、自信を無くした時にはいつもそれが助けになった。

本書がクノップから出版されることになり、アンドリュー・ミラーという優秀な担当者を得たことは大変幸運だった。アンドリューの熱意と私への信頼は、この本を書き上げるのに必要な自信を与えてくれた。アンドリューの上司である、クノップフ・ダブルデイ・パブリッシング・グループのソニー・メータ会長の支援にも頭が下がる思いである。ランダムハウスタワーに足を踏み入れた瞬間から、アンドリューとソニーとその仲間たちは私を歓迎し、居場所を作ってくれた。彼らの期待に応えられたことを願っている。

本書を執筆するにあたって、人生の3年半をセラノスの栄枯盛衰の物語に費やした。そのあいだずっと、幸運にも友人や家族の助言やサポートや温かさに頼ることができた。イアンセ・デュガン、パウロ・プラダ、フィリップ・シシュキン、そしてマシュー・キミンスキ、そのほかにも多くの人たちがたびたび私を励まし、大切な息抜きを与えてくれた。両親のジェーンとジェラール、また妹のアレキサンドラは、完走まで応援してくれた。だが、誰よりも力とやる気を与えてくれたのは、私が人生を共にする4人である。妻のモリーと3人の子どもたち、セバスチャン、ジャック、フランチェスカに、この本を捧げたい。

訳者あとがき

2020年12月、グローバルな民泊プラットフォームのエアビーアンドビーがアメリカのナスダック市場に上場した。上場時の時価総額は日本円で4兆円を超えた。2人のデザイナーとその友達のプログラマーという珍しい組み合わせの創業者3人が手にする資産額はそれぞれ日本円で4000億円を超える計算になる。エアビーアンドビーはシリコンバレーの「ユニコーン」の筆頭格だった。

「ユニコーン」とは企業価値が10億ドル（およそ1200億円）を超える未上場企業を指す言葉だ。金余りの市場の中で、世界中の投資家は次のユニコーンを血眼になって探している。一方、起業家はホッケースティック型の収益曲線を描く急成長を実現すべく、寝る間も惜しんでプロダクトを開発し、人材を採用し、マーケティングに勤しんでいる。ベンチャーの世界での成功の基準は常に企業価値だ。そして企業価値は「どこまで事業をスケール（規模拡大）できるか」によって決まる。

かくして、ベンチャー業界では「スケール」が合言葉になった。自分たちの事業がスケールできることを投資家に上手に売り込める起業家は、次々と大型の資金調達に成功している。だからこそ、大風呂敷を広げることが文化の一部になってきた。

本書『BAD BLOOD　シリコンバレー最大の捏造スキャンダル　全真相』は、そんなベンチャー業界の文化の中で、女性で初めての「ユニコーン」企業の創業者として注目を集めたエリザベス・ホームズと、彼女が生み出した〈セラノス〉という血液検査ベンチャーの虚構を、ウォール・ストリート・ジャーナルの記者が綿密な調査によって暴いていく物語である。

エリザベス・ホームズはスタンフォード大学を2年で中退し、２００３年、19歳で血液検査機器の会社を創業する。彼女は「たった一滴の血液であらゆる種類の検査を可能にする」というビジョンと熱意で周囲を巻き込み、２０１４年にセラノスの企業価値は９０００億円を超え、当時のシリコンバレー最大の「ユニコーン」として話題になった。株式の過半を所有していたエリザベスは、「自力でビリオネアになった最年少女性」として、多くのメディアに取り上げられた。

本書の前半では、そのエリザベスの生い立ちからセラノスを創業しスターダムにのし上がるまでが丹念に描かれ、後半ではその嘘と虚構が次第に暴かれていく。

そもそも、どうして大学中退の何の技術もない若者が、名だたる投資家を口説き落として数百億円という資金を調達し、たとえ一時でもシリコンバレーの女王になれたのだろう？　その理由のひとつは、彼女を庇護した年長の男性たちにある。はじめに彼女の背中を押したのは、スタンフォード大学の花形教授、チャニング・ロバートソンだ。そして、ラリー・エリソンなどのベンチャー業界の重鎮。とどめは、オールスターの取締役会の面々である。元国務長官のジョージ・シュルツをはじめ、ジェームズ・マティスやヘンリー・キッシンジャーといったアメリカで最も尊敬される大物政治家や軍人がエリザベスの庇護者となり、盾となっていた。その全員が年配の白人男性という点は興味深い。もう一つの理由は、スタートアップ業界が若い女性の起業家を求めていたことだろう。エリザベスの大きな青い瞳、奇妙なバリトンボイス、スティーヴ・ジョブズを真似た黒いタートルネックのセーターといった容姿や外見が、世間が求める早熟の天才女性起業家というイメージにぴったりとはまった。

さらに背景として、テクノロジーとヘルスケアを掛け合わせた〝ヘルステック〟の市場は今後最も拡大が望める領域としてグローバルな投資家の資金が大量に流れ込んでいる状況がある。世界的に医療費が増大し高齢化が進む中で、革新的な技術を使った予防医療や遠隔医療、再生医療、生殖医療といった領域はベンチャー投資家だけでなくあらゆる企業が市場拡大の恩恵を受けようと、戦略的な投資先を探している。セラノスの場合も、全米最大級のドラッグストアチェーンが戦略的な提携先になっていた。

最強の盾で武装したエリザベスとセラノスの嘘と秘密を、著者のキャリールー記者が暴いていく過程は、まるでスパイ小説のようである。本書の著者であるジョン・キャリールーはウォール・ストリート・ジャーナルに1999年から在籍するベテランの調査報道記者で、メディケアスキャンダルを暴いた記事でピューリッツァー賞を受賞している（現在は、フリーランス・ジャーナリストとして活動中）。本書の中で、著者は調査報道のプロとして、情報提供者をひとりひとり説得し、丁寧に裏をとり、玉ねぎの皮をはがすように、少しずつ真相に近づいていく。ひたひたと真相に迫る著者に対して、脅しと隠蔽と中傷でねじ伏せようとするのがセラノスとその弁護団だ。弁護団を率いるのは全米で最も有名な法廷弁護士のデイヴィッド・ボイーズである。企業秘密を盾に記事を闇に葬ろうとするセラノスに対して、記者と報道の誠実さを守り抜こうとするウォール・ストリート・ジャーナルの攻防は本書の読みどころのひとつでもある。

2018年にアメリカで本書が刊行されたあと、セラノスのスキャンダルについてはすでに、2019年にABCが『ザ・ドロップアウト』というドキュメンタリーのシリーズ番組とポッドキャストを放送、配信し、HBOも長編のドキュメンタリー番組『ザ・インヴェンター』を制作している。また、本書をもとに、ジェニファー・ローレンスがエリザベスを演じるハリウッド映画も現在制作中だと言われている。

エリザベスとその恋人でセラノスのナンバー2だったサニー・バルワニは、現在刑事事件の被告人として裁判を待つ身になっている。もし有罪となれば、最長20年の懲役が科される可能性もある。だがエリザベスという女性にとってはこれが人生の終わりというわけではなさそうだ。裁判を待つあいだ、2019年に年下のホテルチェーンの御曹司と結婚した。どこまでもドラマチックな人生を歩むエリザベスから、しばらく目が離せそうにない。

本書を翻訳するにあたり、櫻井祐子さんが前半を、私が後半を担当することにした。櫻井さんは『1兆ドルコーチ　シリコンバレーのレジェンド　ビル・キャンベルの成功の教え』や『オプションB　逆境、レジリエンス、そして喜び』など、数々のベストセラー書籍を翻訳してきた、最高の翻訳家である。櫻井さんと共に、この第一級のノンフィクションを日本の読者に紹介できることを誇りに思っている。

また、科学ジャーナリストでNewsPicks編集部副編集長でもある須田桃子さんには、数々のアドバイスを頂いた。力強いご協力に心から感謝している。

2021年1月

関美和

John Carreyrou

ジョン・キャリールー

『ウォール・ストリート・ジャーナル』紙の調査報道記者として20年勤務後、フリーランス・ジャーナリストとして活動中。ピューリッツァー賞を二度受賞。現在、ニューヨークのブルックリンで妻と3人の子どもたちと共に暮らしている。

関美和 Miwa Seki

翻訳家。慶應義塾大学文学部・法学部卒、杏林大学外国語学部准教授。投資銀行を経てクレイフィンレイ投資顧問東京支店長を務める。主な訳書に『ゼロ・トゥ・ワン』(共訳、NHK出版)、『父が娘に語る　美しく、深く、壮大で、とんでもなくわかりやすい経済の話。』(ダイヤモンド社)、『お父さんが教える　13歳からの金融入門』(日本経済新聞出版)、『ファクトフルネス』(共訳、日経BP)などがある。

櫻井祐子 Yuko Sakurai

翻訳家。京都大学経済学部経済学科卒、大手都市銀行在籍中にオックスフォード大学大学院で経営学修士号を取得。主な訳書に『1兆ドルコーチ　シリコンバレーのレジェンド　ビル・キャンベルの成功の教え』(ダイヤモンド社)、『NETFLIXの最強人事戦略』(光文社)、『CRISPR(クリスパー)』(文藝春秋)、『OPTION B 逆境、レジリエンス、そして喜び』(日本経済新聞出版)などがある。

装丁／篠田直樹(bright light)

November 20, 2016.

32 Carreyrou and Weaver, "Theranos Halts New Zika Test After FDA Inspection."

33 Weaver and Carreyrou, "Theranos Offers Shares for Promise Not to Sue."

34 Christopher Weaver, John Carreyrou, and Michael Siconolfi, "Walgreen Sues Theranos, Seeks $140 Million in Damages," *Wall Street Journal*, November 8, 2016.

35 John Carreyrou and Christopher Weaver, "Theranos Retreats from Blood Tests," *Wall Street Journal*, October 6, 2016.

36 Christopher Weaver and John Carreyrou, "Second Theranos Lab Failed U.S. Inspection," *Wall Street Journal*, January 17, 2017.

37 Christopher Weaver, "Arizona Attorney General Reaches Settlement with Theranos," *Wall Street Journal*, April 18, 2017.

38 同前。

12　John Carreyrou and Christopher Weaver, "Theranos Devices Often Failed Accuracy Requirements," *Wall Street Journal*, March 31, 2016.

13　Letter from CMS's Karen Fuller to Sunil Dhawan, Elizabeth Holmes, and Ramesh Balwani dated March 18, 2016.

14　John Carreyrou and Christopher Weaver, "Regulators Propose Banning Theranos Founder Elizabeth Holmes for at Least Two Years," *Wall Street Journal*, April 13, 2016.

15　2016年4月18日に放映されたマリア・シュライヴァーによるエリザベスへのインタビューは、CNBC.comで視聴可能。

16　アメリカ臨床化学会（AACC）は2016年4月18日付のプレスリリースで、エリザベスが第68回年次総会でセラノスのテクノロジーを披露すると発表した。

17　John Carreyrou, "Theranos Executive Sunny Balwani to Depart Amid Regulatory Probes," *Wall Street Journal*, May 12, 2016.

18　John Carreyrou, "Theranos Voids Two Years of Edison Blood-Test Results," *Wall Street Journal*, May 18, 2016.

19　Michael Siconolfi, Christopher Weaver, and John Carreyrou, "Walgreen Terminates Partnership with Blood-Testing Firm Theranos," *Wall Street Journal*, June 13, 2016.

20　John Carreyrou, Michael Siconolfi, and Christopher Weaver, "Theranos Dealt Sharp Blow as Elizabeth Holmes Is Banned from Operating Labs," *Wall Street Journal*, July 8, 2016.

21　Christopher Weaver, John Carreyrou, and Michael Siconolfi, "Theranos Is Subject of Criminal Probe by U.S.," Wall Street Journal, April 18, 2016.

22　エリザベスのアメリカ臨床化学会年次総会でのプレゼンテーションは、同協会のウェブサイトAACC.orgで視聴可能。

23　エリザベスがAACCでのプレゼンテーションで使ったスライド資料は、AACC.orgより取得可能。

24　Nick Stockton, "Theranos Had a Chance to Clear Its Name. Instead, It Tried to Pivot," Wired.com, August 2, 2016.

25　David Crow, "Theranos Founder's Conference Invitation Sparks Row Among Scientists," *Financial Times*, August 4, 2016.

26　John Carreyrou and Christopher Weaver, "Theranos Halts New Zika Test After FDA Inspection," *Wall Street Journal*, August 30, 2016.

27　Christopher Weaver, "Major Investor Sues Theranos," *Wall Street Journal*, October 10, 2016.

28　Christopher Weaver, "Theranos Sued for Alleged Fraud by Robertson Stephens Co-Founder Colman," *Wall Street Journal*, November 28, 2016.

29　Christopher Weaver and John Carreyrou, "Theranos Offers Shares for Promise Not to Sue," *Wall Street Journal*, March 23, 2017.

30　同前。

31　John Carreyrou, "Theranos and David Boies Cut Legal Ties," *Wall Street Journal*,

27 Michael Siconolfi, John Carreyrou, and Christopher Weaver, "Walgreens Scrutinizes Theranos Testing," *Wall Street Journal*, October 23, 2015.
28 Rolfe Winkler and John Carreyrou, "Theranos Authorizes New Shares That Could Raise Valuation," *Wall Street Journal*, October 28, 2015.
29 John Carreyrou, "Theranos Searches for Director to Oversee Laboratory," *Wall Street Journal*, November 5, 2015.
30 John Carreyrou, "Safeway, Theranos Split After $350 Million Deal Fizzles," *Wall Street Journal*, November 10, 2015.
31 Letter from Heather King to William Lewis dated November 11, 2015.
32 Sheelah Kolhatkar and Caroline Chen, "Can Elizabeth Holmes Save Her Unicorn?" *Bloomberg Businessweek*, December 10, 2015.
33 Anne Cohen, "Reese Witherspoon Asks 'What Do We Do Now?' at *Glamour's* Women of the Year Awards," *Variety*, November 9, 2015.

第24章　裸の女王様

1 Email with the subject line "CMS Complaint: Theranos Inc." sent by Erika Cheung to Gary Yamamoto at 6:13 p.m. PST on September 19, 2015.
2 John Carreyrou, Christopher Weaver, and Mike Siconolfi, "Deficiencies Found at Theranos Lab," *Wall Street Journal*, January 24, 2016.
3 January 25, 2016, letter from Centers for Medicare and Medicaid Services official Karen Fuller to Theranos laboratory director Sunil Dhawan.
4 ヘザー・キングからウォール・ストリート・ジャーナルに送られた撤回要求は、2016年1月11日付のものが最後である。
5 Email with the subject line "Statement by Theranos on CMS Audit Results" sent by Theranos spokeswoman Brooke Buchanan to journalists at 1:49 p.m. EST on January 27, 2016.
6 John Carreyrou and Christopher Weaver, "Theranos Ran Tests Despite Quality Problems," *Wall Street Journal*, March 8, 2016.
7 Email with the subject line "statements from Theranos" sent by Brooke Buchanan to John Carreyrou and Mike Siconolfi at 3:35 p.m. EST March 7, 2016.
8 キングは2016年3月と4月初めにＣＭＳに対し、査察報告書をマスコミに公表する前に黒塗りすることを要求する書簡を数通送っている。
9 Noah Kulwin, "Theranos CEO Elizabeth Holmes Is Holding a Hillary Fundraiser with Chelsea Clinton," *Recode*, March 14, 2016.
10 Ed Silverman, "Avoiding 'Teapot Tempest,' Clinton Campaign Distances Itself from Theranos," *STAT*, March 21, 2016.
11 Letter from Heather King to Jason Conti, copying John Carreyrou, Mike Siconolfi, and Gerard Baker, dated March 30, 2016.

8　エリザベスがマードックと会ったのは、2014年11月26日、2015年4月22日、2015年7月3日、2015年9月29日、2016年1月30日、2016年6月8日の計6回。うち2回はカリフォルニア、4回はニューヨークで会っている。

9　Letter from Michael A. Brille to Mary L. Symons, Rochelle Gibbons's estate lawyer, dated August 5, 2015.

10　Letter from David Boies to Gerard Baker, copying Jason Conti, dated September 8, 2015.

11　John Carreyrou, "A Prized Startup's Struggles," *Wall Street Journal*, October 15, 2015.

12　*Fortune CEO Daily* newsletter sent by Alan Murray to readers at 7:18 a.m. EST on October 15, 2015.

13　Matthew Herper, "Theranos' Elizabeth Holmes Needs to Stop Complaining and Answer Questions," Forbes.com, October 15, 2015; Eric Lach, "The Secrets of a Billionaire's Blood-Testing Startup," New Yorker.com, October 16, 2015.

14　Laura Arrillaga-Andreessen, "Five Visionary Tech Entrepreneurs Who Are Changing the World," *New York Times T Magazine*, October 12, 2015.

15　Theranos, "Statement from Theranos," press release, October 15, 2015, Theranos website.

16　2015年10月15日の『マッド・マネー』で放映されたジム・クレイマーによるエリザベスのインタビューは、ユーチューブで視聴可能。https://www.youtube.com/watch?v=rGfaJZAdfNE.

17　John Carreyrou, "Hot Startup Theranos Dials Back Lab Tests at FDA's Behest," *Wall Street Journal*, October 16, 2015.

18　Theranos, "Statement from Theranos," press release, October 16, 2015, Theranos website.

19　Nick Bilton, "How Elizabeth Holmes's House of Cards Came Tumbling Down," Vanity Fair, September 6, 2016.

20　2016年10月21日のウォール・ストリート・ジャーナル「D・ライブ」で行われたエリザベスとジョナサン・クリムの対談は、WSJ.comで視聴可能。

21　Jean-Louis Gassée, "Theranos Trouble: A First Person Account," *Monday Note*, October 18, 2015.

22　Theranos, "Theranos Facts," press release, October 21, 2015, Theranos website.

23　Andrew Pollack, "Theranos, Facing Criticism, Says It Has Changed Board Structure," *New York Times*, October 28, 2015.

24　Letters from Heather King to William Lewis, CEO of *Wall Street Journal* parent company Dow Jones, copying Mark Jackson, Jason Conti, Gerard Baker, John Carreyrou, and Mike Siconolfi, dated November 4 and 5, 2015.

25　Letter from Heather King to Jason Conti dated November 11, 2015.

26　Nick Stockton, "The Theranos Scandal Could Become a Legal Nightmare," *Wired*, October 29, 2015.

9 The signed statements by Drs. Rezaie and Beardsley are dated July 1, 2015.
10 Email with the subject line "Theranos" sent by Dr. Stewart to John Carreyrou at 8:26 p.m. EST on July 8, 2015.

第22章 マッタンツァ

1 Theranos, "Theranos Receives FDA Clearance and Review and Validation of Revolutionary Finger Stick Technology, Test, and Associated System," press release, July 2, 2015, Theranos website.
2 Ken Alltucker, "Do-It-Yourself Lab Testing Without Doc's Orders Begins," *Arizona Republic*, July 7, 2015.
3 Helena Andrews-Dyer and Emily Heil, "Japan State Dinner: The Toasts; Michelle Obama's Dress; Russell Wilson and Ciara Make a Public Appearance," *Washington Post*, April 28, 2015.
4 Roger Parloff, "Disruptive Diagnostics Firm Theranos Gets Boost from FDA," Fortune.com, July 2, 2015.
5 Anonymous review of Theranos posted on Glassdoor.com on May 11, 2015.
6 Theranos, "Theranos Hosts Vice President Biden for Summit on a New Era of Preventive Health Care," press release, July 23, 2015, Theranos website.
7 同前。
8 Elizabeth Holmes, "How to Usher in a New Era of Preventive Health Care," *Wall Street Journal*, July 28, 2015.

第23章 危機対応

1 VC Experts report on Theranos Inc.
2 Christopher Weaver and John Carreyrou, "Theranos Offers Shares for Promise Not to Sue," *Wall Street* Journal, March 23, 2017.
3 Breakthrough Prize website; https://break throughprize.org.
4 Letter written by Elizabeth Holmes to Rupert Murdoch on Theranos letterhead dated December 4, 2014.
5 セラノスは2017年3月9日に同社ウェブサイトに掲載したプレスリリース「セラノスとクリーブランド・クリニックが戦略的提携を開始。革新的な臨床検査を通じて患者ケアの向上をめざす」で、クリーブランド・クリニックとの提携を発表した。
6 この業績見通しは、株式発行高やキャッシュフロー、貸借対照表に関する情報とともに、セラノスの財務状況をまとめた全5ページの文書に記されていたもので、以下の記事の中で初めて公にされた。Christopher Weaver and John Carreyrou, "Theranos Foresaw Huge Growth in Revenue and Profits," *Wall Street Journa*l, December 5, 2016.
7 同前。

4月30日にセラノスから、サンディーン医師自身にそれぞれ送付された、採血は2015年4月24日、最初にラボコープで、続いてその53分後にセラノスウェルネスセンターで行われた。

13 John Carreyrou, "Theranos Whistleblower Shook the Company— and His Family," *Wall Street Journal*, November 18, 2016.

14 Email with the subject line "Deposition— Confidential A/C Privileged" sent by David Doyle to Ian Gibbons, copying Mona Ramamurthy, at 7:32 p.m. PST on May 15, 2013.

第20章　待ち伏せ

1 Email with the subject line "list of questions for Theranos" sent by John Carreyrou to Matthew Traub at 6:33 p.m. EST on June 9, 2015.

2 タイラー・シュルツの苦難は、以下の記事でもかいつまんで取り上げられている。John Carreyrou, "Theranos Whistleblower Shook the Company— and His Family," *Wall Street Journal*, November 18, 2016.

3 『ＣＢＳディスモーニング』(2015年4月16日)、ＣＮＢＣ『マッド・マネー』(2015年4月27日)、ＣＮＮ『ファリード・ザカリアＧＰＳ』(2015年5月18日)、ＰＢＳ『チャーリー・ローズ』(2015年6月3日) で放映されたエリザベスのインタビューは、すべてユーチューブで視聴可能。

第21章　企業秘密

1 フリッチが興した調査会社フュージョンＧＰＳは、のちにドナルド・トランプ大統領に関する調査をイギリスの元諜報部員に委託したことで有名になった。この悪名高い調査報告書は、ロシア当局がトランプを脅迫するための材料を握っているという主張のもとになった。

2 私もミーティングを録音した。ここに記した会話はその録音を一字一句起こしたものである。

3 Email with the subject line "list of questions for Theranos" sent by John Carreyrou to Matthew Traub at 6:33 p.m. EST on June 9, 2015.

4 Letter from David Boies to Erika Cheung dated June 26, 2015.

5 Letter from David Boies to Jason P. Conti, copying John Carreyrou and Mike Siconolfi, dated June 26, 2015.

6 Email with the subject line "Re: Theranos HIPAA waiver" sent by Nicole Sundene to John Carreyrou at 7:04 p.m. EST on June 30, 2015.

7 Email with the subject line "Eric Nelson" sent by John Carreyrou to Heather King at 1:07 p.m. EST on July 1, 2015.

8 Letter from David Boies to Jason P. Conti, copying Mark H. Jackson, John Carreyrou, and Mike Siconolfi, dated July 3, 2015.

第18章　ヒポクラテスの誓い

1　Email with the subject line “Re: The Employment Law Group: Consultation Information” sent to DeWayne Scott at 9:18 p.m. EST on October 29, 2014.

2　フィリス・ガードナーは、エリザベスがセラノスのシリーズA資金調達で投資家に売り込みを行う際に使った2004年12月付の対外秘のセラノス会社概要に、科学・戦略顧問として氏名が記載されている。

3　Ken Auletta, “Blood, Simpler,” *New Yorker*, December 15, 2014.

4　Steven M. Chan, John Chadwick, Daniel L. Young, Elizabeth Holmes, and Jason Gotlib, “Intensive Serial Biomarker Profiling for the Prediction of Neutropenic Fever in Patients with Hematologic Malignancies Undergoing Chemotherapy: A Pilot Study,” *Hematology Reports* 6 (2014): 5466.

5　クラッパーのブログはウェブサイト閲覧ツール、ウェイバックマシンに “Pathology Blawg.com” と入力すれば読むことができる。

第19章　特ダネ

1　John Carreyrou and Janet Adamy, “How Medicare ‘Self-Referral’ Thrives on Loophole,” *Wall Street Journal*, October 22, 2014.

2　Ken Auletta, “Blood, Simpler,” *New Yorker*, December 15, 2014.

3　Jose Antonio Vargas, “The Face of Facebook,” *New Yorker*, September 20, 2010.

4　“Average Age for Nobel Laureates in Physiology or Medicine,” Nobelprize.org.

5　Joseph Rago, “Elizabeth Holmes: The Breakthrough of Instant Diagnosis,” *Wall Street Journal*, September 7, 2013.

6　N. R. Kleinfield, “With White-Knuckle Grip, February’s Cold Clings to New York,” *New York Times*, February 27, 2015.

7　Letter written by Dr. Sundene dated January 20, 2015, and addressed to “Theranos Quality Control.”

8　Email with the subject line “Theranos” sent by Matthew Traub to John Carreyrou at 1:11 p.m. EST on April 21, 2015.

9　Email with the subject line “Re: Theranos” sent by John Carreyrou to Matthew Traub at 7:08 p.m. EST on April 21, 2015.

10　Email with the subject line “Re: Theranos” sent by Matthew Traub to John Carreyrou at 12:02 a.m. EST on April 22, 2015.

11　私の血液検査の結果は、2015年4月24日にセラノスとラボコープから、サンディーン医師にファックスで送付された。採血は2015年4月23日、最初にフェニックスのセラノスウェルネスセンターで、続いてその45分後にラボコープの検査室で行われた。

12　サンディーン医師の血液検査の結果は、2015年4月28日にラボコープから、2015年

9 Email with the subject line "RE: Proficiency Testing Question" sent by Stephanie Shulman to Colin Ramirez, aka Tyler Shultz, at 4:46 p.m. EST on April 2, 2014.
10 Tyler Shultz's April 11, 2014, email to Elizabeth Holmes.
11 Email sent by Sunny Balwani to Tyler Shultz on April 15, 2014.
12 Resignation letter written by Erika Cheung dated April 16, 2014.

第17章 名声

1 *Theranos, Inc. et al. v. Fuisz Pharma LLC et al.*, transcript of pretrial conference and hearing on motions, March 5, 2014, 48.
2 *Theranos, Inc. et al. v. Fuisz Pharma LLC et al.*, trial transcript, March 14, 2014, 118-21.
3 *Theranos, Inc. et al. v. Fuisz Pharma LLC et al.*, trial transcript, March 13, 2014, 54.
4 *Theranos, Inc. et al. v. Fuisz Pharma LLC et al.*, deposition of John Fuisz, 165-66.
5 Handwritten note dated March 17, 2014, on Fairmont Hotels and Resorts stationery.
6 Email with the subject line "Theranos" sent by John Fuisz to Julia Love at 7:15 a.m. EST on March 17, 2014.
7 Email with the subject line "Fwd: Theranos" sent by John Fuisz to Richard Fuisz, Joe Fuisz, Michael Underhill, and Rhonda Anderson at 7:17 a.m. EST on March 17, 2014.
8 Email with the subject line "RE: Theranos" sent by Michael Underhill to John Fuisz, copying David Boies, Richard Fuisz, Joe Fuisz, and Rhonda Anderson, at 3:59 p.m. EST on March 17, 2014.
9 Email with the subject line "Re: Theranos" sent by David Boies to John Fuisz, copying Julia Love, Michael Underhill, Richard Fuisz, and Joe Fuisz, at 4:16 p.m. EST on March 17, 2014.
10 Julia Love, "Family Gives Up Disputed Patent, Ending Trial with Boies'Client," *Litigation Daily*, March 17, 2014.
11 Roger Parloff, "This CEO Is Out for Blood," *Fortune*, June 12, 2014.
12 *Theranos, Inc. et al. v. Fuisz Pharma LLC et al.*, trial transcript, March 14, 2014, 202.
13 Matthew Herper, "Bloody Amazing," Forbes.com, July 2, 2014.
14 "The Forbes 400," *Forbes*, October 20, 2014.
15 Press release from the Horatio Alger Association on PRNewswire, March 9, 2015.
16 *Time*, "The 100 Most Influential People," April 16, 2015.
17 Theranos, "Elizabeth Holmes on Joining the Presidential Ambassadors for Global Entrepreneurship (PAGE) Initiative," press release, May 11, 2015, Theranos website.
18 Ken Auletta, "Blood, Simpler," *New Yorker*, December 15, 2014.
19 TEDMED会議でのエリザベスのスピーチは、ユーチューブで視聴可能。https://www.youtube.com/watch?v=kZTfgXYjj-A.

Demand Future," Forbes.com, August 23, 2013.
9 John D. Stoll, Evelyn Rusli, and Sven Grundberg, "Spotify Hits a High Note: Valuation Tops $4 Billion," *Wall Street Journal*, November 21, 2013.
10 Cliffwater LLC, "Hedge Fund Investment Due Diligence Report: Partner Fund Management LP," December 2011, 2.
11 *Partner Investments, L.P., PFM Healthcare Master Fund, L.P., PFM Healthcare Principals Fund, L.P. v. Theranos, Inc., Elizabeth Holmes, Ramesh Balwani and Does 1-10*, No. 12816-VCL, Delaware Chancery Court, complaint filed on October 10, 2016, 10.
12 同前、11.
13 同前、15-16.
14 *Partner Investments, L.P. et al. v. Theranos, Inc. et al.*, deposition of Pranav Patel taken on March 9, 2017, in Palo Alto, California, 95-97.
15 *Partner Investments, L.P. et al. v. Theranos, Inc. et al*. complaint, 16-17.
16 同前、12-13.
17 *Partner Investments, L.P. et al. v. Theranos, Inc. et al.*, deposition of Danise Yam taken on March 16, 2017, in Palo Alto, California, 154-58.
18 同前、140-58.
19 Christopher Weaver, "Theranos Had $200 Million in Cash Left at Year-End," *Wall Street Journal*, February 16, 2017.
20 *Partner Investments, L.P. et al. v. Theranos, Inc. et al*. complaint, 17-18.

第 16 章　孫息子

1 *Partner Investments, L.P., PFM Healthcare Master Fund, L.P., PFM Healthcare Principals Fund, L.P. v. Theranos, Inc., Elizabeth Holmes, Ramesh Balwani and Does 1-10*, No. 12816-VCL, Delaware Chancery Court, deposition of Tyler Shultz taken on March 6, 2017, in San Francisco, California, 138.
2 Email with the subject line "RE: Follow up to previous discussion" sent by Tyler Shultz to Elizabeth Holmes at 3:38 p.m. PST on April 11, 2014.
3 *Partner Investments, L.P. et al. v. Theranos, Inc. et al.*, deposition of Erika Cheung taken on March 7, 2017, in Los Angeles, California, 45-47.
4 CMS Form 2567 に、2013 年 12 月 3 日に実施されたセラノス検査室の査察中に比較的軽微な不備が発見されたとの記載がある。
5 Tyler Shultz's April 11, 2014, email to Elizabeth Holmes.
6 Joseph Rago, "Elizabeth Holmes: The Break-through of Instant Diagnosis," *Wall Street Journal*, September 7, 2013.
7 Title 42 of the Code of Federal Regulations, Part 493, Subpart H, Section 801.
8 Email with the subject line "RE: Proficiency Testing Question" sent by Stephanie Shulman to Colin Ramirez, aka Tyler Shultz, at 12:16 p.m. EST on March 31, 2014.

p.m. PST on March 20, 2013.

7　セラノスのウェブサイトに土壇場に加えられた変更の多くは、ジェフ・ブリックマンが電話会議の直前にケイト・ウルフとマイク・ペディット宛てにメールで送信した、「セラノス　対外秘」と題したマイクロソフト・ワード文書に残っている。

第14章　いざ本番

1　Walter Isaacson, *Steve Jobs* (New York: Simon & Schuster, 2011).（ウォルター・アイザックソン、井口耕二訳『スティーブ・ジョブズＩ・II』講談社、2011年）

2　LinkedIn profile of Chinmay Pangarkar.

3　LinkedIn profile of Suraj Saksena.

4　ＰＣ情報サイトPCMag.comの用語集、「ＰＣマガジン・エンサイクロペディア」の"blade server"の定義を参照。

5　Amended and restated Theranos Master Services Agreement dated June 5, 2012, filed as Exhibit A in *Walgreen Co. v. Theranos, Inc.*, complaint.

6　シーメンス・ヘルシニアーズのアメリカ版ウェブサイトに開設された、「アドヴィア1800化学システム」特設ページの「技術仕様」のタブを参照。

7　Marlies Oostendorp, Wouter W. van Solinge, and Hans Kemperman, "Potassium but Not Lactate Dehydrogenase Elevation Due to In Vitro Hemolysis Is Higher in Capillary Than in Venous Blood Samples," *Archives of Pathology & Laboratory Medicine* 136 (October 2012): 1262-65.

第15章　ユニコーン

1　Joseph Rago, "Elizabeth Holmes: The Breakthrough of Instant Diagnosis," *Wall Street Journal*, September 7, 2013.

2　Theranos, "Theranos Selects Walgreens as a Long-Term Partner Through Which to Offer Its New Clinical Laboratory Service," press release, September 9, 2013, Theranos website.

3　*Theranos, Inc. et al. v. Fuisz Pharma LLC et al.*, trial transcript, March 13, 2014, 92.

4　"*WSJ*'s Rago Wins Pulitzer Prize," *Wall Street Journal*, April 19, 2011.

5　Email with the subject line "Theranos-time sensitive" sent by Donald A. Lucas to Mike Barsanti and other Lucas Venture Group clients at 2:47 p.m. PST on September 9, 2013.

6　*Robert Colman and Hilary Taubman-Dye, Individually and on Behalf of All Others Similarly Situated, v. Theranos, Inc., Elizabeth Holmes, and Ramesh Balwani*, No. 5:16-cv-06822, U.S. District Court in San Francisco, complaint filed on November 28, 2016, 4.

7　Aileen Lee, "Welcome to the Unicorn Club: Learning from Billion-Dollar Startups," TechCrunch website, November 2, 2013.

8　Tomio Geron, "Uber Confirms $258 Million from Google Ventures, TPG, Looks to On-

より、被告ジョン・R・フューズが申し立てていた棄却請求が認められた。フューズ・ファーマ社、リチャード・C・フューズ、およびジョゼフ・M・フューズの棄却請求は一部認められ、一部却下された。

22 *Theranos, Inc. et al. v. McDermott, Will & Emery LLP*, No. 2012-CA-009617-M, Superior Court of the District of Columbia, complaint filed on December 29, 2012.

23 *Theranos, Inc. et al. v. McDermott, Will & Emery LLP*, order filed on August 2, 2013, granting defendant McDermott's motion to dismiss with prejudice.

24 *Theranos, Inc. et al. v. Fuisz Pharma LLC et al.*, deposition of John Fuisz, 238.

25 Vanessa O'Connell, "Big Law's $1,000-Plus an Hour Club," *Wall Street Journal*, February 23, 2011; David A. Kaplan, "David Boies: Corporate America's No. 1 Hired Gun," *Fortune*, October 20, 2010.

26 *Theranos, Inc. et al. v. Fuisz Pharma LLC et al.*, transcript of pretrial conference and hearing on motions, March 5, 2014, 42.

第12章　イアン・ギボンズ

1 U.S. Patent no. 4,946,795 issued August 7, 1990.

2 *Theranos, Inc. et al. v. Fuisz Pharma LLC et al.*, transcript of pretrial conference and hearing on motions, March 5, 2014, 47-48.

3 *Theranos, Inc. et al. v. Fuisz Pharma LLC et al.*, defendants' notice of deposition for Ian Gibbons, filed on May 6, 2013.

4 Email with the subject line "Deposition— Confidential A/C Privileged" sent by David Doyle to Ian Gibbons, copying Mona Ramamurthy, at 7:32 p.m. PST on May 15, 2013.

5 Email with the subject line "Fwd: FW: Deposition— Confidential A/C Privileged" sent by Ian Gibbons to Rochelle Gibbons at 7:49 p.m. PST on May 15, 2013.

第13章　シャイアット・デイ

1 Walter Isaacson, *Steve Jobs* (New York: Simon & Schuster, 2011), 162, 327.（ウォルター・アイザックソン、井口耕二訳『スティーブ・ジョブズⅠ・Ⅱ』講談社、2011年）

2 April Holloway, "What Ancient Secrets Lie Within the Flower of Life?" *Ancient Origins*, December 1, 2013.

3 Email with the subject line "Legal" sent by Mike Peditto to Kate Wolff at 4:27 p.m. PST on January 4, 2013.

4 Agency agreement between TBWA\CHIAT\DAY, Los Angeles and Theranos Inc. dated October 12, 2012.

5 Email with the subject line "Fwd: Contract" sent by Mike Peditto to Joseph Sena at 6:23 p.m. PST on March 19, 2013.

6 Email with the subject line "RE: Contract" sent by Joseph Sena to Mike Peditto at 6:51

第11章　導火線《フューズ》点火

1　Affidavit of service of summons notarized on October 31, 2011.

2　*Theranos, Inc. et al. v. Fuisz Pharma LLC et al.*, deposition of Lorraine Fuisz, June 11, 2013, 111; Realtor.com.

3　"Biovail to Buy Fuisz Technologies for $154 Million," Dow Jones, July 27, 1999.

4　"Biovail to Merge with Valeant," *New York Times*, June 21, 2010.

5　*Theranos, Inc. et al. v. Fuisz Pharma LLC et al.*, complaint filed on October 26, 2011, 7-10.

6　Email with the subject line "http://www.freshpatents.com/Medical-device-for-analyte-monitoring-and-drug-delivery-dt20060323ptan20060062852.php" sent by Richard Fuisz to John Fuisz, copying Joe Fuisz, at 8:31 a.m. EST on July 3, 2006.

7　Email with the subject line "Re: http://www.freshpatents.com/Medical-device-for-analyte-monitoring-and-drug-delivery-dt20060323ptan20060062852.php" sent by John Fuisz to Richard Fuisz, copying Joe Fuisz, at 9:34 a.m. EST on July 3, 2006.

8　*Theranos, Inc. et al. v. Fuisz Pharma LLC et al.*, deposition of Lorraine Fuisz, 80-81, 83.

9　*Theranos, Inc. et al. v. Fuisz Pharma LLC et al.*, deposition of John Fuisz taken on May 29, 2013, in Washington, D.C., 38.

10　Email with the subject line "Gen Dis" sent by Richard Fuisz to info@theranos.com at 7:29 a.m. PST on November 8, 2010.

11　David Margolick, "The Man Who Ate Microsoft," *Vanity Fair*, March 1, 2000.

12　John R. Wilke, "Boies Will Be Boies, as Another Legal Saga in Florida Shows," *Wall Street Journal*, December 6, 2000.

13　同前。

14　*Theranos, Inc. et al. v. Fuisz Pharma LLC et al.*, declaration of Brian B. McCauley executed in Washington, D.C., on January 12, 2012.

15　Letter dated January 17, 2012, sent by David Boies to Elliot Peters.

16　Letter dated June 7, 2012, sent by Richard Fuisz to Donald L. Lucas, Channing Robertson, T. Peter Thomas, Robert Shapiro, and George Shultz.

17　Letter dated July 5, 2012, sent by David Boies to Jennifer Ishimoto.

18　*Terex Corporation et al. v. Richard Fuisz et al.*, No. 1:1992-cv-0941, U.S. District Court for the District of Columbia, deposition of John Fuisz taken on February 17, 1993, in Washington, D.C., 118-54.

19　"Manufacturer Sues Seymour Hersh over Scud Launcher Report," Associated Press, April 17, 1992.

20　*Terex Corporation et al. v. Richard Fuisz et al.*, stipulation filed on December 2, 1996, by Judge Royce C. Lamberth dismissing case with prejudice.

21　*Theranos, Inc. et al. v. Fuisz Pharma LLC et al.*, order filed on June 6, 2012. この命令に

14, 2012.

3 Email with the subject line "FW: Seeking regulatory advice regarding Theranos (UNCLASSIFIED)" sent by Sally Hojvat to Elizabeth Mansfield, Katherine Serrano, Courtney Lias, Alberto Gutierrez, Don St. Pierre, and David Shoemaker at 11:43 a.m. EST on June 15, 2012.

4 Office of Public Health Strategy and Analysis, Office of the Commissioner, Food and Drug Administration, "The Public Health Evidence for FDA Oversight of Laboratory Developed Tests: 20 Case Studies," November 16, 2015.

5 同前。

6 Email with the subject line "FW: Seeking regulatory advice regarding Theranos (UNCLASSIFIED)" sent by Alberto Gutierrez to Judith Yost, Penny Keller, and Elizabeth Mansfield at 4:36 p.m. EST on July 15, 2012.

7 Email with the subject line "RE: Seeking regulatory advice regarding Theranos (UNCLASSIFIED)" sent by Judith Yost to Penny Keller and Sarah Bennett at 11:46 a.m. EST on June 18, 2012.

8 Email with the subject line "FW: Seeking regulatory advice regarding Theranos (UNCLASSIFIED)" sent by Penny Keller to Gary Yamamoto at 5:48 p.m. EST on June 18, 2012.

9 Email with the subject line "RE: Theranos update?" sent by Gary Yamamoto to Penny Keller and Karen Fuller at 2:03 p.m. EST on August 15, 2012.

10 Email with the subject line "RE: Theranos (UNCLASSIFIED)" sent by Penny Keller to David Shoemaker, copying Erin Edgar, at 1:36 p.m. EST on August 16, 2012.

11 Email with the subject line "RE: Follow up" sent by Elizabeth Holmes to James Mattis, copying Jorn Pung and Karl Horst, at 3:14 p.m. EST on August 9, 2012.

12 Email with the subject line "FW: Follow up" sent by James Mattis to Erin Edgar, copying Karl Horst, Carl Mundy, and Jorn Pung, at 10:52 p.m. EST on August 9, 2012.

13 Email with the subject line "Fw: Follow up" sent by Erin Edgar to David Shoemaker at 1:35 p.m. EST on August 14, 2012.

14 Thomas E. Ricks, *Fiasco* (New York: The Penguin Press, 2006), 313.

15 Email with the subject line "Theranos (UNCLASSIFIED)" sent by David Shoemaker to Penny Keller and Judith Yost, copying Erin Edgar and Robert Miller, at 3:34 p.m. EST on August 15, 2012.

16 Email with the subject line "RE: Theranos (UNCLASSIFIED)" sent by Penny Keller to David Shoemaker, copying Erin Edgar, at 1:36 p.m. EST on August 16, 2012.

17 Email with the subject line "Re: Theranos (UNCLASSIFIED)" sent by Erin Edgar to David Shoemaker at 7:23 p.m. EST on August 16, 2012.

18 Email with the subject line "RE: Theranos followup (UNCLASSIFIED)" sent by David Shoemaker to Alberto Gutierrez at 10:58 a.m. EST on August 20, 2012.

第9章　ウェルネス戦略

1　Safeway, "Safeway Inc. Announces Fourth Quarter 2011 Results," press release, February 23, 2012.

2　Conference call on Safeway's fourth-quarter 2011 earnings held at 11:00 a.m. EST on February 23, 2012. 財務情報サイト Earningscast.com より取得可能。

3　同前。

4　CMS Form 2567 に、パロアルト・ヒルビューアベニュー 3200 番地のセラノス検査室の査察が 2012 年 1 月 9 日に完了し、不備な点は発見されなかったとの記載がある。

5　California Bureau of State Audits, "Department of Public Health: Laboratory Field Services' Lack of Clinical Laboratory Oversight Places the Public at Risk," September 2008.

6　Letter dated June 25, 2012, sent by attorney Jacob Sider to Elizabeth Holmes on behalf of Diana Dupuy.

7　同前。

8　Email with the subject line "Events" sent by Diana Dupuy to Sunny Balwani, copying Elizabeth Holmes, at 11:13 a.m. PST on May 27, 2012.

9　Email with the subject line "RE: Observations" sent by Sunny Balwani to Diana Dupuy, copying Elizabeth Holmes, at 2:16 p.m. PST on May 27, 2012.

10　Emails with the subject lines "Important notice from Theranos" and "RE: Important notice from Theranos" sent by David Doyle to Diana Dupuy on May 29, May 30, and June 1, 2012.

11　Sider's June 25, 2012, letter to Holmes.

12　Conference call on Safeway's first-quarter 2012 earnings held at 11:00 a.m. EST on April 26, 2012. 財務情報サイト Earningscast.com より取得可能。

13　Conference call on Safeway's second-quarter 2012 earnings held at 11:00 a.m. EST on July 19, 2012. 財務情報サイト Earningscast.com より取得可能。

14　Safeway, "Safeway Announces Retirement of Chairman and CEO Steve Burd," press release, January 2, 2013.

15　同前。

16　"Letter from Steve Burd, Founder and CEO" at Burdhealth.com.

第10章 「シューメイカー中佐とは何者だ？」

1　Carolyn Y. Johnson, "Trump's Pick for Defense Secretary Went to the Mat for the Troubled Blood-Testing Company Theranos," *Washington Post*, December 1, 2016.

2　Email with the subject line "Seeking regulatory advice regarding Theranos (UNCLASSIFIED)" sent by David Shoemaker to Sally Hojvat at 10:16 a.m. EST on June

6 *Walgreen Co. v. Theranos, Inc.*, No. 1:16-cv-01040-SLR, U.S. District Court in Wilmington, complaint filed on November 8, 2016, 4-5.

7 同前、5-6.

8 Minutes of August 24, 2010, meeting between Walgreens and Theranos.

9 同前。

10 Schedule F of Theranos Master Purchase Agreement dated July 30, 2010, filed as Exhibit C in *Walgreen Co. v. Theranos, Inc.* complaint.

11 Schedule B, F, and H_1 of July 2010 Theranos Master Purchase Agreement.

12 Document with a Theranos logo titled "Theranos Base Assay Library."

13 Confidential memo titled "WAG / Theranos site visit thoughts and Recommendations" addressed by Kevin Hunter to Walgreens executives on August 26, 2010.

14 PowerPoint titled "Project Beta— Disrupting the Lab Industry— Kickoff Review" dated September 28, 2010.

15 Hunter's August 26, 2010, memo to Walgreens executives.

16 Minutes of video conference between Theranos and Walgreens held between 1:00 p.m. and 2:00 p.m. CDT on October 6, 2010.

17 Minutes of video conference between Theranos and Walgreens held between 1:00 p.m. and 2:00 p.m. CDT on November 10, 2010.

18 Schedule B of July 2010 Theranos Master Purchase Agreement.

19 "Project Beta— Disrupting the Lab Industry— Kickoff Review," 5.

20 Letter marked confidential on Johns Hopkins Medicine letterhead titled "Summary of Hopkins/Walgreens/Theranos" meeting.

21 Richard S. Dunham and Keith Epstein, "One CEO's Health Care Crusade," *Bloomberg Businessweek*, July 3, 2007.

22 Jaime Fuller, "Barack Obama and Safeway: A Love Story," *Washington Post*, February 18, 2014.

23 Dunham and Epstein, "One CEO's Health Care Crusade."

24 Melissa Harris and Brian Cox, "2nd DUI Arrest for Walgreen Co. CFO Wade Miquelon," *Chicago Tribune*, October 18, 2010.

第8章　ミニラボ

1 Jerry Gallwas, "Arnold Orville Beckman (1900—2004)," *Analytical Chemistry*, August 1, 2004, 264A-65A.

2 M. L. Verso, "The Evolution of Blood-Counting Techniques," *Medical History* 8, no. 2 (April 1964): 149-58.

3 アバキスの「ピッコロエクスプレス化学分析装置」のカタログは、同社ウェブサイトより取得可能。

第6章　サニー

1　Ken Auletta, "Blood, Simpler," *New Yorker*, December 15, 2014.
2　*Theranos, Inc. et al. v. Fuisz Pharma LLC et al.*, deposition of Lorraine Fuisz, 85-86.
3　LinkedIn profile of Sunny Balwani; Theranos website.
4　Steve Hamm, "Online Extra: From Hot to Scorched at Commerce One," *Bloomberg Businessweek*, February 3, 2003.
5　同前。
6　"Commerce One Buys CommerceBid for Stock and Cash," *New York Times*, November 6, 1999.
7　"Commerce One to Buy CommerceBid," CNET website, November 6, 1999.
8　Eric Lai, "Commerce One Rises from Dot Ashes," *San Francisco Business Times*, March 3, 2005.
9　サンフランシスコのマリーナブールバードとスコットストリートの角にある不動産の譲渡証書に、サニー・バルワニとケイコ・フジモトが夫婦として記載されている。
10　Deed for 325 Channing Avenue #118, Palo Alto, California 94301, dated October 29, 2004.
11　TLO記録検索サービスによると、エリザベス・ホームズは2005年7月からパロアルト・チャニングアベニュー325番地#118に住み始めたことになっている。2006年10月10日付のエリザベスの投票者登録用紙にも、居住地として上記の住所が記載されている。
LinkedIn profile of Sunny Balwani; Theranos website.
12　*Ramesh Balwani v. BDO Seidman, L.L.P. and François Hechinger*, No. CGC-04-433732,
13　California Superior Court in San Francisco, complaint filed on August 11, 2004, 10.
14　*Ramesh Balwani v. BDO Seidman et al.*, 4, 6-7.
15　Confidential "Theranos Angiogenesis Study Report."

第7章　ドクターJ

1　Alexei Oreskovic, "Elevation Partners Buys $120 million in Facebook Shares," Reuters, June 28, 2010.
2　Susanne Craig and Andrew Ross Sorkin, "Goldman Offering Clients a Chance to Invest in Facebook," *New York Times,* January 2, 2011.
3　Michael Arrington, "Twitter Closing New Venture Round at $1 Billion Valuation," TechCrunch website, September 16, 2009.
4　Christine Lagorio-Chafkin, "How Uber Is Going to Hire 1,000 People This Year," Inc., January 15, 2014.
5　LinkedIn profile of Jay Rosan; Jessica Wohl, "Walgreen to Buy Clinic Operator Take Care Health," Reuters, May 16, 2007.

20　Burton, “On the Defensive.”

21　Thomas M. Burton, “Caught in the Act: How Baxter Got off the Arab Blacklist, and How It Got Nailed,” *Wall Street Journal*, March 26, 1993.

22　Thomas M. Burton, “Premier to Reduce Business with Baxter to Protest Hospital Supplier's ‘Ethics,’” *Wall Street Journal*, May 26, 1993.

23　“At Yale, Honors for an Acting Chief,” *New York Times*, May 25, 1993.

24　Thomas J. Lueck, “A Yale Trustee Who Was Criticized Resigns,” *New York Times*, August 28, 1993.

25　“Biovail to Buy Fuisz Technologies for $154 Million,” Dow Jones, July 27, 1999.

26　Interview of Elizabeth Holmes by Moira Gunn on “BioTech Nation,” May 3, 2005.

27　Deposition of Richard Fuisz, 302.

28　Email with the subject line “Blood Analysis— deviation from norm (individualized)” sent by Richard Fuisz to Alan Schiavelli at 7:30 p.m. EST on September 23, 2005.

29　Email with no subject line sent by Richard Fuisz to Alan Schiavelli at 11:23 p.m. EST on January 11, 2006.

30　Letter dated April 24, 2006, emailed by Alan Schiavelli to Richard Fuisz. このメールは特許出願が受理されたことをフューズに報告するもので、出願書類の写しと、スキャヴェリが提供したサービスの請求書が添付されている。

31　Patent application no. 60794117 titled “Bodily fluid analyzer, and system including same and method for programming same,” filed on April 24, 2006, and published on January 3, 2008.

32　Deposition of Lorraine Fuisz, 32.

33　同前、33.

34　Jasmine D. Adkins, “The Young and the Restless,” *Inc.*, July 2006.

35　Deposition of Richard Fuisz, 298.

36　Deposition of Lorraine Fuisz, 33.

37　同前、33-34.

38　同前、45-46.

39　同前、42.

40　同前、40-41.

41　同前、108-10.

42　Email with the subject line “Is this something new?” sent by Gary Frenzel to Elizabeth Holmes, Ian Gibbons, and Tony Nugent at 11:53 p.m. PST on May 14, 2008.

43　*Theranos, Inc. et al. v. Fuisz Pharma LLC et al.*, declaration of Charles R. Work executed in Stevensville, Maryland, on July 22, 2013.

44　同前。

45　同前。

第4章　さらばスラム街

1　Confidential "Theranos Angiogenesis Study Report."
2　John Carreyrou, "At Theranos, Many Strategies and Snags," *Wall Street Journal*, December 27, 2015.
3　Email with the subject line "Reading Material" sent by Justin Maxwell to Elizabeth Holmes at 7:54 p.m. PST on May 7, 2008.
4　Email with the subject line "official resignation" sent by Justin Maxwell to Elizabeth Holmes at 5:19 p.m. PST on May 9, 2008.

第5章　子ども時代の隣人

1　*Theranos, Inc. et al. v. Fuisz Pharma LLC et al.*, deposition of Lorraine Fuisz taken on June 11, 2013, in Los Angeles, 18-19.
2　同前、19-20.
3　同前、54.
4　P. Christiaan Klieger, *Moku o Lo'e: A History of Coconut Island* (Honolulu: Bishop Museum Press, 2007), 54-121.
5　Deposition of Lorraine Fuisz, 52.
6　同前、22.
7　同前、35.
8　同前、23-24.
9　同前、55-56, 100-101.
10　*Theranos, Inc. et al. v. Fuisz Pharma LLC et al.*, deposition of Richard Fuisz taken on June 9, 2013, in Los Angeles, 92-93.
11　*Theranos, Inc. et al. v. Fuisz Pharma LLC et al.*, deposition of Christian R. Holmes IV taken in Washington, D.C., on April 7, 2013, 30.
12　Deposition of Lorraine Fuisz, 34.
13　同前、65-68.
14　同前。
15　Email without a subject line sent by Richard Fuisz to me at 10:57 a.m. EST on February 2, 2017.
16　Thomas M. Burton, "On the Defensive: Baxter Fails to Quell Questions on Its Role in the Israeli Boycott," *Wall Street Journal*, April 25, 1991.
17　Sue Shellenbarger, "Off the Blacklist: Did Hospital Supplier Dump Its Israel Plant to Win Arabs' Favor?" *Wall Street Journal*, May 1, 1990.
18　同前。
19　同前。

December 27, 2015.
17 VC Experts report on Theranos Inc.
18 "Theranos: A Presentation for Investors," June 1, 2006.
19 "Stopping Bad Reactions," *Red Herring*, December 26, 2005.
20 Email with the subject line "Happy Happy Holidays" sent by Elizabeth Holmes to Theranos employees at 9:57 a.m. PST on December 25, 2005.

第2章　糊付けロボット

1 VC Experts report on Theranos Inc., created on December 28, 2015.
2 Rachel Barron, "Drug Diva," *Red Herring*, December 15, 2006.
3 "Theranos: A Presentation for Investors," June 1, 2006.
4 Mike Wilson, *The Difference Between God and Larry Ellison* (New York: William Morrow, 1997), 94-103.
5 Email with the subject line "Congratulations" sent by Elizabeth Holmes to Theranos employees at 11:35 a.m. PST on August 8, 2007.
6 *Theranos Inc. v. Avidnostics Inc.*, No. 1-07-cv-093-047, California Superior Court in Santa Clara, complaint filed on August 27, 2007, 12-14.
7 Anthony K. Campbell, "Rainbow Makers," *Chemistry World*, June 1, 2003.

第3章　アップルへの羨望

1 John Markoff, "Apple Introduces Innovative Cellphone," *New York Times*, January 9, 2007.
2 アナは当時ジョージという名の男性だった。セラノスで働いたあとで男性から女性に性転換した。
3 Email with the subject line "IT" sent by Justin Maxwell to Ana Arriola in the early morning hours of September 20, 2007.
4 Walter Isaacson, *Steve Jobs* (New York: Simon & Schuster, 2011), 259, 300, 308.（ウォルター・アイザックソン、井口耕二訳『スティーブ・ジョブズⅠ・Ⅱ』講談社、2011年）
5 Email sent by Ana Arriola to Elizabeth Holmes and Tara Lencioni at 2:57 p.m. PST on November 15, 2007.
6 Email sent by Elizabeth Holmes to Ana Arriola at 3:27 p.m. PST on November 15, 2007.
7 Email with the subject line "RE: Waiver & Resignation Letter" sent by Michael Esquivel to Avie Tevanian at 12:41 a.m. PST on December 23, 2007.
8 Email with the subject line "RE: Waiver & Resignation Letter" sent by Michael Esquivel to Avie Tevanian at 11:17 p.m. PST on December 24, 2007.
9 Letter from Avie Tevanian to Don Lucas dated December 27, 2007.

原　註

プロローグ

1　Email with the subject line "Message from Elizabeth" sent by Tim Kemp to his team at 10:46 a.m. PST on November 17, 2006.
2　Simon Firth, "The Not-So-Retiring Retirement of Channing Robertson," Stanford School of Engineering website, February 28, 2012.
3　VC Experts report on Theranos Inc. created on December 28, 2015.
4　PowerPoint titled "Theranos: A Presentation for Investors" dated June 1, 2006.

第1章　意義ある人生

1　Ken Auletta, "Blood, Simpler," *New Yorker*, December 15, 2014.
2　P. Christiaan Klieger, *The Fleischmann Yeast Family* (Charleston: Arcadia Publishing, 2004), 9.
3　同前、49.
4　Sally Smith Hughes, interview of Donald L. Lucas for an oral history titled "Early Bay Area Venture Capitalists: Shaping the Economic and Business Landscape," Bancroft Library, University of California, Berkeley, 2010.
5　Obituary of George Arlington Daoust Jr., *Washington Post*, October 8, 2004.
6　Auletta, "Blood, Simpler."
7　同前。
8　Roger Parloff, "This CEO Is Out for Blood," *Fortune*, June 12, 2014.
9　Rachel Crane, "She's America's Youngest Female Billionaire— and a Dropout," CNNMoney website, October 16, 2014.
10　Parloff, "This CEO Is Out for Blood."
11　同前。
12　*Theranos, Inc. and Elizabeth Holmes v. Fuisz Pharma LLC, Richard C. Fuisz and Joseph M. Fuisz*, No. 5:11-cv-05236-PSG, U.S. District Court in San Jose, trial transcript, March 13, 2014, 122-23.
13　Sheelah Kolhatkar and Caroline Chen, "Can Elizabeth Holmes Save Her Unicorn?" *Bloomberg Businessweek*, December 10, 2015.
14　Danielle Sacks, "Can VCs Be Bred? Meet the New Generation in Silicon Valley's Draper Dynasty," *Fast Company*, June 14, 2012.
15　Theranos Inc. confidential summary dated December 2004.
16　John Carreyrou, "At Theranos, Many Strategies and Snags," *Wall Street Journal*,

BAD BLOOD
Secrets and Lies in a Silicon Valley Startup
by
John Carreyrou

BAD BLOOD
シリコンバレー最大《さいだい》の捏造《ねつぞう》スキャンダル　全真相《ぜんしんそう》

2021年2月28日　第1刷発行

著　者　ジョン・キャリールー

訳　者　関《せき》美《み》和《わ》　櫻《さくら》井《い》祐《ゆう》子《こ》

発行者　樋口尚也
発行所　株式会社　集英社
〒101-8050 東京都千代田区一ツ橋 2-5-10
電話　編集部　03-3230-6137
読者係　03-3230-6080
販売部　03-3230-6393（書店専用）
印刷所　凸版印刷株式会社
製本所　加藤製本株式会社

Printed in Japan　ISBN978-4-08-786126-6　C0098